U0057176

【臺灣現當代作家研究資料彙編】10

呂赫若

國立台灣文學館
出版

主委序

臺灣文學發展至今，已蓄積可觀且沛然的能量，尤於現當代文學領域，作家們的精彩創作與文學表現，成績更是有目共睹。對應日益豐饒的文學樣貌，全面梳理研究資源、提昇資料查考與使用的便利性，也就格外重要。

本會所屬國立台灣文學館自成立以來，即著力於臺灣文學史料之研究、整理及數位化，迄今已積累相當成果，民眾幾乎可在彈指之間，獲取相關訊息及寶貴知識；為豐富臺灣文學研究基礎，繼 99 年出版收錄 310 位現當代作家評論資料的《臺灣現當代作家評論資料目錄》後，今（100）年進一步延伸建置「臺灣現當代作家研究資料庫」，將現當代文學作家及系列作品建構起多向查考、運用的整合機制，不僅得以逐步完善 310 位現當代作家評論資料的確切性及新穎度，研究者亦能更加便捷地掌握研究概況、動態，進而開闢不同的研究路徑及視野。

為深化既有成果，也同步推動「臺灣現當代作家研究資料彙編計畫」，預計分年完成自臺灣新文學之父賴和以降，50 位現當代重要作家研究資料彙編，系統性纂輯、呈現作家手稿、影像、文學年表、研究綜述、評論文章及目錄、歷史定位與影響等。目前已完成第一階段賴和等 15 位重要作家研究資料彙編工作，此為國內現行唯一全方位的臺灣現當代文學工具書，也是研究臺灣作家、文學發展的重要讀本依據，乃極具代表性意義的起點，搭配前述資料庫，相信能為臺灣文學研究奠定益加厚實的根基；亦祈各方不吝指正，以匯聚更多參與及持續前行的能量。

行政院文化建設委員會主任委員 盛治仁

館長序

近幾年，臺灣現當代文學的研究，朝著跨領域整合的方向在發展，但不管趨勢如何，對於作家及其作品的理解與詮釋，恆是最基本且是最重要的工作。因此，作家到底是一個什麼樣的人？他的出身、學經歷究竟如何？他在哪些主客觀條件下從事寫作？又怎麼會寫出那樣的一些作品？這些都有助於增加理解；進一步說，前人究竟如何解讀作家的為人和他之所作？如何評述其文學風格及成就？這些相關文獻提供了我們重新展開深入探索的基礎，了解前修有所未密，後出才能轉精。

當臺灣文學在 1980 年代獲得正名，在 1990 年代正式進入學院體制，「學科化」就彷彿是一場學術運動，迄今所累積的研究成果已極可觀，如果把前此多年在文學相關傳媒所發表的評論資料納入，則可稱之為臺灣文學的「研究資料」，以作家之評論而言，根據國立台灣文學館委託台灣文學發展基金會所蒐羅的作家評論資料（310 位作家，收錄時間下限是 2009 年 8 月），總計近九萬筆。這龐大的資料，已於去年編印成八巨冊的《臺灣現當代作家評論目錄》；在這樣的基礎上，以個別作家為考量的「研究資料彙編」計畫，其第一階段的成果即將出版（15 冊），如果順利，二、三年內將會累積到 50 冊。

「臺灣」是我們生存的空間，「現當代」約指新文學發生以降迄今，「作家」特指執筆為文且成家者。臺灣現當代作家之所以值得研究，乃是因為他們以其智慧和經驗創造了許多珍貴的文學作品，反映並批判社會，饒富現當代意義，如果能夠把他們的研究資料集中，對於正在學習或有文學興趣的讀者，應該會有莫大的助益。

賴和被尊稱為臺灣新文學之父，他出生於甲午戰爭那一年（1894），爾後出生的作家，含在臺灣土生土長，以及從中國大陸來臺者，人數非常多，如何挑選重要作家，且研究資料相對比較豐富者，是一件不容易的事，這就需要專家的參與；基本上，選人要客觀，選文要妥適，編選者要能宏觀，且能微視，才能提出有說服力的見解。

毫無疑問，這是一個重大的人文基礎建設，由政府公部門（國立台灣文學館）出資，委託深具執行力的社會非營利組織（台灣文學發展基金會），動員諸多學術菁英（顧問群、編選者）來共同完成，有效的運作模式開創一種完美的三合一典範，對於臺灣文學，必能發揮其學科深化的作用，且將有助於臺灣文學的永續發展。

國立台灣文學館館長　李瑞騰

編序

◎封德屏

緣起

1995 年 10 月 25 日，在臺灣師範大學教育大樓的 201 室，一場以「面對臺灣文學」爲題的座談會，在座諸位學者分別就臺灣文學的定義、發展、研究，以及文學史的寫法等，提出宏文高論，而時任國家圖書館編纂張錦郎的「臺灣文學需要什麼樣的工具書」，輕鬆幽默的言詞，鞭辟入裡的思維，更贏得在座者的共鳴。

張先生以一個圖書館工作人員自謙，認真專業地爲臺灣這幾十年來究竟出版了多少有關臺灣文學的工具書，做地毯式的調查和多方面的訪問。同時條理分明地針對研究者、學生，列出了十項工具書的類型，哪些是現在亟需的，哪些是現在就可以做的，哪些是未來一步一步累積可以達成的，分別做了專業的建議及討論。

當時的文建會二處科長游淑靜，參與了整個座談會，會後她劍及履及的開始了文學工具書的委託工作，從 1996 年的《臺灣文學年鑑》起始，一年一本的編下去，一直到現在，保存延續了臺灣文學發展的基本樣貌。接著是《中華民國作家作品目錄》的新編，《臺灣文壇大事紀要》的續編，補助國家圖書館「當代文學史料影像全文系統」的建置，這些工具書、資料庫的接續完成，至少在當時對臺灣文學的研究，做到一些輔助的功能。

2003 年 10 月，籌備多年的「台灣文學館」正式開幕運轉。同年五月《文訊》改隸「財團法人台灣文學發展基金會」，爲了發揮更大的動能，開始更積極、更有效率地將過去累積至今持續在做的文學史料整理出來，讓豐厚的文藝資源與更多人共享。

於是再次的請教張錦郎先生，張先生認爲文學書目、作家作品目錄、文學年鑑、文學辭典皆已完成或正在進行，現在重點應該放在有關「臺灣現當代作家評論資料目錄」的編輯工作上。

很幸運的，這個計畫的發想得到當時臺灣文學館林瑞明館長的支持，於是緊鑼密鼓的展開一切準備工作：籌組編輯團隊、召開顧問會議、擬定工作手冊、撰寫計畫書等等。

張錦郎老師花了許多時間編訂工作手冊，每一位作家的評論資料目錄分爲：

（一）生平資料：可分作者自述，旁人論述及訪談，文學獎的紀錄。

（二）作品評論資料：可分作品綜論，單行本作品評論，其他作品（包括單篇作品）評論，與其他作家比較等。

此外，對重要評論加以摘要解說，譬如專書、專輯、學術會議論文集或學位論文等，凡臺灣以外地區之報刊及出版社，於書名或報刊後加註，如中國大陸、香港、新加坡等。此外，資料蒐集範圍除臺灣外，也兼及中國大陸、香港、新加坡、日本、韓國及歐美等地資料，除利用國內蒐集管道外，同時委託當地學者或研究者，擔任資料蒐集工作。

清楚記得，時任顧問的學者專家們，都十分高興這個專案的啓動，但確定收錄哪些作家名單時，也有不同的思考及看法。經過充分的討論後，終於取得基本的共識：除以一般的「文學成就」爲觀察及考量作家的標準外，並以研究的迫切性與資料獲得之難易度爲綜合考量。譬如說，在第一階段時，作家的選擇除文學成就外，先考量迫切性及研究性，迫切性是指已故又是日治時期臺籍作家爲優先，研究性是指作品已出土或已譯成中文爲優先。若是作品不少而評論少，或作品評論皆少，可暫時不考慮。此外，還要稍微顧及文類的均衡等等。基本的共識達成後，顧問群共同挑選出 310 位作家，從鄭坤五、賴和、陳虛谷以降，一直到吳錦發、陳黎、蘇偉貞，共分三個階段進行。

張錦郎教授修訂的編輯體例，從事學術研究的顧問們，一方面讚嘆「此目錄必然能成為類似文獻工作的範例」，但又深恐「費力耗時，恐拖延了結案時間」，要如何克服「有限時間，高度理想」的編輯方式，對工作團隊確實是一大挑戰。於是顧問們群策群力，除了每人依研究領域、研究專長認領部分作家外（可交叉認領），每個顧問亦推薦或召集研究生襄助，以期能在教學研究工作外，為此目錄盡一份心力。

「臺灣現當代作家評論資料目錄」專案計畫，自 2004 年 4 月開始，至 2009 年 10 月結束，分三個階段歷時五年六個月，共發現、搜尋、記錄了十餘萬筆作家評論資料。共經歷了三位專職研究助理，近三十位兼任研究助理。這些研究助理從開始熟悉體例，到學習如何尋找資料，是一條漫長卻實用的學習過程。

接續

本來以為五年的專案工作可以暫時告一段落，但面對豐盛的研究成果，無論是參與這個計畫的顧問或是擔任審查工作的專家學者，都希望臺灣文學館能在這樣的基礎下挖深織廣，嘉惠更多的文學研究者。

「臺灣現當代作家評論資料目錄」的專案完成，當代重要作家的研究，更可以在這個基礎上，開出亮麗的花朵。於是就有了「臺灣現當代作家研究資料彙編暨資料庫建置計畫」的誕生。為了便於查詢與應用，資料庫的完成勢在必行，而除了資料庫的建置外，這個計畫再從 310 位作家中精選 50 位，每人彙編一本研究資料，內容有作家圖片集，包括生平重要影像、文學活動照片、手稿及文物，小傳、作品目錄及提要、文學年表。另外每本書分別聘請一位最適當的學者或研究者負責編選，除了負責撰寫五千至一萬字的作家研究綜述外，再從龐雜的評論資料中挑選具有代表性的評論文章，全文刊載，平均 12～14 萬字，最後再附該作家的評論資料目錄，以期完整呈現該作家的生平、創作、研究概況，其歷史地位與影響。

由於經費及時間因素，除了資料庫的建置，資料彙編方面，50 位作家分三個階段完成。第一階段挑選了 15 位作家，體例訂出來，負責編選的學者專家名單也出爐了，於是展開繁瑣綿密的編輯過程。一旦工作流程上手，才知比原本預估的難度要高上許多。

首先，必須掌握 15 位編選者的進度這件事，就是極大的挑戰。於是編輯小組在等待編選者閱讀選文的同時，開始蒐集整理作家生平照片、手稿，重編作家年表，重寫作家小傳，尋找作家出版品的正確版本、版次，重新撰寫提要。這是一個極其複雜的工程。要將編輯準則及要素傳達給毫無編輯經驗的助理，對我來說，就是一個極大的考驗。於是，邊做邊教，還好有認真負責的專任助理宇霈，以及編輯老手秀卿下海幫忙，將我的要求視爲使命必達，讓整個專案在「高壓政策」下，維持了不錯的品質及進度。

當然，內部的「高壓政策」，可以用身教、言教的方法執行，但要八位初出茅廬的助理，分別盯牢 15 位編選的學者專家，無疑是一件「非常人」可以勝任的工作。學者專家個個都忙，如何在他們專職的教學及行政工作之外，把這件有意義的編選工作如期完工，另外還得加上一篇完整的評論綜述，這可是要大智慧、大勇氣的編輯經驗了。

有些編輯經驗可以意會，不可言傳，這是多年血淚交織的經驗與心得，短時間要他們全然領會實在有些困難。但迫在眉睫的工作總得完成，於是土法煉鋼也好，揠苗助長也罷，一股腦全使上了。在智慧權威、老練成熟的學者專家面前，這些初生之犢的年輕助理展現了大無畏的精神，施展了編輯教戰手冊中的第一招——緊迫盯人。看他們如此生吞活剝地貫徹我所傳授的編輯要法，心裡確實七上八下，但礙於工作繁雜，實在無法事必躬親，也只好讓他們各顯身手了。

縱使這些新手使出了全部力氣，無奈工作的難度指數偏高，進度遇到瓶頸，大夥有些喪氣，這時就得靠意志力及精神鼓舞了。我曉以大義的說，他們正在光榮地參與一個重要的文學工程，絕對不可輕言放棄。

成果

雖然過程是如此艱辛，可是終究看到豐美的成果。每位編選者雖然忙碌，但面對自己負責的作家資料彙編，卻是一貫地認真堅持。他們每人必須面對上千或數百筆作家評論資料，挑選重要或關鍵性的評論文章，全面閱讀，然後依照編選原則，挑選評論文章。助理們此時不僅提供老師們所需要的支援，統計字數，最重要的是得找到各篇選文作者，取得同意轉載的授權。在進度流程初估時，我們錯估了此項工作的難度，因爲許多評論文章，發表至今已有數十年的光景，部分作者行蹤難查，還得輾轉透過出版社、學校、服務單位，尋得蛛絲馬跡，再鍥而不捨地追蹤。

除了挑選評論文章煞費苦心外，每個作家生平重要照片，我們也是採高標準的方式去蒐集，過世作家家屬、友人、研究者或是當初出版著作的出版社，都是我們徵詢的對象。認真誠懇而禮貌的態度，讓我們獲得許多從未出土的資料及照片，也贏得了許多珍貴的友誼。例如楊逵的兒子楊建、孫女楊翠，龍瑛宗的兒子劉知甫，張文環的女兒張玉園，楊熾昌的兒子楊皓文，鍾理和的兒子鍾鐵民、孫女鍾怡彥及鍾舜文，梁實秋的女兒梁文薔，呂赫若的兒子呂芳卿、呂芳雄等，我們和他們一起回憶他們的父祖輩可敬可愛的文學人生。

閱讀諸篇評論文章，對先民所處的時代有更多的同情與瞭解。從日本研究臺灣文學的學者尾崎秀樹〈臺灣文學備忘錄——臺灣作家的三部作品〉一文中，可以清楚瞭解臺灣人作家對日本殖民統治的意識，乃由抵抗而放棄以至屈服的傾斜過程。向陽認爲，其中也能發現少數因主流思潮的覆蓋而晦暗不明的作家，例如不爲時潮所動，堅持以超現實主義書寫的楊熾昌。然而經過時間的考驗，曾經孤獨的創作者，終究確立了他在臺灣文學史上的地位。

在閱讀中，許多熟悉的名字不斷出現。1962 年，張良澤以一個成大中文系學生的身分，拜訪了鍾理和遺孀，且立下了今後整理臺灣文學史料的志業。1977 年 9 月，張良澤主編的《吳濁流作品集》，堂堂六冊由遠行出版。1979 年 7 月，鍾肇政、葉石濤、張恆豪、林梵、羊子喬等人編纂《光復前臺灣文學全集》，由遠景出版，這些作家、學者、出版家，都為早期臺灣文學的研究貢獻了心力。

1987 年 7 月臺灣解嚴，臺灣文學研究的風潮日漸蓬勃。1990 年 4 月 23 日，《民眾日報》策劃「呂赫若專輯」，標題為〈呂赫若復出〉；1991 年前衛出版社林文欽出版「臺灣作家全集・短篇小說卷・日據時代」；1997 年自真理大學開始，臺灣文學系所紛紛成立，臺灣文學體制化的脈動，鼓舞了學院師生積極從事日治時期臺灣文學史料的蒐集。這股風潮正如陳萬益所言，不只是文獻的出土，也是一種心態的解嚴，許多日治時期作家及其家屬，終於從長期禁錮的氛圍中解放。許俊雅認為，再加上當初以日文創作的作家作品，也在 1990 年代後被逐漸翻譯出來，讀者、研究者在一個開放的空間，又免除語文的障礙，而使臺灣文學研究開始呈現多元的風貌。

1990 年開始，各地縣市文化中心（文化局），對在地作家作品集的整理出版，以及臺灣文學館成立後對日治時期作家以迄當代重要作家全集的編纂，對臺灣文學之作家研究，也有了很好的促進作用。《鍾理和全集》、《鍾肇政全集》、《楊逵全集》、《張文環全集》、《呂赫若日記》、《葉石濤全集》、《龍瑛宗全集》，如雨後春筍般持續展開。「臺灣意識」的興起，使本土文學傳統快速的納入出版與研究行列。

每位編選者除了概述作家的研究面向外，均有獨到的觀察與建議。陳建忠細論賴和及其文學接受史的演變歷程後，建議未來研究者回歸到賴和文學本體與專業研究方向；張恆豪除抽絲剝繭細述「吳濁流學」的接受及演變歷程外，並建議幾個有關吳濁流及《亞細亞的孤兒》尚待關注及努力的議題；須文蔚建議未來的研究者，可從紀弦 1950～1960 年跨區域文學傳播角度出發，彙整紀弦對上海、香港、臺灣及東南亞華文地區詩歌的影響；或從紀弦主編過的《火山》詩刊、《新詩》月刊等著手，從文學社會學或文學傳播的角度出發。柳書琴、張文薰為顧及張文環多元面向，除一般期刊論文外，亦選譯尚未譯介的論文，希望展示海內外不同世代之路徑與成果；應鳳凰以深入 50 年代文本的研究基礎，將鍾理和的研究收納得更為寬廣。彭瑞金則分別對葉石濤及鍾肇政進行深入細膩的研究，以及熟稔精密的剖析，他認為葉石濤文學是長期累積的成果，他所選錄的 20 篇葉石濤相關評論文章，代表各種背景的評論者、評介者閱讀葉石濤文學的方法；而鍾肇政上千筆的研究資料，呈現的多是鍾肇政文學的外圍研究，較少從文學的角度去探求解析。清理分析成果後，才可以作為續航前進的動力。

然而在近二十年本土文學興盛的臺灣文學研究中，是不是也有遺漏與偏失？陳信元的〈兩岸梁實秋研究述評比較〉，也足以讓我們思考。陳義芝除肯定覃子豪詩藝的深度與厚度，以及對後繼青年的影響外，如果從文獻蒐集、詮釋的角度來看，他認為覃子豪研究仍有尚未開發的議題。

學者兼作家的周芬伶，對琦君的剖析與論述細微而生動，她細膩的文字觀察，清楚道出琦君研究的未到之處；張瑞芬則以明快的文字，將林海音一生的創作、出版與編輯完整帶出，也比較了評論者對林海音小說、散文表現的不同看法，相同的則是林海音編輯生涯中對作家的提攜與貢獻。

期待

感謝臺灣文學館持續支持推動這兩個專案的進行。「臺灣現當代作家評論資料目錄」的完成，呈現的是臺灣文學研究的總體成果；「臺灣現當代作家研究資料彙編」套書的出版，則是呈現成果中最精華最優質的一面，同時對未來的研究面向與路徑，做最好的建議。我們可以很清楚的體會，這是一條綿長優美的臺灣文學接力賽，我們十分榮幸能參與其中，我們更珍惜在傳承接力的過程，與我們相遇的每一個人，每一件讓我們真心感動的事。我們更期待這個接力賽，能有更多人加入。誠如張恆豪所說「從高音獨唱到多元交響」，這是每一個人所期待的。

編輯體例

一、本書編選之目的，爲呈現呂赫若生平、著作及研究成果，以作爲臺灣文學相關研究、教學之參考資料。

二、全書共五輯，各輯內容及體例說明如下：

輯一：圖片集。選刊作家各個時期的生活或參與文學活動的照片、著作書影、手稿（包括創作、日記、書信）、文物。

輯二：生平及作品，包括三部分：

1.小傳：主要內容包括作家本名、重要筆名，生卒年月日，籍貫，及創作風格、文學成就等。

2.作品目錄及提要：依照作品文類（論述、詩、散文、小說、劇本、報導文學、傳記、日記、書信、兒童文學、合集）及出版順序，並撰寫提要。不收錄作家翻譯或編選之作品。

3.文學年表：考訂作家生平所進行的文學創作、文學活動相關之記要，依年月順序繫之。

輯三：研究綜述。綜論作家作品研究的概況，並展現研究成果與價值的論文。

輯四：重要文章選刊。選收國內外具代表性的相關研究論文及報導。

輯五：研究評論資料目錄。收錄至 2010 年 10 月底止，有關研究、論述臺灣現當代作家生平和作品評論文獻。語文以中文爲主，兼及日文和英文資料。所收文獻資料，以臺灣出版爲主，酌收中國大陸、香港、日本和歐美國家的出版品。內容包含三部分：

1.「作家生平、作品評論專書與學位論文」下分爲專書與學位論文。

2.「作家生平資料篇目」下分爲「自述」、「他述」、「訪談」、「年表」、「其他」。

3.「作品評論篇目」下分爲「綜論」、「分論」、「作品評論目錄、索引」、「其他」。

目次

【輯五】研究評論資料目錄

輯一◎圖片集

影像◎手稿◎文物

呂赫若祖父（呂成德）所建家宅建成堂，為呂赫若出生處。（呂芳雄提供）

舊時建成堂，為一閩南式的三合院建築。（呂芳雄提供）

呂赫若家宅建義堂，父親（呂坤霖）分家後所建。（呂芳雄提供）

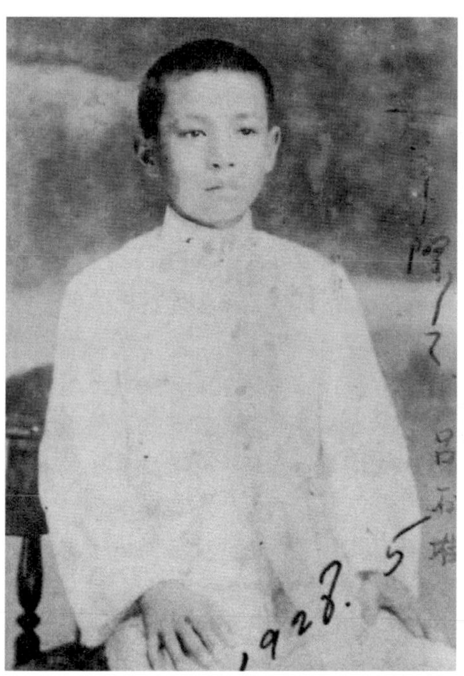

1928年5月，少年時期的呂赫若，約十五歲。（翻攝自《臺中縣文學發展史田野調查報告書》，臺中縣立文化中心）

1932年11月20日，呂赫若攝於鋼琴獨奏會。（翻攝自《臺中縣文學發展史田野調查報告書》，臺中縣立文化中心）

明細表

氏名　呂石堆

卒業年月日　昭和九年參月拾九日

族別　福建

戶主氏名　呂坤霖

學校長報告概要

學籍簿用紙

呂赫若入學臺中師範學校的學籍資料表，記載有潭子公學校第一名的畢業成績。（呂芳雄提供）

1934年9月3日，呂赫若結婚照。（呂芳雄提供）

1934年，呂赫若與夫人林雪絨新婚時攝於校栗林老家，時任公學校訓導，著文官服配劍。（翻攝自《臺中縣文學發展史田野調查報告書》，臺中縣立文化中心）

約於1935年後，呂赫若與夫人合影，夫人手抱長女愛琴。（翻攝自《臺中縣文學發展史田野調查報告書》，臺中縣立文化中心）

營盤公學校第十六回卒業紀念昭和十三年三月十六日

1938年3月18日，呂赫若（第一排右三）於南投營盤公學校任教時期（第三年）之師生合影，4月即轉調潭子公學校。（呂芳雄提供）

年月日	事項	官廳
	ニ其ノ業ヲ卒ヘタリ仍テ之ヲ證ス（第三三九号）	臺中師範學校長
昭和九年三月十九日	右ハ公學校甲種本科正教員タルコトヲ	
	免許ス（第二九七三号）	臺灣總督府
昭和九年三月三十日	任臺灣公立公學校訓導	
	給十級俸	
	補臺灣新竹州公立公學校訓導	
	命峨眉公學校勤務	新竹州
昭和九年十二月十五日	事務格別勉勵ニ付金二十五円ヲ賞與ス	新竹州
昭和十年三月三十一日	任臺灣公立公學校訓導	
	給十級俸	
	補臺灣臺中州公立公學校訓導	
	命營盤公學校勤務	臺中州
昭和十年十二月十五日	事務格別勉勵ニ付金六拾円ヲ賞與ス	臺中州
昭和十一年三月三十一日	給月俸四十七円	臺中州
昭和十一年十二月十五日	事務格別勉勵ニ付金六拾五円ヲ賞與ス	臺中州
昭和十二年九月三十日	給九級俸	臺中州
昭和十二年十二月十五日	事務格別勉勵ニ付金六十九円ヲ賞與ス	臺中州
昭和十三年三月三十一日	潭子公學校勤務ヲ命ス	臺中州
仝 十三年十二月十五日	事務格別勉勵ニ付金七十三円ヲ賞與ス	仝
仝 十四年三月三十一日	給月俸五十二円	仝
〃 十四年十二月十五日	事務格別勉勵ニ付金七十四円ヲ賞與ス	仝
〃 十五年三月三十一日	依願免本官	仝 一九四〇
〃 〃	事務格別勉勵ニ付金八十五円ヲ賞與ス	仝
[illegible]	[illegible]	

呂赫若歷任教職表，紀錄畢業學校及1934～1940年間服務資料。（呂芳雄提供）

攝於東京學習聲樂時期（1940～1942），呂赫若於東京日比谷音樂廳舉行演唱會。（翻攝自《呂赫若小說全集》，聯合文學出版社）

攝於東京學習聲樂時期（1940～1942），呂赫若與夫人攝於東京，呂赫若手抱長子呂芳卿。（翻攝自《臺中縣文學發展史田野調查報告書》，臺中縣立文化中心）

攝於東京學習聲樂時期（1940～1942），紀元兩千六百年慶祝大會，東京各大學專科學校來自臺灣的留學生合影。第一排左一為呂赫若，第二排右二為張冬芳。（翻攝自《臺中縣文學發展史田野調查報告書》，臺中縣立文化中心）

攝於1942年，家族合照。大門右側為呂赫若、林雪絨夫婦。（呂芳雄提供）

攝於自東京返臺，在臺北與張冬芳家為鄰時期（1942～），呂赫若、張冬芳兩家同遊草山，由張冬芳所攝，右立者為張冬芳夫人。（翻攝自《臺中縣文學發展史田野調查報告書》，臺中縣立文化中心）

照片中人物應係1943年7月籌組「厚生演劇研究會」前後拍攝，前排左起：呂赫若、張文環、中山侑、王井泉、黃得時，後排左起為林摶秋、呂泉生、簡國賢、陳逸松。（翻攝自《呂赫若日記》，國立臺灣文學館）

約攝於1943年9月3～8日「厚生演劇研究會」第一期發表會，「閹雞」於臺北市永樂座公演期間。推動早期臺灣新劇（話劇）的厚生演劇研究會，人才濟濟，二排右三起為作家張文環、編劇林摶秋、畫家楊三郎；二排左五起為作家呂赫若、音樂家呂泉生、文化贊助人王井泉。（張玉園提供）

約攝於1945年，呂赫若與妻子兒女合影。（呂芳雄提供）

1946年10月14日，呂赫若攝於臺北。
（呂芳雄提供）

1939年，張文環與呂赫若（右）出遊合影。（張玉園提供）

呂赫若（左二）與友人合影，左一為王井泉，左三為呂泉生。拍攝時間不詳。（翻攝自《呂赫若日記》，國立臺灣文學館）

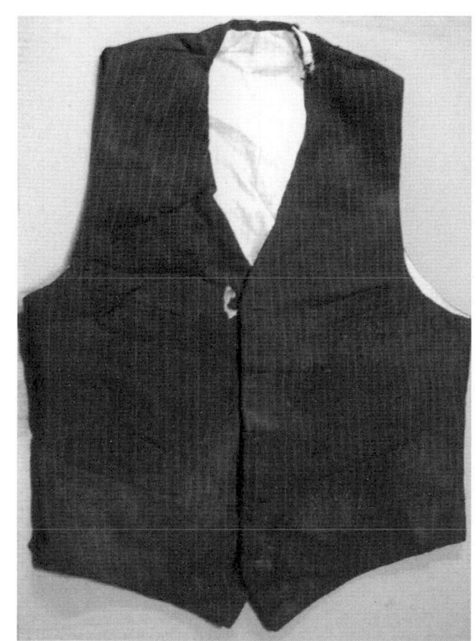

呂赫若背心。（呂芳雄提供）

陪伴呂赫若多年的皮製手提包，上面有「赫若」二字簽名，在東京留學時期（1940～1942）曾典當又再贖回。（呂芳雄提供）

呂赫若的手提包。（呂芳雄提供）

大象形書擋。呂赫若於臺中師範就讀時所作的木雕美術作品，象鼻、耳朵及腳掌的刻紋相當細膩，栩栩如生。（呂芳雄提供）

友人贈送呂赫若使用的鋼琴形煙灰盒，可掀蓋放置香煙及火柴盒，精巧實用。（呂芳雄提供）

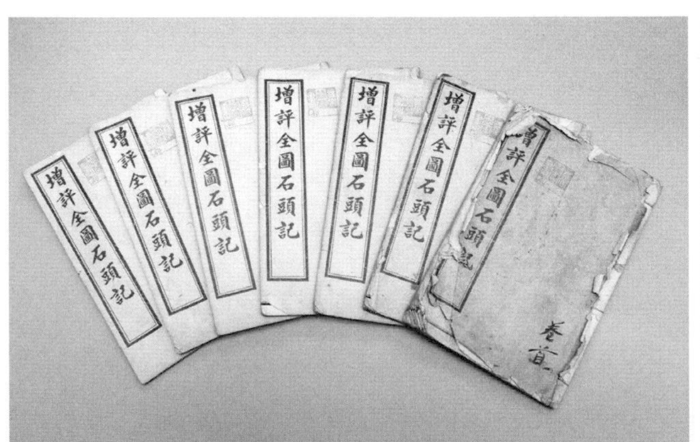

呂赫若藏書：《增評全圖石頭記》，封面蓋有「赫若藏書」章。（呂芳雄提供）

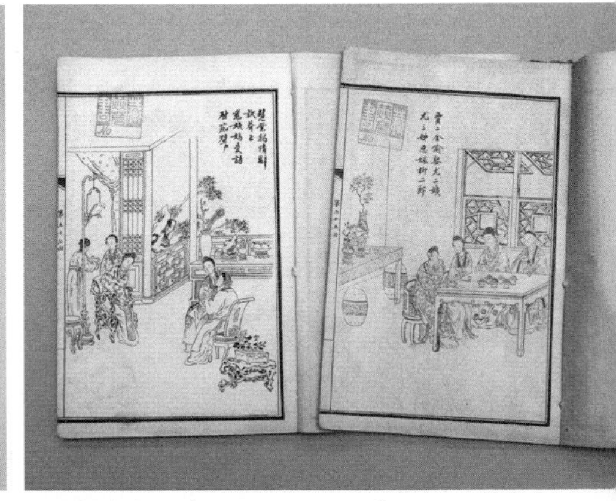

呂赫若藏書：《增評全圖石頭記》，內頁附精美插圖，並蓋有「赫若藏書」章。（呂芳雄提供）

呂赫若曾任1948年第二屆全省音樂比賽評審，由臺灣文化協進會所贈的紀念徽章。（呂芳雄提供）

1948年呂赫若曾任建國中學音樂教師，建中所發行的紀念徽章。（呂芳雄提供）

花看半開
陳紹馨
救精神
呂赫若

呂赫若題字：救精神。（國立臺灣文學館提供）

1949年呂赫若擔任臺北第一女子中學音樂教師時，北一女所發行的紀念徽章，背面註記黑色（左）為學生章；黃色（右）為教職員章。（呂芳雄提供）

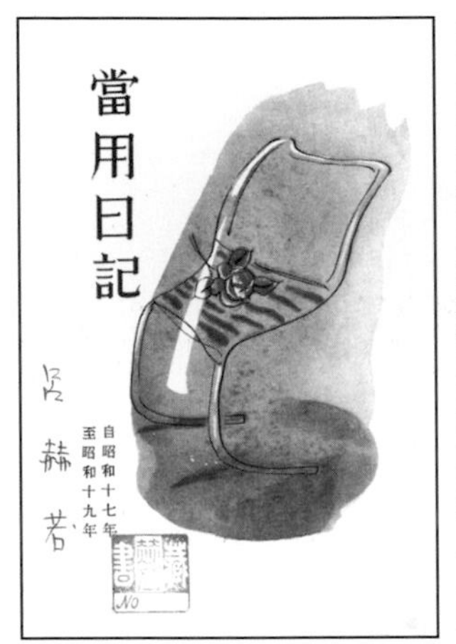

呂赫若「當用日記」內頁，有親筆簽名及藏書章。（國立臺灣文學館提供）

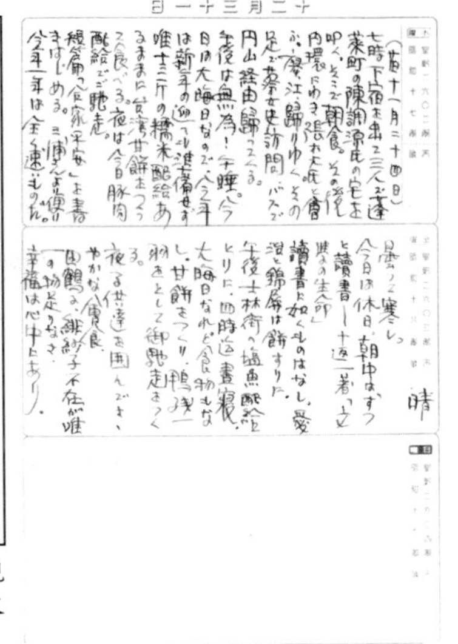

呂赫若1943年12月31日日記。（國立臺灣文學館提供）

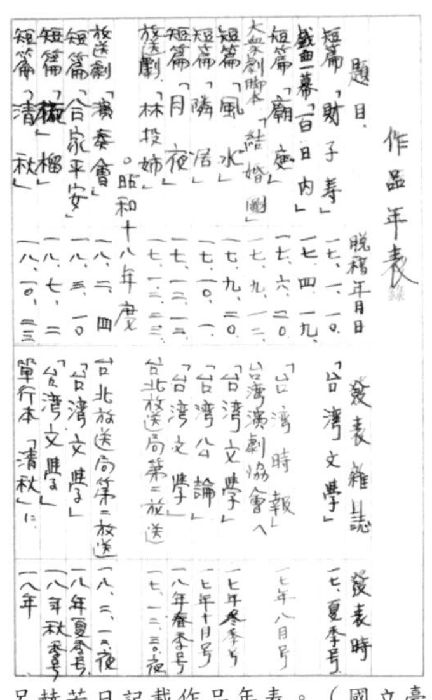

呂赫若日記載作品年表。（國立臺灣文學館提供）

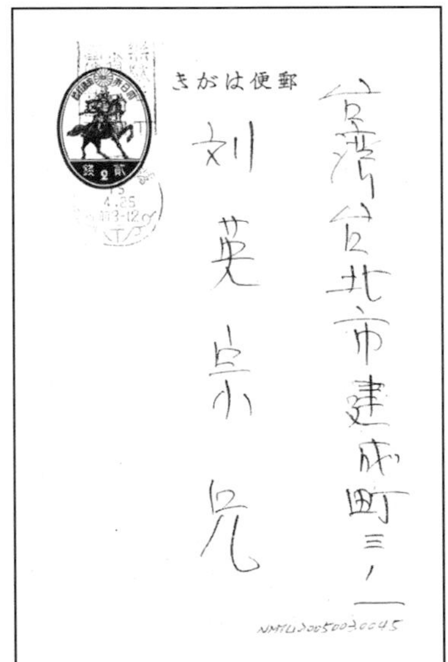

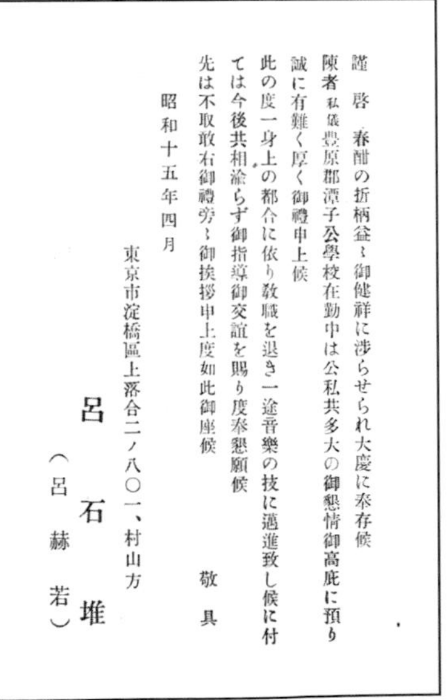

謹啓 春酣の折柄益々御健祥に渉らせられ大慶に奉存候
陳者私儀豐原郡潭子公學校在勤中は公私共多大の御懇情御高庇に預り誠に有難く厚く御禮申上候
此の度一身上の都合に依り教職を退き一途音樂の技に邁進致し候に付ては今後共相渝らず御指導御交誼を賜り度奉懇願候
先は不取敢右御禮旁々御挨拶申上度如此御座候　敬具

昭和十五年四月

東京市淀橋區上落合二ノ八〇一、村山方

呂 石 堆
（呂 赫 若）

1940年4月25日，呂赫若致龍瑛宗明信片。寫於呂赫若辭去教職，赴東京學習聲樂前夕。（國立臺灣文學館提供）

輯二◎生平及作品

小傳◎作品◎年表

小傳

呂赫若（1914～1951）

呂赫若，男，本名呂石堆，籍貫臺灣臺中，1914 年 8 月 25 日生，1951 年前後失蹤，下落不明，有一說在臺北縣汐止附近鹿窟山區被毒蛇咬死，得年 38 歲。

1922 年九歲入潭子公學校，就讀潭子公學校二年級時，因成績優異獲贈童話集一冊，爲其兒童文學啓蒙。1927 年以第一名成績畢業於潭子公學校，其後同時考上臺中一中與臺中師範學校，遵父命進入臺中師範學校就讀。臺中師範學校就學期間，受書道老師磯村次笹、國文老師古澤秀雄及音樂教師磯江清的指導，奠定他愛好文學與音樂的興趣基礎，對其從事文學創作和聲樂演唱的生涯有不可抹滅的深遠影響。

1934 年呂赫若自臺中師範學校畢業，分發新竹峨眉公學校擔任教職，同年與林雪絨女士結婚，並積極從事創作。1935 年首次以呂赫若爲筆名，發表短篇小說〈牛車〉於日本《文學評論》第 2 卷第 1 號，聲名鵲起，又陸續發表小說〈暴風雨的故事〉等及雜文數篇。隔年四月，小說〈牛車〉與楊逵〈送報伕〉、楊華〈薄命〉，同時被選入《朝鮮臺灣短篇集——山靈》，由胡風翻譯，上海文化生活出版社出版，是日據時代第一批被介紹到中國的臺灣小說。1940 年呂赫若任公學校義務教職滿六年，即辭職赴東京下八川圭祐聲樂研究所學習聲樂，師事著名女聲樂家長坂好子女士，後因肺病返臺，曾與張文環等人籌組「厚生演劇研究會」，期間仍創作不輟，於

1944 年出版臺灣第一本小說集《清秋》，並以〈財子壽〉一文獲得第一回「臺灣文學賞」。戰後，呂赫若參加三民主義青年團，擔任該團中央直屬區團臺中分團籌備處股長，國府來臺以後任職於《人民導報》，與蘇新、陳文彬等左翼思想人士常有來往，因對當局及時政不滿，遂參與地下工作組織，行蹤成謎，據傳在今臺北縣汐止附近鹿窟山區遇難。

呂赫若的創作生涯可分為戰前、戰後兩階段，前期係指 1935 年發表〈牛車〉至 1940 年前往日本，係以知識分子的立場，以自身遭遇的經驗及冷靜敏銳的觀察，揭露農民生活的疾苦及農村經濟破產的社會背景。1942 年，自日本歸來後，其創作手法、文學風貌都有更成熟的展現，主要關懷仍是封建家族下的道德危機和人性糾葛，以及決戰末期臺灣民眾在太平洋戰爭陰影下的徬徨及苦悶。光復初期，轉換語言改為創作中文小說，是少數跨越語言一代的作家中很早可以使用中文創作的創作者，內容主要以臺灣日據末期戰爭階段為背景，反諷殖民者要求臺灣人改姓名、對國語家庭的不合理待遇，流露出強烈批判皇民化運動與日本侵略戰爭的意識；另外〈冬夜〉則是描繪出戰後初期臺灣政治腐敗導致社會經濟凋敝、民眾生活不易的情況，顯示出其對於當時國府的抗議與失望。

作品目錄及提要

【小說】

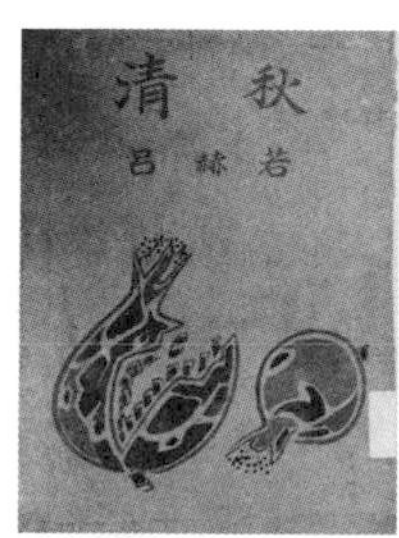

清水書店

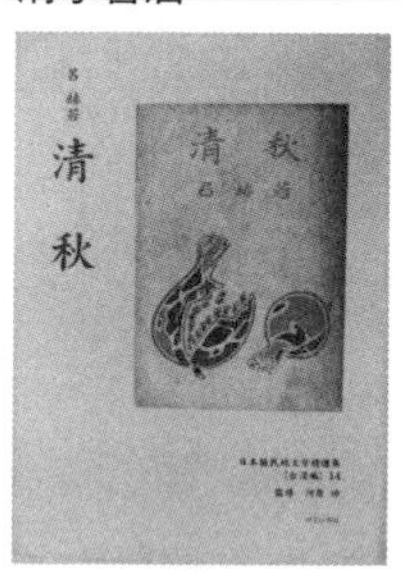

ゆまに書房

清秋

臺北：清水書店
1944 年 3 月，32 開，340 頁

東京：ゆまに書房
2001 年 10 月，25 開，340 頁
日本殖民地文學精選輯・臺灣編 14
河原功編

本書爲臺灣文壇第一本出版之短篇小說集，全書收有呂赫若發表之日文作品〈鄰居〉、〈柘榴〉、〈財子壽〉、〈合家平安〉、〈廟庭〉、〈月夜〉、〈清秋〉共七篇。正文前有瀧田貞治序〈呂赫若君のこと〉，正文後有呂赫若的跋。
2001 年《清秋》由東京「ゆまに書房」再版，收錄內容同清水書店版共七篇。正文後附錄垂水千惠〈「清秋」解說〉、〈著者略歷〉。

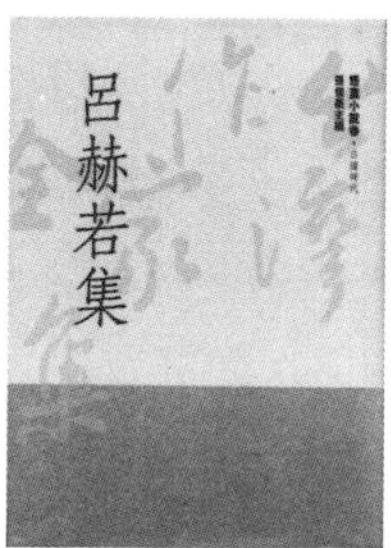

呂赫若集／張恆豪編，胡風等譯

臺北：前衛出版社
1991 年 2 月，25 開，320 頁
臺灣作家全集・短篇小說卷／日據時代 8

短篇小說集。本書爲臺灣首度迻譯發表的呂赫若作品集中譯文，全書收錄〈牛車〉、〈暴風雨的故事〉、〈婚約奇譚〉、〈萍蹤小記〉、〈女人心〉、〈逃匿者〉、〈鄰居〉、〈玉蘭花〉、〈山川草木〉、〈風頭水尾〉共九篇。正文前有作家照片、〈出版說明〉、鍾肇政〈緒言〉、張恆豪序〈冷酷又熾熱的雙眼〉，正文後有葉石濤〈呂赫若的一生〉、施淑〈最後的牛車——論呂赫若的小說〉、〈呂赫若小說評論引得〉及〈呂赫若生平寫作年表〉。

聯合文學出版社

印刻出版公司

呂赫若小說全集：臺灣第一才子／林至潔譯

臺北：聯合文學出版社
1995 年 7 月，25 開，606 頁
聯合文叢 91

臺北：印刻出版公司
2006 年 3 月，25 開，763 頁
文學叢書 111、112

本書最早的版本由聯合文學出版社於 1995 年 7 月出版，原書名爲《呂赫若小說全集：臺灣第一才子》，爲臺灣首次完整的呂赫若作品結集，除中譯之〈牛車〉、〈暴風雨的故事〉、〈婚約奇譚〉、〈前途手記——某一個小小的記錄〉、〈女人的命運〉、〈逃跑的男人〉、〈藍衣少女〉、〈春的呢喃〉、〈田園與女人〉、〈財子壽〉、〈廟庭〉、〈鄰居〉、〈風水〉、〈月夜〉、〈合家平安〉、〈石榴〉、〈玉蘭花〉、〈清秋〉、〈山川草木〉、〈風頭水尾〉、〈百姓〉共 21 篇日語小說，以及〈故鄉的戰事一——改姓名〉、〈故鄉的戰事二——一個獎〉、〈月光光——光復以前〉、〈冬夜〉共四篇中文小說外，並譯有〈關於詩的感想〉、〈兩種空氣〉等雜文及評論五篇。正文前有林至潔序〈期待復活——再現呂赫若的文學生命〉，正文後附錄呂正惠〈殉道者——呂赫若小說的「歷史哲學」及其歷史道路〉、〈呂赫若創作年表〉。

印刻版《呂赫若小說全集》分爲上、下兩冊出版，收錄內容同聯合文學版共 30 篇。上冊於正文前新增照片數幀、〈編輯弁言〉及陳芳明序〈廢墟之花——呂赫若小說的藝術光澤〉；下冊新增呂赫若小說佚稿〈一年級生〉譯文，正文後附錄新增林燿德〈淚的寫實與血的浪漫〉、曾健民〈略談新出土呂赫若小說〈一年級生〉〉、呂芳雄〈追記我的父親呂赫若〉及〈呂赫若作品分類速覽〉、〈相關評論及訪談索引〉。

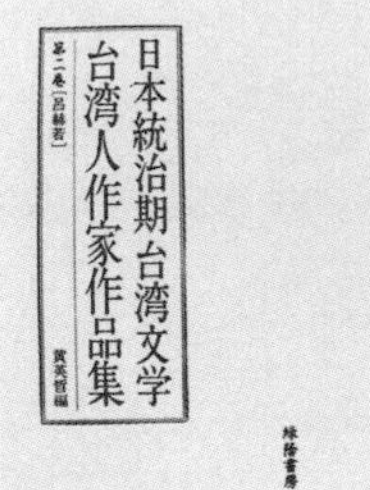

日本統治期台湾文学台湾人作家作品集第二卷——呂赫若／黃英哲編

東京：綠蔭書房
1999 年 7 月，25 開，422 頁

短篇小說集。全書共收〈牛車〉、〈嵐の物語〉、〈行末の記〉、〈女の場合〉、〈逃げ去る男〉、〈青い服の少女〉〉、〈財子寿〉、〈廟庭〉、〈風水〉、〈隣居〉、〈合家平安〉、〈柘榴〉、〈玉蘭花〉、〈清秋〉、〈風頭水尾〉共 15 篇小說。正文前有〈まえがき〉，正文後附錄黃英哲編〈作品初出一覽〉、〈呂赫若作品解

說〉、〈呂赫若略歷〉，朱家慧、垂水千惠、黃英哲編〈呂赫若著作年譜〉、〈呂赫若研究文獻目錄〉。

月光光——光復以前／許俊雅策劃導讀，江彬如繪圖

臺北：遠流出版公司
2006年2月，25開，56頁
臺灣小說・青春讀本8

本書以青少年族群為對象，選錄呂赫若短篇小說〈月光光——光復以前〉，並增加時代背景的註解及圖說，便利讀者進入當代作家的文學殿堂。正文後附錄〈呂赫若創作大事記〉、許俊雅導讀〈皇民的批判〉。

【日記】

呂赫若日記（昭和17～19年）手稿本／陳萬益編

臺南：國立臺灣文學館
2004年12月，25開，430頁

本書是呂赫若以日文書寫在東京出版的《當用日記》，內容包括昭和17至19年（1942～1944）日常生活及創作活動的簡要記事和感想。正文後附錄呂赫若手記之作品年表、履歷事項等重要紀錄，對於確定呂赫若的文學活動紀錄有補充校正的作用。

呂赫若日記（1942～1944年）中譯本／陳萬益編，鍾瑞芳譯

臺南：國立臺灣文學館
2004年12月，25開，494頁

本書除中譯《當用日記》內容全文以外，且經過學者陳萬益及鍾美芳的整理，增加時代背景及人物註解，使日記的閱讀資料更為完整。正文前有林瑞明序〈人生有限，精神長存〉、陳萬益〈文學是苦難的道路，是和夢想戰鬥的道路——讀《呂赫若日記》〉，正文後有呂芳雄後記〈追憶我的父親呂赫若〉。

文學年表

1914 年 （大正 3 年）	8 月	25 日，生於臺中縣豐原鎮潭子（舊臺中州豐原郡豐原街），父呂坤霖，母陳萬里。次子。本名呂石堆。
1922 年 （大正 11 年）	本年	進入潭子公學校。
1923 年 （大正 12 年）	本年	就讀潭子公學校二年級，成績優異，獲贈童話集一冊，爲其兒童文學啓蒙。
1927 年 （昭和 2 年）	本年	公學校六年級，以第一名成績畢業於潭子公學校。
1928 年 （昭和 3 年）	本年	同時考上臺中一中與臺中師範學校，遵父命進入臺中師範學校就讀。
1929 年 （昭和 4 年）	本年	師範學校二年級，書道老師磯村次笹爲其文學啓蒙老師，初讀的文學作品爲島崎藤村〈千曲のスケツチ〉。
1930 年 （昭和 5 年）	本年	師範學校三年級，開始閱讀世界文學全集，常到臺中市政府對面「柵邊」書店閱讀《中央公論》、《改造》、《資本主義的詭計》、《貧乏物語》等書刊。
	3 月	母陳萬里去世。
1931 年 （昭和 6 年）	本年	師範學校四年級，第二位國文老師爲古澤秀雄，並開始嘗試創作。
1932 年 （昭和 7 年）	本年	師範學校五年級，音樂成績優異，時任師範學校音樂科教職的磯江清，在發掘呂赫若的音樂才能方面占有關鍵地位。

	11 月	20 日，在校表演鋼琴獨奏。
1933 年 （昭和 8 年）	本年	升讀演習科，常與堂姐夫林寶煙（日本法政大學畢業，時為「臺灣赤色救援會」豐原地方班委員之一）來往，思想上受到影響。
1934 年 （昭和 9 年）	2 月	父續弦，娶廖霧霞。
	3 月	師範學校畢業，分發新竹峨眉公學校，娶林雪絨（林寶煙妹）為妻。
1935 年 （昭和 10 年）	1 月	首次以「呂赫若」為筆名，發表短篇小說〈牛車〉於日本《文學評論》第 2 卷第 1 號，為其處女作。
	4 月	轉調南投營盤公學校，任職期間每遇回潭子家鄉、路過臺中，均前往探訪臺中師範學校音樂教師磯江清，對呂赫若其後從事文學與音樂的影響巨大。
	5 月	5 日，發表短篇小說〈暴風雨的故事〉於臺灣文藝聯盟發行之《臺灣文藝》第 2 卷第 5 號。
	7 月	發表短篇小說〈婚約奇譚〉於《臺灣文藝》第 2 卷第 7 號。
	8 月	參加「臺灣文藝聯盟」第二屆大會。
1936 年 （昭和 11 年）	1 月	28 日，發表〈關於詩的感想〉於《臺灣文藝》第 3 卷第 2 號。
	3 月	3～5 日，發表短評〈文藝時評〉於《臺灣新民報》。
	4 月	小說〈牛車〉與楊逵〈送報伕〉、楊華〈薄命〉，被選入《朝鮮臺灣短篇集——山靈》，胡風譯，由上海文化生活出版社出版，是日據時代第一批被介紹到中國的臺灣小說。
	5 月	4 日，發表短篇小說〈萍蹤小記——一個小小的紀錄〉於楊逵主編之《臺灣新文學》第 1 卷第 4 號。 29 日，發表〈文學雜感——兩種空氣〉於《臺灣文藝》

		第 3 卷第 6 號。
	8 月	28 日，發表〈文學雜感——舊又新的事物〉、短篇小說〈女人心〉於《臺灣文藝》第 3 卷第 7、8 合併號。
1937 年（昭和 12 年）	5 月	16 日，發表短篇小說〈逃匿者〉於《臺灣新文學》第 2 卷第 4 號。
	12 月	父呂坤霖去世。
1938 年（昭和 13 年）	4 月	轉任潭子公學校，在恩師磯江清的推薦之下，每逢暑假均至日本學習聲樂。
1939 年（昭和 14 年）	本年	發表中篇小說〈季節圖鑑〉於《臺灣新民報》之「新銳中篇小說特輯」，策劃人爲黃得時。
1940 年（昭和 15 年）	1 月	23 日，發表〈一本のうケツト〉於《臺灣新民報》。
	3 月	任公學校義務教職滿六年，辭去教職，至東京學習聲樂，進入下八川圭祐聲樂研究所，師事著名女聲樂家長坂好子。發表短篇小說〈藍衣少女〉於《臺灣藝術》第 1 卷第 1 號。
	5 月	1 日，發表長篇小說〈臺灣女性〉連載於《臺灣藝術》，發表第一篇〈春的呢喃〉於第 1 卷第 3 號。
	7 月	發表長篇小說〈臺灣女性〉第二篇〈田園與女人〉於《臺灣藝術》第 1 卷第 5 號。
	8 月	任職「歐文社」編輯部擔任字典編輯工作。發表長篇小說〈臺灣女性〉第三篇〈花的表情〉於《臺灣藝術》第 1 卷第 6 號。
	9 月	發表長篇小說〈臺灣女性〉第四篇〈在深山〉於《臺灣藝術》第 1 卷第 7 號。
	10 月	發表長篇小說〈臺灣女性〉第五篇〈是朝露嗎〉於《臺灣藝術》第 1 卷第 8 號。
	12 月	退出「歐文社」，獲得長坂好子女士推薦，進入「東京

		寶塚劇團」演劇部，演出《詩人與農夫》歌劇，前後有一年多的舞臺生活。發表長篇小說〈臺灣女性〉第六篇〈西沉的落日〉於《臺灣藝術》第1卷第9號。
1941年（昭和16年）	5月	20～25日，發表〈陳夫人公演〉於《興南新聞》。
		27日，發表新詩〈謹呈陳遜仁君靈前〉、〈我思我想〉於張文環主編之《臺灣文學》創刊號。
	6月	創作〈訓導記〉（未發表）。
	10月	僑居印尼爪哇的叔父呂坤瑞，因時局動盪不安自印尼返臺，經常與呂赫若書信往來，信中屢勸他返回臺灣，恩師磯江清亦同。
1942年（昭和17年）	1月	5日，發表〈拉青與八卦篩——結婚習俗的故事〉於《民俗臺灣》第2卷第1號。
	3月	7日，創作短篇小說〈碗二枚箸四本〉（未完成）。
		23日，創作〈新劇と臺灣人觀客〉（未發表）。創作短篇小說〈同宿記〉（未發表）。
		30日，發表短篇小說〈財子壽〉於《臺灣文學》第2卷第2號。
	4月	2日，創作劇本〈七夕〉（未完成）。
		22日，創作劇本〈聘金〉（未完成）。
		27日，創作長篇小說〈鴻河堂四記〉（未完成）。創作劇本〈百日內〉（未發表）。
	5月	因肺病退出東寶劇團，自日本返臺。
	6月	30日，創作〈常遠堂主人〉（未完成）。
	7月	加入《臺灣文學》編輯陣容並編輯《臺灣文學》第2卷第3號，並擔任《興南新聞》記者。
		11日，以「太公望」爲筆名發表〈羅漢堂雜談〉於《臺灣文學》第2卷第3號。

20 日，發表〈農村與青年演劇〉於《興南新聞》。

8 月　10 日，發表短篇小說〈廟庭〉於《臺灣時報》。

9 月　7 日，發表〈日本新劇與新派〉於《興南新聞》。創作劇本〈結婚圖〉予「臺灣演劇協會」。

10 月　19 日，發表短篇小說〈風水〉於《臺灣文學》第 2 卷第 4 號；以「太公望」爲筆名發表〈羅漢堂雜談〉於《臺灣文學》第 2 卷第 4 號。

28 日，創作〈谷間〉（未完成）。

發表短篇小說〈鄰居〉於《臺灣公論》。

12 月　30 日，廣播劇〈林投姉〉（林投姐）演出於「臺北放送局」。

1943 年（昭和 18 年）

1 月　進入興行統制會社（一電影公司）工作，與張冬芳同住士林街，一邊創作一邊工作，並認識前來求職的女子蘇玉蘭。參加「雙葉會」劇團之〈阿里山〉演出，演唱江文也歌曲。

28 日，創作劇本《高砂義勇隊》完成，掛名「興行統制會社新劇部作」。

31 日，發表短篇小說〈月夜〉（廟庭續篇）於《臺灣文學》第 3 卷第 1 號；以「太公望」爲筆名發表〈羅漢堂雜談〉於《臺灣文學》第 3 卷第 1 號。

2 月　12 日，廣播劇〈演奏會〉發表於「臺北放送局」；發表劇評〈阿里山（双葉会の公演）〉於《興南新聞》。

27 日，創作小說〈雙喜〉（未完成）。

3 月　22 日，發表〈臺灣音樂放送の意義〉於《興南新聞》。

29 日，發表〈音樂放送再說〉於《興南新聞》。

4 月　4 日，發表短篇小說〈一年級新生〉於《興南新聞》。

16 日，創作劇本〈日本之子〉完成於「興行統制會社」。

28 日，發表短篇小說〈合家平安〉載於《臺灣文學》第 3 卷第 2 號。

5 月 3 日，發表〈觀賞臺陽展〉於《興南新聞》。

5 日，創作布袋戲劇本〈源義經〉予「小西園」。

17 日，發表〈嗚呼！黃清埕夫婦〉於《興南新聞》。

27 日，創作〈山峽記〉未完成。

6 月 8 日，廣播劇〈麒麟兒〉發表於「臺北放送局」。

7 月 籌組「厚生演劇研究會」，發起人為王井泉、張文環、林摶秋、簡國賢、呂泉生等人，會員有一百多人，9 月 3 日起五天，在臺北市永樂座公演《閹雞》（張文環原作、林摶秋編劇）。

12 日，發表〈音樂的文化性〉於《興南新聞》。

31 日，發表短篇小說〈石榴〉載於《臺灣文學》第 3 卷第 3 號。

8 月 23 日，發表〈處女作回憶——子曰空空如也〉於《興南新聞》。

11 月 1 日，發表〈媳婦仔的立場〉於《臺灣文學》第 3 卷第 11 號。

13 日，臺灣文學奉公會主辦「臺灣決戰文學會議」假臺北公會堂舉行。會中由會長山本真平頒獎，以短篇小說〈財子壽〉獲得第一回「臺灣文學賞」。

25 日，創作〈噂〉（未發表）。

27 日，短篇小說〈風水〉被選入《臺灣小說選》，由日本大木書房出版，全為日文。

12 月 25 日，發表短篇小說〈玉蘭花〉於《臺灣文學》第 4 卷第 1 號。發表〈臺灣文學賞第一回受賞者感想〉於《臺

		灣文學》第 4 卷第 1 號
1944 年（昭和 19 年）	2 月	23 日，發表〈演劇教養の必要〉於《興南新聞》。
	3 月	17 日，短篇小說集《清秋》，由臺北清水書店出版，前有臺北帝國大學國文系教授瀧田貞治的序，後有呂赫若的跋，收有〈鄰居〉、〈石榴〉、〈財子壽〉、〈合家平安〉、〈廟庭〉、〈月夜〉及未發表〈清秋〉共七篇，是當時臺灣文學界唯一出版的小說集。
	4 月	1 日，發表〈前線報告——家有妻守著前線戰士更勇〉於《新建設》第 19 號 4 月號。
	5 月	1 日，發表短篇小說〈山川草木〉於臺灣文學奉公會發行的《臺灣文藝》創刊號；發表短篇小說〈順德醫院〉於《臺灣藝術》第 5 卷第 5 號。
	6 月	14 日，發表〈即使只是一個協和音〉於《臺灣文藝》第 1 卷第 2 號的「臺灣文學者總崛起」專輯。
	8 月	25 日，受「臺灣文學奉公會」派遣，赴臺中州謝慶農場參觀，撰寫小說〈風頭水尾〉發表於《臺灣時報》第 295 號。
	10 月	8 日，創作小說〈星星〉（未發表）。
	12 月	1 日，發表短篇小說〈百姓〉於《臺灣文藝》第 1 卷第 6 號。
1945 年（昭和 20 年）	本年	小說〈風頭水尾〉收錄於《決戰臺灣小說集》坤卷，臺灣總督府情報課編。
	9 月	15 日，呂赫若參加三民主義青年團，並擔任該團中央直屬臺灣區團臺中分團籌備處股長。
	10 月	24 日，陳儀率領長官公署官員及國軍抵臺，長官公署正式成立。
1946 年	1 月	由蘇新介紹，進入 1946 年元旦創刊的《人民導報》擔

任記者，建中校長陳文彬是該報主筆。

2月 10 日，發表第一篇中文小說〈故鄉的戰事一——改姓名〉於《政經報》(半月刊)。

3月 25 日，發表中文小說〈故鄉的戰事二——一個獎〉於《政經報》。

6月 因「王添灯筆禍事件」受到國民黨壓力，《人民導報》編輯部改組，呂赫若與王添灯等人退出《人民導報》。

8月 受建中校長陳文彬邀請，擔任臺北建國中學音樂教員，妻舅林永南擔任化學教師。另外，受北一女中校長胡婉和邀請，同時擔任北一女音樂教師。

9月 與蘇新、王白淵等人於臺北創辦週刊《自由報》，並由王添灯擔任社長。(在二二八事變前因立場問題被迫停刊)

10月 17 日，發表中文小說〈月光光——光復以前〉於《新新》第 7 期。

1947 年 2月 5 日，發表最後一篇中文小說〈冬夜〉於《臺灣文化》第 2 卷第 2 期。

7月 受政府處置「二二八事件」之影響，建中校長陳文彬辭職，攜眷返回北京。同時呂赫若及妻舅林永南也辭去建中教職。

8月 22～25 日，臺灣省交響樂團在中山堂演奏貝多芬第九交響樂第四樂章，呂赫若擔任男高音獨唱。

12月 23 日，當選「臺灣省藝術建設協會」候補理事。同時於中山堂舉行音樂演唱會及新公園電臺歌唱。

1948 年 本年 擔任《光明報》主編（據陳文彬之女陳蕙娟言，陳文彬與呂赫若經常一起收聽新華社廣播，了解大陸內戰的局勢演變，記錄後再刻蠟板，油印《光明報》，並由陳蕙

		娟姐妹負責郵寄給包括國民黨高級官員在內的社會大眾），對政府施政不滿溢於言表，經常與社運人士來往，投入地下工作組織，之後就停筆不再寫作，也不再發表作品。
	7月	辭去北一女中教職。
	10月	出售潭子祖厝及家產，投入在臺北經營的「大安印版所」，以印製音樂家張彩湘編的小學音樂課本及世界名曲樂譜爲掩護，印製地下工作宣傳文件。
1949年	5月	「臺灣省保安司令部」發布全省戒嚴令，逮捕散發地下刊物的《光明報》，身爲《光明報》主編，呂赫若處境危險，遂結束「大安印版所」的營業。
1950年	2月	「大安印版所」共同經營者蕭坤裕遭到特務逮捕。
	本年	呂赫若結束「大安印版所」營業後，轉往臺北縣石碇附近「鹿窟武裝基地」從事地下工作，自此行蹤成謎。
	本年	據國家安全局編〈歷年辦理匪案彙編〉，在〈鹿窟武裝基地案〉之〈通訊方法〉一節，有如下記述：「第二次爲 1950 年 7 月上旬，再派呂赫若至香港，由林良材介見古中委，請示工作方針，呂匪往返均乘大武崙走私船，同年 8 月下旬回臺。匪古中委曾允派數名高級幹部，來臺擔任訓練幹部工作，並允送三部電臺備用。另計畫密送僞臺幣，做爲工作費用及擾亂臺灣金融，至配合作戰迫近時，即空投武器及傘兵，以加強戰鬥力量。此外，古匪並曾與呂匪約定於 1950 年 11 月 20 日，在鹿窟光明寺會晤，但屆時並未前來，以後因聯絡困難，遂與香港斷絕消息。」
1951年	本年	根據〈鹿窟武裝基地事件〉記載呂赫若死於臺北縣石碇附近之鹿窟。死因至今有多種說法，據其遺孀（按：呂

的原配是林雪絨）蘇玉蘭追憶：「這年，呂跟我說等候琉球的船隻，要到日本經商，離家後，報載呂因籌措路費四處告貸，被人控告詐欺。四個月後，國民黨政府開始抓人，呂之臺北住屋被搜查，當時懷孕的我則被約談。根據事後出來投案的人說，有人因怕呂出來自首，在山裏頭先槍殺了他；也有人說是被毒蛇咬死，總之都找不到屍體。」另，據藍博洲專訪之鹿窟基地人李石城及陳春慶言，呂赫若因擔任無線電發報工作，需利用晚上進行發報工作以逃避偵查，當天在大溪墘臺陽煤礦附近，剛發報完要轉移地點時就被毒蛇（據說是龜殼花）咬傷了…（呂赫若）沒多久就斷了氣，陳春慶回憶，他和劉學坤等人在蘇金英家菜地旁的空地上，挖了一個坑，用一牀草蓆草草包著，就地埋葬。

1991 年　2 月　出版張恆豪編「臺灣作家全集」《呂赫若集》，臺北：前衛出版社。

1995 年　7 月　出版林至潔譯《呂赫若小說全集》，臺北：聯合文學出版社。

1996 年　11 月　30 日，由文建會主辦，聯合文學、聯合報副刊、聯合晚報等共同承辦「呂赫若文學研討會」，與會學者包括國內陳萬益、國外野間信幸等發表研究論文十數篇。並在國立臺灣師範大學舉行座談會，邀請巫永福、李昂與林至潔等人討論呂赫若其人與生活。後於 1997 年 11 月集結《呂赫若作品研究——臺灣第一才子》一書，由臺北聯合文學出版社出版。

1998 年　1 月　15～17 日，中國大陸社會科學研究院文學研究所與全國臺灣聯誼會聯合舉辦「呂赫若作品學術研討會」，計有呂正惠、陳萬益、施淑、林載爵、陳映真、柳書琴、藍

		博洲等15位學者發表論文。
2002年	12月	王建國《呂赫若小說研究與詮釋》，由臺南臺南市立圖書館出版。
2004年	12月	鍾瑞芳譯《呂赫若日記》並手稿本，由臺南國立臺灣文學館出版。
2006年	2月	許俊雅策劃導讀、江彬如繪《月光光——光復以前》短篇小說集，由臺北遠流出版公司出版。
	3月	林至潔譯《呂赫若小說全集》，由臺北印刻出版公司出版。

參考資料：

・呂芳雄〈追記我的父親呂赫若〉，收於陳萬益主編、鍾瑞芳譯《呂赫若日記（1942～1944年）中譯本》，臺南：國立臺灣文學館，2004年12月。

・張恆豪編〈呂赫若生平寫作年表〉，收於《臺灣作家全集・呂赫若集》，臺北，前衛出版社，1991年2月。

・王建國〈呂赫若生平暨寫作年表〉，收於《呂赫若小說研究與詮釋》，臺南：臺南市立圖書館，2002年12月。

・林至潔輯〈呂赫若創作年表〉收於《呂赫若小說全集》，臺北：聯合文學出版社，1995年7月。

輯三◎

研究綜述

燦爛的星光
談談呂赫若作品的評論

◎許俊雅

一、

1935 年 1 月，呂赫若小說〈牛車〉發表於日本著名左翼文學刊物《文學評論》第 2 卷第 1 號，這是繼楊逵的〈送報伕〉之後，又一篇被《文學評論》刊載的臺灣人作品，不久同被收入胡風編譯的《朝鮮臺灣短篇集——山靈》，之後，陸續在《臺灣文藝》、《臺灣新文學》、《臺灣文學》、《臺灣藝術》等文學（藝）雜誌上發表日語創作，創作力甚為豐沛，並於 1943 年獲得第一屆臺灣文學獎，可謂是日治時期臺灣文學中最為重要的作家之一。其作品也自〈牛車〉始，幾乎篇篇被關注被討論。莊培初〈読んだ小說から——《臺新》創刊號より八月號まで——〈行末の記〉〉發表於 1936 年的《臺灣新文學》，他評述〈行末之記〉：「仔細刻畫一位名叫淑眉的女人的心理。……到最後，還是脫離不了『想到她的一生、淒涼的垂死和身為資產家小妾的悲哀，腦子裡一片混亂，淚水奪眶而出』這樣的描述，很可惜。」[1]肯定了小說對於女性心理的描繪刻畫，但也指出作者介入的直接說明，使作品力道受到影響。窪川鶴次郎〈臺灣文學半ケ年（一）——昭和十八年下半期小說總評〉也注意到呂赫若的〈石榴〉，給予了相當高的評價，謂其：「〈石榴〉作品以非常出色的日語寫成，就文章來說也是

[1]原刊《臺灣新文學》第 1 卷第 8 號，1936 年 9 月 19 日，頁 46～47。引文為涂翠花譯，見黃英哲主編，《日治時期臺灣文藝評論集・雜誌篇 2》，臺南：國家臺灣文學館籌備處，2006 年 10 月，頁 160。

十分優秀的作品。……本作圍繞著本島農民的『家』的傳統思想與感情，簡勁的描繪出那深遠的意境。我覺得我在這部作品中親眼看到本島農民真正姿態的一面。這些我們無法輕易接觸到的靈魂，發出了可怕的光輝。長男金生那爲弟弟著想的手足之情，爲人子女對早逝的父母的靈魂的感應，以及在『家』這一觀念中流動的血緣關係，透過這些因素而發揮作用的獨特想像，栩栩如生的表現出來，只有透過傳統才能理解它們。構成作品中心的小弟的發狂及死亡，以及在那種光景中出入的金生拼命的身影，在在都直逼讀者而來。……對於金生入贅之後進入的家庭內部，作者則幾乎沒有著眼，這讓金生在作品中的位置有些許不分明的地方。……雖然如此這還是一部讓我感動最深的作品。」足見當時評論家已從作品的日語使用及作品藝術性提出客觀的討論。〈石榴〉之後，呂赫若出版了結集作品《清秋》，很快的，河野慶彥發表〈呂赫若論——關於作品集《清秋》〉[2]，他討論了《清秋》內七篇小說〈財子壽〉、〈廟庭〉、〈鄰居〉、〈月夜〉、〈合家平安〉、〈石榴〉、〈清秋〉，認爲每一篇作品都有亮麗的表現，文章功力維持一定的水準，謂〈財子壽〉是篇結構嚴謹的作品，擁有強勁的力道。〈合家平安〉全篇渾然天成，鹹淡恰到好處。他特別指出呂赫若作品中的現實性及臺灣味，同時指出〈清秋〉開始有了與時局關連的部分。此外，也很客觀評述其小說有時流於說理過甚，令人感到餘韻不足之處。

可以說呂赫若作品的評論從〈牛車〉一作即開始，其後的〈合家平安〉、〈鄰居〉等等作品的評述，皆可見諸當時的雜誌。然而處於 1940 年代決戰時期的呂赫若，以其文名之盛，自然無法逃離日本當局的徵召，在不同政權的背景下，回眸討論他的創作自然也就有不同的意見。眾所周知的是，當時主宰文藝雜誌《文藝臺灣》，並且在文壇擁有強力發言權的日人作家西川滿即點名批判張文環、呂赫若等屬《臺灣文學》派的作家爲「糞

---

[2]原刊於《臺灣時報》第 293 期，1944 年 6 月 10 日，頁 90～93。中譯本見黃英哲主編，《日治時期臺灣文藝評論集・雜誌篇 4》，臺南：國家臺灣文學館籌備處，2006 年 10 月，頁 472～475。

realism」作家，進而引發了兩派作家間的論戰[3]，又如其作品與時局的關係及真相如何，可能都得站在當下情境去理解。

二、

然而對於呂赫若作品的再度關注，卻要等到 1970 年代末，中斷三十年左右的時間，而比較深入展開研究則是 1990 年之後的事了。呂赫若與楊逵一樣，是少數在戰後即繼續邁向文學前進的作家之一，更令人不可思議的是，以一位日文創作的作家，竟然短短不到一年時間，他已經用中文寫小說，發表了〈故鄉的戰事一——改姓名〉、〈故鄉的戰事二——一個獎〉、〈月光光——光復以前〉和〈冬夜〉四篇中文小說。然而，二二八事變後，他因對時局不滿而轉向政治，自此在汐止鹿窟山區消失，留下的是無法證實的傳言。在一份標題〈匿不自首之潛臺匪諜・省保安部發表首批名單〉的報導中，代爲發布了軍聞視訊：「省保安司令部，於昨（十七）日書面發表第一批尚未自首之潛匪名單一份，據該部發言人稱：此次將潛匪份子公佈之意義，一方面是根據政府寬大政策，希望他們在指定期間內迅速自首，免罹法網，另一方面是促起社會各界人士注意檢舉，絕對不容其繼續潛伏活動。」所附第一批尚未自首潛匪份子名單赫然有「呂赫若、三二歲、臺中縣、臺北歌手」字樣，這是《聯合報》1951 年 11 月 18 日第 7 版的新聞，呂赫若此時是否尚在人世？不得而知。但因被認定爲共黨同人，此後有關他的一切就銷聲匿跡了，直到 1970 年代末。

臺灣新文學研究，大約自 1972 年開始有了轉機，黃得時在國軍新文學運動輔導委員會主講〈臺灣光復前後的文藝活動與民族性〉（刊《新文藝》，1972 年 1 月 5 日），吳瀛濤遺作〈概述光復前的臺灣文學〉（刊《幼

[3]垂水千惠〈傾聽冥府之聲的作家——呂赫若與糞現實主義論戰〉討論了日治時期臺灣糞現實主義論爭與 1935 年日本糞現實主義論戰的辯證互涉。糞現實主義是 1935 年日本浪漫派作家林房雄批判《人民文庫》派的左翼作家時經常使用的詞彙，居臺的日本作家西川滿在《文藝臺灣》上挪用來批判當時臺灣文壇盛行的現實主義，引起楊逵在《臺灣文學》上反駁回應，常在《臺灣文學》上發表作品的呂赫若也遭到《文藝臺灣》的攻擊。

獅文藝》，1971 年 12 月、1972 年 5 月）此後，日治時期臺灣新文學漸引發關注，紛紛從事整理、研究。1973 年，《中外文學》刊載了兩篇論文，第一篇是顏元叔〈臺灣小說裡的日本經驗〉（修訂後，又刊於《中華日報》，1973 年 10 月 11～12 日）該文以光復後的小說爲評介對象，內容雖與日治時期的臺灣新文學並無直接關係，但論及殖民地經驗，顏氏之論對後來研究者頗有啓發。第二篇是林載爵的〈臺灣文學的兩種精神——楊逵和鍾理和之比較〉（第 2 卷第 7 期），林氏研析楊逵與鍾理和之精神爲抗議與隱忍，認爲評估其文學藝術成就貧乏以前，應先肯定、繼承他們的精神，其論點多爲後來研究者引述。其後林氏復有〈日據時代臺灣文學的回顧〉（刊於《文季》第 3 期，1974 年 8 月）。林氏發表上二文之後，又陸續於《夏潮》撰寫了兩篇對楊華和張深切的評論：〈黑潮下的悲歌——詩人楊華〉（刊於《夏潮》第 1 卷第 8 期，1976 年 11 月 1 日），和〈黑色的太陽——張深切的里程碑〉（刊於《夏潮》，1977 年 9 月 1 日）。《大學雜誌》第 79 期（1974 年 11 月）以「日據時代的臺灣文學與抗日運動座談會」特輯報導，努力挖掘歷史事實。翌年刊載了葉石濤的〈從「送報伕」、「牛車」、到「植有木瓜樹的小鎮」〉（第 90 期），觸及了呂赫若的〈牛車〉。臺灣新文學研究的時間起點應與東方文化書局複印出版有關，1973 年影印出版《臺灣青年》、《臺灣》及 1974 年陸續出版《臺灣民報》14 冊，《臺灣新民報》17 冊，及復刻本《新文學雜誌叢刊》17 冊，包括《南音》、《人人》、《福爾摩沙》、《先發部隊》、《第一線》、《臺灣文藝》、《臺灣新文學》、《臺灣文學》、《文藝臺灣》、《華麗島》、《臺灣文藝》等文學雜誌。可說日治時期主要作家作品大概都可以掌握住了。但呂赫若身上的「匪誌」、「皇民文學」的陰影，在尙未解嚴的年代，研究者依舊有顧忌，因此當《臺灣文藝》雜誌由鍾肇政任主編後，分別刊行了吳濁流、鍾理和、張文環、葉石濤、葉榮鐘作品研究專輯、紀念專輯之際，呂赫若並不在專輯之列（1980 年代初尙有賴和、王詩琅、楊逵、翁鬧研究專輯）[4]。直到 1979 年 7 月，鍾肇政、葉石濤、張恆豪、林梵、羊子喬等人編纂光復前臺灣文學作品，由遠景出版社出版了《光復前臺灣文學全集》，其中有八冊是短篇小說，第五冊《牛車》收錄了鄭清文等翻譯的七篇呂赫若日文小說，並附有羊子喬的導言一篇，至此，呂赫若才又被讀者重新認識，1980 年，《臺灣文藝》刊登了塚本照和著、張良澤譯〈日本統治期臺灣文學管見〉，討論了〈牛車〉、〈財子壽〉兩篇小說，1982 年，葉石濤寫了〈清秋〉——僞裝的皇民化謳歌〉，1983 年，《臺灣文藝》第 83、85 期又介紹了呂赫若作品，除了中村哲著、張良澤譯〈憶臺灣人作家〉外，尙有施淑〈最後的牛車——論呂赫若的小說〉。塚本照和、中村哲、葉石濤、施淑、葉芸芸諸氏的論述，開啓了較深入的探索。舊雜誌的複印出版及作品的中譯，促使日本、中國開始留意起日治時期的臺灣文學，呂赫若的研究亦在 1980 年代中有了基礎的建構成果，如 1984 年日本有井川直子〈呂赫若の作品について——附〈呂赫若作品年譜〉及び〈參考文獻〉〉一文，刊於《臺灣文學研究會會報》第 5、6 期合併號。在中國，則有胡風回憶當年翻譯楊逵和呂赫若作品以及出版之歷程，撰就了〈介紹兩位臺灣作家——楊逵和呂赫若〉一文，此文透露出「加快臺灣回到祖國懷抱的」用意，此後，中國大陸的呂赫若研究也漸漸熱門，朱南、包恆新、古繼堂、馬相武、周青、朱雙一、黎湘萍、劉俊、沈慶利、李詮林、劉紅林、張光正（何標）等人，或從審父意識、文化想像、文本的文化隱喻功能著手，或從認同、中國性、小說的命運模式切入，甚而以呂赫若爲主題，舉辦了一場討論會。

1987 年 7 月 15 日臺灣解嚴，臺灣文學研究的風潮日漸蓬勃，1990 年 4 月 23 日開始，《民眾日報》由藍博洲策劃呂赫若專輯，標題爲「呂赫若復出」，由林至潔翻譯呂氏〈暴風雨的故事〉、〈前途手記——一個小小的

[4]其中原因應該也與呂赫若早已銷聲匿跡，不再有復出或作品發表有關，像楊逵、龍瑛宗、張文環一樣。翁鬧雖也早消失不見，但無左翼嫌疑。這種種因素致使呂赫若的研究較諸其他作家遲宕了數年。

記錄〉、〈女人的命運〉、〈逃跑的男人〉、〈石榴〉、〈臺灣的女性〉諸作，並翻譯其雜文、評論。1991 年 2 月前衛出版社出版了「臺灣作家全集·短篇小說卷·日據時代」十冊，其中《呂赫若集》由李鴛英與鍾肇政翻譯，書前有張恆豪序文〈冷酷又熾熱的慧眼——呂赫若集序〉，介紹呂氏文學生命及寫作主題、創作手法，書後另編有〈呂赫若小說評論引得〉以及〈呂赫若生平寫作年表〉，並收錄施淑〈最後的牛車——論呂赫若的小說〉，至此，呂赫若的短篇小說終於有了較完整的面貌。1995 年 7 月，聯合文學出版社出版了林至潔翻譯的《呂赫若小說全集》，除譯其日文小說外，並譯呂氏五篇雜文及收錄四篇戰後中文小說。書前有林至潔自序〈期待復活——再現呂赫若的文學生命〉，書後則有呂正惠〈殉道者——呂赫若小說的「歷史哲學」及其「歷史道路」〉一文。呂赫若的研究正因政治解嚴及其日文作品被翻譯，免除讀者、研究者的語文障礙而呈現另一面貌。

1990 年代所召開的三次相關研討會，即是與呂赫若集出版有關，第一次是 1994 年 11 月 25 至 27 日，由行政院文化建設委員會策劃，清華大學中國語文學系、研究所及臺灣研究室、賴和文教基金會合辦的「賴和及其同時代的作家：日據時期臺灣文學國際學術會議」，發表的 28 篇論文中，有三篇關於呂赫若小說的探討，分別是林至潔〈呂赫若最後作品——冬夜之剖析〉、鍾美芳〈呂赫若創作歷程初探——從〈柘榴〉到〈清秋〉〉和垂水千惠〈論〈清秋〉之延遲結構——呂赫若論〉。1996 年 11 月 30 日及 12 月 1 日文建會、聯合文學主辦的「呂赫若文學研討會」，共發表 14 篇論文及四場座談，對呂赫若作品的研究，有更全面、完整的討論，此次所發表的論文於 1997 年 11 月結集出版《臺灣第一才子——呂赫若作品研究》（聯合文學出版社發行）。接著，由中國北京社科院與臺聯會共同合辦「呂赫若作品學術研討會」，共發表 24 篇論文，臺灣學者呂正惠、陳萬益等人及呂赫若次子呂芳雄出席了這次會議。此後，呂赫若的研究如雨後春筍，粲然可觀，研究生亦開始以呂赫若爲研究對象。迄今爲止以呂赫若爲主題的學位論文近十篇[5]。最早一篇是 1993 年陳黎珍《呂赫若の研究——人とその作品》，1995 年朱家慧有《兩個太陽下的臺灣作家——龍瑛宗與呂赫若研究》，其餘如曾麗蓉、王建國、張嘉元、張譯文、陳姿妃、陳素蕙、蔡伶琴等，因篇幅有限，不針對各篇論文一一詳述。

三、

就目前呂赫若研究概況觀察，這裡將就幾個面向予以陳述。一是有關其生平、思想。評論家張恆豪與作家王昶雄走訪蘇玉蘭女士，確定呂赫若於 1950 年以後失蹤，接著林瑞明提供《歷年辦理匪案彙編》，確定呂赫若參加〈鹿窟武裝基地案〉，張恆豪並編「呂赫若創作年表」。藍博洲〈呂赫若的黨人生涯〉則分析呂氏左翼思想受蘇新影響遠大於陳文彬，並對大安印刷所等種種細節加以考索。1994 年 10 月，《聯合文學》第 120 期刊登了黃靖雅〈悲愴的傳奇——林至潔印象中的呂赫若〉。關於其筆名意涵，藍博洲、林至潔認為是擷取他所敬佩的兩位左翼作家——中國的郭沫若與朝鮮的張赫宙，各取其中一字組合而成。其子呂芳雄先生則認為「赫若」兩字的意思是「希望做一名赫赫有名的年輕人」，這或許是來自與呂赫若交情深厚的巫永福所言：「赫若說：『我的本名呂石堆很粗俗，故以赫若為號並為筆名。』針對他的筆名我說：『很有朝鮮小說家張赫宙的味道。』赫若一聽大笑起來答道：『是啊！我比張赫宙年輕』，所以名赫若，日本語的若是年輕的意思。」[6]關於呂赫若筆名含意，個人認為巫永福所說可信。呂赫若〈我見我思〉[7]一文中透露他與巫永福關係匪淺，他常與巫永福徹夜長談，有時躺在同一張牀上直到天色大白。關於其逝世真相，迄今不明。國安局出版的《歷年辦理匪案彙編》在〈鹿窟武裝基地案〉中說，呂赫若於 1950

---

[5]1995 年時有位義大利研究生來臺蒐尋資料，告訴我說她要研究呂赫若，是否完成，因未查證，不得其詳。

[6]巫永福〈呂赫若的點點滴滴〉，《文學臺灣》第 1 期，1991 年 12 月，頁 13～15。

[7]見呂赫若全集及《日治時期臺灣文藝評論集（雜誌篇）》第三冊，臺南：國家臺灣文學館籌備處，2006 年 12 月，頁 136。

年 7 月上旬，奉派搭走私船赴香港，與中共人士聯絡，返臺後失蹤。後藍博洲等人依據訪談的若干人士之言，認爲鹿窟多蛇，常有人遭毒蛇咬死，而相信呂氏是 1951 年遭毒蛇咬死於臺北石碇鹿窟。張恆豪訪談呂氏遺孀蘇玉蘭則以呂氏曾相約到日本經商之言，懷疑：有人怕呂赫若出來自首，在山裡先槍殺了他。呂赫若死於何年？是不是共產黨同路人？恐怕是永遠解不開的歷史謎。

另一解不開的謎，恐怕還有其思想及 1947 年後的地下經歷。游勝冠〈向左看？向右看？——論呂赫若及其小說的政治位置及思想性格〉[8]強調目前學界的研究是「不加分辨地將臺灣作家任意定位在左、右的光譜之中。這種政治位置的模糊化，不僅讓研究者無法準確把握個別作家在殖民地歷史關係中的位置，同時也深刻地影響了對這些作家作品的詮釋的準確度。在這當中以『臺灣第一才子』呂赫若小說的研究所受到的干擾最爲嚴重。」其言誠然不虛。呂赫若與左翼的關係，以及作品和思想的關聯性，在在成爲研究者關注焦點。歷來研究者將呂赫若界定爲社會主義作家，在於呂氏〈舊又新的事物〉曾言及有表現價值的東西，經常與一定社會階級之「必要」相結合的生活情感，而「如果文學要忘卻社會性和階級性，我們就必須要將藝術史全部燒毀」。大約論者都注意到 1928 年呂氏考上臺中師範學校，深受當時社會思潮與農工運動影響，喜愛閱讀馬克思主義相關的書籍雜誌，如《中央公論》月刊、山川均《資本主義的詭計》、河上肇《貧乏物語》以及幸德秋水《二十世紀之怪物帝國主義》。他所寫的幾篇雜文，引用森山啓及對吳坤煌、王登山的肯定、對吳天賞的筆戰，可以看出那時具有的社會主義文藝觀的色彩不是那麼教條、機械的。論者或謂當時呂赫若的「左傾」是受其堂姐夫林寶煙的影響，呂赫若與他來往密切，林寶煙曾是臺灣共產黨東京特別支部領導下的學運組織——學術研究會的成員之一，回臺灣後，又擔任過「臺灣赤色救援會」豐原地區的委員之一，

[8]游勝冠〈向左看？向右看？——論呂赫若及其小說的政治位置及思想性格〉，發表於「臺灣文學現代性學術研討會」，中國廈門大學臺灣研究院主辦，2008 年 7 月。

曾因之受到殖民當局的監視與拘禁。游勝冠曾舉垂水千惠研究呂赫若小說〈由政治走向文學的軌跡〉爲例，說：「呂赫若雖是以在普羅文學運動文學運動文脈的《文學評論》發表文章而登上文壇，但是其後開始創作不被納入普羅文學範疇的作品，逐漸確立自己的風格。」游氏納悶還是有很多論者根本無視這種對立觀點的存在，逕將呂赫若定位爲前後立場一致的左翼作家。後來有一些研究者不專從其作品的女性描寫著手，而從呂赫若筆下的男性觀察，認爲在 1940 至 1945 年間，其作品充滿變化、矛盾的特質，視爲這是呂赫若與殖民地政權不斷對話的過程，他們的立場是有屈從、全盤接受、徬徨、或抵抗，卻又不願意放棄自身意念的堅持，以此否定「命定性」及自始至終的左翼立場。當然這部分的討論，紛爭不休，就像林載爵在〈呂赫若小說的社會構圖〉中說：「讓呂赫若成爲飽滿的社會主義作家的作品應該是〈清秋〉、〈山川草木〉與〈風頭水尾〉三篇。……耀動終於擺脫了不安與徬徨，成爲小鎭作家。寶連在山上學習到了新的生活方式，徐華決定留在貧瘠的土地上開墾，呂赫若當然也投入了左翼的革命運動。」我在呂赫若〈即使只是一個諧和音〉一文讀到：「然而，戰爭與文學，動輒與實用結合一起來考量。如果從實用來考量的話，文學的力量實在是連一管機關槍都不如，不管再怎樣高明的傑作，也殺不死一隻螞蟻。那只是似是而非的文學觀，文學力量的發現，一種從實用觀點切入是膚淺的表面妥協，無法發現其力量；必須與人的精神之內在深處深深結合，才能發現其真正力量。」[9]這一段話，才是呂赫若真正的心聲，文學不是爲戰爭、政治、階級服務，文學從實用觀點來要求是膚淺的，沒有力量的，文學真正的力量是人的內在精神靈魂的深深觸動。這段話正爲其不得不參與文學總蹶起的發言，留下耐人尋思的言外之意，也可見其文學觀是服膺於人性，發掘人之靈魂深處，在其日記中亦時時披露此一文學藝術觀點，而

[9]邱香凝譯，文見〈臺灣文學者奮起〉，黃英哲主編《日治時期臺灣文藝評論集（雜誌篇）》第四冊，臺南：國家臺灣文學館籌備處，2006 年 12 月，頁 478。原載《臺灣文藝》第 1 卷第 2 期，1944 年 6 月 14 日。

這樣的觀點至今仍適用，足見其早熟及真正對文學熱愛的初衷。

論者對呂氏左翼思想的耙梳，復有陳芳明的〈紅色青年呂赫若——以戰後四篇中文小說爲中心〉，以筆名「赫若」見其「紅色（赫）青年（若）」，自然三十幾歲的呂赫若已不是青年，但也不是後來評論家所謂的「晚年」。藍博洲、林至潔、孫康宜大抵都主張呂赫若戰後思想左傾有跡可尋。或謂呂赫若是受到建國中學校長，也是「臺灣民主自治同盟」盟員陳文彬的影響，加入中共在臺地下組織。但藍博洲認爲蘇新的影響力超過陳文彬，孫康宜則認爲陳本江的影響爲大，「我懷疑呂赫若是通過一個新的社會主義皈依者蘇新開始認識陳本江的，……似乎是呂在認識陳本江之後，才下定決心加入地下左翼組織。」[10]因此對呂赫若戰後從筆桿換成槍桿的的突然轉變，也就都解釋爲「二二八」事變後，對國民黨失望的呂赫若不惜鋌而走險，全身心地投入到社會運動與地下武裝行動中，急切地期待著海峽彼岸的「紅色中國」。彭瑞金則持懷疑態度看待，他說：「幾乎無法從他的文學作品中找出任何思想轉變的軌跡，……以戰後活躍於臺北文化界、文藝界和報界的呂赫若，『想像』他可能因此與這些紅色人物搭上線，因而徹底改變了他的人生，仍然只是疑問重重的傳說。」[11]孫康宜從〈冬夜〉來解釋其思想轉變歷程，「呂赫若發表的最後一部小說《冬夜》後，他的政治觀點急遽轉變。在經歷了國民黨政府統治下的種種折磨後——如果我們讀出了《冬夜》中寓言的意義——呂赫若最終在社會主義中找到了臺灣未來嶄新的『希望』，雖然那種『希望』在今天看來過於理想化。但通過觀察他的左翼活動，至少能夠更加接近他所處的那個時代的真相。」但有些問題迄今仍值得進一步追尋，誠如游勝冠所言：「關於呂赫若爲什麼最後投入中國左翼的革命運動這個問題，我們應該要追究的就是戰前、戰後兩個時期歷史條件有何不同？呂赫若爲什麼在這個兩個歷史階段的思想與行動有那

[10]孫康宜撰（傅爽譯）〈二二八事件之後的呂赫若〉，《明報月刊》第 44 卷第 2 期（總第 518 期），2009 年 8 月，頁 101～105。

[11]彭瑞金〈呂赫若——乍現的文學星光〉，《臺灣文學步道》，高雄：高雄縣立文化中心，1998 年 7 月，頁 146～149。

麼截然不同的表現？」

另一研究成果是有關呂赫若的音樂演劇活動。近年來已有日本學者藤井省三的〈呂赫若與東寶國民劇——自入學東京聲專音樂學校到演出「大東亞歌舞劇」〉[12]、垂水千惠〈二次大戰期間的日臺文化狀況與呂赫若——以其音樂活動為中心〉，及臺灣學者朱家慧〈藝術追求或社會責任？——從〈順德醫院〉及其樂評看呂赫若的藝術觀〉、高嘉穗〈現階段的呂赫若研究——一個音樂史的觀點〉[13]、連憲升〈從《呂赫若日記》管窺日治末期臺北文化人的音樂生活〉等文。藤井省三根據呂赫若曾寫過的履歷書，查證他在東京的三年經驗，考察他在「大東亞歌舞劇」的演出經過和留學體驗，以及對他返臺後的影響。本文由訪問同時期在武藏野音樂學校求學者，推翻了以往認為呂赫若在東京是於武藏野音樂學校求學的看法。藤井本文是最早討論呂赫若音樂活動的論文，開啓了研究呂赫若的另一扇窗。他進行了若干重要人士訪談，也查證一些資料，雖然結果有不少仍因材料所限，無法逕自下結論，但研究的過程及對問題的思辨，可給予研究者若干啓發。垂水千惠由呂赫若的音樂及戲劇活動，重建呂赫若，〈被叫做 RO（呂）的人——臺中師範時代的呂赫若〉一文透過呂赫若臺中師範時期的友人回憶，說明呂赫若對於左翼思想書籍的接觸，以及受到老師磯江清的影響，對音樂發生興趣，而有日後的音樂學習。〈二次大戰期間的日臺文化狀況與呂赫若——以其音樂活動為中心〉一文以音樂及戲劇的面向來重新定位呂赫若，並由呂赫若的文化經歷，考察戰爭時期日臺的文化狀況與文化政策的關聯及與呂赫若的關係。垂水根據呂赫若在臺中師範時代的恩師磯江清的經歷，加上與呂赫若同時期屬於東寶聲樂隊旗下的呂泉生之書簡等新資料，重新檢討呂赫若在進入東寶之前的足跡，推論呂赫若在離開公學校訓導之前，在每年的寒暑假前往日本學習音樂時，或許已經師事長坂

[12]由張季琳譯為中文，其後改篇名為〈臺灣人作家と日劇〈大東亞レヴュー〉——呂赫若の東寶國民劇〉（〈作家與日劇「大東亞歌舞劇」——呂赫若的東寶國民劇〉），收入《臺灣文學這一百年》，臺北：麥田出版公司，2004 年 8 月，頁 147～176。

[13]發表於中華民國民族音樂學會舉辦之「臺灣的音樂與音樂歷史」研討會，2005 年 9 月 25 日。

好子，並獲致呂赫若是在好友呂泉生的推薦之下進入東寶聲樂隊（東京寶塚劇場）擔任歌手，並隨團在東京「日比谷劇場」、「日本劇場」、「東寶劇場」各地排練演出《詩人與農夫》、《卡門》等歌劇，前後歷經一年多的舞臺生活。垂水並著有《呂赫若研究——1943 年までの分析を中心に》，以 1943 年爲界，討論呂赫若於期間的生活經歷、文學作品，以及其音樂、演劇活動的參與情形，除了前述兩篇論文的研究成果之外，此書亦利用呂赫若日記，與家屬提供之相關資料、訪談等方式，進行呂赫若與其所處時代的的分析研究，對於呂赫若於 1943 年以前的生活、作品、藝文活動，有相當深入的探討。日本學者對於呂氏東京聲樂時期的考察，自有其方便性，也充分應用了日臺兩方面的材料，個人認爲在文獻應用方面，可以再留意張文環、龍瑛宗、巫永福等人的敘述，如呂赫若與東寶劇團的關係，當濱田隼雄問呂赫若是怎樣的人時，張文環說：「地方的公學校教師，他邊彈鋼琴邊研究文學，之後辭去教師上京去，而服務於東寶日本劇場演劇部，以音樂謀生活而鑽研著文學。」[14]以張文環和呂赫若交情視之，張氏的話自然可信度極高。當時在東京的呂赫若，就職於東寶劇場演劇部，並以此謀生[15]，同時繼續創作文學。

其三是呂赫若面對「現代化」的認知與態度，陳建忠檢討垂水之文及另篇〈差異的文學現代性經驗——現代臺灣小說——普羅小說與批判現代性〉與沈慶利〈殖民剝削與「現代化」陷阱——呂赫若〈牛車〉與茅盾〈春蠶〉的比較〉對呂赫若面對現代性、殖民性、本土性有所觸及。沈慶利認爲垂水千惠對呂赫若身處殖民地的屈辱處境，在「近代化」（按：這裡的「近代」與「現代」同義）劇變中承受的精神壓力，顯然缺乏足夠的體察。論者大抵針對如僅僅根據呂赫若對西方現代機器文明的批判而認定他

[14]〈臺灣代表的作家の文藝を語る座談會〉（臺灣代表作家——文藝座談會），《臺灣藝術》第 3 卷第 11 期，1942 年 11 月 1 日。中譯文可見陳萬益主編《龍瑛宗全集（八）文獻集》，臺南：國家臺灣文學館籌備處，2006 年 11 月，頁 144。

[15]根據呂泉生回覆垂水千惠信函，薪水是 90 日圓，待遇算相當不錯。見垂水千惠〈二次大戰期間的日臺文化狀況與呂赫若——以其音樂活動爲中心〉一作。

全盤「否定近代化」，是錯誤之路。呂赫若在理性上是不可能否定臺灣的現代化，他否定的只是做爲殖民侵略與經濟掠奪伴隨的畸形「現代化」。在呂赫若筆下，我們還可以進一步探詢到兩組彼此對立的概念，一組是「城市、東京（日本乃至整個西方列強）、現代化與殖民化」；另一組則是「鄉土、臺灣（中國）、半封建性質的落後與民族的獨立和尊嚴意識」。當這兩組概念越來越滑向截然相反的兩極化的意義時，呂赫若顯然表現出一定的困惑。這樣的困惑在戰爭時期的氛圍下，如何調和，取得平衡，顯然可從〈鄰居〉、〈玉蘭花〉窺得。其四，另一個被充分討論的作品是疑有皇民文學色彩之作，〈清秋〉、〈風頭水尾〉、〈山川草木〉、〈鄰居〉、〈玉蘭花〉五篇小說。所獲致之結論，基本上傾向作品是表面上呼應國策，實際上卻是運用高度的藝術技巧，暗藏了自己真正的想法，至於是否表達了其左翼思想則尚有討論空間。[16]從葉石濤以「僞裝」概念爲〈清秋〉解除了皇民文學的枷鎖之後，討論〈清秋〉之作極多。[17]鍾美芳利用其「田野調查」過程中所發現的《呂赫若日記》內容，[18]撰寫了〈呂赫若創作歷程初探——從〈柘榴〉到〈清秋〉〉一文，指出在當時受到西川滿攻擊其作品的寫實主義下，呂赫若提出反駁且不願在創作中盲目加入應和時局的情節，因此呂仍然爲「思考創作的一大轉機」、「對創作的手法和題材感到苦惱」，苦思之下放棄雙喜，改寫撰寫兄弟手足之情的題材，題爲〈兄弟〉，後經一再改題，最終才定名〈柘榴〉；作者指出呂赫若以「回歸東洋」爲立足點，用「柘榴」來

[16]呂赫若對文學奉公會或音樂奉公會的成立，其內在態度是一致的「嗤之以鼻」。當日本政府以「大政翼贊會情報局」爲後援在各地推動國民全體歌唱的「新臺灣音樂運動」，派遣音樂挺身隊的人才到全國各地擔任歌唱指導，透過歌唱昂揚勞動士氣。對於這種政治化的音樂運動，呂赫若在日記中以「荒唐可笑」來爲自己的被迫動員留下註腳。

[17]游勝冠〈向左看？向右看？——論呂赫若及其小說的政治位置及思想性格〉云：「在回復到確立臺灣主體意識之前寫作的〈清秋〉（昭和 18 年 10 月 23 日完稿）成爲呂赫若作品中爭議最多，最難解讀的作品。眾評論者，有從強調臺灣主體意識的去殖民論述（葉石濤，1983；陳芳明，1996），有還原於時代背景的反映（施淑，1983；鍾美芳，1995），有以呼應時局的角度解析（王建國，1999），或者對潛意識認同分裂的考慮。（垂水千惠，1998）。眾多紛亂的結果，顯示呂赫若創作這篇作品時，意識形態的錯雜現象。」

[18]此係受臺中縣文化中心之託，調查臺中縣境內文學發展概況，後出版《臺中縣文學發展史田野調查報告書》，與施懿琳、楊翠合撰，1995 年。

象徵中國子孫綿延不絕形象的文化傳統，對抗日人崇尚的「櫻花」。而〈清秋〉的人物形象塑造依然是延續〈柘榴〉回歸中國的精神。柳書琴〈再剝「石榴」——決戰時期呂赫若小說的創作母題（1942～1945）〉透過呂赫若的日記與小說，分析其作品〈石榴〉與以往呂赫若小說作品創作風格、題材與理念的承接性，在當時「浪漫主義與寫實主義」的論爭中，呂赫若仍堅持以往的寫作方向，而在〈石榴〉一文中，更顯現他對於鄉村家族小說的表達更趨於成熟。陳萬益〈蕭條異代不同時——從「清秋」到「冬夜」〉，在對照呂赫若日記之後，認爲呂赫若寫作〈清秋〉，乃試圖爲決戰時期的知識分子找尋出路，並非以皇民奉公文學爲創作目標，但是相對於過去的家庭和女性題材，〈清秋〉以後篇章，寫作知識分子題材的典型轉換，充滿了時代性，雖是大膽的文學嘗試，卻也有不得不然的現實因素。呂正惠〈殉道者——呂赫若小說的「歷史哲學」及其歷史道路〉一文，重新討論「決戰時期」下呂赫若〈石榴〉、〈清秋〉、〈風頭水尾〉及〈山川草木〉小說，認爲呂赫若欲在決戰文學的架構與外表下，隱約曲折的影射臺灣人該如何自處。

其五是比較文學的研究成果，或與臺灣作家比較，或與日本作家並觀，或將中國作家作品合論。如徐士賢〈從賴和到呂赫若：一桿「稱仔」與牛車之比較〉藉由兩文的比較，分析證實呂赫若受到賴和〈一桿「稱仔」〉的影響而有〈牛車〉的創作。張恆豪〈比較楊逵、呂赫若的「決戰小說」——〈增產之背後〉與〈風頭水尾〉〉指出楊逵、呂赫若兩個具有左翼色彩的文學家，雖在其作品中表現出一爲參與者，一爲旁觀者，但是對於決戰時期所奉當局之命所寫出來的作品，皆是表面上呼應國策。曾月卿〈比較〈風水〉與〈拾骨〉兩篇小說〉則以呂赫若、舞鶴之作中的風俗題材加以比較論述。林至潔〈呂赫若與志賀直哉文學作品之比較「逃跑的男人」、「到網走」的剖析〉，將呂赫若與日本近代文學大家志賀直哉相比較，指出二者皆出身資產階級，具有悲天憫人的胸懷，同情社會弱者，以文學方式對社會的不公不正提出批判，尤其是生長於殖民地的呂赫若，更進一步寫出反帝、反封建、反階級歧視與差別的社會主義作品。沈慶利〈殖民剝削與「現代化」陷阱——呂赫若〈牛車〉與茅盾〈春蠶〉的比較〉，探討兩位作家對伴隨著殖民地、半殖民地化而來的畸形「現代化」的揭露與批判，分析他們在面對被殖民化和現代化的糾結而產生的困惑。這方面的研究或許是一可繼續開發的題材。另一被討論最多的大概是呂赫若小說的女性形象，陳芳明以內在殖民、外在殖民來分析呂赫若於小說中所塑造的兩種女性形象，一是受封建體制及殖民制度壓迫的女性，雖企圖掙脫父權的支配，卻難以成功；一是具備自主意願的女性，勇於抗拒男性沙文主義的文化，並積極追求屬於自我的命運。作者認爲呂赫若以女性的生命經驗隱喻了臺灣歷史命運的縮影。相關論文見本書研究篇目索引可知，不再一一敘述。

四、

呂赫若文學作品的研究之所以能展開，藉助於《呂赫若集》、《呂赫若小說全集》及《呂赫若日記》之出版，每一次的出版都引發新一波的研究熱潮，如《呂赫若日記》詳實呈現了呂赫若文學藝術活動最活躍的三年，從中可以看到他的閱讀紀錄和心得、小說構思和創作過程、文壇的交遊、狀態、家庭的生活狀況以及其思想變化軌跡。日記提供了研究者對 1940 年代呂赫若音樂戲劇活動的關注，也提交數篇可觀的論文。相信評論家也將在日記中陸續發覺更多可討論的議題。然而在現階段研究中，個人也深切期待呂赫若其他作品的出土，如呂赫若長篇小說〈臺灣的女性〉，原載於《臺灣藝術》第 1 卷，因資料取得不易，故林至潔僅翻譯第一、二回〈春的呢喃〉（第 3 號）、〈田園與女人〉（第 5 號），後來垂水千惠蒙張良澤提供的資料得見該文三至六回，因此得以發表〈關於呂赫若「臺灣的女性」諸問題〉（《橫濱紀要四號》，1997 年 3 月），較完整介紹及評論該作。垂水也進一步比對日記所述，按圖索驥找出呂氏所發表作品，赫然發現呂氏另一筆名「土角山」，得以更全面考察他的音樂觀。曾健民則發現了戰爭末期呂赫若一篇未出土的短篇〈一年級生〉，此外《自由時報》亦刊載了佚文〈嗚呼，黃清埕！〉，此文敘述了太平洋戰爭末期，學成歸國的雕塑家黃清埕所搭乘的輪船「高千穗丸」，遭美國潛艇發射的魚雷攻擊而沉船，黃氏不幸罹難，呂赫若追溯了在東京與黃清埕夫婦交往過程。近年導演黃玉珊《南方紀事》即是以黃清埕爲主角，李欽賢〈飄落海上的藝術散花——黃清埕〉很感性地道出他的感受：「有一段漫長的時間，黃清埕好像一片被壓在海底岩石下的花瓣，靜靜躺在海底，無人知曉；台灣近代美術的雕塑篇，黃清埕幾乎被遺忘，主要是他英年早逝。但黃清埕的藝術宛如撒落海上的散花，流落逾半世紀，終於從台灣外海飄回故鄉。」很可惜的是這篇文章尚未被研究者應用。如果我們能留意到這作品，進而將巫永福〈脫衣的少女〉小說一併合觀，那麼對黃清埕或呂赫若的研究，都將具有相當的意義，回到當下情境考察，在「高千穗丸」被擊沉後，日本政府非但未緊急救援，尙派人到台灣對罹難者家屬實施言論箝制，不准對外張揚，事後自然也沒有補償；而美國當時不管「高千穗丸」是商船，片面認定船上載有日本軍人，而予以攻擊，遂導致千人死亡，死的且大都是台灣人，何況不少像黃清埕這樣優秀的人才，然而美國方面亦不了了之，做爲日本殖民下的臺灣人的悲哀，於此正深刻被披露出來。《臺灣藝術》應尙有不少呂赫若作品未被發掘，而做爲日刊後的《臺灣新民報》時有殘缺，中篇《季節圖鑑》亦已由陳淑容整理[19]，並發表論文〈雅俗之間——呂赫若小說〈季節圖鑑〉試析〉於「龍瑛宗及其同時代東亞作家百年冥誕紀念國際學術研討會」，相信呂氏佚失作品之面世，能再度開啓新一波的研究深度。

[19]陳淑容〈戰爭前期臺灣文學場域的形成與發展——以報紙文藝欄爲中心（1937～1940）〉。博士論文第 4 章第 5 節：「皇民化」的隱喻——呂赫若與〈季節圖鑑〉，成功大學臺灣文學所，2009 年 7 月。

輯四◎

重要評論文章選刊

最後的牛車

論呂赫若的小說

◎施淑*

收集在遠景出版的《光復前臺灣文學全集》第五冊《牛車》裡的呂赫若作品，雖然只有七篇，但卻是個豐富的文學現象。對於沒有能力直接掌握光復前以日文寫作的臺灣作家作品的讀者，這七篇翻成中文的小說，就像 1947 年呂赫若以 33 歲的英年，謎樣地被毒蛇咬死的慘劇一樣，相信不免會有驚詫、缺憾、痛惜和疑惑的感覺，因而自然地引發了對現代臺灣文學史及臺灣人民精神發展的追問和沉思。

根據目前的研究資料，呂赫若這七篇作品大概包括了他小說創作的主要部分，以光復前臺灣文學的發展情形來看，這些發表於 1935 到 1944 年的小說，正屬於成熟階段的優秀作品，因此就作者和時代而言，它們都具有不能忽視的代表性意義。從作品的一般表現，可以看出呂赫若的小說世界是跨越在日暮途窮的農業社會和勢在必行的工商經濟型態之間的，是故每篇小說都像剪影一樣，分別呈現變化中的個人和社會問題。如〈牛車〉寫依靠祖傳的牛車搬運貨物維生的農人，被運貨汽車斬斷生路的經過；〈財子壽〉和〈合家平安〉處理地主之家的內部傾軋和沒落；〈風水〉一篇透過渡海來臺的漢人對風水的迷信，探討農業道德的危機和解體；〈廟庭〉、〈月夜〉這兩篇連作及中篇〈清秋〉，以受過日本教育的年輕一代爲主，表現二次大戰末期浮動不安的臺灣社會及其精神現象。

在處理上述面目紛繁的題材時，呂赫若在態度上並未曾由任何旗幟鮮

---

*本名施淑女。發表文章時爲淡江大學中國文學系教授，現已退休，並爲淡江大學中國文學系榮譽教授。

明的立場出發，也未曾按照什麼預設的意念對問題進行剖解，而僅只是以小說人物的遭遇和行為反應為基礎，像編年史一樣平穩客觀地敘述那發生在日本殖民統治末期的臺灣鄉鎮的生活現實。這種幾乎不帶任何激情也很少著意經營語言、結構的寫作方法，對於習慣於探求節奏和象徵意義等等的讀者，可能會覺得平淡無奇，甚至於是文字上的浪費。但這種基本上建立在敘述的（Narrative）而非描繪的（Descriptive）表現手法，卻使他的小說藝術呈現了現實主義的自然率真的風格，使他的小說在質地上具有總是不會缺少這樣或那樣的苦難和歡樂的人間的豐富性和親切性。這種藝術感性，這表面上看來近似於自然主義的瑣細的表現手法，與其說是受當時日本新文學思潮的影響，是出自作者有意識的設計，不如說是仍舊以農業生產為主導的光復前臺灣社會的迂緩的、沒有組織的性質，在意識上的反映，也即是忠實於寫作對象的作者，不自覺地掌握了的那時代的生活節奏。這情形特別清楚地表現在〈牛車〉、〈財子壽〉、〈合家平安〉、〈風水〉這幾篇處理一般社會和家庭問題的小說，就是以新人物的感情思想為主體的〈廟庭〉、〈月夜〉、〈清秋〉，那特徵也依然存在。在所有這些作品裡，我們感覺到的是春去秋來，歲月如流，一切似乎自然而然地發生、變化，一切事物都按照它內在的發展邏輯和一貫性被敘述出來，而不是被邏輯地組織出來，像靜物寫生似地加以細細描繪，使它們像一個個被製造出來的「成品」一樣出現。這種藝術表現，雖然使呂赫若的作品難免有叢雜的、失去中心的現象，但卻避免了早期臺灣小說常有的因社會改革的使命感而產生的急躁的、抽象的長篇說教，或為突出某一人物及事件的意義而著力描寫後所形成的結構上的局部臃腫。就藝術形式這方面來說，呂赫若的小說自有文學史上的深刻意義。

伴隨著緩緩的敘述，人世的變遷在呂赫若的小說世界一一展現，它經常是間接的、曲折的反映在人物的行為意識之中，其中唯一的例外是〈牛車〉。在這篇發表於 1935 年的小說裡，社會變革以惱人的、既成事實的姿態闖入主角楊添丁的生活，使這位無知的牛車夫痛苦地感覺到「自己一天一天地被推下了貧窮的坑裡」，而整個事實是：

> 慢吞吞地打著黃牛的屁股，拖著由父親留下來的牛車，在危險的狹小的保甲道上走著的時代，那時候口袋裡總不缺錢的。就是閒散地坐在家裡，四五天前就會有人爭著來預定他的牛車去運米和山芋。當保甲道變成了六間寬的道路，交通便利了的時候，卻弄成這個樣子，自己出去找到都找不著，完全不行了。後來弄到了連老婆都不得不把小孩子丟在家裡，到甘蔗田地或波蘿罐頭工廠去，否則明天的飯就沒有著落。

同樣惱人的事實是，本來理所當然地走在道路中間的牛車，現在被限制只能靠邊走，把道路中間讓給腳踏車、汽車疾馳而過。面對這些變化，楊添丁是完全無法理解的，他只能像其他農人一樣心焦地感覺到屬於「清朝時代」的牛車，即將被「日本時代」的汽車取代，只能朦朧地意識到「日本東西實在是可怕」，但是，爲了生活，他不得不「比從前認真一百倍」的找工作機會，「不得不頑強地和某種視而不見的壓迫搏戰下去」。然而這由於生產工具的變革而來的生活困境，畢竟不是能以他的主觀意志爲轉移的，那同樣由於生產工具的變革而形成的新的社會關係也不是他改變得了的，因此儘管楊添丁把找不到工作歸罪於「街上的商人是寡情的」，他也只能懷恨在心，忍氣吞聲地到「不肯僱的地方去勉強求情」。到最後，眼看除了賣不出去的勞力之外已經一無所有的楊添丁，只有屈辱的要求他的妻子出賣她同樣已經別無所有的身體，而雙雙走上他們永遠無法知道原因的毀滅的終局。

上面的故事是光復前臺灣文學常見的題材，呂赫若在處理時也與多數同時期的作家一樣，避免不了日本殖民統治的慘痛經驗，如小說中陰魂不散的「大人」，「政府」完全不管的污穢的「臺灣人街」。但值得注意的是，在小說人物的意識中，他們對於日本統治者的措施——如繳稅、不准牛車在道路中央走，及對殖民統治代理人的警察的憎恨——與其說是基於被統治的事實，不如說是把它們和機器混同起來，把它們看作那「視而不見的壓迫」的「日本東西」的整體。也就是說，在他們的心裡，日本統治者是以機器及它所代表的可怕力量的製造者、保護者的身分出現的，因而他們實際憎恨的目標，除了「大人」的有形的人身壓迫，寧可說是他們作爲機器的護法者的身分，這也即小說所說的「混蛋機器，是我們的強敵」的強烈情緒。這意識上的變化是有深刻的社會和人性的意義的，一方面它反映了 1930 年代日本殖民統治者繼糖業保護政策、米穀管理法案等措施後，進一步與大財團勾結，打擊農村經濟，對農民生活造成的威脅和夢魘。另一方面，它反映了在這農村經濟瓦解的過程中，破產的農人以他們那連同物質生活一道破產了的心理憎恨新財富的擁有者，從而敵對那創造新財富的機器文明。這中間的悲劇是：當牛車是通過鄉間小路的壟斷性工具時，作爲它的所有者的楊添丁們是他們自己和他們的世界的主人；一旦汽車把牛車擠到新的工商產業大道的邊緣時，他們只能連同那失去了生產競爭的優越性的牛車，失去了他們優越的社會地位，只能被他們心目中「寡情的」、只求運用機器有效地累積物質財富的商人，視爲沒有使用價值的、應該靠邊站的存在。小說中駕著牛車的農人，在夜間把那爲商人立法的「道路中央四周不准牛車通過」的路碑，合力摔到田裡，讓牛車「主人似地不客氣地在道路中心碾著走過去」，而後勝利地高叫：「這時候是我們的世界！」這隊行走在黑暗世界的夜行牛車，正反映了依靠直接勞動的小農經濟，在社會劇變中的直接的、笨拙的、痛楚的反抗姿勢，以及他們在現代世界史上的命運。

從 1936 到 1941 年，我們讀不到呂赫若這段時間的小說中譯，越過個階段，從 1942 到 1944 年，呂赫若的小說世界似乎換了人間，這時他的小說不再出現〈牛車〉中的社會場景，而只是些發生在家庭裡的變故，他的關注點也由社會層面轉移到人性問題。如〈財子壽〉這篇臺灣最後的地主之家的傳奇，主人周海文守著一幢遠離人煙的深宅大院，平日深居簡出，種花讀書自娛，「他對人生的態度，只有財子壽三個字」，因爲他的最大志願是「靠不動產的收入」富上加富，是把充滿「祭器」和「朱色古物」的祖屋福壽堂維持現狀，但這個夢想卻在他的好色貪婪、妻妾爭權和兄弟傾軋中，七零八落，而高傲的、遠離變化的、像獨立王國的福壽堂，也只有徒具形式地與作爲它的精神中心的「財子壽」，存在於鬼魅流連的「文明時代」的市鎮之外。相似的故事發生在〈合家平安〉，在那裡，衣食租稅，不事生產的敗家子范慶舍，被鴉片煙槍抽光了祖產以後，只有以僅存的封建的父親權威，無條件壓榨他的妻兒。在〈風水〉中善良的老周長乾，因弟弟周長坤爲保全對他有利的風水，任憑父親的墳墓敗壞下去，堅決不爲父親洗骨，到了接二連三的不幸降臨他家，卻強自挖開埋葬不久的母親的墳墓，讓那沒完全爛掉的遺骸暴露天日，面對這大大違逆封建人倫的可怕景象，周長乾老人除了捶胸痛哭，並「不恨弟弟，只歎人道的荒廢」。〈廟庭〉和〈月夜〉中，主角的舅父明知自己那死了丈夫再嫁的女兒，百般受婆婆、小姑和丈夫虐待，卻不肯答應離婚，原因只在「三百元的陪嫁錢和嫁粧都握在對方的手裡」，而且更重要的是給自己「留點面子」。〈清秋〉裡，那剛從日本學成回臺，計畫在故鄉開業的醫科畢業生，對鎮上那些成了「醫術之商賈」的醫生深惡痛絕，對「醫學終究還是金錢的奴隸」這一事實感到悲哀，但他只把這歸結到開業醫生的墮落庸俗，不能信守做醫生是「一種『人』的責任」。

從〈牛車〉中對社會變遷的廣泛探討，到上述這些作品之集中於人性的剖析，呂赫若的創作方向上的轉變，有待新資料說明。在這些由人性的角度去看崩潰中的農業社會及其道德意識的作品中，值得注意的是經過 50 年的日本殖民統治後，發生在臺灣知識分子中的新的思想觀念和價值取向的問題。這首先微弱地表現在〈風水〉裡把「洗骨」的風俗多少看成無謂的鬧劇的周長乾兒子身上，還有〈廟庭〉及〈月夜〉中，那位對家庭糾紛從根本上感覺茫然無力的主角，而集中表現在〈清秋〉這篇小說裡。在這篇寫作於二次大戰末的中篇裡，醫科畢業生的主角耀勳，面對的是一個使他興奮而又無措的世界。一方面，在東京過慣都市生活的他，回鄉三月，發現自己仍然是個「田園之子」，對於前清秀才的祖父的漢學、浩然之氣，無限崇敬，更對祖父「以栽培菊花爲樂趣」的這種「親近自然的風雅」，由衷「感到羨慕」。但是另一方面，看到扮演「時代先鋒」的弟弟，「毅然決然地跳入時代的奔流」，放棄在日本大阪的高職，志願到馬來亞去的行動，卻使他感覺若有所失。而在這中間最使他感到困擾的是，他馬上要「退居鄉間，成爲一名開業醫生孝順父母」的事實，這意味著他終將與鄉鎮中已然成爲「醫術之商賈」的醫生同列，這是他從心底嫌惡羞恥的，雖然他的決定開業「未必是爲了要服務庄民而盡瘁」，但受過現代醫學教育的他，卻完全無法忍受「假藉金錢的媒介」消除人的疾病的行爲，他的抱負是：「不要當一名鎮上俗不可耐的醫生，而應該當一名醫學者，更進一步去鑽研醫學，樹立人類永遠的幸福」。就這樣，這個自稱「淺薄的人道主義者」的醫科畢業生，在還沒有開業前就經驗了包法利醫生的那種屬於鄉村中產階級的精神貧困，他不斷感到「鄉村生活的寂寞」，然而離開東京三個月，居然發現自己對都市的「騷音」覺得陌生，這一切使他「心情無法安定」，使他發現「生活是矛盾的連續」，因而對即將遠行的弟弟，他終於坦然承認自己已經「體會不出生活的意義」，對生活「根本懷疑」。

呂赫若筆下的這個矛盾重重的問題人物，在 19 世紀以後的文學作品，並不陌生，他那輾轉在所謂「淺薄的人道主義」的朦朧的不安，更不難看出它的世紀末精神病痛的特質。然而這個擺盪在菊花的風雅與遠方的呼喚之間的未來醫生，這個充滿了善良意志的懷疑論者，除了帶有 20 世紀資本主義社會清醒的知識分子的思想傾向外，應該有他特殊的社會根源，那便是經過 50 年的殖民統治後，接受日本教育的臺灣知識分子，他們原有的傳統農業人民的善良性格，加上那來自資本主義的一切美好信念——如自由、平等、博愛、科學、民主、合理等等，在本質上是奴隸主與奴隸關係的殖民帝國主義的高壓下，表現出來的扭曲的、軟弱的性質。這情形正如 19 世紀中，那些代表小布爾喬亞的和平願望的「真正社會主義者」，面對資本帝國主義的世界性掠奪，高舉「善良的人性」做爲他們的戰鬥武器一樣。這個由複雜的社會歷史矛盾決定了的思想性格，這個因被殖民而來的精神意識的虛脫狀態，使成長於臺灣資本主義萌芽期的呂赫若小說，無法健全地走上那發生於資本主義時代的、充滿叛逆和批判精神的浪漫主義的道路，使他後期的創作只能從泛人性論出發，徘徊在那本來就是社會矛盾的產物的人性矛盾的探索之上，而這同時也使他的小說像牛車一樣，沉重地、辛苦地碾過那坎坷的被殖民的長路的最後一段，留下了深深的印記。

——選自施淑《兩岸文學論集》

臺北：新地文學出版社，1997 年 6 月

日據末期的三對童眼

以〈感情〉、〈論語與雞〉、〈玉蘭花〉為論析重點（節錄）

◎張恆豪*

〈玉蘭花〉裡的童眼

日據中期的文學驍將呂赫若，出身於豐原農村的小地主階層，堅定的民族意識與社會主義，是其文學思想的基礎。呂赫若的文學風格，在準確性及批判性的寫實主義下，一貫以冷峻的凝視，殊少熱情的擁抱。「冷」堪稱是呂赫若小說的特色，「冷」使得他的小說質地讀起來特別淳厚，而〈玉蘭花〉（1943 年 12 月）卻是相當罕見溫馨的一篇，寫於近衛文磨「大政翼贊運動」之後，因而對於臺灣人的家居生活及地方色彩有較自由的發揮。通篇以孩童純真的眼光，來看待臺灣人與日本人間的友誼，洋溢著懷舊的、溫馨的、回憶的色彩。日本學者垂水千惠以為「〈玉蘭花〉是呂氏所有作品中最甘美的一篇」[1]，與呂氏同時代的資深女作家楊千鶴也所見略同地說，「〈玉蘭花〉這一篇可算是呂赫若所有的日文小說當中最具有溫和情感的一篇」[2]，以碩士論文《兩個太陽下的臺灣作家——龍瑛宗與呂赫若研究》受人注目的新銳學者朱家慧，也以為「〈玉蘭花〉堪稱呂赫若最優美的

---

*文學研究者。

[1]垂水千惠〈論〈清秋〉之遲延結構——呂赫若論〉（清華大學「賴和及其同時代的作家：日據時期臺灣文學國際學術會議」論文，1994 年 11 月）。

[2]楊千鶴〈呂赫若及其日文小說之剖析〉（臺灣師範大學「第二屆臺灣本土文化學術研討會——臺灣文學與社會」論文，1995 年 4 月）。

小說——最能表明作者意圖」[3]。

然而，在溫馨與優美的背後，呂赫若透過這篇較爲「異質」的小說，究竟想傳遞什麼訊息？而這篇作品在呂赫若的文學思想中又如何定位？到底它代表了什麼意義？

楊千鶴還說：「此篇著重小孩心理的刻畫，並沒有特別涉及日本與臺灣之間的任何瓜葛。」[4]表面看來，呂赫若的確刻意避開民族之間尖銳的矛盾與對立，但在呂氏的文學思想及內心世界中，我以爲這一篇卻透露了多年以來，糾纏於呂赫若心中的近代化與傳統漢民族文化之間的文化認知問題，在這篇〈玉蘭花〉終於有了較爲圓熟的思考與釐清。

〈玉蘭花〉之內容，是第一人稱單一敘事觀點的「我」，透過家族照片的少年時代回憶，背景設定在新舊思潮交會的 1920 年代。依舊延續呂赫若從日本東京返國之後，1942 年自〈財子壽〉、〈風水〉、〈合家平安〉一路下來的對於臺灣封建地主家族史的凝視和剖析，只不過這回在其中新加入一個日本人的角色，小說中這位日本人，是留學東京受過新文化洗禮的叔叔帶進來的，叔叔則是「我」的大家族中唯一有著新思想的人。

因爲日本人鈴木善兵衛的「闖入」，帶進新的科技產物——照相機，也讓「我」留有難以磨滅的「童年回憶」。在新舊文化的衝擊與映照下，「我」與鈴木雖然語言不通，卻能友善相交，從對這陌生闖入者心懷怯懼、疑慮，到以後態度的轉變，乃至最後日本人離開的哭泣不捨，此一孩童心理的鋪陳、推演及逆轉，便構成了小說中極耐人尋味的焦點。

在寫實的架構中，有兩個不可忽略的意象，頗富象徵意義，可進而追索呂赫若的寓涵，一是前述的照相機，一是作爲小說篇名的玉蘭花。前者是近代化科技的產物，它象徵著輸入進來的近代文明；後者根植於臺灣土地，其樹高聳亭立，它象徵著根深柢固的臺灣漢民族文化。

[3]朱家慧《兩個太陽下的臺灣作家——龍瑛宗與呂赫若研究》，林瑞明指導（成功大學歷史研究所碩士論文，1996 年 6 月）。
[4]前揭〈呂赫若及其日文小說之剖析〉，頁 6。

照相機與玉蘭花樹的互動與交融，在小說內在紋理中處處可見。「我」對鈴木每一回心理的轉變，呂赫若都會設計玉蘭花樹做爲襯景，融情於景，或說情景交融；而「我」或我們家族，對於照相機這「黑黑的、可怕的東西」之觀感，由先前的恐懼排斥，到後來的接納懷念，也和對日本人的觀感形成正比，或說相互呼應。

小說後半，呂赫若的心思終於浮現而出。鈴木得了熱病，極爲危急，在病情持續惡化中，是「我」的小祖母運用臺灣民間不可思議的招魂術，喚回他的魂魄，也是大家族誠心誠意的照顧，在植有玉蘭花樹的庭院的庇護下才逐漸康復。而多少年後，時移境轉，物去人非，是照相機的深情記錄，形成了我們之間無悔青春的美好記憶。

也許正如施淑、林至潔二位教授所言[5]，呂赫若是以孩童沒有殖民者與被殖民者的階級意識及文化意識，透過人性對話與情感互動，來處理臺灣人與日本人的民間感情。然而，從其小說結構的意象及象徵，隱約又可窺見呂赫若對文化認同的思考跡象。日本闖入者之進出玉蘭花庭院，只是短暫的過客，「他」的離去也僅是時間因素，「我」有如玉蘭花香的臺灣風俗人情，治癒了「他」肉體的病魔，而「他」有照相機的近代科技文明，卻也帶給「我」心靈的回憶。照相機就如同日本人鈴木善兵衛，是客體，可自由來去，玉蘭花樹與「我」是主體，屹立於本土。

易言之，在臺灣漢族文化的主體或根本上，不必去否定近代化，近代化雖是假借殖民者日本之手帶進來的，但近代化或言日本化則應也是必須的，近代化未必等同於日本化（就如照相機），近代化也未必就與臺灣漢族文化相互對立，只要守住主體或根本（如同玉蘭花樹），被殖民的文化也能包容外來的殖民文化，近代化或日本化之融入，並非消滅，而應是另一種生機。

---

[5]施淑觀點，見「呂赫若的文學評價」座談會紀錄，刊於《民眾副刊》，1992 年 3 月 5～9 日。林至潔〈期待復活——再見呂赫若的文學生命〉，收於《呂赫若小說全集》，臺北：聯合文學出版社，1995 年 7 月。

我十分贊同垂水千惠所言，呂赫若早期作品如〈牛車〉、〈風水〉，有否定近代的傾向，而否定近代，又與否定日本有關[6]，此爲呂赫若潛藏的、堅決的民族意識。而至中篇〈清秋〉時，垂水教授認爲「呂赫若利用寫〈清秋〉的機會，創造出耀勳此人物來和自己內心的近代做一結算，他想描寫的是恨近代可也迷上近代，因已迷上就已非無辜的自我矛盾」，「經過長時的『遲延』，好不容易露出耀勳的近代主義者的真面目，卻再次被『孝順』的假面具包隱了。再沒有別的東西比耀勳之此急遽變化，更讓讀者困惑的了。」[7]

我以爲〈清秋〉正顯露出呂赫若擺盪在兩極之間的矛盾和困惑，它代表一段過渡的心靈掙扎，有此陰霾的過渡，才有後來〈玉蘭花〉的豁然開朗、溫馨優雅[8]。

耀勳，這位受到資本主義近代思想洗禮的懷疑論者，當開業證遲遲不下來時、當後來「不當鎮上的俗醫、而當一介科學家鑽研醫學，創造人類的幸福」之崇高理想，逐漸凌駕原先「回鄉當鎮上醫生以報答父親孝心」的俗念時，理應堅持這強烈信仰走下去，而末尾軟弱徬徨的耀勳，卻是「必須回到與自己的決定完全對立的原來狀態」，「結果能留在父母所期待的地方，又能孝順父母，不亦善哉」，此一理想與現實的衝突，正顯示呂赫若對近代化已有較持平客觀的體認，但在傳統孝道的包袱下，對近代雖不否定，但仍有顧忌，瞻前顧後，裹足不前，暴露出在太平洋戰爭陰影下一顆騷動不安的靈魂。

歷經〈清秋〉之心理掙扎和過渡，到〈玉蘭花〉階段，深受漢文化薰陶，又懷抱左翼思想的呂赫若，終於看清時代的前景和路向，驀然回首，在燈火闌珊處，於玉蘭幽香裡，他終領悟到近代化與漢民族文化並非相斥

---

[6]見前揭垂水千惠〈論〈清秋〉之遲延結構——呂赫若論〉，頁 3。

[7]見前揭垂水千惠〈論〈清秋〉之遲延結構——呂赫若論〉，頁 6、9。

[8]一般誤以爲〈玉蘭花〉寫於〈清秋〉之前，但根據近年來出土的《呂赫若日記》，可知〈清秋〉脫稿於昭和 18 年（1943）10 月 23 日，而〈玉蘭花〉該年 12 月 12 日動筆，同月 16 日脫稿，可見〈玉蘭花〉寫於〈清秋〉之後，朱家慧新編呂赫若年表，亦做如是觀。

而可相容的可能性。

然而，〈玉蘭花〉畢竟只是單純地架構在不涉及利害衝突的封閉庭院，在呂赫若的後續作品〈山川草木〉，他的思想進程與文化認同有更明晰的呈現。呂赫若進一步揭露自〈財子壽〉、〈合家平安〉一路下來輾轉在封建家族爭產傾軋的女性，這回終於走出她傳統的宿命。她放棄了遺產，決定休學，遠離都會中心，由於女主角寶蓮在東京學鋼琴（「鋼琴」與〈玉蘭花〉裡的「照相機」有相近的象徵含義），東瀛的新思潮與世界觀的刺激，彷如源泉活水，開啓她內在的智慧與動力，她終於決心帶著弟妹，遷居到偏僻的山村，獨立開墾貧瘠田地，以勞動意志及實踐精神，開闢出自我的理想世界。呂赫若一方面隱喻近代化回歸落實於臺灣本土的根本意義，使臺灣本土文化有絕處重生的新機，同時一方面也更圓熟顯示其勞動的美學觀、新女性主義思維及社會主義懷抱。

呂赫若日據時代最後一篇小說〈風頭水尾〉，更進而揭露決戰末期知識分子投向被忽略、被遺忘的社會邊緣，向勞動者學習，以求自我改造的救贖過程，並隱約透露出集團耕作的社會主義思想[9]。

但是，無可諱言的，〈玉蘭花〉與另一小說〈鄰居〉，其內容都不乏出現日華親善的描寫，在日據當局鼓吹內臺融合的敏感時機，自是有別於呂赫若以前的小說，亦往往引人爭議，應可視爲另一「異質」的存在吧？

——選自陳映真等著《呂赫若作品研究：臺灣第一才子》

臺北：行政院文建會，1997 年 11 月

[9]參考施淑觀點，見〈書齋、城市與鄉村——日據時代的左翼文學運動及小說中的左翼知識分子〉（前揭清華大學「賴和及其同時代的作家」學術會議論文），另發表於《文學臺灣》第 15 期（1995 年 7 月 5 日）。

再剝〈石榴〉
決戰時期呂赫若小說的創作母題（1942～1945年）

◎柳書琴*

一、前言

呂赫若是決戰文壇中，極少數直到戰爭末期依舊保持活躍創作力的作家之一。他此期的創作在母題的選擇及表現手法上不盡相同，但是大體而言對鄉村家庭或家族素材的偏愛，可以說是一大特色。如果說決戰文壇的另一位旗手張文環以風俗的描寫見長，那麼呂赫若則是以「家」的描寫特立一格。在皇民化運動下，張文環致力於臺灣風俗、舊慣的描寫，其欲與皇民化運動有所區隔的企圖是可以察見的[1]，依此大膽推想，呂赫若多篇以臺灣人社會生活基本單位「家」爲取材的小說，與皇民化運動推動之「改姓名」、「正廳改善」、日本式家居生活……等，在精神及物質層面改變臺灣人傳統家族關係、家居文化的舉措，是否也有什麼關聯呢？這是一個有趣的問題，但是目前對於呂赫若此一階段的創作歷程、創作母題及其創作企圖的討論仍不多見，因此在深入這個問題之前，似乎有必要對呂赫若決戰時期的創作歷程稍加討論，以便對他此時的關懷有基本的掌握。

就呂赫若此期創作歷程的討論而言，近年發掘呂赫若日記的鍾美芳，可說是貢獻良多的一位，她曾對〈石榴〉（原題〈柘榴〉）、〈清秋〉與呂氏日記進行交叉討論，認爲呂赫若從〈石榴〉到〈清秋〉的創作歷程，簡言

*發表文章時就讀清華大學中國文學系博士班，現爲清華大學臺灣文學研究所副教授。

[1] 柳書琴〈謎一樣的張文環——日治末期張文環小說中的民俗風〉，「第二屆臺灣本土文化學術研討會——臺灣文學與社會」研討會宣讀論文，國立臺灣師範大學國文學系人文教育中心主辦，1995年4月20～21日。

之就是「回歸東洋」、「回歸自然」與「正視歷史現實」的過程。其推斷有其獨到之處，而其論點「剝開石榴。其中含藏著無數反抗的種子」，那如詩般的句子更一直縈繞筆者心頭。因此，細細咀嚼，反覆玩味之餘，「剝開石榴」是否還能窺見些什麼，便深深地觸動了我的心。不過，鍾美芳認爲：「從〈石榴〉到〈清秋〉呂赫若是處於內外激盪的情境下，逐步苦思摸索出方向之後，才呈現出轉型風貌的作品階段」，她的意思應指呂赫若在〈石榴〉中「逐步苦思摸索出方向」，故有「呈現出轉型風貌」的〈清秋〉之作。〈清秋〉確實是呂赫若此期小說中的異數，具有某種程度的轉型風格，但是〈石榴〉是否爲〈清秋〉之成形，「摸索」出某種「方向」，則似乎仍有討論的空間。

關於這個問題，可以把焦點放在〈石榴〉創作之際呂赫若的思想是否有明顯轉變，以及〈石榴〉是否與先前作品有所不同兩方面來進行思考。鍾美芳認爲，「回歸東洋」與「回歸自然」是呂赫若在創作〈石榴〉時，就創作走向而言找到的兩個出口。在「回歸東洋」方面，鍾氏認爲呂赫若之「回歸東洋」乃「回歸中國傳統文化」，關於此點她曾以〈石榴〉中傳統知識分子的出現、地主形象的轉變，和作者對召靈、合爐、過房等儀式的描寫來加以說明；而在「回歸自然」方面，她認爲〈石榴〉中著意描繪農村景觀，即是最好的證明。[2]〈石榴〉中確實有傳統知識分子、和善的鄉紳，有象徵農村信仰及秩序的召靈、合爐、過房等現象，也有對鄉村景觀的大量描寫，但是呂赫若對這類題材的描寫及運用是否始於〈石榴〉？他對於「回歸東洋」的思考又是否始於此際？另外，呂赫若在什麼機緣下開始思考「回歸東洋」的問題，又是以什麼態度來思考？〈清秋〉以後呂赫若是否就此轉型，與其先前之創作風格徹底決裂？本文擬以〈石榴〉爲中心，對這些問題進行探討，以便嘗試從中掌握決戰期呂赫若的主要創作母題及其扼要的創作歷程。

---

[2]鍾美芳〈呂赫若創作歷程初探——從「石榴」到「清秋」〉，「賴和及其同時代的作家：日據時期臺灣文學國際學術會議」宣讀論文，行政院文化建設委員會主辦，1994 年 11 月，頁 26～27。

由於有關呂赫若生前的思想及活動，仍有許多未能詳明的地方，因此本文將從呂赫若目前已出土之日記片段、與他有牽涉之「浪漫主義與寫實主義論戰」，及其若干重要作品三方面逐次展開，希望藉此能有助於對這位決戰文壇重要作家的理解。

二、苦惱之苗

回溯呂赫若日記可以發現，實際上呂赫若對本身創作題材及表現手法之思索，至少可以上溯到其旅居東京的時期。據目前已公開之日記片段有載：

> 為鬱悶之感所籠罩，陷於想寫出優秀的作品卻寫不出來的狀態，那樣的話，東京也是寂寞，為何往昔的熱情不再湧現呢？（1942 年 3 月 8 日）

> 晚上略微發燒，頭昏沉，精神極差，難道真是肺病？死非所懼，唯恐死後無可傳世之作。（1942 年 4 月 3 日）[3]

呂赫若在東京留學時期便苦惱於個人之創作，他自許甚高，憂心寫不出「優秀的作品」，唯恐「無可傳世之作」。

在此稍前，呂赫若甫完成小說〈財子壽〉（1942 年 1 月 10 日脫稿）。此時正值其創作〈月夜〉（1 月 14 日至 3 月 16 日）之際。[4]想寫出優秀的作品卻寫不出來的感慨，或許是針對創作〈月夜〉而發的。此後直到 5 月 3

---

[3]呂赫若家屬將其日記交由鍾美芳小姐研究，目前似正於整理階段，尚未公開，因此筆者至今無緣得見。本文使用部分皆轉引自鍾美芳〈呂赫若創作歷程初探——從「石榴」到「清秋」〉前揭文，及其〈呂赫若的創作歷程再探——以「廟庭」、「月夜」爲例〉（「臺灣文學研討會」宣讀論文，臺北私立淡水工商管理學院、臺灣文學系籌備處、臺灣文學研究室主辦，1995 年 11 月 4～5 日）兩文。以上兩則日記轉引自〈呂赫若的創作歷程再探——以「廟庭」、「月夜」爲例〉，頁 4～5。

[4]參見，朱家慧編〈龍瑛宗與呂赫若年表（1911～1951）〉，收錄於朱家慧《兩個太陽下的臺灣作家——龍瑛宗與呂赫若研究》（國立成功大學歷史研究所碩士論文，1996 年 6 月）〈月夜〉後來至 1942 年 12 月 12 日才脫稿，可能創作中途曾有停頓。

日因病歸臺之前，他還曾企圖創作小說〈碗筷〉（3 月 21 日構思）、劇本〈七夕〉（3 月 31 日）、劇本〈父親逝世後〉（4 月 7 日構思）、小說〈鴻河堂四記〉（4 月 7 日構思）及劇本〈百日內〉（4 月 19 日）等多篇小說及劇作。[5]〈月夜〉之後的作品後來雖然皆未完成或未發表，但是在他抱病創作、毅力驚人之後，顯然有股旺盛的創作欲念在支撐著。此時他在日記中曾載：

> 整天頭痛，沒有心情讀書．也無書信往來，寂寞而已，夜裡風緊，人生畢竟到那裡都一樣，唯有努力而已，在東京也只在努力時才有意義。（1942 年 4 月 21 日）[6]

努力啊！努力！這是此時呂赫若內心的吶喊。但是，努力什麼呢？呂赫若雖未明言，但是從其行動看來，正是努力創作，非要創作優秀作品傳世不可！

依此信念，返臺後的呂赫若未曾稍歇其創作之筆。1942 年 5 月 3 日他揮別東京，隨後旋即馬不停蹄地展開創作。從 5 月 3 日返臺到次年 7 月 31 日〈石榴〉刊出爲止的一年兩個月左右，目前可知共計有小說七篇、劇作三篇、劇評三篇、美術評論一篇，以及未發表小說一篇。[7]其中除小說〈常遠堂主人〉因病未完成之外，其餘散見於《臺灣時報》、《臺灣文學》、《臺灣公論》、《興南新聞》等當時臺灣各大報刊雜誌。一反東京時期構思不斷

---

[5]朱家慧編〈龍瑛宗與呂赫若年表（1911～1951）〉。

[6]鍾美芳〈呂赫若的創作歷程再探——以「廟庭」、「月夜」爲例〉，頁 5。

[7]1942 年 5 月返臺至該年年底他的創作計有：小說〈廟庭〉（6 月 20 日脫稿）、小說〈常遠堂主人〉（6 月 29 日構思）、劇評〈農村と青年演劇——皇奉臺北州支部腳本集に就て〉（7 月 20 日刊）、劇評〈新劇と新派〉（9 月 7 日刊）、大眾劇劇本〈結婚圖〉（9 月 12 日脫稿）、小說〈風水〉（9 月 20 日脫稿）、小說〈鄰居〉（10 月 1 日脫稿）、小說〈月夜〉（12 月 12 日脫稿）、廣播劇〈林投姐〉（12 月 23 日脫稿）。1943 年以後，他仍舊維持大量的寫作，到 7 月 2 日在內外交逼的情況下完成〈石榴〉之前，還先後完成了廣播劇〈演奏會〉（2 月 4 日脫稿）、劇評〈阿里山〉（2 月 12 日刊）、小說〈合家平安〉（3 月 10 日脫稿）、小說〈一年生〉（4 月 4 日刊）、美術評論〈臺陽展を觀て——魂と腕の錬磨の連續〉（5 月 3 日刊）等小說及評論。上述作品之創作時間，參見朱家慧編〈呂赫若著作年表〉，收錄於朱家慧《兩個太陽下的臺灣作家——龍瑛宗與呂赫若研究》。

卻創作不前的狀態，返臺後的呂赫若逐漸攀向個人創作之顛峰。別後重逢，他以驚人的活動力向久違的故鄉文壇致意。這位挾驚人創作量，加上對文學、演劇、美術、音樂、編輯[8]等多重關心而來的歸人，想必在當時文壇颳起一陣不小的旋風吧？

有趣的是，當未來與其敵對的文學人士尚未對這位深具威脅力的作家群起圍剿之前，他倒反而先不滿意起自己的作品來了。1943 年 4 月 12 日他在日記中提及校對〈合家平安〉時的情形：

> 讀著讀著，深覺厭惡起來，覺得需要更加具有感情的一面。[9]

對自己作品不滿的焦躁感，曾見於其東京時期。但自返臺後他對創作已顯得較爲篤定，至少就目前已出土的資料上來看，未見其爲此苦惱。因此這般的焦躁感。自其返臺後還是頭一遭，那麼是誰攪亂了呂赫若漸已平靜的創作之湖呢？在此有個尚非十分肯定的線索可供參考，那就是當時日人作家中赫赫有名的濱田隼雄。

濱田隼雄曾在《臺灣時報》（1943 年 4 月 8 日發行）發表〈非文學的感想〉（原題〈非文學的な感想〉）一文，該文主要目的在提倡「大東亞理想」，但是其中也略略談及他對「決戰下的文學、特別是臺灣文學應向什麼方向前進」之意見。[10]文中他對島內的寫實主義文學偏好描寫「現實的否定面」，以及「本島人作家總是提出本島人作爲皇民不積極、不肯定之面」等現象提出批評，同時也批判浪漫主義文學者的作品脫離現實，追求「虛無的末梢之美」，是「沒有理想的浪漫主義」、「頹廢的東西」。文中他甚至不吝自我批判，並自述他之所以反省自己的作品，是因爲想要表示：吾等之文學，若貫徹大東亞戰爭的真義，便能創造出我們所欠缺的理想。最後，

[8]呂赫若返臺後，於 1943 年 7 月正式加入《臺灣文學》編輯陣容。
[9]呂赫若日記。轉引自鍾美芳〈呂赫若創作歷程初探——從「石榴」到「清秋」〉，頁 12。
[10]濱田隼雄〈非文學的な感想〉，《臺灣時報》，昭和 18 年 4 月號，1943 年 4 月，頁 74～79。

他在文章結尾時表示：

> 我想唯有在這個方向中（按：指前述之「大東亞的理想」云云），我等才能從日本的古典中體得傳統，我們才能在這島上創作出不徒然模仿日本文學、外國文學的日本文學。[11]

濱田此文宣揚國策之氣味十足，而且也不乏若干聳動性的批判，但是由於其批評乃對文壇全體而發，除自我檢討之外亦未點名批判他人，因此雖對作家（特別是臺籍作家）有一定程度之威脅性，但惡意叫囂的成分尚淺。

呂赫若是否讀過這篇甫刊出的文章無法確定，不過從濱田的例子可以推測，此時作家已在思考大東亞理念與文學創作之間的若干問題，因此即便呂赫若不曾讀過濱田一文，在當時氛圍下他可能也思考過類似問題。詳細情形是否如此，尚待更多證據來證明，目前僅見 4 月 25 日，他以從容的心情在日記上寫道：

> 買《東洋哲學夜話》，對東洋的哲學、道德非更加全盤學習不可。因此，非對日常生活做出正確的認識以活用在好的作品上不可。[12]

《東洋哲學夜話》是一本日譯的有關印度哲學的書，呂赫若欲從中探尋提升創作之道。這亦是目前已公開日記中，呂赫若第一次使用「東洋」這種名詞的紀錄，但是藉由閱讀臺、日之外的書籍來輔助創作的作法卻不是第一次。

呂赫若至少早在東京時期，對中國古典戲曲及小說即有濃厚興趣。就目前日記有載者，1942 年 3 月間他曾閱讀《浮生六記》、購買《還魂記》、

[11]濱田隼雄〈非文學的な感想〉，頁 79。
[12]呂赫若日記，轉引自鍾美芳〈呂赫若創作歷程初探——從「石榴」到「清秋」〉，頁 15。

《桃花扇》，並曾計畫翻譯《紅樓夢》，而此時亦正是他構思〈碗筷〉、〈七夕〉、〈父親逝世後〉、〈鴻河堂四記〉及〈百日內〉等前述多篇小說及劇作的時期。由於這些創作皆未問世，故無法了解其內容，不過目前可以推測的是，由於〈鴻河堂四記〉和其返臺之初構思的〈常遠堂主人〉，及終戰前計畫完成之長篇小說《建成堂記》[13]，可能爲同系列之家族小說，因此這或許便是他欲讀破《紅樓夢》，甚至想大事翻譯的原因之一。返臺後，呂亦曾閱讀《北京好日》（1942 年 6、7 月）及《古今奇觀》等書[14]。而閱讀《北京好日》期間，亦正是其著手小說〈常遠堂主人〉之際。《北京好日》即林語堂之《京華煙雲》，此際閱讀該書，大概是想從這個描寫北京某大家族故事的小說中汲取靈感吧！由此可見，東京時期呂赫若早已對中國古典戲曲及小說深感興趣，而且已到了從中吸取養分、擷取創作靈感的地步。

日記中呂赫若雖提及「東洋」哲學與道德，卻不見有關「大東亞的理想」的隻字片語，我們無法得知這究竟是因呂赫若未曾讀過濱田一文，抑或讀後不以爲然故未多言。姑且不論呂赫若是否曾受濱田一文的影響，單就此時兩人所呈現的創作觀點，亦可以看見他們之間對「大東亞」、「東洋」之類概念的不同想法。濱田主張從日本古典中掌握傳統，在臺灣建立不事模仿的日本文學，他對「大東亞」問題的思考完全是以日本爲中心的。與此相對，呂赫若在面對「東洋」時，並未特別強調日本的重要性，他同時把眼光放在中國、印度等東洋文化圈的其他地域。前述呂赫若日記上呈現對自己作品不滿的焦躁感，可能與他此時受到諸如濱田隼雄之類的某種刺激有關，而此次內省的結果以及東京時期以來從中國古典中吸取養分的創作經驗，可能使他益發覺得在中國或其他東洋文化傳統中尋求提升創作的可行性。

透過上述對留學東京至〈合家平安〉發表（1943 年 4 月 28 日）期間的簡單觀察，可知呂赫若是一個自我期許甚高，且內省性極強的作家，他

[13]參見朱家慧編〈呂赫若著作年表〉。

[14]呂赫若日記。轉引自鍾美芳〈呂赫若創作歷程初探——從「石榴」到「清秋」〉，頁 15。

敏感易受到刺激，同時孜孜不倦地反省自己的創作。故而在西川滿等人對他展開攻擊（1943 年 5 月 1 日）之前，他早已因內省而陷於苦惱。他的苦惱至少可上溯到東京時期，主要源於對創作優秀作品之探求，然而在苦惱之餘，他亦已開始嘗試尋求解答。在摸索創作之道時，他可能略微碰觸了東洋問題，此時他對此一問題的思考雖不深刻，卻也呈現了一套獨特的思考邏輯。這樣的邏輯使他對於自己的創作更為篤定，同時也成為日後他遭受攻擊、探尋出路時重要的靈感源頭。

綜而言之，此時的呂赫若，苦惱來自於創作，欣喜亦來自於創作，在其苦惱之苗萌露之際，呂赫若式的解答也在抽芽。因此，〈石榴〉是其在內外激盪之窘境下，首當其衝完成的小說，這一點沒有疑問。但是其內在苦惱於創作〈石榴〉之前早已存在，而對東洋問題的思考，也在西川滿等人攻擊之前即已開始，而且其思考方式並非單向地將「東洋」等同於日本或中國來思考的。由於呂赫若的苦惱及其對個人創作出路之思索，在創作〈石榴〉之前皆已出現源頭，故而當日後論戰爆發、呂赫若盱衡內外作出回應時，我們便不得將其反應完全看作是對西川滿等人的應時之作，而忽略潛伏於作家創作歷程中其他內在連貫，甚至是自我超克的部分。從這一點來看〈石榴〉，則將有不同發現。

三、樹大招風

前述 1943 年 4 月呂赫若漸已平靜的創作心緒，雖一度有波動的現象，但是畢竟沒有引起什麼軒然大波。然而五月以後的情況就不同了，西川滿在 5 月 1 日發行的《臺灣文藝》中強烈指責「本島作家」，箭靶之一正是直指呂赫若：

> 一成不變地，極其重視地風俗地描寫著虐待繼子或是家族的糾葛等等。本島的下一代卻對勤行報國隊，志願兵表現出熱烈的動向，不理會現

實，缺少自覺的寫實主義作家，這是多麼諷刺啊！[15]

此外，他還抨擊臺灣文學主流爲「糞寫實主義」，並搬出明治時代的日本文學大家泉鏡花，呼籲作家回歸日本傳統，以建立「皇國文學」：

把像泉鏡花那樣的大家的可取之處，應學之點做為自己的東西，在大東亞戰爭下，謀求建立不是「投機文學」的真正的皇國文學。[16]

西川的論述方式與濱田酷似，濱田也曾藉日本俳諧大家松尾芭蕉（1644～1694）和與謝蕪村（1716～1783）大談文學的素養，他們都藉早期日本文學大家來批評臺灣文壇現狀。此外，在批評臺籍作家方面，濱田亦曾指責過度重視寫實主義者是寫實主義的末流，同時也說過「本島人讀者」中有人因「本島人作家總是提出本島人作皇民不積極、不肯定之面」，而有「憤慨之聲」……等等[17]，兩人的論調極爲相像。不過，如前所述，濱田之文尚稱自制，但是應該讀過濱田一文的西川滿，非但未見其對自身浪漫主義的創作方式做任何反省，反而盡將濱田之意單方向地朝攻訐臺籍作家的方向極端化。無怪乎前次無慍的呂赫若，這番卻在日記中（5 月 7 日）怒氣騰騰地大罵西川滿爲「文學陰謀活動家」了[18]。

西川滿的文章發表後，5 月 10 日署名「世外民」者隨即在《興南新聞》上發表〈糞寫實主義與僞浪漫主義〉，文中指責西川滿惡意叫囂實非評論之道，並質疑西川一味崇尚耽美，卻自認比張文環、呂赫若等人其自覺性是可笑的。[19]此外，同版還刊出林精鏐對〈合家平安〉的評論。林文相當

---

[15]西川滿〈文藝時評〉，《文藝臺灣》第 6 卷第 1 號，1943 年 5 月 1 日，頁 38。譯文引用者爲鍾美芳前揭文所譯。
[16]同上註。
[17]濱田隼雄〈非文學的な感想〉，頁 74～76。
[18]呂赫若日記。轉引自鍾美芳〈呂赫若創作歷程初探——從「石榴」到「清秋」〉，頁 6。
[19]世外民〈糞リアリズムと僞ロマンチシズム〉，《興南新聞》，1943 年 5 月 10 日。

冷靜地純粹站在文評的立場發言，他將呂赫若與張文環兩人略作比較，並指出他們小說個別的優缺。提到呂赫若的小說時，林精鏐認爲他的小說讀來辛苦，但著眼點卻很好。他還認爲：

> 我想呂氏小說的好，還是得自於流動於底層之「悲哀」與「甘美」之影響。但是其「悲哀」與「甘美」，雖有某位評者予以臭不可聞的描寫法、作者意識形態的掌握極薄弱的酷評，我卻不以為然。[20]

由當時臺籍文學大將黃得時擔任主編的《興南新聞》文藝版，一口氣刊出兩篇立場、觀點與西川滿迴異的文章，與西川滿針鋒相對之意極爲明顯。

5 月 17 日，當時猶是文學少年的葉石濤出面爲西川滿辯護，《興南新聞》上的論戰於是更臻火熱。不同於西川滿的含沙射影，初出茅廬的葉石濤銳氣十足地直接點名批判張、呂作品欠缺皇民意識。葉文中尤有甚者：

> 現在的日本文學，正是清算明治以來引入的糞寫實主義，回歸古典的雄渾時代的絕好機會。但是把這樣的時代氣息當作耳邊風不理會，而沾沾自喜地執迷於諸如臺灣的反省、深刻的家庭爭議等讓人想起十年前的普羅文學的題目，同儕予以當頭棒喝是理所當然的。譬如，張文環的〈夜猿〉和〈閹雞〉，有什麼世界觀呢？辛苦地反覆讀幾遍他那獨特的文章，用臺語的用法來使用日語的非真實文章，所感覺到的也不過是那不管不能回返的夢，也就是只有記錄昔日的臺灣生活而已。這難道就是所謂的寫實主義嗎？呂氏的〈合家平安〉、〈廟庭〉，則確實是鄉間的新派劇。但只因這樣的理由就讚賞它們是優秀的作品，想到就可笑。[21]

[20]林精鏐〈文學隨感——小說「合家平安」を中心に〉，《興南新聞》，1943 年 5 月 10 日。
[21]葉石濤〈世氏へ公開狀〉，《興南新聞》，1943 年 5 月 17 日。

葉石濤提出「清算糞寫實主義」，又隱指呂赫若的小說欠缺皇民意識、有普羅文學之嫌，在決戰態勢下，如此罪名實在令人難以消受。這也使得呂赫若再次勃然大怒[22]。

葉文發表一週後（5 月 24 日），《興南新聞》再度出現熱烈回響。署名「雲嶺」之作者認爲「以說別人的浪漫主義的是非，或以說別人的現實主義的不可取，來讚美自己的作品，這種計謀是卑劣的」；提到葉石濤時，他更表示「該文中寫道張文環〈夜猿〉、〈閹雞〉、呂赫若〈廟庭〉、〈合家平安〉的世界觀在哪裡，實在是太不了解臺灣了」[23]。

另外，與呂、張等人交誼匪淺的吳新榮亦挺身爲張文環辯護，指葉石濤「乃藉文藝批評之美名，行無謂之謾罵」。他反駁道：張文環〈閹雞〉等作品曾得皇民奉公會之「臺灣文化賞」，葉氏批評其世界觀與歷史觀，至少「侮辱了皇民奉公會的權威」，另外，現在的臺灣是日本重要的一部分，否定過去的臺灣就等於否定現在的臺灣，故「非國民甚也」[24]。吳新榮在反駁時，套用了葉石濤的邏輯，甚至進一步以「侮辱皇民奉公會的權威」與「非國民」等罪名還諸其人。此凌厲攻勢或許是臺籍作家爲求自保的不得已之道，但論爭以來尚能保持就事論事的臺籍作家，至此也開始激動得失去自制了，由此可見一個月來的論爭此際已臻火熱。

戰雲密布下，此刻呂赫若的心情如何呢？

遭逢如此大事，友人們的安慰與關切是不難想像的。呂赫若 5 月 24 日之日記中便載有好友陳逸松對他的建議：「希望寫更具有民族性的作品。」[25]26 日，或受友人建議影響，他重新構思〈雙喜〉。至此爲止，敵人的叫

[22] 呂赫若在日記中大表忿怒。參見鍾美芳〈呂赫若創作歷程初探——從「石榴」到「清秋」〉，頁 7。

[23] 雲嶺〈批評家に寄せて〉，《興南新聞》，1943 年 5 月 24 日。

[24] 吳新榮〈良き文章・惡しき文章〉，《興南新聞》，1943 年 5 月 24 日。

[25] 呂赫若日記。轉引自鍾美芳〈呂赫若創作歷程初探——從「石榴」到「清秋」〉，頁 15。另外，據鍾文頁 20 所載，下列日記爲呂赫若 5 月 27 日所作，筆者從〈流〉之定題與完稿時間推敲，疑有誤，應至少爲 6 月 7 日以後所作，待查。該日記內容爲：「趕寫短篇〈流〉，處於想法很多而下筆不前的狀態，〈流〉亦然，想寫的東西很多，卻因雜誌截稿期限而不得不簡化，就此而言，依靠雜誌的文學運動屬於非常態性的，慢工細活的作品應該是要利用出版來做。」

囂、友人的期許，以及長期以來嚴格的自我要求，重重疊疊地壓迫在呂赫若身上，在內外交逼的情勢下，他的內心出現了前所未有的徬徨與猶疑。28 日，日記中記載因「對創作的手法和題材感到苦惱」，放棄〈雙喜〉[26]。中篇小說〈雙喜〉是與〈合家平安〉一起動筆的小說，三個月的創作期間還曾反覆構思，然而最後還是放棄了，在此我們略可想像身為這次論爭主角之一的呂赫若，在砲聲隆隆中的憔悴容顏。

5 月 30 日，一個月來的黯淡心情出現了曙光。呂赫若在山水亭偶遇與臺籍作家親善的帝大教授工藤好美，工藤予他如下的建議：

> 文筆、結構很好。希望將來朝追求美的事物或有建設性的方向發展[27]。

不談「皇國文學」，也未提「清算糞寫實主義」，除了善意的肯定與期許之外，從一個日本人口中說出來的竟只是這樣一個簡單的建議而已。好一個答案呵！工藤的雪中送炭，豈能不讓此刻深陷痛苦的呂赫若，發出這樣的驚歎呢？

6 月 1 日的日記中，呂赫若寫下了他的初步答案：

> 是要寫對民族更有貢獻的時代了嗎？自己只是想描寫典型的性格而一直寫到現在，因此也描寫了黑暗面——好吧！那就描寫美的事物吧！[28]

儘管在工藤的建議下得到若干指引，這個時候的呂赫若仍顯得有幾分猶疑，在提及自己先前的創作走向時，也顯得十分委屈。尤其當寫到「是要寫對民族更有貢獻的時代了嗎」，行文間更充滿著懷疑與不安，甚至似乎還夾雜著幾分無奈、膽怯和不情願。

---

[26]朱家慧編〈龍瑛宗與呂赫若年表（1911～1951）〉。

[27]呂赫若日記。轉引自鍾美芳〈呂赫若創作歷程初探——從「石榴」到「清秋」〉，頁 16。

[28]同上註，頁 16。其中譯文第一句：「是要寫對民族更貢獻的時代了嗎？」原文未見，但疑為「是要寫對民族更有貢獻的東西的時代了嗎？」待查。

曾被吳新榮認爲是「激情」男子的呂赫若[29]，爲何提到「對民族更有貢獻」時會顯得如此遲疑呢？以〈牛車〉那樣深刻反映被殖民民族之不幸而登上文壇的呂赫若，不像是會排斥「對民族有貢獻」的作家，是否有其他令他猶疑的顧忌呢？如前所述，呂赫若對於作品之藝術性及生命性甚爲堅持，並自許寫出優秀的傳世之作，因此對於被要求寫帶有特定使命的「對民族更有貢獻」的文學時，會有所遲疑是不無可能的。除此之外，處於決戰時期，在「建設大東亞共榮圈」的最高國策下，即如工藤所言「有建設性的方向」一語，都多少帶有國策意味，因此在此「對民族更有貢獻」一語，應指貢獻「大和民族」或殖民者所宣稱的「東洋民族」而言。關於這一點，我們從上述工藤與呂赫若之間的若干應對中，也可以看出端倪。如前所述，工藤希望呂赫若朝「追求美的事物」或「有建設性的方向」發展，呂在日記中歸結出的答案卻是「那就描寫美的事物吧」。「有建設性的方向」在呂赫若最後的結論中不見了，這樣的結論與工藤原先的期許不能說是沒有差距的。雖然此時的臺灣與「大和民族」或「東洋民族」在某種程度上是命運共同體，但是要這位有左派傾向的作家上前熱烈擁抱他的殖民者，更且是一位侵略者，顯然仍非易事。由此可見，此民族非彼民族，應該是呂赫若此時對「民族」有所遲疑的原因吧！

將工藤的建議作了一番取捨後，6 月 3 日呂赫若「總算找到好題材了，題爲〈兄弟〉，兄弟愛是主題」，6 月 6 日他將〈兄弟〉改題爲〈血〉，並自信「將會成爲很好的作品」[30]。爾後他心情略爲平復，可見題材之尋獲對他頗有激勵。在這次尋找題材的過程中，工藤好美的建議影響不小，但是從結果中我們可以再次看到，不管〈兄弟〉也好、〈血〉也好，這個描寫手足之情、友愛之美的小說，顯然是他在聽了工藤一席話之後，剔除其餘，獨獨對「追求美的事物」一語靈光乍現之所得。在這樣一個尋找題材

[29]此爲吳新榮於 1936 年 6 月 1 日之日記，參見吳新榮著，張良澤編《吳新榮全集六・吳新榮日記》，臺北：遠景出版事業公司，1981 年 10 月，初版，頁 34。

[30]呂赫若日記。轉引自鍾美芳〈呂赫若創作歷程初探——從「石榴」到「清秋」〉，頁 13。

的過程中，我們間接看見了呂赫若文學理念在隱微間運作的情況。

除了題材的尋獲，對於「回歸東洋」問題的思考，也是促成呂赫若走出陰霾的另一原因。試看其 6 月 7 日之日記：

> 今天買了《詩經》、《楚辭》、《支那史研究》三本書。研究中國非為學問，是我的義務。是要知道自我，回歸東洋，想寫立足於東洋自覺上的作品。[31]

日記中出現了呂赫若自 5 月以來少有的自信，而且自信之中似乎還帶著一股凜然的自負。

「研究中國——知道自我——回歸東洋——寫立足於東洋自覺上的作品——作家的義務」，論爭中的烏煙瘴氣，似乎沒有把呂赫若的關注攪混，即便在國策罪名紛擾的險惡情況下，他仍將思考的焦點投注於如何盡作家義務、創作優秀作品的方向上，由此可見呂赫若作家性之頑強。無時無刻不放棄探索創作之道的呂赫若，真不愧是創作的熱愛者。

讚歎之餘，讓我們再次觀察在上述那個看似創作之道的解答背後，還透露出什麼訊息？「研究中國——知道自我——回歸東洋——寫立足於東洋自覺上的作品——作家的義務」，這是已公開的日記中，首次見到呂赫若使用「回歸東洋」一詞的紀錄。在上述邏輯中，沒有提到民族認同的問題，但卻又巧妙地解決了民族認同的危機。邏輯中隱約顯示，臺灣人是根源於中國的東洋民族之一支；同理可證，所謂「東洋自覺」乃是基於「臺灣人是根源自中國的東洋民族」之自覺。這可能就是呂赫若對臺灣這個被殖民民族及其民族自覺的解釋吧！這樣的解釋，或可說是一種迴避，但卻是當時歷史現實的真實描繪。它化解了呂赫若因民族認同危機所引發的焦躁感，同時亦使他覺得「民族」這個先前令他不安的字詞，不再那麼不可

[31]呂赫若日記。轉引自鍾美芳〈呂赫若創作歷程初探——從「石榴」到「清秋」〉，頁 13。

擁抱，在這樣的自我解釋下，即使「回歸東洋」、宣揚「東洋自覺」等也成了他確立不移的志向。在呂赫若式的轉化下，他把自己從論爭過程中，由自己和他人之手搭起的「日本民族」之牢籠中，解放了出來。同時也爲敵人、爲朋友、爲自己，找到了一個能寫「更具有民族性的作品」與「對民族更有貢獻的東西」，同時又不違背自我的一種獨特方法。

對呂赫若來說，「回歸東洋」這個概念中有關東、西洋對立的這層重要含義，他似乎不大關心，而且與濱田、西川等人對日本的特意強調不同，在呂赫若的東洋觀中，日本和其他東洋民族一樣沒有獨特的優越性。至於呂赫若是否有意特別強調東洋文化中的非日本部分，由於沒有足夠的證據，因此亦有待討論。

巧妙地化解了「民族」這個難解之結後，6 月 13 日他在日記中對自己的創作，做了如下的檢討：

> 我並不是不會寫以人類個性美為對象的小說，而是相形之下，是想以社會為對象，描寫人類命運的變遷。[32]

他此時的反省，與前述林精鏐所指之優點「悲哀」、「甘美」不謀而合。林精鏐的說法過於隱晦，不過他的意思或可用呂正惠的話來說，即呂赫若善於用「歷史命定論」的手法，描寫環境變遷中的人的命運，「對於『歷史進程』的掌握，呂赫若一貫的精確、冷酷而無情，而下層階級則毫無逃脫可能的成爲這一『進程』的『芻狗』。」[33]呂赫若在日記中準確地指出了自身的創作特長，可見至此他已更能平靜地反省自己創作的種種問題了。

6 月 15 日，他進一步對小說中時局性之處理，提出了反省：

---

[32]呂赫若日記。轉引自鍾美芳〈呂赫若創作歷程初探——從「石榴」到「清秋」〉，頁 13。

[33]呂正惠〈殉道者——呂赫若小說的「歷史哲學」及其歷史道路〉收錄於呂赫若著，林至潔譯《呂赫若小說全集》，臺北：聯合文學出版社有限公司，1995 年 7 月，初版，頁 573。

> 晚上不停地創作，裝入太多的時局性之故，情節感到不自然，真惱人，最近對〈兄弟〉的構成而頭痛，說要盛入什麼時代性，可是我不願意盛入糊裡糊塗的時代性，堅持真實地、藝術性地，要寫生命久長的作品。[34]

自論爭以來，批評者莫不圍繞在時局性上攻擊呂赫若，時局性之欠缺可說是他淪於敵人手中最大的弱處，也是他此時的痛苦之源，故這次的反省顯示呂赫若正在思考問題之核心。

從日記的內容推測，在遭受攻訐與承受友人的期許之後，呂赫若曾一度在〈石榴〉中加入時局性的描寫[35]，企圖就此回應別人的批評，在此我們亦看到了呂赫若在論爭中擺盪的痕跡。但是上述嘗試，很快就因爲他自己無法忍受而終止了。在嘗試符合他人要求自己卻不滿意之後，呂赫若斬釘截鐵地道出：「我不願意盛入糊裡糊塗的時代性，堅持真實地、藝術性地，要寫生命久長的作品」，這就是呂赫若幾經磨難之後苦思出的答案。至此呂赫若的創作理念，更加地堅定不移了。然而，我們看到了什麼呢？「堅持真實地、藝術性地，要寫生命久長的作品！」這樣的信念，不正是先前在東京病中意欲創作出「優秀作品」傳世的吶喊嗎？原來穿過硝煙，從烽火中曲折走出的呂赫若，是向原路大步踏去了。

7 月 1 日，論爭中孕育的〈石榴〉終於誕生，呂赫若在日記中表示「自認爲是得意之作」。經歷了一場大風大浪的洗禮，呂赫若守住創作優秀作品的原則絲毫沒有讓步，先前成形的創作理念未見叛離，反而更加篤定，在這種情況下捧讀剛出爐的〈石榴〉，怎能不令他感到自豪呢？

7 月的最後一天，〈石榴〉刊於《臺灣文學》第 3 卷第 3 號，同號亦載有楊逵以「伊東亮」之名，發表之〈擁護糞寫實主義〉一文。楊逵在文中不卑不亢地陳述其對寫實主義及浪漫主義的看法，並且表示「本島作家」

[34]呂赫若日記。轉引自鍾美芳〈呂赫若創作歷程初探——從「石榴」到「清秋」〉，頁 14。

[35]鍾美芳曾就此問題有過深入之推論，參見鍾美芳〈呂赫若創作歷程初探——從「石榴」到「清秋」〉，頁 16～17。

描寫現實的否定面，乃因「我們對其中所存有的肯定要素感到即使是微不足道，也有扶植、培養它的責任」。[36]楊文目的在回應濱田、西川、葉石濤等敵對陣營人士之一系列質疑，但由於文中他極技巧地以「我們孜孜不倦地努力體會日本精神」表態，故似未干犯批評者及當局之眾怒。此後，與論爭有關之討論雖仍偶有所聞，臺、日作家之間的對立也未見平緩，但檯面上的激烈論戰可以說已經落幕了。在「浪漫主義與寫實主義論爭」的落幕聲中，綻放的是朵一波三折卻豔紅未減的石榴。

在這波由日人作家挑起的論爭中，呂赫若與張文環被敵對陣營列爲主要的攻擊對象。由此顯見，甫返臺一年的呂赫若在此時的殖民地文壇中，已有舉足輕重的角色。在論爭的過程中，《臺灣文學》陣營作家的聲援一波波地湧上，儼然把張、呂兩人當作臺籍作家的精神堡壘來奮力堅守。此外，在整個論爭的過程中，呂赫若和張文環被視爲本島寫實主義作家的代表遭受批判，換言之，此時的呂赫若已被當作是「本島作家」、「寫實主義」、「擬普羅文學」、「非皇民文學」的一個綜合符碼。而這樣的一個符碼，一言以蔽之，不正是殖民地文學精神的某種象徵嗎？呂赫若此時的分量，相信不是在論爭中一夜造成的，相反地他入選爲敵對陣營發出戰帖的對象一事，正足以說明此時的他已具有令敵手欲除之而後快的影響力存在。

綜合上述，可見呂赫若在論爭中曾一度受困於他人的批評而顯得猶疑，但是最後有別於西川、濱田上追泉鏡花、芭蕉等日本古典傳統，呂赫若在《詩經》、《楚辭》等中國古典中找到了，對敵手之詰問而言義正辭嚴、對忠於自我而言心安理得的出路。即使在論戰最激烈的 5 月下旬，陪他度過陰鬱的仍是老舍的《駱駝祥子》。[37]正如同東京時期爲作〈鴻河堂四記〉等小說而讀破《紅樓夢》、《北京好日》一樣，遭遇這次難題的呂赫若，似乎想在擅長描寫市井小民生活的中國作家、同時也是劇作家的身上，尋求解答。在中國文化中探尋創作資源，這個被鍾美芳視爲是此期呂

[36]伊東亮〈糞リアリズムの擁護〉，《臺灣文學》第 3 卷第 3 號，1943 年 7 月 31 日。
[37]朱家慧編〈龍瑛宗與呂赫若年表（1911～1951）〉。

赫若出路的想法，表面上像創獲於此時，但實際上在其留學東京乃至返臺後始終存在。只不過直到此時，這種想法才由於內外激盪以及呂赫若對「民族」邏輯的推衍及需要，從思想底層躍升到表面，並且固定成形而已。

作家的影響力來自於作品，如果論爭爆發之前呂赫若在文壇上便具有一定程度之影響力，那就意味〈石榴〉之前的作品應該也具有某種不可忽略的能量。其次，作家的思想反映於作品，既然論爭前後呂赫若的思想具有一定程度的連貫性，那麼〈石榴〉與先前的創作也應該會有某種關聯性。關於這兩點，將〈石榴〉與先前其他作品相比，更可以確定。

四、成熟的〈石榴〉

1941 年 12 月太平洋戰爭爆發後，至 1943 年 7 月〈石榴〉發表之前，呂赫若發表的小說，先後有〈財子壽〉、〈廟庭〉、〈風水〉、〈鄰居〉、〈月夜〉、〈合家平安〉與〈一年生〉等篇。〈石榴〉與這些同樣發表於決戰情勢下的作品，是否有明顯的不同呢？爲回答這個問題，讓我們將〈石榴〉與呂赫若先前的一些重要小說稍作比較。

〈石榴〉描寫的是貧農金生、大頭、木火三兄弟的故事。小說從黃昏中木火走失、長兄金生暗夜尋弟開始以倒敘手法展開，在最後的合爐與過房儀式中達到高潮。其中有關合爐及過房的描寫，長達三頁左右，除了儀式的描寫之外，還有狗兒狂吠、燭火搖曳彷彿魂兮歸來的氣氛中，細膩刻畫了身爲人子、人兄的金生其激動的心情。全篇情景交融，真摯動人，不愧爲撼動人心之作。

〈石榴〉雖然完成於論爭之際，是呂赫若於內外激盪的情境中完成的作品，但是閱讀〈石榴〉卻處處浮現似曾相識之感。〈石榴〉中的金生，對死去的父母充滿思念，如牛一般辛勤工作地扶養幼弟，一刻也不捨得讓弟弟們嘗到孤獨的滋味，最後他不得已入贅他人時，仍爲無法繼續照顧已近成年的弟弟們深感愧疚。呂赫若筆下的金生，就是這樣一位無時不充滿友愛與孝思的莊稼漢。因爲他具有這樣的性格，所以當三弟木火因瘋病而走失之後，才會引發他如此深刻的自責。金生的自責程度，幾乎已經到了日夜不分的地步，他曾夢見父母託夢給他：

> 難得父母對坐在正廳。仔細一瞧，中案桌上的燈火通明。香的煙嬝嬝上升，一種莊重的香味撲鼻。
>
> 「怎麼了？」
>
> 金生進屋後就問雙親。一直坐得四平八穩的父母，故意臉朝旁邊，不回答金生的問話。他突然覺得自己被遺棄，不禁悲從中來。
>
> 「阿爸！怎麼了？阿母！怎麼了？」
>
> 他繼續纏著問。
>
> 父母這才正視他的臉。然後視線落到神桌下。尾隨著視線，他不由得「啊」叫出來。神桌下，塊頭大的木火像幼兒般，在地面爬來爬去。看到雞糞，立刻就把它放入嘴裡。
>
> 「喂！木火！」
>
> 大聲喊時，這才想起木火發狂的事實。連忙向雙親稟告，他們的臉上浮現冷淡的表情。
>
> 「你是個不可委託的傢伙，我是這樣拜託你照顧木火與大頭的嗎？」
>
> 「他會變成這樣，也是因為送給別人家。金生，我看了判官的帳簿才知道的。」[38]

金生的夢境中一再浮現被父母遺棄的恐懼，顯示他的焦慮感來自於對「不孝」的恐慌。

「不孝」的恐慌從何而來呢？除了木火的死以外，更來自於兄弟們的離散。金生爲了娶妻，與女方家約定入贅八年，子嗣不改姓，以勞力做爲

---

[38]呂赫若著，林至潔譯〈石榴〉，收於《呂赫若小說全集》，頁 380～381。日文原作〈柘榴〉發表於《臺灣文學》第 3 卷第 3 號，1943 年 7 月。

娶妻的交換。金生因爲入贅不得不與弟弟們分開，所以在福春舍的安排之下，二弟大頭做福春舍雇農，么弟木火做他人的螟蛉子，數年後大頭爲了娶妻，也走上了入贅之途。這樣的安排對一個貧農之家，不能不說是一個不得已的好安排，也是當時臺灣農村尋常的現象。然而，呂赫若筆下塑造的這個主角，卻對此深切不安。金生入贅前帶弟弟們上山祭拜父母墳墓時，小說是這麼描寫的：

> 金生原打算三兄弟聚集，向亡父母作最後的告別。可是，看到就在眼前父親的墓，他想父親一定不高興他們三個兄弟從此要分開過活，父親會認為自己很窩囊吧。想到自己只為了想討個妻子，就拋棄了弟弟們，情何以堪。[39]

由此可見，日後金生對「不孝」的恐慌來自於「家庭離散」的罪惡感，他認爲兄弟們的離散因他而起，而此一離散又導致了木火的死亡。父母託付的家，在他的手中支離破碎，剩下的是入贅、螟蛉子與死亡。

由於「不孝感」來自於「家庭離散」的罪惡感，所以當日後福春舍答應幫他迎回木火靈位之後，金生竟因「彷彿遺失物找到，再度回到自己身邊，內心欣喜若狂」，而高興地顫抖不已。從暗夜尋弟的焦慮、弟尋見後的自責，到靈位迎回時的快慰，整篇小說以金生心情的轉折爲主軸，金生對「不孝」的焦躁感，在小說開始後隨著情節的展開逐漸加深，最後在「合爐」與「過房」儀式舉行後完全解消，而小說到此也告結束。由此可見，木火的「重返家庭」，以及「過房」賜予後嗣，大大平撫了金生的「不孝感」。試看小說結尾時，金生那滿足的表情：

> 合爐的程序完成後，金生在靈牌前放下過房字，供上芭蕉等物。然後拉

[39]同註 38，頁 380。

> 著變成木火兒子的次子的手，讓他手持香恭敬的拜拜，這次香的煙直往上升。他想木火一定是很高興。突然他覺得木火的臉浮現眼前，彷彿是要讓他看清楚，「你看！這是你的孩子喲！」他把次子推向前。
> 木火好像笑了，他覺得許久未曾見過弟弟的笑顏。總之，他為自己做對了一件事而感到高興，內心充滿著幸福感。[40]

在臺灣民俗中，石榴因其果實多子，被喻爲子孫繁榮之意，在婚禮中甚至被當作結婚禮品相贈[41]。子孫滿堂、香煙不絕在農業社會被認爲是幸福家庭的象徵，以〈石榴〉爲題的這篇小說，正是述說一個貧農對這樣一個幸福家庭的渴望。因此，透過家庭成員從夭逝到新生、從離散到復合的經過，同時也透過對「孝悌」的描寫，〈石榴〉生動地展現了一個鄉村農夫真切而深刻的生活感覺與生命秩序。

看到「吾願足矣」的金生，不禁讓我們聯想到〈風水〉中心事重重的周長乾老人。〈風水〉中的周長乾，因爲弟弟固執風水之說不願爲過世多年的父親「洗骨」，使身爲兄長的他對父親愧疚萬分。其愧疚感一樣反應於夢中，而小說也就從這個夢開始：

> 周長乾老人連續三個晚上做同樣的夢。十五年前去世的父親出現在枕邊。說是自己被壓在現在已經頹圮的房屋底下，肩膀疼痛，趕快把屋頂扶起。腳被螞蟻咬，深感痛苦啦。一下雨就會浸水啦。諸如此類，每晚重複同樣的句子。像這樣的夢，幾年前也曾經夢過幾次。不過，不像現在一連三個晚上都夢到。正因為如此，這次周長乾老人特別惦念，他說原因還是出在父親的墳墓。……因為父親已去世十五年了，至今尚未幫他洗骨，任憑墳墓荒廢，對自己的不孝引以為恥。悲歎之餘，老人日夜

[40]同註 38，頁 393。

[41]片岡巖著，陳金田譯《臺灣風俗誌》，臺北：眾文圖書有限公司，1990 年 11 月，2 版 2 刷，頁 485。

呻吟，一連數日三餐都無法下嚥。[42]

從小說中可以看見，這位老人的悲傷同樣來自於對「不孝」的罪惡感。「不孝」不僅讓他感到愧疚、恥辱，甚至到了如果「沒有幫父親洗骨就這樣倒下去」，「死也不瞑目」的地步。

然而，周長乾盡孝的心願卻因爲弟弟的再三阻撓而受挫。與慈善仁孝卻日益沒落的舊式地主周長乾相反，弟弟周長坤自私自利，卻「有先見之明，強迫兩個兒子進入醫學專門學校」，因此家道日興近乎時代新貴。然而周長乾對於父母的「風水」（墳墓），倒不如弟弟周長坤來得固執。周長乾對於「風水」的態度「僅止於世間一般的常識程度，不會如此相信它的效能」，相反地周長坤爲了不讓姪兒們替父親挖墳洗骨，竟然當眾不顧醜態地如青蛙般「整個人趴在風水的土饅頭上」，而且日後他家中發生意外不幸時又遷怒母親的墳，並且不顧埋葬年月尚短執意將母親洗骨遷葬。突然得知掘墓消息的周長乾老人，想到「把尚保有原形的母親之遺骸暴露在光天化日之下，實在是大大的不孝」，在孫子的攙扶下憂心萬分地趕到，卻目睹了棺木漆色未褪弟弟卻執意開棺的一幕。

小說在長坤不顧兄長勸告堅持開棺的一幕達到高潮，而此時也正是周長乾老人的悲慟達於頂峰之際。

「啊！——」

周長乾老人仰天歎息，屈膝跪在母親的墓前。內心不禁吶喊，老天已經拋棄我了，一切都是命運啊。老人閉目保持原來的姿勢。……閉著雙眼淚流不止，老人已經死心了。儘管如此，聽到工具作業的聲音，老人宛如被剖心般的痛苦。[43]

[42]呂赫若著，林至潔譯〈風水〉，《呂赫若小說全集》，頁 301。
[43]同註 42，頁 316。

最後果然因為屍身尚未完全腐爛，無法進行洗骨的工作，而徒然讓亡者遺體殘酷地暴露於陽光之下。

周長乾憤慨地走在回家的路上，歸途中他的視線「以製糖公司的煙囪為目標」尋到了自己的家，刺激他想起了往事：

> 在白色朦朧的視野中，由留有八字鬍、辮髮的祖父發號施令，多數的家族重禮節，尊敬祖先，昔日幸福的家庭生活彷彿浮現眼前。在幼小的心靈中，猶記得做錯事的父親跪在祖父的面前，任憑情緒激動的祖父打罵。想到洗骨的事，年輕時曾經與父親一起在場為祖父洗骨。家人們對洗骨非常關心，旭日東升前就來到風水地。女人、小孩等，在情況允許的範圍內，家人總動員聚集於風水地。在挖掘風水時，跪在墓庭行尊祖禮。[44]

比較今昔，自祖父時代或更早以來留下的這個家仍在，但是此刻處於「以製糖公司的煙囪」為新秩序中心的它，已經完全變了樣。在新秩序的侵入下，象徵舊有秩序的「道德、禮教的頹廢過於容易了」，而傳統模式的「幸福家庭」也成了昔日之夢。趨附時勢的半新式人物長坤，竟比象徵傳統鄉紳的舊式人物長乾更為迷信，呂赫若似乎藉此暗示對舊秩序的追念以及對新時代道德脫序的諷刺。[45]

與〈石榴〉中因為家之復合而笑逐顏開的金生相反，〈風水〉中的周長乾因為無法恪盡對父母死後之孝道而老淚縱橫。不過他們皆因篤信孝悌之道而備受煎熬，極度的不安亦曾反映於夢中，且同樣生活於臺灣舊有之風俗慣習信仰之中，因此極為酷似。在某種程度上來說，吾願足矣的金生，不正為抱憾終身的周長乾完成了心願嗎？與〈石榴〉展現一個鄉村農夫的

[44]同註 42，頁 318。

[45]呂赫若小說中所指之新時代與新秩序，有暗示皇民化運動之意。關於呂赫若家族小說與皇民化運動的關係及其意義，將留待他稿再細論。

生活感覺與生命秩序一樣，〈風水〉以哀傷的筆致追念一個未受殖民侵犯前令人懷念的鄉村秩序。這一老一少，可以說是臺灣鄉村秩序信仰者與守護者的剪影。由此來看，〈石榴〉與〈風水〉兩篇小說具有一定程度的血緣關係。

事實上，與〈石榴〉中的金生具有連貫性的人物，除了〈風水〉中的周長乾以外，還有〈財子壽〉裡勤勉而有正義感的老長工溪河，以及〈合家平安〉裡勤奮且有骨氣的范有福。另外，〈合家平安〉裡幾度爲范慶星慷慨紓困、並不吝扶持范有福成家立業的舅父，也可說是〈石榴〉中熱心地方事務的地主黃春福之另一分身。不管是小農金生、長工溪河、木工范有福或身爲鄉紳的老舅父及黃春福，他們都以孝悌、淳樸、勤勉、熱心公益的價値觀及生活態度，與人倫乖謬、頹廢腐化，因而喪失價値觀、生命力的周海文與范慶星，成爲鮮明的對照組。透過溪河與老舅父，呂赫若引導讀者共同批判了周海文的敗德史與范慶星的敗家史；而經由范有福、周長乾與金生，呂赫若則讚許了他們身上透過孝悌、勤勉和無欲所顯現的舊秩序之美善面。

如果說〈石榴〉是一個小農之家從離散到復合的經過，那麼〈財子壽〉與〈合家平安〉就是一個鄉紳地主之家脫序瓦解的過程。〈財子壽〉在小說開始時以近四頁的篇幅，從保甲路而門樓而庭院而正廳，由外至內如特寫鏡頭般，一步步逼近這個擁有舊式氣派的家庭。在層層逼近的手法背後，呂赫若想帶領讀者看清楚的是什麼呢？不用說是主人周海文吝嗇、刻薄、淫亂與不孝不悌的一段敗德史，不過這樣解釋似乎並不能完全道盡呂赫若的目的。

周海文登場時，呂赫若對他的形容並非著眼於刻薄寡情或色欲橫流，而是以「擁有有錢人的白皙皮膚與苗條體格」、「不愛外交」、「蟄居守著父親遺留下來的財產」來描寫。[46]這樣的描寫自有其目的。作者試藉由小說開

[46]呂赫若著，林至潔譯〈合家平安〉，《呂赫若小說全集》，頁231。

場的大肆描寫，讓讀者了解周家不只是富有之家而已，「六角莊第三保保正事務所」的大木牌，表示這個家擁有殖民者容忍的地方影響力存在，而老舊卻不失豪華的宅邸則透露這個家過去在村落中的光輝歷史。不過這個曾在村落秩序中扮演重要角色的家庭，到了周海文一代，從孤立的宅邸、深深的庭院，到「一有機會就極力推辭從雙親時代傳下來的保正公職」的海文來看，顯然其作爲地方領導階層的作用與影響力已萎縮不堪。此外，分家、兄弟鬩牆、主僕不倫、妻子發瘋……等等，也顯示這個家庭在喪失對外活動能力的同時，內在運轉的力量也已瀕臨停擺。因此，這是一個敗德的家庭，更是一個徹徹底底脫序的家庭，在這個脫序的家庭中，家族的社會力與家人的生命力一同淪喪。因此在描寫周家敗德史的後面，呂赫若似乎更想訴說一個殖民地鄉紳之家的脫序史。

〈合家平安〉裡的范慶星有著與周海文同樣不知守成、亦不事開創的個性，只不過與周的敗德不同，范的沒落來自於對鴉片的迷戀及其行事毫無規畫的個性。當范慶星再度因自己的鴉片癮及其無謀的個性使家業淪喪之後，他「油然而生想把分散的兒子們聚集在同一個屋簷下，全家平安地度過餘年」。[47]在搗毀一個原本幸福的家庭後，保持一個幸福家庭的外觀是他聊可自慰的願望。「全家平安」日文作「合家平安」，小說題目便得自於此。不過，范慶星的願望並沒有實現，他僅在家人合力經營飲食店的期間，短暫享有與家人重聚的時光，等好不容易重振的家業再度被他弄垮之後，即使溫馴的長子范有福也在舅父的主持下，拒絕與他同住的請求。〈合家平安〉這個以對「合家平安」之諷刺定題的小說，除了一定程度的批判之外，同時也流露了呂赫若對家人離散的范慶星近乎諷刺的同情。在此我們再度看到了「家」這個主題在呂赫若小說中的重要性。

在上述兩篇小說中，無疑地周、范兩人是造成家庭脫序現象的罪魁禍首，但是呂赫若似有意似無意地，在〈財子壽〉中提到「鄰近的田地近數

---

[47]同註 46，頁 350。

年來已變成甘蔗園」，也在〈合家平安〉中描寫到「已經聽到從田裡傳來製糖公司正午的汽笛聲……」等等[48]，表示故事發生時已是日本資本主義侵入臺灣鄉村之際。呂赫若是否有意藉此暗示這兩個家庭（代表部分的鄉村領導階層）的脫序現象，來自於日本殖民秩序的介入與破壞。關於這一點由於證據過於薄弱我們不能肯定，但是諸如此類對糖廠（日本殖民勢力的象徵物）天外飛來一筆的描寫方式，確實容易令人聯想到它們與〈風水〉末段類似描寫的用意有一定的關聯性。[49]

如果說〈財子壽〉與〈合家平安〉描寫的是家的瓦解，〈石榴〉是家的重組，那麼以女性不幸婚姻爲主題的〈廟庭〉和〈月夜〉，則是對威權家庭中女性處境的描寫。〈廟庭〉和〈月夜〉裡，描寫再婚女子翠竹面對「換了八個妻子」的冷漠先生，並遭受婆婆與小姑凌虐，在痛苦不堪之際，仍須將命運委諸父親仲裁。翠竹悲慘的命運，實際上正是婆家的女暴君（惡婆婆與惡小姑），與生家的獨裁君主（父親），相互營造的結果。[50]因此，〈廟庭〉和〈月夜〉雖是女性小說，描寫重點在呈現部分臺灣女性無可逃脫的社會處境，但是在某種程度也可以說是呂赫若家族小說中的一個旁支。

綜上所述，早在〈石榴〉以前，在〈財子壽〉以降發表於決戰時期的眾小說裡，家族之離散、崩潰、衝突、重組等等，便是呂赫若小說的典型主題。家族社會力的凋零與家人生命力的喪失，以及從中揭示的鄉村秩序的崩潰，是呂赫若此時關切的焦點。不論是地主之家的歷史，小農之家的故事，呂赫若此期的小說都以鄉村爲舞臺，在題材的選擇與人物的塑造方面有相當的連貫性。這些以鄉村家族爲主題的小說，同樣都涉及對構成鄉

[48]同註 46，頁 339。

[49]在日治時期臺灣文學中，糖廠常被隱指爲日本殖民勢力的象徵物，譬如吳新榮的新詩〈煙囪〉中，即有如下的描寫：「哀歎的妻子／挨餓的孩子／指著這白圭的高塔吧／白色的屋宇是枉死城／黑色的煙囪是怨恨的標的」。參見吳新榮著，張良澤編《吳新榮全集一・亡妻記》，頁 27～29。

[50]參見呂赫若著，林至潔譯〈廟庭〉、〈月夜〉，收於《呂赫若小說全集》，臺北：聯合文學出版社，1995 年 7 月，初版。〈廟庭〉日文原作發表於《臺灣時報》昭和 17 年 8 月號，1942 年 8 月。〈月夜〉日文原作發表於《臺灣文學》第 3 卷第 1 號，1943 年 1 月。

村秩序之風俗、慣習、信仰，乃至對自然的描寫。呂赫若善於利用對命運與自然交叉並進的描寫，使人生的命運與自然的遞變融合一體，成為不可抗拒的自然演化的一部分。從家之崩潰到家之重組，從兄弟鬩牆到兄友弟恭，相對於先前作品中的冷峻批判，〈石榴〉增加了更多有關愛與希望的描寫。但是除了愛與希望，這篇作品中的其他成分不都那麼其來有自嗎？這樣的結果，恰恰與呂赫若在日記中所做的決定「好吧！那就描寫美的事物吧！」相吻合。因此，就系列作品的主題觀之，「回歸東洋」與「回歸自然」絕不是〈石榴〉獨特的創獲。〈石榴〉與其說「是思索出方向」之作，倒不如說是舊有表現方式的成熟極致表現。

五、柳暗花明

〈石榴〉發表後，有相當多的回響。高見順為文盛讚〈石榴〉，並表示〈石榴〉是 1934 年上半年間令他「感動最深的作品」。他認為〈石榴〉：

> 將本島農民圍繞於「家」的傳統思想感情，從深遠的境地簡單有力地描寫了出來，藉由這個作品，我覺得自己親眼目睹了不易碰觸之靈魂、放射出令人生懼的光芒之本島農民真姿的一面。[51]

不過他同時卻也認為「作品確實完整，然而關於這個作品中顯示的根深柢固的傳統世界，對於本島農民生活的發展有何關係，我不免茫然」。

對於身為日本人的高見順而言，呂赫若小說的好他不否認，但是對呂赫若小說所固執的主題卻無法理解，同時也有幾分地不以為然。在他眼中，統治當局所提倡之「對本島農民生活的發展有關係」的小說，似乎更有意義。

類似的批評或建言，不僅限於日人作家。先前在論爭中挺身而出，不

---

[51]窪川鶴次郎〈臺湾文学半ケ年（1）——昭和十八年下半期小說總評〉，《臺灣公論》，昭和 19 年 2 月號，1944 年 2 月，頁 104～120。

惜爲呂赫若與他人臉紅脖子粗的吳新榮，在〈石榴〉發表後也認爲〈石榴〉「描寫幾乎時時近乎迷信的本島人舊慣，但是一點也不會不自然，反而覺得理所當然的樣子」，是呂赫若的進步。不過，他亦表示：

> 這位作者迄今仍描寫墳墓啦、病死啦或鴉片啦，幾乎都是人間生活之消極面；從今起希望他亦向更積極的面，也就是建設的方面前進。[52]

言下之意，吳新榮似乎認爲〈石榴〉在「更積極的面」，也就是「建設的方面」仍有不足。

綜合高見順及吳新榮兩人的意見，可以間接看見呂赫若此時對當局提倡的「建設性」的文學是持迴避態度的。此外前節曾提及，當工藤好美給予呂赫若「朝追求美的事物或有建設性的方向發展」之建議後，呂赫若曾反省自己對「黑暗面」的描寫並決定要「描寫美的事物」，故有〈石榴〉之作。因此當〈石榴〉發表後，有「建設的方面」不足的批評時，則更可以確定〈石榴〉是呂赫若在聽取工藤好美之建議後，捨其「建設的方向」而獨取「美的事物」之結果。

從上述多人的回應顯示，〈石榴〉似乎未讓當時的文學者感到其與呂赫若先前的小說有什麼明顯的不同。換言之，〈石榴〉的成熟來自於內外交逼，但是成熟的〈石榴〉雖是呂赫若的得意之作，卻不足以滿足外界對他投身時局的要求。〈石榴〉除了將呂赫若舊有的表現方式推向成熟極致、在描寫上增加對人性美善面以及傳統文化的肯定之外，並沒有開創出其他的新方向，更沒有爲遷就批評者而在創作「建設的文學」方面顯出積極。

呂赫若如果曾嘗試摸索新的創作方向，應該始於〈清秋〉（1943 年 10 月 23 日脫稿）與〈玉蘭花〉（1943 年 12 月 25 日）之後。〈清秋〉描寫在戰爭時局下，一個徘徊於開業與研究之間之鄉村醫生其心路歷程；〈玉蘭

---

[52]吳新榮〈文化戰線の大收穫——「臺湾文学」秋季號を讀で〉，《興南新聞》，1943 年 8 月 16 日。

花〉則以回憶的手法，描寫一個鄉村家庭與日本旅行者之間的親善經驗。[53] 在這兩篇小說中仍可見鄉村家庭生活的描寫，此外或源於〈石榴〉的創作經驗，小說中有關人性的溫情、傳統的淳美也著墨不少，但是這些都不是主題，時局下的動態與日臺親善才是小說的主軸。與呂赫若決戰時期的諸作品相較，這兩篇小說在主題與風格上確實較爲不同。呂赫若在構思〈清秋〉時，也曾在 1943 年 8 月 7 日的日記中這麼寫到：

> 重新構思，開始寫〈清秋〉想描寫現今的新氣息，以指引本島知識分子的動向。[54]

日記中提到「重新構思」，此是否受發表於 8 月號《臺灣公論》之高見順一文的影響不可得知，不過可以確定的是這一次呂赫若的確想嘗試帶有時局性的小說。因此，〈清秋〉與〈玉蘭花〉或許才是呂赫若在長期的論爭壓力下，對外界質疑做出的回應。不過在〈清秋〉、〈玉蘭花〉的親善題材，在其之後的〈山川草木〉與〈風頭水尾〉兩篇小說中並沒有被繼承，由此可見〈清秋〉與〈玉蘭花〉之後，呂赫若的創作又有一番轉折。

〈山川草木〉與〈風頭水尾〉分別發表於 1944 年 5 月 1 日與 1945 年 1 月，是呂赫若於日治時期所發表的最後兩篇小說。〈風頭水尾〉描寫樂於助人、且堅毅不屈地與大自然周旋的地主洪天福；〈山川草木〉則描寫因父親過世、繼母擅權，毅然放棄留學，帶領弟妹回鄉務農的女子寶蓮。在堅強而勤勉的洪天福身上，我們看到了身爲鄉紳的老舅父、黃春福與勤奮的小民金生、溪河等人的綜合影像；在寶蓮身上，我們則看見了知識分子回歸大地的場面。如果說洪天福是具有傳統鄉紳仁義的新式地主，那麼寶蓮則是具有傳統堅毅美德的新女性。這兩篇小說發表時，呂赫若先前發表作

[53] 呂赫若著，林至潔譯〈玉蘭花〉、〈清秋〉，收於《呂赫若小說全集》，日文原作〈玉蘭花〉發表於《臺灣文學》第 4 卷第 1 號，1943 年 12 月，〈清秋〉發表於呂赫若小說集《清秋》，臺北：清水書店，1944 年 3 月。

[54] 呂赫若日記。轉引自鍾美芳〈呂赫若創作歷程初探——從「石榴」到「清秋」〉，頁 32。

品的主要刊物《臺灣文學》，已因西川滿在「臺灣決戰文學會議」中，提議「獻上文藝雜誌」而被迫停刊。[55]因此，〈山川草木〉發表於「臺灣文學奉公會」（當時之文學統制機關）發行之《臺灣文藝》，〈風頭水尾〉則刊行於總督府情報課刊物《臺灣時報》，後者甚至還是情報部的委囑之作。但是在〈風頭水尾〉與〈山川草木〉中，到南洋當兵以及日臺親善等內容反倒消失了，登場的是有如洪天福、寶蓮般篤定而堅毅的人物，小說歌頌的主題亦是對「土地」及「傳統」的回歸，這些主題與〈清秋〉、〈玉蘭花〉所描寫的顯然有所差距。

從上述變化可以推測，呂赫若在〈石榴〉完成之後，曾嘗試在〈清秋〉與〈玉蘭花〉等小說中有所改變，但是最後仍走回〈山川草木〉、〈風頭水尾〉等較擅長、同時也較能顯現其一貫關心的題材。即使在時局最苛烈的戰時下，呂赫若仍藉由對鄉村、家族、土地、傳統等題材收放自如地描寫，不卑不亢地表現個人的一貫風格，〈山川草木〉與〈風頭水尾〉中的篤定，在某方面正反映呂赫若對自己創作方面的篤定。

事實上，呂赫若早在事變前夕所發表的小說〈逃跑的男人〉（原題〈逃げ去る男〉，1937 年 5 月 6 日）中，即已顯示其對家族問題的關心，只不過〈逃跑的男人〉僅以對話方式呈現，表現技法尚未成熟。[56]但是經過〈財子壽〉、〈風水〉、〈合家平安〉等多篇磨鍊之後，到〈石榴〉發表之際，家族小說已經成爲呂赫若小說創作的中核。因此，雖然在〈清秋〉與〈玉蘭花〉中，呂赫若曾一時企圖嘗試較具時局色彩的作品，但是最後使他的創作之魂在戰火中安身立命的，仍是如〈山川草木〉、〈風頭水尾〉之類，與〈清秋〉、〈玉蘭花〉之前的系列小說較接近的作品。

日本治臺的最後兩年，由於戰局深沉、統制嚴酷，再加上所存刊物十之八九皆爲官方刊物，因此許多作家在此時都陷入山窮水盡的停筆狀態，

---

[55]西川滿〈文藝雜誌の戰鬪配置（要旨）〉，《文藝臺灣》終刊號，1941 年 1 月 1 日，頁 47。

[56]呂赫若著，林至潔譯〈逃跑的男人〉，收於《呂赫若小說全集》，日文原作〈逃げ去る男〉發表於《臺灣新文學》第 2 卷第 4 號，1937 年 5 月。

即使創作力驚人的張文環也難逃此限。[57]唯有呂赫若，不僅在此時出版小說集〈清秋〉（1944 年 3 月），而且在質與量上亦能維持創作於不墜。與其說呂赫若擁有別人少有的幸運，不如說他在家族小說中找到了創作的源頭活水。山窮水盡疑無路，柳暗花明又一村，這豈不是勤於內省的呂赫若於摸索再摸索之後的所得嗎？

早在 1944 年 1 月 1 日，呂赫若便曾在日記中做了如下的計畫：

> 一、出版回想風味的長篇小說《竹圍抄》三百頁，二、完成長篇小說《建成堂記》（暫定名稱），為此要讀破古典作品。[58]

「建成堂」是呂赫若老家堂號，以《建成堂記》爲題的小說，很可能便是呂氏家族的故事。這則日記容易令我們聯想到，呂赫若在留學東京時期爲構思〈鴻河堂四記〉欲翻譯《紅樓夢》，返臺後又爲執筆〈常遠堂主人〉而閱讀《北京好日》的往事，由此可見，此際呂赫若「要讀破古典作品」的決心與其先前偏好家族小說，並從中國文學中尋求靈感的創作模式實是一脈相承的。

原來早在〈清秋〉、〈玉蘭花〉完成之後，在《臺灣文學》甫告停刊作家們坐困愁城之際，呂赫若即已有個人之出路了，揉合鄉村、家族（庭）、土地、自然、傳統和人的命運的家族小說、而且是家族小說之長篇大作，就是他的出路。對呂赫若這個出身鄉村望族的作家而言，能適切地在戰局下維持個人對被殖民鄉土的關懷，同時又可探索個人心靈內在的成長軌跡，家族小說豈不是最好的選擇。這份篤定，或許正是促使他從小說結尾曖昧不定的〈清秋〉與充滿回憶距離、不敢直接擁抱之親善經驗的〈玉蘭花〉中走出，而有煥發自信的〈山川草木〉與〈風頭水尾〉之力作的原因

[57]據呂赫若 1943 年 6 月 8 日及 7 月 15 日日記所載，張文環「已漸漸不能寫小說」，且自 7 月 31 日於《臺灣文學》第 3 卷第 3 號〈迷兒〉之後，小說創作即告中斷，參見鍾美芳〈呂赫若創作歷程初探——從「石榴」到「清秋」〉，頁 30。

[58]朱家慧編〈龍瑛宗與呂赫若年表（1911～1951）〉。

之一吧！

峰迴路轉，在烽火中幾經摸索之後的呂赫若，終於還是返回他家族小說的原鄉。

六、結論

以上透過呂赫若的日記及小說，我們已對呂赫若東京以來的苦惱與關懷、「浪漫主義與寫實主義」論爭中的內省與抉擇，以及其〈石榴〉發表後的創作轉折作了龐雜的探討。

從討論的過程中，我們發現呂赫若對個人的創作甚爲關懷，他的苦惱大抵來自於此，此苦惱至少可追溯於東京時期，他日後的諸多創作理念亦源於此時的思考。返臺後，呂赫若依其東京時期摸索出的朦朧概念展開創作，佳作頻頻，因而逐步邁向個人創作的高峰期。此間他亦曾初步碰觸到「東洋」的若干問題。論爭發生後，呂赫若因創作方式遭受外界質疑，以致一度陷於猶疑，不過隨後他很快地便在創作〈石榴〉的過程中，確定了新的表現方式。創作僵局的突破，與其對「民族」及「東洋自覺」的自我解釋也有關係，呂赫若以「臺灣人是根源於中國的東洋民族之一支」，來化解自身對「民族」問題的焦躁感，在面對日籍作家單方面地強調日本傳統在大東亞中的重要性時，呂赫若將其注意力投射於中國、印度等其他地區。呂赫若的態度，顯現殖民地文學者對大東亞問題的不同觀照方式。

在論爭的過程中呂赫若的創作理念沒有激烈的轉折，因此呈現出來的創作（〈石榴〉）也沒有明顯的改變。將〈石榴〉與當時其他作品比較，我們發現〈石榴〉與〈財子壽〉、〈風水〉、〈合家平安〉有明顯的承繼性，〈廟庭〉、〈月夜〉的表現重點稍有差距，但基本主題也不乏共通之處。因此從作品上來看，〈石榴〉的創作風格、題材和理念，都不是創新的，它們皆成形於〈石榴〉稍前的系列作品之中。〈石榴〉除了對人性之美善及傳統之淳美面較多著墨以外，其餘方面未見明顯的轉變，其「回歸東洋」、「回歸自然」以及偏好家族主題等特徵，與先前作品有相當的一貫性。在論爭中誕生的〈石榴〉或許是呂赫若苦思之所得，但是他奮力禦外之作，顯然不符敵方要求的規格，不過在他的取捨之間，我們看見了呂赫若苦惱、掙扎，卻不失堅持的一面。〈石榴〉的完成可以說是他對個人多年累積的一次大動員，但是透過這次磨鍊，也使得他對鄉村家族小說的表達更臻成熟。鄉村、家族、自然、土地、傳統與命運等元素成爲他此時的創作基型，爲他於日後戰爭日益深沉之際指引出一條創作明路。

解讀決戰時期的小說時常令人覺得迷亂，但是在皇民化運動高漲、戰時統制苛烈的決戰時期，要求作家繼續創作如事變前一般控訴殖民體制、充滿戰鬥性的作品，或以此標準來評斷作家，無疑是不切實際的作法。站在設身處地的立場，與其說呂赫若此時的關切有內縮或喪失懷疑性、思考性的妥協色彩，不如說他已在時代的限制下盡力地做出了堅持。不過呂赫若文學的有趣猶不止如此，在皇民化運動直接威脅漢族式之臺灣社會，而改姓名運動對漢人宗族結構亦造成破壞的情況下，呂赫若揉合對臺灣社會組織及傳統慣習、信仰、風俗而創作出的鄉村家族小說，應該具有更深的意涵。關於這一點需要更多的討論，或許亦是未來呂赫若研究亟待開發的下一步。

——選自陳映真等著《呂赫若作品研究：臺灣第一才子》
臺北：行政院文建會，1997 年 11 月

蕭條異代不同時
從〈清秋〉到〈冬夜〉

◎陳萬益[*]

一、

戰後日據時代臺灣文學的研究，大概說來，可以分成三個階段：首先是由前輩文化人如王詩琅，在身心俱殘的情況下，潛處陋巷，孜孜矻矻的呵護一線香的傳承；其次是 1970 年代中葉戰後出生的一代，在全然的空白斷層底下，突然驚問：「賴和是誰？」然後到處探詢搜索那被掩蓋的歷史，去親炙被時代摧殘、轂觫於社會邊緣的文學父執；第三個階段則是 1990 年代，在臺灣政經社會情勢改變，本土化思潮底下，由學院的師生和社會各界人士，以整理、出土文獻和客觀學術研究方式，重新整建歷史，恢復臺灣新文學發生的真實面貌。

在這 50 年的研究過程中，楊逵的復出文壇，標識了 1970 年代的研究氛圍；而呂赫若個案的研究，則是到目前爲止的最突出、最有典範意義的範例。楊逵和呂赫若所以成爲焦點，都有其傳奇性的背景：東海花園、火燒島和鹿窟，在戒嚴時期都標識著歷史的滄桑、前輩的苦難，而成爲歷史失憶的一代口耳之間的禁忌傳統。因此，當楊逵以老而彌堅、瘦小卻偉岸的姿態重臨臺灣文壇以後，相當鼓舞了鄉土文學的陣營，成爲抗議精神的代表，甚至於以「壓不扁的玫瑰花」成爲 1980 年代社會運動的象徵；呂赫若則在失蹤成謎、屍骨未獲的情況下，以一尊英挺的肖像，被冠以「臺灣

---

[*]發表文章時爲清華大學中國文學系教授，現爲清華大學臺灣文學研究所教授兼所長。

第一才子」，以其光芒四射的音樂、戲劇、文學的表現和晚年的地下革命受到仰望和敬重。

楊逵的個案研究，可能是日據時期論述最多的，可是，其生涯較坎坷，遺稿未能全面整理復刊，因而停滯不前，其文學業績在「抗議精神」的評價之外，仍然未有較細緻的全面的討論，呂赫若的研究，則在鍾美芳的苦心下公布了呂氏的部分日記，加上林至潔將呂氏的小說全面翻譯（少數未能尋獲的篇章除外）出版，使得呂赫若的生平和文學的研究，獲得較快速的進展。

相對而言，作爲日據時代新文學成熟時期的代表性作家之一的呂赫若，在 1970 年代未能受到注目，而要遲到 1990 年代才成爲焦點，固然部分種因於社會對其日語原作的隔閡，主要原因可能還在於 1970 年代省視日據時代臺灣文學的標準尺度——抗議精神，呂赫若除了早期的一篇〈牛車〉明確符合此一標尺外，其戰爭期作品〈清秋〉以後的篇章，又落入眾矢之的的「皇民文學」的嫌疑，即使肯定其作品成就的葉石濤都不得不相當費力的爲其解說：

> 呂赫若擅長於描寫形形色色的農村家庭結構的變遷，人際關係所醞釀的故事，結果他輕而易舉地剖析了日據時代整個社會結構的不合理與缺陷。同時農村裡的榨取與剝削體系並非單獨存在的，它是跟帝國主義統治下的殖民地的臺灣的統治結構有密切的關係。因此呂赫若的小說完成了弱小民族傑出作家的使命，他明白地指出帝國主義與封建主義猶如雙翼的大鵬覆蓋在大地上的事實。[1]

葉老在這篇題爲〈清秋——僞裝的皇民化謳歌〉的文字裡，從社會學的批評角度，論述呂赫若小說的主題，而歸結到反帝反封建的「使命文

[1]葉石濤〈清秋——僞裝的皇民化謳歌〉，收入《小說筆記》，臺北：前衛出版社，1983 年，頁 87。

學」的歷史標尺。

作爲被殖民壓迫而精詳於社會主義文學理論的作家，呂赫若對臺灣社會現實的透視和文學觀點，是不容置疑的，可是，呂氏作品顯然在反帝反封建之外，更有其文學的追求和創作成就；反帝反封建的質素是否應予特別拔高，值得質疑，而反帝反封建強調是否因此遮掩了我們對呂赫若的正確解答呢？鍾美芳就曾以呂氏頗爲得意、也深獲當時好評的〈石榴〉一作受到冷落，對此加以質疑[2]。由此出發，鍾美芳對〈石榴〉、〈清秋〉、〈廟庭〉、〈月夜〉等篇章的探索[3]，以及朱家慧對龍瑛宗和呂赫若的比較論述[4]；柳書琴對決戰時期呂赫若小說創作母題的討論[5]，都開展了研究的新視野，展露了呂赫若其人及小說創作的新魅力。

二、

> 我這次出版的短篇小說《清秋》的跋裡也曾寫道：我把自己想成是隻小鳥，任寂寞之心所命，處處試著營巢，卻築不出滿意的巢而又飛走。而說要頒獎居巢，獲獎雖高興，但覺得頒這個獎的時機未到。[6]

這是呂赫若在 1943 年以〈財子壽〉小說獲得第一回「臺灣文學賞」的致謝詞，在謙謝之中表達了個人對文學的執著不懈的追求，其中所謂「寂寞之心」，固然無法明描，卻大概可以意會在動盪的時代環境之中，在眾聲喧嘩之下，他自有個人的單弦孤詣的精神摸索。

---

[2]鍾美芳〈呂赫若創作歷程初探——從「石榴」到「清秋」〉，清華大學「日據時期臺灣文學國際學術會議」論文，1994 年 11 月。

[3]鍾美芳的呂赫若論述除前引文外，另有〈呂赫若的創作歷程再探——以「廟庭」、「月夜」爲例〉，淡水學院「臺灣文學研討會」論文，1995 年 11 月。

[4]朱家慧〈兩個太陽下的臺灣作家——龍瑛宗與呂赫若研究〉，成功大學歷史所碩士論文，林瑞明指導，1996 年 6 月。

[5]柳書琴〈再剝「石榴」——決戰時期呂赫若小說的創作母題（1942～1945）〉，1996 年 7 月，未刊稿。

[6]呂赫若昭和十八年度臺灣文學賞得獎感言，《臺灣文學》第 4 卷第 1 號，鍾瑞芳譯文，轉引鍾美芳 1994 年。

縱觀呂赫若的一生，除了最後數年，在我們目前還未能完全明確掌握具體軌跡的形勢下，棄文從武，進行鹿窟武裝的革命工作，終於以流星墜逝、才華頓息，在日據時期、在嚴峻的時局中，呂赫若不能、也沒有介入臺灣社會的奔競傾軋，即使因爲文學盛名之累，不得已參加「臺灣決戰文學會議」（1943 年），奉派至臺中州下謝慶農場撰寫戰地文學，以至於掛名「臺灣文學奉公會」常務理事（1944 年），都沒有喪失其文學立場以迎合當道，甚至因此爲敵對陣營指責欠缺皇民意識（詳後），他一生所從事的工作，包括編劇、舞臺生活、聲樂演唱教學、新聞記者、雜誌編輯以及最後的印刷出版之外，呂赫若的一生完全是一個才華四射的文藝工作者，早期以 22 歲之年，即以〈牛車〉之作，登臨日本中央文壇，並因此作被譯介到中國，名聞國際；中期從 1939 到 1942 年留日學習，在貧病交迫的現實中，學習聲樂、戲劇和文學創作，返臺以後，就在張文環主導的《臺灣文學》陣營裡，積極從事小說和戲劇的創作，以至於 1944 年在個人的文學事業的考慮、安頓下，出版了日據時期唯一的臺灣人短篇小說別集：戰爭結束以後，在短暫的陶醉亢奮以後，又立刻拿起筆，運用陌生的笨拙的中文寫作，而且很快的在一年多的時間，就跨越了語言障礙，完成了成熟的流利的兼具時代和藝術性的〈冬夜〉的寫作。細較於 1920 年代以來臺灣新文學作家，從謝春木、賴和、楊逵、楊守愚、朱點人、王詩琅、張深切、吳希聖、王白淵等人都不免捲入社會運動的洪流，雖然以其精神和生命昂揚了臺灣魂，相對而言，則減損了他們所可能貢獻給社會的文學才華。1940 年代的作家以張文環作爲代表，從 1920、1930 年代的社會陣線上撤退下來，卻在文學陣線上另闢戰場。包括張文環、呂赫若、龍瑛宗等等臺灣作家群，在漫天烽火與特高環伺的時局下，當然有許多迫在眉睫卻無力以對的政經社會現實，他們匍匐前進、苦心焦慮，然被指責爲逃避、挫折，實際上他們則以文學爲志業，與西川滿爲代表的敵性部隊的陣仗中，爲臺灣文學開闢了不少疆土。呂赫若的生平和寫作即爲 1940 年代作家的典型，而鍾美芳等人立基於其日記和作品的分析研究，則爲吾人揭開了呂氏文學創作的隱微心曲。

呂赫若遺留下來的日記以如下簡潔有力的告白，昭示他的文學志業：

> 二十九歲，舊曆十一月十五日。
>
> 從事文學艱苦奮鬥的第九年。
>
> 一、要多創作。
>
> 二、戲劇。
>
> 三、發現美的事物。
>
> 被寂寞的情緒所俘虜……（昭和 17 年元月 1 日）

此後的日記中，經常有自我鞭策的文字，例如：「要有毅力地學習下去，除了獻身之外別無他途。」（昭和 17 年 4 月 5 日）（1942）「非寫出某種作品，偉大的作品不可。」（昭和 17 年 3 月 19 日）（1942）「必須有系統地研究戲劇，並且要多寫。」（昭和 17 年 4 月 1 日）（1942）「想以這種激昂的心情來從事文學，想寫真實的長篇小說。」（昭和 18 年 5 月 3 日）（1943）……它也透露了個人的創作計畫，譬如，「想寫更像臺灣人生活的、不誇張的小說。有臺灣色彩的東西……」（昭和 17 年 3 月 16 日）（1942）「一、出版回想風味的長篇小說《竹圍抄》。二、完成長篇小說《建成堂記》（暫定名稱），爲此要讀破古典作品。」（昭和 19 年 1 月 1 日）（1943）……它也記錄了某些作品的創作歷程，提供了可貴的解讀文本的依據，日記中也透顯了不少的文學理念，譬如：「啄木的苦難生涯啊！藝術家所要走的命運也。我們也不能不覺悟，但藝術直到後世仍打動人心的還是『美』。」（昭和 17 年 2 月 25 日）（1942）「我不是不會寫以人類個性美爲對象的小說，而是相形之下，是想以社會爲對象，描寫人類命運的變遷。」（昭和 18 年 6 月 13 日）（1943）[7]以上充滿呂氏日記的文學熱情和抱

---

[7]以上日記轉引鍾美芳前引二文，參見註 2、3。

負、理想與焦慮，貫穿了留學東京和返臺之後的歲月，再加上他的隨筆〈我思我想〉中，他對同輩共同「致力創造熱情、誠實的臺灣文化」的期許，對張文環、巫永福、李石樵、黃得時、吳新榮等人成就的肯定和鼓舞，以及向龍瑛宗呼籲從書齋中解放出來，一起從事「馬拉松」式的文學賽跑。[8]這一類在苛酷冷嚴的殖民戰爭體制下，昂揚求索的文學精神，令人讚歎，甚至令鍾美芳說出「呂赫若那個年代的作家其實是相當幸福的」[9]貌似弔詭的結論。總之，在我們過去但從意識形態和政治立場的標尺，去省視 1940 年代作家之後，新近的探索提供了我們呂赫若個人文學創作理路的另類思維。

呂赫若作爲一個作家，從其文學觀來說，並不是以文學本身的沉醉爲滿足的人，而是「樸實地執著要從事真正的文學，沒有虛榮的自我滿足，窮其一生都要努力探索文學的人」。這一類「進步的」文學者，所追求的是「經常能掌握住藝術、文學的本質，著重現實的觀察，不認爲現實的藝術史及各個的藝術現象，是事先完成的『一般美』，或是自天而降的東西。然後努力留意自己的生活，『從生活中出發』」。[10]即使他從不忘卻階級性與社會性，也認同盧那查爾斯基「藝術是認識現實的特殊形式」的見解，但是他反對一味依據機械論產生的意識形態的批評[11]，我們其實可以從他對張文環〈山茶花〉小說的批評，來映照呂赫若文學生命的訊息，他說：

> 他是個敏感，潔身感性，且浪漫的男人。〈山茶花〉裡將他的這一面表露無遺。山村的種種情事、想法或事物，只有在山村長大的他才能真實地描寫出來……創造這種文學，絕不是單憑理論，也不是單靠桌上苦讀就一蹴可

[8]呂赫若〈我思我想〉，原載《臺灣文學》創刊號，1941 年 6 月。林至潔譯《呂赫若小說全集》，聯合文學出版社，1995 年，頁 560～566。

[9]同註 3，頁 22。

[10]呂赫若〈兩種空氣〉，原載《臺灣文藝》第 3 卷第 6 號，1936 年 6 月。林至潔譯《呂赫若小說全集》，聯合文學出版社，1995 年，頁 553。

[11]呂赫若〈舊又新的事物〉，原載 1936 年 7、8 月合刊號《臺灣文學》，林至潔譯《呂赫若小說全集》，聯合文學出版社，1995 年，頁 559。

> 幾的。這得全憑生活力、體內流動的血液、浪漫氣質以及天才而成。因此，我始終認為其作品中蘊含了張文環氏的文學趣味，以及他的生命。[12]

感性、浪漫、多樣的才華、真實的生活力……所展現的個人文學趣味和生命，何嘗不是這位被吳新榮稱許爲「純然是一個激情的好男子」[13]的呂赫若，無意間流露出來的赤子自道呢？

張恆豪用「冷酷又熾熱的慧眼」來說明呂赫若文學的特質是很恰當的，一方面認知了呂氏個人浪漫熱情的生命情調，熾熱的現實關懷，卻出之以冷酷客觀的藝術形式來表現，他說：

> 呂赫若的文學，特別興味於瑣細的敘述手法及客觀的形式控制，透過冷酷的筆觸，剖析農業經濟過渡到工商經濟中個人和家族的困境，特別是封建性生產制度下的農村家庭結構，以及臺灣婦女在封建桎梏下的悲劇性命運，尤為他所關懷的主題。[14]

施淑對呂赫若藝術形式的特質有精到的闡述，她說：

> 這種幾乎不帶任何激情也很少著意經營語言、結構的寫作方法，基本建立在敘述的而非描繪的表現手法，卻使他的小說藝術呈現了現實主義的自然率真風格，使他的小說在質地上具有總是不會缺少這樣或那樣的苦難和歡樂的人間的豐富性和親切性。[15]

我們再看當年河野慶彥對呂赫若《清秋》作品集的總評：

[12]同註 8，頁 561。
[13]吳新榮〈昭和 11 年 6 月 1 日日記〉，《吳新榮日記（戰前）》，遠景出版社，1981 年，頁 34。
[14]張恆豪〈冷酷又熾熱的慧眼——呂赫若集序〉，《呂赫若集》，前衛出版社，1991 年，頁 10。
[15]施淑〈最後的牛車〉，原載《臺灣文藝》85 期，1983 年 11 月，收入《呂赫若集》，前衛出版社，1991 年，頁 302。

> 通過上面七篇作品可以感受到的是：作者的激烈的社會批判。而其根源是作者的人道主義精神，更進一步，通過這些我們可以感受到作者的愛。他因為愛所以憤怒，時而慟哭，作者注視窮家人、不幸者，可是他並不在家人之間去尋找那些微的幸福，而堅持挖出那不幸。此時的作者的眼是近乎貪婪的寫實主義的眼睛。不過，那可不是冷酷的攝影師之眼，我們可以深切感受作品背後人道主義者的痛楚心情。作者在暴露出本島人生活的褶縫中隱藏的汙穢、不道德的不幸的同時，在背後卻傾瀉了萬斛淚水。然而用心良苦的作者絕不在觀眾面前示淚，而始終止於舞臺後面。[16]

基本上，這些評論都能兼顧到呂赫若的生命熱情、人道關懷，與其真實的臺灣人日常生活的具體展現，肯定其藝術形式和現實內容的統一性結合，而達到藝術永恆性的美，成爲呂赫若文學最具魅力的特質。

三、

回過來看呂赫若決戰時期的小說，過去似乎未能一如其農村家庭和臺灣女性題材作品一樣較客觀的省視詮衡，一下子就籠罩在皇民文學的陰影底下：〈風頭水尾〉確實是奉臺灣總督府情報課之命撰寫的報導文學，〈鄰居〉和〈玉蘭花〉正面描寫日本人，〈清秋〉則描寫青年「到南方去」的潮流，〈山川草木〉寫知識女青年下鄉勞動，這些是不是呼應或配合殖民統治者文學奉公、參與聖戰的政策呢？

葉石濤以「僞裝說」來解除呂赫若作品的皇民文學陰影。他認爲呂赫若的思想一貫是反帝反封建的，〈清秋〉篇中耀東、耀勳兩人是帝國主義和封建主義巨大壓迫下的犧牲者，前者是被日本人歧視、挫敗，不得不到南

[16]河野慶彥〈呂赫若論——作品集《清秋》について〉，原載《臺灣時報》第27卷第6號，昭和19年6月，轉引鍾美芳〈呂赫若的創作歷程再探——以「廟庭」、「月夜」爲例〉，淡水學院「臺灣文學研討會」論文，1995年11月，頁21。

洋尋求發展；後者則在封建的孝道和長子繼承制度下，不得不待在故里，處處受制，無法自尋新天地的青年。這樣「反體制」的內容，葉老自承苦讀幾次，才從其審慎的說話體的敘述中解讀出來。[17]

葉老此說影響很大，後來的學者多循此推敲其「高度的僞裝技巧」，附和葉說。[18]直到鍾美芳才提出異議，她根據日記和相關資料提出如下的觀點：

> 一、〈清秋〉的地主家庭是以現實人物——呂氏的同學好友傅雄飛及其父親——櫟社社長傅鶴亭——來形塑，秀才祖父並非葉老所說的三腳仔人物；而〈清秋〉中耀勳、耀東一類知識分子，呂氏也是以其至親好友為模特兒來形塑。
>
> 二、呂赫若的日記明白記錄〈清秋〉的寫作構想。「想到短篇〈路〉的主題，想描寫一個醫生徘徊在開業還是研究學問之間，以指引本島知識階級的方向。」（昭和 18 年 6 月 18 日）「重新構思，開始寫〈清秋〉，想描寫現今的新氣息，以指引本島知識分子的動向。」（昭和 18 年 8 月 7 日）
>
> 三、〈清秋〉既未反體制，也沒有為南進政策幫腔，呂赫若不過忠於事實，寫出了當時歷史情境下，另一種形式的出走。
>
> 四、從〈石榴〉到〈清秋〉，是呂赫若處於內外激盪的情境下，摸索出「回歸東洋」、「回歸自然」與「正視歷史現實」之後的轉型之作。[19]

我個人認爲鍾美芳的說法大致可信，小說人物與現實模型固然不一定都能對號入座，完全吻合，但是葉老以秀才祖父和父親爲不折不扣的三腳仔人物，不免概念化硬套，找不到本文的對應；最重要的是，葉老過度強調了呂赫若反帝反封建的思想，相對的，卻忽略前節所述的呂赫若的文學

[17]同註 1。

[18]例如：許俊雅〈冷筆寫熱腸——論呂赫若的小說〉，《臺灣文學散論》，文史哲出版社，1994 年；林至潔〈期待復活——再現呂赫若的文學生命〉，呂赫若著，林至潔譯《呂赫若小說全集》，聯合文學出版社，頁 20；呂正惠〈殉道者〉，出處同上，頁 591。

[19]以上四點，乃綜合鍾美芳〈呂赫若的創作歷程再探——以「廟庭」、「月夜」爲例〉一文而成。

理路，「僞裝」之說也只以苦讀爲解，卻沒有具體的分析。

呂赫若的日記，對我們解讀〈清秋〉的主題特別有幫助：〈清秋〉原擬的題目「路」和其主題——指引本島知識階級的動向——是比較吻合的；而兩則日記雖有先後構思的不同，似乎兼容了現今〈清秋〉以耀勳和耀東分別代表徘徊的醫生和新氣息的南進青年的兩條主線。

從小說題材來看，〈清秋〉基本上是臺灣留日學醫、學藥的兩個兄弟在多年旅日學成之後，面對太平洋戰爭的嚴峻形勢，如何安排他們人生道路的問題，還鄉作一個開業醫呢？或者到南方加入「聖戰」？

從人物觀點看來，耀勳依父願還鄉開業，兼盡孝道，可是在開業不順和婚姻壓力下，面對耀東到南方去尋出路的抉擇，內心徬徨、挫折，原先所有的故鄉田園之美和醫生地位之崇高，大爲動搖，最後在現實纏結解脫之後，兄弟各奔前程，耀勳安居於清秋之菊鄉。

從敘述筆調來看，〈清秋〉則屬心境小說的範疇，以耀勳的感覺和心情變化爲主旋律，田園的美好和家庭的幸福感所充盈的柔和、舒暢的調子，因耀東的兩度來信、一度面談而產生變調，黃明金、王金海的相關細節則是嘈雜之音，當變調一直拔高，雜音附和著，逐漸遠颺之後，耀勳的諧和音才又低低的揚起。

耀東所選擇的南進路線，大概就是呂赫若日記中所說的當時的「新氣息」，〈清秋〉篇中的人物，基本上都認同當時情境下，南方是能令年輕人熱血沸騰的地方，選擇到南方，是青年人的試煉、雄飛。可是，如果說兩條路線，是不是有輕重之別，而作者有無偏向呢？我個人認爲呂赫若雖然同意南方是知識階級的一條出路，尤其在那個時候特別顯得氣息昂揚；但是，比較來說，他應該偏向耀勳的抉擇，即使他不免猶疑、矛盾，但是，他留下來當開業醫，顯示呂赫若當時思想的安頓是：回歸自然，扎根鄉土，回歸東洋，承傳家庭，貢獻醫學，服務人民。

總之，從以上的論述來說，呂赫若寫作〈清秋〉，乃試圖爲決戰時期的知識分子尋求出路，並非以皇民奉公文學作爲創作座標。但相對於過去的家庭和女性題材，〈清秋〉以後篇章，寫作知識分子題材的典型轉換，充滿了「時代性」，固然是大膽的文學嘗試，卻也有不得不然的現實因素。

鍾美芳和柳書琴對於〈清秋〉的成形，是否〈石榴〉摸索出來的方向，意見不同，但是，兩人的論文都勾勒了〈清秋〉寫作之前，《文藝臺灣》和《臺灣文學》兩個敵對文學陣營的「浪漫主義與寫實主義論爭」，呂赫若和張文環的作品被對方指責欠缺皇民意識，有普羅文學之嫌的「糞寫實主義」，因此對創作的手法和題材深深苦惱。[20]呂赫若日記有如下紀錄：

> 晚上不停地創作，裝入太多的時局性之故，情節感到不自然，真惱人，最近對〈兄弟〉的構成而頭痛，說要盛入什麼時代性，可是我不願意盛入糊裡糊塗的時代性，堅持真實地、藝術性地，要寫生命久長的東西。[21]

在言論不自由，創作受限制的時勢底下，呂赫若不得已在其作品中摻入「時代性」。可是，從日記中，我們看到了他仍然有藝術性的堅持。這也就是〈清秋〉爲什麼會帶上一層時代性刻痕，但我們卻不應執著其刻痕，而更加正視其久長的藝術生命的原因。

〈清秋〉能夠擺脫皇民文學的糾纏，我們在〈山川草木〉中看到的寶蓮，在現實困頓中，捨棄音樂生涯，卻在田園山林的開墾生涯中，更加體會山川草木的生活的美；〈風頭水尾〉的不得已的奉公之作，仍然寄蘊了知識分子在艱困惡劣環境中學習改造的生趣。

四、

戰爭結束了，呂赫若和所有臺灣同胞一樣欣喜若狂。

被殖民統治時期，作家呂赫若不得不在其作品中加入時代性，在皇民化陰

---

[20]詳參註 2、5，前引鍾美芳、柳書琴文。

[21]呂赫若〈昭和 18 年 6 月 15 日日記〉，轉引鍾美芳〈呂赫若創作歷程初探——從「石榴」到「清秋」〉，清華大學「日據時期臺灣文學國際學術會議」論文，1994 年 11 月，頁 14。

影下尋求作家主體性的藝術創作；戰爭結束，呂赫若仍然籠罩在劇烈變革的時代氛圍裡，從 1946 到 1947 年，一年間的四篇中文小說，雖然仍保留他一貫的娓娓述說的風格，可是，從題材看來，前三篇寫戰前，第四篇則雖然在過去記憶仍然鮮活之時，急遽轉入眼前的社會現實；從敘述筆調看來，第一篇〈故鄉的戰事——改姓名〉在樸質的中文底下，以童言童行的方式嘲諷殖民統治者之虛假愚蠢；〈故鄉的戰事二——一個獎〉雖然以喜劇戲謔的方式，把日據時期被統治威權神聖化的日本人還原爲怕死的人，但是，卻也同時笑中帶淚地道出臺灣善良百姓被日本人任意作踐的悲哀；〈月光光——光復以前〉雖然寫臺灣人在國語政策底下的母語覺悟，可是全篇已經陷溺在一個臺灣人家庭，從老到少的封口禁語的百無聊賴的深沉悲哀中；最後的一篇小說〈冬夜〉的女主角彩鳳，則延續了被殖民戰爭剝奪了家庭幸福，光復卻又等不回到南方去的丈夫，使全家困頓，而以解救被日本帝國主義蹂躪過的臺胞自許的浙江人郭欽明，卻是騙財又騙色的身染梅毒的暴力分子，彩鳳即在其槍口威脅之下被作踐，又棄之如敝屣，使其淪落爲娼妓，最後在虛無幻滅的性交易行爲後，槍聲響起的「警匪」（？）槍戰中，毫無目的的狂奔。〈冬夜〉已經由含蓄內斂的冷凝風格，變成赤裸裸的控訴。可是，來不及了，〈冬夜〉的槍聲，預告了二二八的血淋淋的屠殺，屠殺了呂赫若的文學生命，而彩鳳的狂奔，何嘗不是呂赫若不得已的奔向革命、奔向不歸路。

從〈清秋〉到〈冬夜〉，呂赫若在其一生的文學志業中，不得不局限在動盪的時局下，在太平洋戰爭的烽火裡，仍然試著摸索生命和文學的道路，戰爭結束，沒有帶來前景和光明，從秋到冬，黑暗，完全的黑暗，哀哉！

——選自陳映真等著《呂赫若作品研究：臺灣第一才子》
臺北：行政院文建會，1997 年 11 月

紅色青年呂赫若

以戰後四篇中文小說爲中心

◎陳芳明[*]

導論

呂赫若（1914～1951）是不是左翼作家？這個問題曾經引起臺灣文學研究者的議論。有一種說法是，呂赫若在 1930 年以後就開始具有階級意識，並大量閱讀左派的雜誌書籍。持這種見解的是藍博洲。另有一種說法則來自張恆豪，他認爲，1930 年代知識分子閱讀左翼書籍，乃是時代風氣使然。呂赫若雖接觸左翼思想，並不宜把他定位爲左翼青年。張恆豪指出，呂赫若的文學風格傾向於「冷酷分析」與「人道關懷」，很少爲無產階級或社會主義搖旗吶喊。[1]

張恆豪與藍博洲所討論的呂赫若作品，是指日據時代發表的小說。兩人的看法之所以有出入，乃在於對「左翼」一詞的定義寬窄不同。藍博洲傾向於強調呂赫若與左翼思潮接觸的事實，這是一種較爲寬鬆的解釋。張恆豪則從較爲嚴謹的角度來理解，認爲呂赫若小說中並未表現社會主義的立場。

「左」的思考是什麼？如果捨棄狹義的說法，則一位左翼作家在撰寫小說時，並不一定自始至終都要站在社會主義的立場來吶喊。呂赫若在殖民社會裡表達抗議精神時，絕對不是教條而僵化的。所謂左翼作家，並不

---

[*]發表文章時爲靜宜大學中國文學系副教授，現爲政治大學講座教授兼臺灣文學研究所所長。

[1]參閱陳萬益主持〈呂赫若生平再評價座談會〉，《民眾日報》「鄉土・文化副刊」，1990 年 12 月 3 日，第 18 版。

意味必須放棄文學紀律與美學要求。一位頗有自覺的作家，在作品中伸張自己的政治信念之際，應該也同時可以達到藝術的昇華。所謂「左」，並不必然規規矩矩遵從正統馬克思主義的理論，更不必然要在作品裡使用左派的名詞與術語。一位殖民地社會的知識分子，在社會主義的信念基礎上，選擇文學的形式，為受壓迫、受欺凌的弱勢人群表達抵抗意志，無疑就是左翼作家。從這個角度去檢驗呂赫若的文學，就可以發現他自始至終都是站在弱者的立場，發抒被殖民者的心聲。

從 1935 年發表第一篇小說〈牛車〉開始，直到 1947 年發表最後一篇小說〈冬夜〉為止，在短短 12 年的創作生涯中，呂赫若從未偏離過左翼作家的思考。即使是皇民化運動時期出版的短篇小說集《清秋》，呂赫若也在書中專注於揭露臺灣封建意識的落後與愚昧。[2]正因為他具備強烈的批判意識，戰爭結束後的國民政府來臺接收時，呂赫若的文學作品仍然維持高度的抵抗精神。當他發現國民政府的統治性質與日本殖民政權毫無兩樣時，尤其是 1947 年二二八事件爆發之後，呂赫若更是產生了無可言喻的幻滅感。在那樣的幻滅驅使下，呂赫若終於投入紅色的政治運動，並且在運動中犧牲了性命。

這篇論文集中於討論呂赫若在戰後初期所發表的四篇中文小說，進而了解在社會轉型期臺灣知識分子的心理變化。呂赫若如何從一位熱愛祖國的知識分子，轉化成為一位反抗封建統治的紅色青年，都可以在小說中窺見他思考上的發展。

呂赫若文學的左翼色彩

呂赫若的文學生涯非常短暫，但一般研究者為了方便討論，大約都以分期方式來概括其作品風格的轉變。日本學者野間信幸認為，呂赫若作品

[2]呂赫若《清秋》，臺北：清水書店，1944 年。這冊短篇小說集收入〈鄰居〉、〈拓榴〉、〈財子壽〉、〈合家平安〉、〈廟庭〉、〈月夜〉、〈清秋〉共七篇。

可分爲初期（1935～1937），中期（1941～1945），後期（1945～1951）。[3]這樣的劃分方式，似乎不太符合呂赫若的創作生涯。因爲，從 1937 年到 1941 年之間，呂赫若仍然有作品發表，包括〈季節圖鑑〉與〈臺灣的女性〉兩篇小說在內。[4]野間信幸的分期方式，顯然把這段時期劃入空白的階段。同樣的，關於呂赫若後期的創作，野間信幸以 1951 年爲斷限。不過，就目前所發現的史料，似乎未能證明呂赫若在 1947 年之後還繼續從事文學創作。

到目前爲止，掌握呂赫若文學生涯最爲精確的，莫過於林至潔所寫的〈期待復活——再現呂赫若的文學生命〉[5]。這篇文章將呂赫若文學生命劃爲第一階段（1935～1939），第二階段（1939～1941），第三階段（1942～1945），第四階段（1946～1947）。這可能是最爲細緻的分期方式，也是觀察呂赫若作品最爲深入的。林至潔認爲，第一階段的呂赫若，是以小資產階級知識分子的角度來看殖民地及半封建社會的矛盾。到了第二階段，呂赫若正在日本留學，他的觀察焦點從農村婦女問題轉移到都市婦女問題。第三階段則遭逢日本皇民化運動時期，呂赫若收斂左翼批判精神，轉而集中於對封建家庭中婦女地位的問題進行探討。在最後的第四階段，呂赫若嘗試使用中文創作，一方面批判日本的皇民化運動，一方面則對戰後國民黨政策進行嚴厲的抨擊。

林至潔對於呂赫若文學的檢討，應該是可以接受的。她所翻譯的《呂赫若小說全集》，正好可以全面印證這樣的見解。關於第三階段皇民化運動時期的呂赫若，施淑也有類似的看法：「從 1942 到 1944 年，呂赫若的小說

[3]野間信幸〈呂赫若——孝を描いた臺灣人作家〉，《中國哲學文學科紀要》創刊號，1993 年 3 月。轉引自垂水千惠〈「清秋」その遲延の構造——呂赫若論〉，收入下村作次郎・中島利郎・藤井省三・黃英哲編《よみがえる臺灣文學——日本統治期の作家と作品》，東京：東方書店，1995 年，頁 385。

[4]參閱張恆豪編〈呂赫若生平寫作年表〉，收入張恆豪主編《呂赫若集》，臺北：前衛出版社，1991 年，頁 3～6。

[5]林至潔〈期待復活——再現呂赫若的文學〉，收入呂赫若著，林至潔譯《呂赫若小說全集》，臺北：聯合文學出版社，1995 年，頁 18～21。

世界似乎換了人間。這時他的關注點不再出現〈牛車〉中的社會場景，而只是些發生在家庭裡的變故，他的關注點也由社會層面轉移到人性問題。」[6]施淑的陳述，顯然可以與林至潔的說法相通。皇民化運動的浪潮衝擊下，呂赫若再也不能受到客觀環境的寬容，遂轉而對封建傳統的殘餘進行批判。

值得注意的是，無論在哪一個階段，呂赫若都未嘗離開女性角色的塑造。為什麼他酷嗜以女性形象來經營小說？這個問題自然值得深入討論。葉石濤在檢討呂赫若文學時，曾說：「他從農民家庭生活中看到帝國主義統治的巨大陰影上如何地剝削農民、毀滅農民，又從地主家靡爛的生活看到封建的罪惡。當然他也沒忘卻殖民統治和封建制度本身是一丘之貉，臺灣民眾的所有苦難由此而產生。」[7]如果殖民統治與封建體制是一體的兩面，那麼呂赫若刻意經營女性的角色，顯然就是為了突出臺灣社會之弱者地位。在殖民社會與封建社會裡，女性之受到迫害的事實是無可否認的。對於左翼作家而言，要描述弱者的命運，以工人與農民作為主題的對象，並非是最恰當的。以女性作為被壓迫的象徵，恐怕較具說服力。呂赫若不斷描寫臺灣女性的受害掙扎與抵抗，似乎都與他社會主義的信仰有密切的關係。因為殖民統治與封建制度的優勢地位，都是相當具有父權式的支配。呂赫若以女性為小說的重要隱喻，無非是為了暴露殖民地社會的荒謬性格。[8]

受到最多議論的第一篇小說〈牛車〉，就是最典型的殖民地文學。這篇小說同時批判了日本殖民地的父權與臺灣封建男性的父權。倘然能夠注意發表這篇小說的時代背景，就更可發現呂赫若的左翼批判精神。1935 年是日本殖民統治臺灣的第 40 周年，臺灣總督府在臺北舉行規模龐大的博覽

[6]施淑〈最後的牛車——論呂赫若的小說〉，收入張恆豪主編《呂赫若集》，臺北：前衛出版社，1991 年，頁 306。
[7]葉石濤〈呂赫若的一生〉，《走向臺灣文學》，臺北：自立報系，1990 年，頁 139～140。
[8]陳芳明〈復活的殖民地抵抗文學——讀林至潔譯《呂赫若小說全集》〉，《中時晚報》，1995 年 10 月 1 日，第 19 版。收入陳芳明《危樓夜讀》，臺北：聯合文學出版社，1996 年 5 月。

會，前後長達 50 天之久。這個博覽會既是迎接日本在臺的始政紀念日，又是爲了展現日本資本主義在臺現代化的成果。年紀較呂赫若稍長的同一時代小說家朱點人，曾經撰寫一篇小說〈秋信〉，對於日本殖民者爲了炫耀現代化而舉辦博覽會，表現了高度的批判。[9]

日本殖民統治到了 1930 年代，誠然在政治與經濟方面有了長足的發展。爲了配合臺灣「南進基地化」的政策，臺灣總督府在經濟方面進行資本投資的多角化，使工業化獲得大大提升。[10]同時在政治方面，下放少數權力給基層組織，實施市制、街庄制的改革，並且在 1935 年實行地方自治的選舉。[11]政經雙元政策的實施，使得殖民體制益形鞏固。在整個帝國政權臻於成熟之際，呂赫若以短篇小說的形式表達了他的抵抗意志。就在這一年，呂赫若的文學生命宣告出發，便連續撰寫了三篇小說。他分別選擇工人楊添丁（〈牛車〉）、佃農老松（〈暴風雨的故事〉），以及女性知識分子琴琴（〈婚約奇譚〉）等三種不同的角色，抨擊現代化假面下臺灣社會內部的不平與不滿。瀕臨生活絕境的牛車工人楊添丁，從未分享到現代化所帶來的進步；佃農老松則繼續被籠罩在封建社會地主剝削的陰影裡；琴琴這位職業女性，則被迫離家出走，以抗拒傲慢的男性沙文主義文化。

除〈牛車〉之外，呂赫若在〈婚約奇譚〉中毫不掩飾他的左派立場。小說中的女性知識分子琴琴，在訂婚前就是一位社會主義的信仰者。她對社會的改造，對自己命運的選擇，都具有獨立判斷的能力。小資產階級出身的明和，爲了爭取她的芳心，並進而與她訂婚，遂僞裝成一位左派青年。明和刻意去學習一些社會主義的術語，也借閱一些左翼書籍，終於成功掩飾了自己的政治立場，也與琴琴完成訂婚。〈婚約奇譚〉在小說開頭，

[9]朱點人〈秋信〉，收入張恆豪主編《王詩琅、朱點人合集》，臺北：前衛出版社，1991 年，頁 225～237。

[10]有關日本資本主義在 1930 年代臺灣的工業化，參閱涂照彥著，李明俊譯《日本帝國主義下的臺灣》，臺北：人間出版社，1991 年。特別是第 4 章第 4 節〈日本資本投資領域的多面化〉，頁 323～366。

[11]有關日本殖民體制在 1935 年的臺灣地方自治改革，參閱黃昭堂著，黃英哲譯《臺灣總督府》，臺北：自由時代出版社，1989 年，頁 154～156。

就安排了琴琴離家出走的場景。她拆穿了明和的虛僞面孔，決定毀棄婚約。對於自己的行動，她是如此辯護的：「說是既然已經訂婚，就強迫女性要準備結婚，而且要履行結婚的義務，這都是男子獨裁的布爾喬亞思想，不是嗎？我在結婚之前出來旅行，也不是什麼不可思議的事。」[12]

在這段表白中，琴琴反抗的兩種父權已很清楚，一是男子獨裁，一是布爾喬亞（小資產階級）的思想。如果進一步解釋的話，呂赫若筆下女性的批判對象乃是封建殘餘的男性沙文主義，與資本主義洗禮下的優越階級意識。琴琴的離家出走，事實上就是爲了擺脫當時社會中雙重父權的控制。無論從封建社會或從資本主義社會的角度來看，日據時期的臺灣女性都扮演了被壓迫的角色。在呂赫若的刻意塑造下，琴琴變成一位有「自覺」的馬克思女性。

這裡必須強調的是，呂赫若在每一階段的創作裡，都是以探討女性角色與地位爲中心。在日本殖民體制積極現代化，以及努力實施南進政策之際，呂赫若的文學生涯正好也邁入第一階段與第二階段。在帝國權力高漲的時期，他選擇以女性爲中心，點出臺灣社會幽暗、腐朽的一面。那種批判的態度，不能不說是堅定而頑強。具體而言，呂赫若是一位左翼作家是毫無疑問的。這樣的政治信仰，似乎已經預告他日後的命運發展。

前述的藍博洲與張恆豪見解，雖然對呂赫若的「左翼青年」定位稍有出入，唯對戰後階段的看法則趨一致。他們都同意，呂赫若在戰後與建國中學校長陳文彬過從甚密，遂受影響而更左傾。[13]這樣的看法，可能是指參加政治活動而言。如果是指思想方面的話，呂赫若恐怕未待認識陳文彬之前就已相當左傾了。

[12]呂赫若〈婚約奇譚〉，呂赫若著，林至潔譯《呂赫若小說全集》，臺北：聯合文學出版社，1995年，頁94。

[13]藍博洲的說法，見註 1，張恆豪在〈呂赫若生平寫作年表〉的「1948 年」項下指出：「受當時建國中學校長，也是『臺灣民主自治同盟』盟員陳文彬的影響，思想逐漸左傾。」，頁319。

皇民化運動與反皇民化精神

呂赫若的思想，在跨向戰後階段之前，還有一段皇民化時期的過渡。亦即在 1942 至 1945 年之間，他出版了短篇小說集《清秋》與兩篇皇民化作品〈山川草木〉與〈風頭水尾〉。這段過渡時期的作品，歷來不斷引起研究者的興趣。像呂赫若這樣具有批判精神的作家，在皇民化運動時期終於也被迫寫出配合政策的小說，是否表示他的左翼立場發生動搖了？呂赫若在出版《清秋》時所寫的〈跋〉就已公開承認，在將近十年的寫作生涯裡，他徬徨於「實在」（現實）與「空想」之間，希望能夠尋找出自我。[14] 在皇民化運動期間，他表達了猶豫的情緒，豈非是對於官方政策有所保留？

這種不穩定的情緒，反映在〈清秋〉小說裡最爲清楚。這篇未經發表就直接收入小說集的作品，描述一位回鄉準備開業的醫生耀勳，在等待許可證核准之前的心情。當時皇民聖戰已進入高峰階段，耀勳刻意留在家鄉行醫。但是，他遭到了雙重阻礙，一是來自同行的江有海，一是來自飲食店的黃明金。江有海以商業獲利方式行醫，非常擔心耀勳的開業競爭，似乎在暗中阻礙當局發給他「開業許可」。黃明金經營飲食店的房屋，則是向耀勳父親承租的。根據租約，黃明金可以不必搬走。如果收回房屋，則黃明金一家也將陷入生活困境。耀勳在面對這些困難時，內心有意放棄開業。使他解除難題的，竟然是江有海與黃明金都決定選擇「志願到南方去」去參戰。

〈清秋〉之所以值得注意，乃是在當時皇民文化作品中，幾乎每位作者都是藉主角的身分在小說裡擁護或思考皇民運動的問題。呂赫若反其道而行，小說主角耀勳卻變成了聖戰的旁觀者。那些參加聖戰的，都是在臺灣社會中自認爲沒有出路的。耀勳這樣有爲的青年，則反而留在自己的家鄉服務。葉石濤在討論〈清秋〉時，認爲這是一篇反體制的作品，而終於

---

[14] 呂赫若〈跋〉，《清秋》，臺北：清水書店，1944 年，頁 337。

能夠通過臺灣總督府保安課的思想檢查，毋寧是拜賜於呂赫若審慎的寫作技巧。[15]如果這樣的說法可以接受，那麼〈清秋〉當不只是消極的反體制而已，事實上還暗藏了積極的抵抗意志。他的抵抗精神，應該與早期的左翼批判意識是同條共貫的。

林至潔也有同樣的看法，認爲這個時期的呂赫若，「他把嘶聲吶喊的內涵藏在心中燃燒，迴避對戰爭體制的批判，更規避對瘋狂戰爭扭曲了人性的責難，對尖銳的種族問題矛盾也暫時不談，但是他更去歌頌皇民化運動」。[16]在不能違背自己的政治信仰，又不能表示反對皇民戰爭的情況下，呂赫若寫了〈清秋〉之外，又發表了〈鄰居〉（1942 年），〈玉蘭花〉（1943 年），〈山川草木〉、〈百姓〉（1944 年），以及〈風頭水尾〉（1945 年），幾乎每篇作品都是以含蓄、影射的手法，對皇民化運動表達相當程度的抵抗。

呂赫若對皇民化運動的真正批判，必須等到 1945 年日本投降之後才完全表現出來。這可能是他文學生命的最大轉變，因爲他不僅恢復早期的高度批判精神，並且還選擇使用中文從事小說創作。從他的中文表達能力來看，可以發現其語法與造句還相當生澀粗糙。然而，不能忘記的一個事實是，呂赫若是日據時期的第三世代作家。他已經適應了日語的思考與表達方式，客觀環境顯然已不能容許他使用中文的機會。在終戰的第二年，亦即 1946 年，他就能夠發表中文小說，足證他決心繼續從事文學道路的追求是何等堅決。在短短一年之中，他連續發表四篇小說：〈故鄉的戰事（一）——改姓名〉[17]、〈故鄉的戰事（二）——一個獎〉[18]、〈月光光——光復以前〉[19]與〈冬夜〉[20]。

---

[15]葉石濤〈清秋——僞裝的皇民化謳歌〉，《小說筆記》，臺北：前衛出版社，1983 年，頁 89～90。

[16]呂赫若著，林至潔譯《呂赫若小說全集》，臺北：聯合文學出版社，1995 年，頁 20～21。

[17]呂赫若〈故鄉的戰事（一）——改姓名〉，《政經報》第 2 卷第 3 期，臺北，1946 年 2 月，頁 2～13。

[18]呂赫若〈故鄉的戰事（二）——一個獎〉，《政經報》第 2 卷第 4 期，臺北，1946 年 3 月，頁 14～15。

[19]呂赫若〈月光光——光復以前〉，《新新》第 7 期，臺北，1946 年 10 月，頁 16～17。

[20]呂赫若〈冬夜〉，《臺灣文化》第 2 卷第 2 期，臺北，1947 年 2 月，頁 25～29。

這四篇小說，代表呂赫若在戰後初期國民政府來臺接收時的心情變化。前面三篇小說，可以視爲呂赫若全力嘲弄、批判皇民化運動期間的社會怪現狀。其中第三篇〈月光光〉，他的批判態度就有新的變化，既批判日本皇民化運動，也暗諷國民政府在臺推行的國語政策。到了第四篇〈冬夜〉，就完全是針對光復後臺灣社會的蕭條與苦悶，暴露國民黨政權的帝國主義性格。對於這四篇小說的內容稍具了解之後，才能夠清楚認識呂赫若爲什麼日後會走向紅色革命道路的緣由。

〈改姓名〉與〈一個獎〉，是反皇民、反聖戰的典型代表。以〈改姓名〉爲例，呂赫若以在戰後目擊小學生之間的言談爲題材。等候在火車站月臺的小學生，發現有同學不依秩序排隊，所有學生都責罵這位插隊的同學是「改姓名」。小說中的「我」，對此事件感到很納悶，以爲插隊者是一位臺灣人，而在皇民化時期改過姓名。所以小說這樣寫著：「日本在皇民化運動極烈的時候，臺灣同胞的改姓名是一天又一天的多，所以這時候，我聽見這些小學生一直罵著改姓名，覺得侮辱得很。」事實上，那位叫俊藤的插隊學生，果然不是臺灣人，而是日本人。但爲什麼被叫作「改姓名」？原本戰後的小學生，對於所有不守秩序的同學，對於後來居上的插隊行爲，都一律稱之爲改姓名，而改姓名就是假僞、誑騙之意。

在皇民化運動期間，日本統治者極力推行改姓名的政策，以爲這是賜給臺灣人的榮耀。其實，不少臺灣人都視爲羞辱之舉，即使是日本小孩子也不認爲是可以接受的。〈改姓名〉是以這樣的自白結果：「哎喲，日本人你真是個癡子。連你自家的小孩子都騙不著，怎樣能夠騙了五千年文化歷史的黃帝子孫呢？」

這裡透露一個很強烈的信息，也就是戰後初期的呂赫若是以做爲黃帝子孫爲傲的，並且藉此揭發日本大和民族的虛僞性格。尤有進者，他也藉由這篇作品的撰寫，點出皇民化時期自己所寫的小說，乃屬一種虛應故事的行爲。因此，〈改姓名〉絕對不只是批判殖民體制而已，同時還寓有自我反省的意味。不僅如此，他對於臺灣社會之光復，並對回歸中華文化的前景，表現了樂觀開朗的心情。

〈一個獎〉的諷刺意味就更爲深刻，不但有強烈的反聖戰思想，甚至還對日本人的「英勇」假象予以百般嘲弄。小說場景設定在臺灣遭受空襲期間，日本警察鼓勵百姓繳回尚未爆的炸彈。凡未繳回者，必定受到懲罰。小說中的農人唐炎在自己田裡拾獲未爆炸彈後，立即送到當地警察局繳回。未料日本警察池田看見炸彈送到門口，驚慌異常而躲到桌子底下。驚魂甫定之後，池田不但沒有獎勵唐炎，反而還給予一頓痛打。唐炎得到的獎品居然如此，遂受到村人的奚落。小說最具反諷之處，便是唐炎在最後的一段表白：「不要緊，我知道了，日本絕不是不怕死的。從前人家老說過日本人是不怕死的，這完全是瞎說，我知道了。」

殖民統治者的權威假面，都在〈一個獎〉的字裡行間暴露無遺。所謂英勇的視死如歸的日本警察，反而不及臺灣鄉下的農民。這種對日本人的無情諷刺，正好可以凸顯皇民化時期臺灣人的內心風景。呂赫若爲受盡污辱的臺灣人賦以素樸的形象；同時也把他們內心的抗議及其不滿發抒出來。因此，要了解皇民化運動時期的呂赫若心情，似乎可以通過戰後的這兩篇作品〈改姓名〉與〈一個獎〉來認識。

呂赫若是不是一位左翼作家，至此應該有一明確的答案。即使是在日本統治權威達到極盛的階段，呂赫若的批判精神誠然有所保留，但並未發生動搖。在戰後他能夠使用中文撰寫小說時，立即以反皇民化運動作爲創作的主題。弱者如小學生與農民，都仍然能保持清楚的價值判斷能力。他毫不掩飾對日本殖民體制的鄙夷，也對日本人虛僞的民族性格予以揭露。這些都足以證明他在戰後初期的信心。

反殖民精神的延續

發表於 1946 年 10 月的〈月光光〉，以及 1947 年 2 月的〈冬夜〉，文字色調開始轉爲陰翳。倘然呂赫若對於光復前景抱持樂觀態度的話，他的文學作品應該是充滿信心而進取的。但是，〈月光光〉一文就有曲折的影射技巧，除了批判日本人的皇民化運動之外，也對戰後的國語政策表示高度的懷疑。

〈月光光〉的產生背景，是國民黨企圖掃除日本文化，積極向臺灣人民灌輸中華民族主義的思想，特別是挾帶三民主義思潮而來的文化政策，強力要求臺灣知識分子必須使用北京話的國語。配合國語政策的推行，國民黨當局在 1946 年 10 月決定廢止所有報刊雜誌上的日文版。這項政策對於皇民化運動時期成長起來的臺灣青年，無異是一項嚴重的影響。[21]國語政策在戰後的實施，對臺灣人民已構成歧視與排斥的效果。因此當時各地議會要求延長日文版的呼聲，可謂相當普遍。呂赫若發表〈月光光〉的同期《新新》月刊裡，就有一篇文章呼籲應謹慎實行國語政策。[22]

理解了這樣的背景，才知道〈月光光〉不斷突出臺灣人意識的背後意旨。小說是以皇民化運動時期的臺灣人莊玉秋爲中心，爲了租屋，必須僞裝成國語家庭，因爲房東要求租戶不能說臺灣話。整篇作品都在嘲弄臺灣人爲了升格爲日本人，而被迫扭曲自己的性格。房東的租屋條件，是以這種傲慢的語言表達出來：

> 租你卻是可以，不過，你要有資格才行。就是要全家眷在日常生活都說日本話，要純然的日本式的生活樣式。因為我在這裡當鄰組長，想要建設著整個和日本人一樣的模範鄰組出來，所以沒有這樣的資格就不行。你怎麼樣？

莊秋玉看到這位僞日本人的嘴臉，遂順水推舟，把自己裝扮得比房東

---

[21]參閱葉芸芸〈試論戰後初期臺灣知識分子及其文學活動〉，收入臺灣文學研究會主編《先人之血．土地之花》，臺北：前衛出版社，1989 年，頁 68～69。關於戰後國民黨文化政策的討論，可以參閱黃英哲〈戰後初期臺灣にすける文化再構築——臺灣省編譯館をめぐって〉，《立命館文學》第 537 號，京都：立命館大學人文學會，1994 年 12 月，頁 342～372。

[22]有關報刊雜誌日文版廢止的問題，在當時引起廣泛討論。其中一例，可以參閱張．G．S〈本省人と日本語〉，《新新》第 7 期，頁 24。

還更像日本人。他說：

> 那是不算什麼，一定可以的。我暫且不說，我的妻是高等女學校學業的，我的孩子自小就說日本話，所以臺灣話一點兒都不會說的。

莊秋玉更進一步逼問房東：

> 我是個很贊成皇民化的人，我的家庭，是國語家庭，有風呂，有疊，有神棚，有日本衫一式，吃還是日本式的。不過，對你這些房間，現在我卻有一點懷疑，是能夠設備著日本式的房間嗎？請問你。

房東與莊秋玉之間的對話，顯示著臺灣人格所遭逢的挑戰。爲了搖身變成日本人的房東，對於自己是臺灣人出身的事實，全盤否認。然而，遇到像莊秋玉這種僞裝日本人的模樣，反而心生敬畏。莊秋玉策略得逞，終於租到房子。但是，爲了繼續維持日本人的身分，也爲了繼續保有租約，莊秋玉一家竟然都壓抑自己，不能在生活中說任何一句臺灣話。

統治者對殖民地社會的控制，往往刻意要求被殖民者必須遺忘自己的語言與身分。當文化認同全然喪失時，也正是殖民統治者宣告得勝的時刻。但是，遺忘自己的語言，並不意味被殖民者的人格就可以獲得提升。文化的淪落，最後等於是被殖民者受到扭曲與矮化。統治者的權力支配，並非直接施加於被殖民者的身上，而是透過代理人來實行的。因此，在被殖民者中間，自然就會出現「比殖民者還更像殖民者」的奇怪現象。小說中的房東，便是以日本統治者代理人的姿態登場，在皇民化運動中頗爲自滿於扮演「鄰組長」的角色，並且還以說日本話作爲租屋的條件。房東這種泯滅臺灣人性格，以取悅統治者的行爲，豈非就是殖民地社會全然屈服的一個明證？

莊秋玉刻意掩飾自己的身分，僞稱出身於國語家庭，並因此而得到房東的信任，這又是另一種畸形人格的浮現。爲了保持日本人的身分，遂禁止家中的小孩眷屬以臺灣話交談。這種自我壓抑的結果，小孩失去了活潑的精神，而家眷則猶如生活於囚牢之中。莊秋玉的母親終於忍受不住這樣的壓抑生活，開始責罵起房東：「房東家啊，你不是日本人，你是明明白白的臺灣人。爲什麼不准人家說臺灣話呢？你是個吃日本屎吃的很多的人啊！」不僅如此，她又轉而責備自己的兒子莊秋玉：

> 我們是要在此永住的，像現在這樣的一也不可說臺灣話二也不可說臺灣話，我們是臺灣人，臺灣人若老不可說臺灣話，要怎樣過日子才好呢？你看，可憐的小孩子都有點清瘦起來了。你若要繼續這樣的委屈，就是同迫死我們祖孫一樣的啊！

母親的形象，在此是一個重要隱喻。她既代表臺灣的傳統，也代表固有文化的根。對於奉行皇民化政策的房東，她以最嚴厲的字眼予以責備。對於僞裝國語家庭的兒子，她以生命相脅。莊秋玉終於覺悟到，天生的臺灣人性格是不能改變的。他不能再只爲得到棲身之處而扭曲自己的人格。他決心搬家，以恢復原來臺灣人的面貌。在搬家前夕，莊秋玉在庭院與孩子唱起臺語童謠，引起鄰居的畏懼與騷動，但他內心卻是一片暢快。

戰後的國語政策，並非只是廢止日語而已，事實上也是對臺灣話進行壓制與歧視。在二二八事件前夕，由於許多知識分子不會說國語，以致不能受到公家機關的任用。即使有幸進入公務員的行列，臺灣人的薪水也是比會說國語的外省人還低。當時也有一群「比外省人還外省人」的臺灣知識分子，例如當時的半山集團，也是依恃統治者的身分來欺凌臺灣本地人。因此，〈月光光〉並不能只是當作反皇民化運動的小說看待，其實對當時的政局，也具有微言大義的精神。在國民黨戮力推行國語政策時，呂赫若提出這樣的看法：「我們是臺灣人，臺灣人若老不可說臺灣話，要怎樣過日子才好呢？」生活在國語政策時代的臺灣人，必然也會聯想到皇民化運動時期的高壓文化政策。呂赫若在小說中再三提出「臺灣人」的字眼，取代了〈改姓名〉小說中「黃帝子孫」的提法。這種轉變，似乎暗示了他已喪失光復初期的興奮與驕傲。

透露他內心幻滅最爲徹底的作品，當推〈冬夜〉這篇中文小說所表現出來的黯淡情緒。在呂赫若的全部作品中，可能以〈冬夜〉最能展現他的政治思考。這篇小說再次以女性的角色暗喻臺灣的命運，極其露骨地點出國民政府之接收，等於使臺灣再度淪爲帝國主義的戰利品。凡研究臺灣文學者，無不困惑於呂赫若爲何會走上革命道路。呂赫若發表這篇小說後，便神祕消失於文學創作的領域之外後來，經營印刷廠，成立大安出版社，接受辜顏碧霞的資助。1949 年，呂赫若參加鹿窟祕密基地，擔任文宣工作。後爲毒蛇咬傷，病發而死。[23]呂赫若加入鹿窟基地的行列，幾乎是定論的事實。因此，〈冬夜〉可以說是他參加紅色政治運動前的最後一篇小說。呂正惠曾經指出：「這篇小說問世的 28 天之後，就發生了二二八事件。我們現在找不到文字資料足以重建呂赫若這時的心路歷程。他也許徬徨過，也許痛苦過，但他最後選擇中共『臺灣省工作委員會』的地下組織，想要追求臺灣人的『再解放』，從他的歷史哲學來看，應該是有跡可循的。」[24]

在二二八事件前後，現存史料誠然不能重建呂赫若思想轉折的過程。但是，從〈改姓名〉、〈一個獎〉、〈月光光〉，一直到〈冬夜〉的出現，就已足夠窺見他內心的變化。從反對殖民體制、批判皇民化運動的基礎出發，呂赫若刻意在〈冬夜〉裡把國民黨與日本人拿來等量齊觀。小說中的彩鳳，因丈夫木火被徵召到南洋參加太平洋戰爭，必須擔負起維持家計的責任。戰爭結束後，木火未曾歸鄉，彩鳳又失業。在物價飛騰的生活壓力下，她被迫到酒館上班。就在酒館裡，她認識了兩位男人，一是郭欽明，隨重慶政府來臺接收的外省男人，一是王永春，綽號狗春，是充滿浪漫氣

[23]呂赫若在這段期間的活動，可以參閱谷正文〈鹿窟武裝基地案〉，《白色恐怖祕密檔案》，臺北：獨家出版社，1995 年，頁 156～159。唯谷正文係情治系統出身，所述史事仍有待進一步查證。

[24]呂正惠〈殉道者——呂赫若小說的「歷史哲學」及其歷史道路〉，收入呂赫若著，林至潔譯《呂赫若小說全集》，臺北：聯合文學出版社，1995 年，頁 598。

息的本省男人。

郭欽明覬覦彩鳳的肉體，遂以手槍要脅的暴力方式逼婚。爲了合理化他的野蠻行爲，郭欽明是如此向彩鳳表白：

> 你這麼可憐！你的丈夫是被日本帝國主義殺死的，而你也是受過了日本帝國主義的摧殘。可是你放心，我並不是帝國主義，不會害你，相反地我更加愛著你，要救了被日本帝國主義摧殘的人，這是我的任務。我愛著被日本帝國主義蹂躪過的臺胞，救了臺胞，我是為臺灣服務的。

這位替天行道的、反對帝國主義暴行的男人，就在結婚半年後，把性病傳染給彩鳳。郭欽明以此爲理由，指控彩鳳與別人有染，決定離婚，並要求歸還三萬元聘金。

呂赫若塑造郭欽明的形象，無疑是依照國民黨的腐敗現象來描繪的。當國民黨以反對日本帝國主義的姿態統治臺灣，本身也具備了更爲惡質的帝國主義性格。郭欽明只不過當時政權的一個縮影，而彩鳳則是臺灣命運的一個象徵。在思想上，呂赫若不斷在尋找出路；在政治上，他也努力在追求合理的解釋。但是，從〈冬夜〉這篇小說來看，呂赫若見證的歷史發展，彷彿是一座沒有出口的迷宮。

〈冬夜〉的情節發展到最後，是彩鳳投入臺灣男人狗春的懷抱裡。然而，這位狗春竟是警察眼中的「盜匪」。在警察的追捕聲中，狗春開槍抵抗，但沒有下落。只留下寒夜裡的彩鳳，「她一直跑著黑暗的夜路走，倒了又起來，起來又倒下去。不久槍聲稀少了。迎面吹來的冬夜的冷氣刺進她的骨裡，但她不覺得」。小說的結尾，撐起一個巨大的象徵。從臺灣男人的命運來看，似乎必須走向「開槍抵抗」的道路；從彩鳳的遭遇來看，她走的是「倒了又起來，起來又倒下」的道路。

如果呂赫若支持狗春所選擇的抵抗，那麼他並不是唯一這樣思考的人。因爲，與〈冬夜〉發表在《臺灣文化》同一期雜誌的另一篇小說〈農村自衛隊〉，係出自左翼政治運動者蘇新之手。蘇新使用「丘平田」的筆名，以小說形式表達對國民黨政治的不滿，強烈暗示臺灣人應該組成「自衛隊」來對抗暴政。[25]因此，〈冬夜〉不僅是呂赫若思想狀態的一個反映，也是當時臺灣社會共同心理的浮現。

如果他以彩鳳走過的道路來代表臺灣歷史，則戰後受到的暴力統治，幾乎就是日本殖民體制的翻版。寒風刺骨，「但她不覺得」。這種寫法暗喻臺灣人民似乎已經習慣了這種荒涼的政局。果真如此，這是極其悲觀的宿命論。這樣的解釋若是可以成立，則對於呂赫若日後之參加鹿窟基地就能夠理解。他的行動，乃是爲了掙脫這種歷史反覆的宿命。歷史證明，呂赫若的突破最後並沒有成功。1951 年，呂赫若逝世於鹿窟基地。他在文學史上遺留下來的形象，是一個不折不扣的紅色青年。

結語

日據時期臺灣左翼文學的發展軌跡，大約是以賴和爲起點，而以呂赫若爲終點。在這段演進的過程中，呂赫若企圖跨越時代的界線，使批判精神能夠傳承下來。呂赫若在戰爭結束後短短一年之內，連續寫了四篇中文小說，這種產量可以說超越同時代的許多左翼作家。

僅從四篇中文作品來觀察，還不能夠全面掌握呂赫若的戰後思想變化。不過，以〈改姓名〉與〈一個獎〉的作品內容來看，他在批判日本殖民體制之餘，顯然還有爲自己在皇民化運動時期的思考進行反省與辯護之意味。身爲殖民地的知識分子，他顯然相當清楚自己的文字工作，蘊含著高度的文化意義。因此，即使日本殖民統治已瓦解，並不表示歷史反省就可以終止。他繼續發表文學作品，百般嘲弄皇民化運動的荒謬景象，無非是在證明殖民地知識分子的主體性格，其實還是維持得相當完整。

〈月光光〉與〈冬夜〉的出現，批判的鋒芒轉向來臺接收的國民政

[25]丘平田（蘇新）〈農村自衛隊〉，《臺灣文化》第 2 卷第 3 期，臺北：臺灣文化協進會，1947 年 2 月，頁 30～31。後收入林雙不編《二二八臺灣小說選》，臺北：自立報系，1989 年，頁 22～30。

府。一位左翼作家的批判精神，絕對不會被民族主義的假象所蒙蔽。因此，呂赫若最初也自認爲「黃帝子孫」，但這種血緣關係並沒有使他失去觀察政局的能力。以著民族主義假面君臨臺灣的國民黨政權，繼續維持日本帝國主義式的統治時，呂赫若終於也恢復了早期的抗議精神，極其凌厲地暴露國民黨的統治本質。

從美學要求的角度來看，呂赫若的中文小說似乎在結構上過於鬆懈，文字運用上也顯得力不從心。然而，恰恰就是因爲他展現了這種粗糙的風格，而使讀者體會到他當時的用心良苦，也使後人能夠辨識他使用中文的掙扎痕跡。紅色青年呂赫若，未能改寫臺灣的歷史；不過，他的四篇中文小說卻完全重塑了他的文學形象。

——選自陳映真等著《呂赫若作品研究：臺灣第一才子》
臺北：行政院文建會，1997 年 11 月

冷筆寫熱腸
論呂赫若的小說（節錄）

◎許俊雅[*]

呂赫若小說創作的背景

（一）呂氏個人的身世背景

呂赫若（1914～1951？）原名呂石堆，臺中縣潭子鄉校栗林人（今豐原潭子鄉栗林村）。先祖為廣東饒平人，乾嘉時期渡海來臺，林曙光氏謂：「我在安倍明義所著《臺灣地名研究》看到：潭子庄舊名潭仔墘，土名阿里史社，雍正末年粵人移殖，原住民移住於埔里地方烏牛欄。」[1]據此，則呂氏亦客屬人，由於客家人素重視教育，在臺灣文學發展過程中，客屬作家對臺灣文學有莫大的貢獻，如賴和、龍瑛宗、鍾理和、鍾肇政、李喬、吳錦發等人。在語言使用方面，呂赫若的情形和賴和一樣，平時都是講閩南話，如果不細加追蹤，很難想像他們原是客家人。從他的小說創作來看，他對臺灣地主家庭的了解、描寫的細膩，他應出生於地主階級。1934年他自臺中師範畢業，分派至於新竹月眉國校（今峨眉國小）任教，次年轉往臺中州潭子國校。這一年他開始步入文壇，小說〈牛車〉即刊載於日本《文學評論》，備受文壇矚目。次年，此作經魯迅弟子胡風譯成中文，與楊逵〈送報伕〉、楊華〈薄命〉選入《山靈——朝鮮臺灣短篇集》一書，這是日據時代首次被介紹到中國的臺灣小說。此篇作品敘述了在日本殖民統治下，由於社會變遷、新的生產工具導致農村經濟崩潰、農民不幸破產的

---

[*]臺灣師範大學國文學系教授。
[1]林曙光〈一逢永訣呂赫若〉，《文學臺灣》第6期，1993年4月，頁20。

慘狀。以當時臺灣或大陸的創作水準，〈牛車〉的創作藝術、思想內涵都是很前進的。他寫這一篇作品時，不過 21 歲（22 歲時刊出），大多數的年輕人還在作夢的年齡，他的成熟早慧及銳利冷靜的觀察力由此可見。從此他以筆名「赫若」竄起於文壇，真實客觀記錄了臺灣人民血淚斑斑的歷史。「赫若」這筆名說明了他一生的文學、思想的走向，朝鮮的張赫宙與中國的郭沫若都是他所敬佩的左翼作家，因此他擷取這兩位作家其中一字組合成他的筆名，[2]這情形很像巴金崇拜巴枯寧（Bakuin）和克魯泡特金（Kropothin）一樣。

從 1935 至 1937 年，他陸續發表了〈暴風雨的故事〉、〈婚約奇譚〉、〈萍蹤小記〉、〈女人心〉、〈逃跑的男人〉五篇小說，蘆溝橋事變爆發，臺灣進入戰時體制，總督府對臺灣的控制更嚴苛，留在臺灣實難有發展，呂氏遂於 1939 年赴東京學習聲樂，進入武藏野音樂學校聲樂科，師事聲樂家長坂好子女士。他是個出色的男高音歌唱家，在東京期間他參加東寶劇團，前後有一年多的舞臺生活經驗，演過〈詩人與農夫〉歌劇。同時他也撰寫了中篇小說〈季節圖鑑〉，載於《臺灣新民報》日刊的「新銳中篇小說特輯」；另外長篇小說〈臺灣の女性〉則自 1940 年連載於《臺灣藝術》，1942 年他自日本返臺，擔任《興南新聞》記者，並加入張文環主編的《臺灣文學》，發表了爲數可觀的小說，如〈財子壽〉、〈風水〉、〈合家平安〉、〈廟庭〉、〈月夜〉，皆當時重要的作品。1943 年與王井泉、林摶秋、張文環、呂泉生等人，籌組「厚生演劇研究會」推動臺灣新劇。同年 11 月，以〈財子壽〉榮獲第一回「臺灣文學賞」，短篇小說〈風水〉被選入《臺灣小說選》，選集中另有王昶雄〈奔流〉、龍瑛宗〈不知道的幸福〉、楊逵〈泥娃娃〉、張文環〈媳婦〉、〈迷兒〉，作者、作品皆一時之選。次年，小說集《清秋》，由臺北清水書店出版，爲二次大戰前臺灣日文小說家中唯一結集

[2]「赫若」筆名之意，據巫永福〈呂赫若的點點滴滴〉一文所載：「我的本名石堆很粗俗，故以赫若爲號並爲筆名。針對他的筆名我說：『很有朝鮮名小說家張赫宙的味道。』赫若一聽大笑起來答道：『是啊！我比張赫宙年輕，所以名赫若，日本語的若是年輕的意思。』」文刊《文學臺灣》創刊號，1991 年 12 月，頁 14。巫氏所言頗值得參考。今二說並存。

出版者。這段期間，任教於帝國大學的工藤教授，每月定期邀請文化界人士到他家開文學座談會，臺灣有名的小說家張文環、龍瑛宗、呂赫若、吳濁流、詩人王白淵等人皆是座談會的常客，他們彼此切磋、研討，呂氏在此受益匪淺。戰後呂氏任《人民導報》記者，對社會各種問題深入探掘，其時總編輯蘇新所報導的大港村灣仔內農民抗租事件，即根據周傳枝（周青）和他的調查綜合整理後才發表的。1946 年 8 月《自由報》創刊，呂赫若亦加入爲同仁之一，《自由報》以反映臺灣人民的生活、要求爲基調，對於教育臺灣人民起了一定的作用。其時呂赫若在文藝界亦相當活躍，經常參加「文化協進會」主辦的文藝活動，並曾在臺北市中山堂開過音樂演唱會。

當時，他在北一女中教音樂，與《人民導報》總主筆陳文彬共事，思想頗受陳文彬影響。二二八事件之後，泰半民間報刊雜誌受到查封，很多文化界活躍的知識分子，在事件中遇害、被捕或逃亡海外，這事件對呂赫若打擊甚大。據悉陳文彬長女陳蕙娟爲其一女中的學生，呂氏最喜教她們唱〈教我如何不想她〉，而這個「她」指的便是海峽彼岸的赤色中國。這時的他經歷時代轉變中種種的晦暗污濁，他才對白色的中國失望了，而憧憬另一紅色的中國。雖然他的思想是左傾的，但他對整個中國仍是有所期待。1950 年左右，他參與「鹿窟武裝基地事件」，不幸死難，而他的作品也因此塵埋不彰，這對臺灣文學的歷史承續與發揚，不能不說是一件遺憾的事。[3]

（二）呂赫若所處的時代環境

呂赫若出生於 1914 年，次年臺灣南部即爆發了日本統治臺灣 20 年最大的武力抗日行動——噍吧哖事件。此一事件使得臺灣大規模的武裝抗日爲之終止，此後臺灣民眾採取了非武力的抗日運動，以爭取臺灣自主權。1916 年，日本人吉野作造提倡「民本主義」運動；1917 年，俄國發生十月

[3]參考藍博洲《幌馬車之歌》、《沉屍・流亡・二二八》，臺北：時報文化出版，1991 年 6 月。

革命：1918 年，美國總統威爾遜倡導弱小民族自決；1919 年，朝鮮發生三一民族獨立運動，中國大陸也爆發了「外爭主權，內除國賊」的五四運動，而日本於第一次戰後，大正年代也產生了社會主義運動，勞動運動……。這些時代的訊息，不僅深深衝擊著殖民統治下的臺灣知識分子的心靈，也使得 1920 年代的臺灣，在他們的領導下，積極推動個人解放和社會改造的工作，把臺灣推進了一非武力抗日的歷史軌道中。

唯自 1920 年代中期以來，國際經濟環境的急遽變化，造成全球經濟恐慌，日本殖民統治者、資本家，更加強了對臺灣的剝削，而與臺灣相關的日本、中國大陸自 1920 年代以來社會主義迅速興起，及數年來臺灣推動的政治運動不斷受挫，這些因素使得臺灣知識分子彼此間之認知有了差異，一部分小資產階級出身的文化人急遽左傾，轉化為無產階級運動的先鋒，舊有的土著資產階級分子脫離原有組織，另組運動團體。此時期臺灣島內的社會運動左傾化，可說是世界性的趨勢，但此二團體後因民族路線與階級路線之立場不同，雙方的爭執乃愈演愈烈，至於水火不容，從而為總督府所利用，而予以分化離間，臺灣的社會運動不得不衰退。[4]

大正民主時期，尤其大正末年至昭和初年這一段期間，是日本馬克思主義最旺盛、流行的時代，當時《改造》雜誌所舉辦之徵文，得獎者也大都成為日本、臺灣、朝鮮有名的作家，他們也大半是馬克思主義的信徒。對當時知識分子而言，社會主義、馬克思主義是人類希望所在，因此很多作家背負著人道主義與破除階級的雙重使命，因此在 1930 年代很多作品，不論在日本、中國或臺灣，都反映出此一理想，他們認為資本主義社會的經濟結構必須崩潰，人民才得以解放。呂赫若和他同時代的作家一樣，透過日文吸收到很多西方、日本哲學、文學的思潮，如 19 世紀文學巨匠高爾基、杜思妥也夫斯基、左拉、巴爾扎克等作家之作品，體認了人類現實的生活、關懷人的命運，才是創作的重點。因此呂氏透過文學的表達，關懷

[4]參考許俊雅《日據時期臺灣小說研究》，國立臺灣師範大學國文研究所 80 學年度博士論文，頁 60～63。

被欺凌、壓迫、剝削的弱者，他的文學風貌展現了科學的社會主義世界觀，寫出了封建家族之下的道德危機和人性的淫欲糾葛、女性的悲劇命運，以及日據末臺灣民眾心靈的徬徨和苦悶。

時代環境造成了作家創作的意識形態，呂氏於創作之前，其思想即頗受社會主義思潮的濡染薰陶，1935 年他以〈牛車〉躍臨臺灣文壇，該作可說即此思想的體現。他邁入文壇的這一時期，正是左傾社會運動遭壓制，臺灣社會運動轉入文化、文學運動的時候，此時臺灣新文學呈現了空前蓬勃的現象，文學團體雲興霞蔚，雜誌刊物風起雲湧，作家、作品都較前一期的質量為豐，呂赫若躬逢其時，不論在文學創作方面或文學活動方面，他都積極投入，從事文藝工作。

自 1937 年中日七七事變爆發後，日本當局對臺灣民眾文化、思想上的箝制更甚以前，導致整個文藝的發展受到限制，文學的創作，在題材、觀點上都有很大的轉變，呂赫若的文學創作自然亦有別於前此之作。當然在不同的時代，其創作的主題、表達的技巧，自然有了轉變，但是他個人的思想脈絡卻是不變的，他始終沒有脫離做為一位文學家所具有的社會主義的人道關懷，他也始終沒有背離這種思想和原則，即使到了戰後，在語言轉換之際，他仍用中文急切表達了他的看法，記錄了時代的真貌。

呂氏的創作，可說與其所處的時代環境息息相關，不論是作品的內容或形式，都是如此。就內容言，關懷農民、女性、社會時局，是在那樣的時代環境下，一位人道主義者必然會有的情懷。就文字之使用言，他以日文或中文創作，也都有其背景。他正好是出生於典型的「中間世代」的文化人。這個世代的知識分子，除了接受日文教育外，也透過漢文私塾或自修習得中國漢文，因此他們基本上較上一代純漢文教育或下一代純然日式教育，多了一種吸收文化的語文工具。戰後這一中間世代的文化人，在中、日語文轉換之際，雖然也有苦痛、折磨、試驗的時期，但幼年的私塾教育，使他們較之 1930 年代出生的下一代更能很快掌握文字表達、應用的技巧。所以龍瑛宗在 1947 年，已能用中文寫〈臺北的風貌〉(《新新》第 2

卷第 1 期），楊逵在戰後數月，即用中文寫了〈紀念總理誕辰〉的社論，發表於他所創辦的《一陽週報》第 9 期，而呂赫若在戰後也發表了四篇中文小說，[5]他跨越了兩個時代，記錄了戰前、戰後臺灣人民的生活與心靈的活動，也爲他在 1930、1940 年代的臺灣文學史取得了重要的地位。

（三）呂氏本人的文學觀念

和日據時代大部分知識分子一樣，呂氏本人之思想偏向社會主義，這反映在文學評論方面，他要求臺灣詩人宜有正確寫作態度，感情要能反映現實情態。他在文學評論方面的文章有：《詩についての感想》（〈關於詩的感想〉）、〈文學雜感——二つの空氣〉（〈文學雜感——兩種空氣〉）、〈文學雜感——古い新らしいこと〉）（〈文學雜感——舊又新的事物〉）。呂氏認爲「藝術離開了階級的利害是無法存在的，而且無法有所發展。」[6]在對「希臘的神話」方面，認爲「描寫自然的本身，並沒有對今日的我們有多大的魅力。因此它不是作爲純粹藝術，它所充滿的社會性才對我們有無限的魅力。」[7]他曾引用日本學者森山啓的理論（森山啓是昭和時代有名的馬克思主義的文學理論家）說：「詩絕不是脫離客觀現實的東西，詩中如果有價值的東西，經常是跟一定的社會階級的必要相結合的生活感情。」[8]吾人從「一定的社會階級」、「必要」等用語，可以嗅出從黑格爾到馬克思的味道。此外，他又說愈能表現特定社會階級的歷史性進步的詩，它的價值就愈高。此亦是馬克思主義文學理論常提到的說法。根據他引用森山啓之語及其本人之看法，我們可看出呂氏在 1935 年時其文學觀念是頗左傾的。他即用這些觀念批判當時臺灣詩壇的現象。他認爲當時的臺灣詩人都是個人主義、感傷、虛無的，他要求詩人必須正確認識感情所反映的現實事態，

---

[5]參考張恆豪〈故鄉的戰爭——談呂赫若戰後的四篇中文小說〉，1991 年 11 月 30 日清華大學臺灣文學研討會的演講。

[6]呂赫若撰、林至潔譯〈舊又新的事物〉，《民眾日報》，1990 年 4 月 29 日，呂文原刊《臺灣文藝》1936 年 7、8 月合併號。

[7]同上註。

[8]呂赫若〈關於詩的感想〉，《臺灣文藝》第 3 卷第 2 號，1936 年 1 月。

所以他對佳里支部王登山之語頗贊同，王氏說：「不是要製造擅長寫的專家，而是要製造出人類。」這個「人類」是關心文學以前的生活態度，能掌握住生活的「真」之人類。呂氏緊接著說：「佳里支部的諸君只要抱持著這種信念，應該就不會出現文學青年，也不會瀰漫文學的流浪者、頹廢的氣氛。如此一來，就能有所發展，創作上也能有可觀的收穫。」[9]因此他對吳天賞「高度文學的氣氛」之說頗不以爲然。他認爲所謂「高度的文學氣氛」是很抽象的、難以捉摸的。與其那麼抽象、泛泛地去談這些高度的文學氣氛，不如從具體的文學現象，文學描述來探討。易言之，他認爲藝術不可能如吳天賞所說可以超越社會、超越階級而達到純粹的藝術境地。純粹性的觀念是資本家的觀念，藝術如果離開階級的批判，就無法存在、無法發展。從這些論點，吾人亦可從中看出呂氏深受社會主義的影響。

呂氏在〈舊又新的事物〉又引了盧那查理斯基（蘇聯社會民族主義派的理論家）之語：「藝術是認識現實的特殊形式。」這是社會主義文學理論頗爲通行之語言。呂氏即用該語呼籲臺灣的創作界，如果認爲藝術是純粹的，「要文學忘卻社會性和階級性，我們就必須要將藝術史全部燒毀。」此外，他呼籲臺灣創作者要追求一個比較正確的創作方法，首先要「如何認識現實的方法」，其次「如何以藝術的真實性來表現自然、歷史、及人類的思維」，這表現方法和認識方法如果能統一，則可以找到正確的創作方法。他也反對一味要求作家如何認識現實，一味地進行所謂意識形態的批評，認爲這是機械論的觀點。從呂氏引用森山啓及他個人的論斷及對吳坤煌、王登山的肯定，對吳天賞的筆戰，我們可以看出他濃厚的社會主義文藝觀的色彩不是那麼教條、機械的。[10]

從 1936 年呂赫若的文學觀來看他的創作，可知他的作品和文學理論相呼應，易言之，他的文學作品實踐他的文學理論。這個階段他所發表的

---

[9]同註 6。

[10]參考呂氏文學評論：〈關於詩的感想〉、〈文學雜感——舊又新的事物〉、〈文學雜感——兩種空氣〉。

〈牛車〉、〈暴風雨的故事〉、〈婚約奇譚〉這三篇作品即是一例。〈牛車〉主題在於新的生產工具帶來農工的破產，當中寓含對殖民帝國、資本主義的批判。〈暴風雨的故事〉寫地主壓迫佃農，他所關懷者正是無產階級的佃農，同時也寫出農村結構中地主與佃農之間的階級矛盾。〈婚約奇譚〉特別塑造「社會主義少女」琴琴勇於逃婚的經過。琴琴與敘述者「我」志同道合，在讀書會時，常常研討馬克思主義的理論。從這些作品，可以看出 1935 年時的呂赫若對於社會主義、馬克思理論，應有相當的認識。而他小說作品的內容和他的社會主義思想、文學理論是相符合的，他始終沒有離棄自己的原則和思想。

皇民文學的釐清

呂赫若是日據時期優秀的日文作家，22 歲時即展露過人的才華，以〈牛車〉一作享譽文壇。1937 年中、日蘆溝橋事變爆發，臺灣進入戰時體制，日本當局爲利用臺灣人力投入戰爭，遂加強對臺灣民眾文化、思想上的箝制，臺灣文學也遭受沉重的打擊，文學運動既躓踣難以進展，文學創作亦幾近窒息的狀態。處此絕困之境，呂赫若於 1939 年負笈日本東京學習聲樂，並參加劇團演出，直至 1942 年從日本返臺。赴日期間，他未嘗放棄筆耕，目前至少可知他完成了兩部重要作品：〈季節圖鑑〉（中篇）和〈臺灣的女性〉（長篇）。返臺後，他隨即加入張文環創辦的《臺灣文學》雜誌，並擔任《興南新聞》的記者，他本身富有人道主義的情懷、社會主義的思想意識，在日本這幾年勢必也讓他接觸到更廣闊的視野。他何以選在此時回臺，動機已難探索，但從他返臺後任記者，爲臺灣文學同仁、創作〈廟庭〉、〈風水〉、〈合家平安〉、〈石榴〉、〈財子壽〉等作品來看，他一貫的文學關懷、社會關注之情，未曾退卻過。然而當戰事日緝，在「皇民化」、「工業化」、「南進基地化」雷厲風行之際，臺灣文學也從「臺灣文學奉公會」、「大東亞文學者大會」到「臺灣決戰文學會議」、「增產文學」、「十字路小說」的提倡，臺灣文學不免被扭曲、摧殘，處在「決戰文學」、

「文學奉公」的體制下，做爲一個臺灣作家，有時是很難置身事外的，何況以他在當時文壇的名氣，自難逃日本當局的徵召。從 1942 至 1945 年，呂赫若在文學奉公會的要求之下，寫了數篇作品，由於呂氏曾任臺灣文學奉公會常務理事之職，及旬刊臺新編輯員，因而其創作如〈鄰居〉（1942 年）、〈玉蘭花〉（1943 年）、〈清秋〉、〈山川草木〉（1944 年）、〈風頭水尾〉（1945 年）等，無不被目爲配合時局，響應皇民化政策的作品。這些作品除〈風頭水尾〉知其寫作背景和動機外，[11]其餘四篇，其創作動機則已難索求。唯綜觀呂氏〈牛車〉、〈暴風雨的故事〉、〈財子壽〉、〈柘榴〉、〈風水〉等一系列創作，無不充滿對臺灣人民關懷、憐憫之情，而日本戰敗，臺灣才剛光復，他就迫不急待以不成熟、不能運用自如的中文撰寫小說：〈故鄉的戰事一——改姓名〉、〈故鄉的戰事二——一個獎〉、〈月光光——光復以前〉，深刻描繪了皇民化運動下臺灣人民心靈所受的創傷。做爲一位小說家、知識分子，他不曾忽略他所應盡的職責，那麼在戰爭末期，他何以發表了〈鄰居〉、〈風頭水尾〉諸作呢？其中消息或可從下面這段引文得知：

> （戰爭期中日本）文學家當中，雖然有一部分醜惡地向當局靠攏，以告密出賣朋友，做出狂信的、皇國主義的、法西斯的言行，但是大多數其他文學家，態度一般是消極的。……（當時日本）不曾有過冒死以積極地主張反對戰爭或反對軍國主義的文學家事實，雖然可以看成日本文學家的弱質和日本民族與社會的宿命的性格，但也不能不因而引起吾人深刻的反省。[12]

[11]「臺灣總督府情報課」要求作家撰寫戰時報導文學，於是臺、日作家分別被派遣到臺中州下謝慶農場（如呂赫若）、臺南州斗六國民道場、高雄海兵團、石底煤礦、金瓜石礦山等處參觀，並以其見聞撰寫成小說，編成《臺灣小說集》乾坤兩卷，以利日本當局宣傳。〈風頭水尾〉即呂赫若參觀謝慶農場後所寫的作品。

[12]此段話爲張良澤引日本文學史家奧野健男氏之語。見陳映真〈西川滿與臺灣文學〉，收入陳映真作品集 12：《西川滿與臺灣文學》，臺北：人間出版社，1988 年，頁 63。

日本作家之消極退縮，未挺身而出反對當時的戰爭與帝國主義路線，這是在法西斯體制下無可奈何的隱忍苟活，臺灣作家又何嘗不是如此？在一切都不可能的時代，冒死以諫究有多大的成效？倒不如採取特殊的方式來間接抵抗，來得明哲些。筆者覺得，今日我們在對皇民文學的批判中，基本上還是立於民族歷史法官的局外人之位置，就這些站在局內人位置上的作家來說，他們本身何嘗不是受害者的角色。有時，我們對作家的要求未免過高些，在現實政治的干預下，刀鋸在前，鼎鑊在後，作家早已籠罩在餘悸的陰影下，甚至還得有「預悸」的心理準備。今日吾人誠不宜以後人的立場來苛責前人不以死諫之，不以死殉之，而應就其不死之後的生命來看其一生，如果他能將未死的生命提升到一個更高的層次，那麼我們可以說他不是苟延殘喘，不是苟且偷生，而是為了留有用之身做更多的事。因此吾人不宜一味苛責決戰下臺灣作家大多未起而與統治當局正面對抗，而應就後來的價值實現來評斷。呂赫若對於皇民運動下的臺灣民眾無可奈何的命運，迫於時勢、淩威，他並未在當時即奮筆直書，而是在戰後，臺灣甫光復，即追述了這段扭曲的歲月。緣此，吾人實不能僅著眼於他戰前的作品，而忽略了他戰後的作品。此外，呂氏本人處於文學奉公會呼籲創造「皇民文學」，以文學為武器提高大東亞戰爭之勝利時，他這些被視為配合時局的作品，是否出自真心、甘願的？對一位有良知的作家而言，在無法反對戰爭、反對體制的時代下，要不違背自己的認知理念，又可避免觸怒統治當局，那麼他的創作勢必要煞費苦心，方能隱寄其創作初衷。今天，我們面對呂赫若這些作品，仍然須疏通其表象糾結，才能掌握他的創作意圖，不致輕率論斷其作品為皇民之作，而造成對作者的誤解與屈辱。以下試就〈鄰居〉、〈玉蘭花〉、〈清秋〉、〈山川草木〉、〈風頭水尾〉五篇作品提出詮釋之道。

〈鄰居〉以第一人稱旁知觀點「我」敘述日本鄰居收養臺灣小孩之故事。敘述者「我」是個公學校的教員，賃屋居住於貧民區，一日，「我」很驚奇發現鄰居竟是日本人，起初「我」相當恐慌、畏懼，很怕見到那看來幾分兇猛之相的田中先生，後來「我」漸曉其爲人，發現這對日本夫婦心地非常親切、善良。夫妻鶼鰈情深，就是沒有孩子，他們很希望有個孩子，後來收養了一個臺灣小孩。故事圍繞著田中夫婦如何喜愛這名臺灣小孩，爲了治癒小孩的病，夫婦二人傾注大量心血不眠不休照顧所謂「別人」的孩子。由此故事令人聯想到乃是響應「內臺親善」、「內臺融合」之作。但故事發端即對貧民窟詳爲描寫，篇幅極長，其手法純爲自然主義瑣細的敘述，呂氏將內、臺「融合」於同一階層，同屬貧民，又爲鄰居，小說標題「鄰居」正暗示一命運共同體之意味，以一位頗具社會主義思想之文學工作者而言，他很有技巧的將他一貫的思想、主張隱藏在藝術設計的背後。其社會關懷仍相當濃厚，通篇令人感受到女人強烈的「母愛」，「母性的光輝，美得教人感動」。呂氏在該篇未曾爲凸顯日本人，而將臺灣人「母親」此一角色醜化，「我」所看到的是「她們二個女人似真似假地逗鬧著，看他們爲了一個孩子同時迸濺出溫馨感人的母愛火花，心中也有一份難以言喻的喜樂。」該篇小說與後來發表的〈玉蘭花〉頗相似，大有探討人性本質問題之意味，而不全著意於階級的觀念，也與「內臺融合」之強調較無關係。

〈玉蘭花〉圓熟貼切地運用幼童第一人稱旁知觀點，敘述者「我」爲七歲小孩，「我」叔叔留學日本，帶了一位對臺灣風物很感興趣的日本朋友——鈴木善兵衛返鄉。鈴木先生住在敘述者「我」家中，整個故事圍繞在鈴木與「我」這臺灣家庭之成員如何親善相與，此作亦引人聯想係響應「內臺親善」之作。唯該作刻意以幼童觀點寫成，以其天真、朦朧的認知，鋪敘故事，可說有意部署童騃的迷濛視界，此不僅刻意局限幼童的認知程度，也有意超越於種族、文化之上。易言之，呂氏以一個尚未接受現實人生的教導、尚未形成文化、種族階級觀念的稚童觀點，以及彼此間的言語不通仍和樂相處之情形，來探討人性的本質。雖然敘述者「我」在情節結構上不具任何因果關係，但呂氏這幾篇作品喜以第一人稱旁知觀點來敘述，應有其特別的設計用心，易言之，這個「我」的敘述，實在已不是傳述故事，而是詮釋作品意念的功能角色。此作可說是呂氏有意摒棄文化的差異，超越社會制度的囿限，而探討人性之作，與內臺融合並無關係。從這裡我們可以體會決戰下的作家其創作是如何的艱辛，而後人欲透視其真意又是如何不易，有如披荊斬棘，撥開繁複枝葉才有明朗美好的天地。呂氏這幾篇超越階級的人性論，似與其社會階級之思衝突，此間其思想成長的情形，有待更多的資料說明。不過，他那社會主義之思卻也不曾消失過，從其後的〈山川草木〉、〈風頭水尾〉都可看出其端倪。

〈清秋〉敘述自日本習醫返臺，準備懸壺枌梓的耀勳，面對鎮上那些「醫術之商賈」的知識分子，淪為賺錢工具，心中無限悲憤與矛盾。全篇有一小段敘其弟耀東擬赴南方（馬來西亞）發展事業，及承租店鋪之子黃明金決心遠赴南方從軍之事。或謂該作為配合「南進政策」而作，與統治者相掛勾。然而細讀小說卻處處可以發現作者藉耀勳來說明資本主義制度下新知識分子對自由主義之觀感，他不願成為只知賺錢、俗不可耐的醫生，他無法忍受「金錢的奴隸」，唾棄這些庸俗墮落的醫生。此外他也頗具開拓自己新天地的理想。但是在現實社會中的知識分子不免帶有軟弱、扭曲的性格，他終究「心情無法安定」、「生活是矛盾的連續」、「體會不出生活的意義」，小說所探究者純然是當時知識分子新的思想觀念和價值取向的問題。其弟耀東赴東南亞發展之敘述，僅占小說作品一小部分，作者以此「偽裝」以求小說順利發表之用心明顯可見，小說結尾又明白說著:「他知道，目前最迫切的是，繼江有海之後做一名小兒科醫生，為庄內幼兒們的保健盡綿薄之力。他深感時代潮流的激烈，而處在這麼一個時代裡，不應受到他人的迷惑，應相信自己，堅守崗位，來完成職責。最後還是要落腳於雙親所期望的場所以盡孝道。」通篇內容一如〈風水〉所述，對傳統孝道不斷強調；有意提及古籍漢學不學可惜，據此可知〈清秋〉究非配合「皇民化」或「南進政策」之作。

〈山川草木〉透過敘述者「我」和我的太太，敘述一富家女簡寶蓮東渡日本，修習音樂，後因家中變故，不得不返臺。父親逝世，繼母又堅持各自獨立生活，寶蓮不得已，只好輟學，攜其弟妹，投奔叔父，以彈鋼琴之雙手從事生產。或謂本篇乃配合「增產政策」而撰寫，簡寶蓮爲其塑造的增產戰士（鬥士）。唯本篇除簡寶蓮寄給敘述者夫妻之函札提及「現在政府在呼籲增產，我已用農業代替音樂，成爲增產戰士了。」之外，本篇所呈現的是一個社會主義者對勞動人民的憧憬與理想，是資本主義下的新知識分子對自我調適、自我改造的歷程。易言之，本篇可說是在皇民化的僞裝下，暗寓社會主義者之用心，因此簡寶蓮除了實際去開墾外，還堅持要辦保育院。全篇對農村山居生活著意描寫，對大自然之美由衷頌贊，有著明月清風無主人，能翫之者即其主人，欲人回歸大自然之情懷。其實若撇開「增產戰士」之僞裝，我們所看到的是作者在主角艱苦的生存中如何爭取一份從容，如何負起照顧弟妹之重責，如何從父親的死，父親的一生，悟徹人生，而與自然山川草木有形跡上之親近，心靈上之交感，雖然表面上她喪失學識、家產，其實，並不是真喪失什麼，而是更能充分自由地投到「生活本身就是美」的懷抱裡。在大自然中，以她的智慧、感悟去洞察、品味、揣摩人生。雖然簡寶蓮一番對話近似狂熱，但其用心於土地上立根基，自足於回返自然之生活，亦已拈出人生之意義矣。

〈風頭水尾〉透過徐華夫妻到海邊屯墾區承租農地，敘述頭家洪天福和大自然搏鬥，開墾農地的艱辛過程。亦似有響應「增產報國」之意味，尤其本篇乃是 1945 年時呂氏受邀至臺中州下謝慶農場參觀，應臺灣總督府情課報之邀而撰。本篇亦頗富社會主義之思，尤以集團式之佃戶部落，頗類「人民公社」，從這裡的描寫，似可推測社會主義者的呂氏表面上呼應了「增產政策」，其實是將其思想轉嫁投射到集團式佃戶之體制。此外，該作描寫洪天福時是「一身樸素的臺灣衫」，當人家說他建設有成，他又歸結於「一切都是神的庇佑」，凡此種種足徵呂氏之作極富臺灣鄉土氣息。在呂氏這些作品中我們看不到改姓名、自願兵等描述，呂氏總是苦心的將其創作用意隱藏以逃過殖民者之檢查。

呂氏本身社會主義思想色彩極濃，由上述作品觀之，可覘其創作與理論緊密相合，其作品富有高度思想性與藝術性，對於此類作品，吾人實不宜魯莽歸之於「皇民文學」或「決戰文學」之列。[13]

呂赫若的小說藝術

日據中、晚期的小說家大多精通日語，能讀日文典籍，他們藉著閱讀日文著作，獲得了很多的資訊，如透過日文他們讀到了很多世界文學名著及日本有名的文學作品。他們也從閱讀的過程中，學得了西洋小說的寫作技巧。當時獲日本小說徵文獎及刊於日本中央文壇的作品，如楊逵〈送報伕〉於 1934 年 10 月底應徵文學評論社的第一回募集，被選爲第二名（第一名從缺），發表於《文學評論》第 1 卷第 8 號；1935 年 1 月張文環〈父の顔〉獲《中央公論》佳作；[14]同時呂赫若〈牛車〉亦登在《文學評論》第 2 卷第 1 號，其編輯後記且有如下的介紹：

> 創作欄的呂赫若氏是居住臺灣的陌生的新作家。曾經本雜誌的募集小說因楊逵氏的〈送報伕〉當選成為刺激，突然臺灣文壇的活動活潑起來，此刻能介紹另一個臺灣的新人作家是本雜誌最大的榮耀。這篇〈牛車〉是比〈送報伕〉更好的佳作，我們敢於推荐。[15]

此外，翁鬧的〈戇爺〉被改造社的《文藝》選爲選外佳作。郭水潭〈ある男の手記〉在 1935 年發表，獲日本大阪朝日新聞的新人創獎；賴和〈豐作〉經楊逵譯爲日文，推薦《文學案內》予以刊登（1936 年 1 月）；

---

[13]本節有關呂赫若〈鄰居〉等作之反省，可參考施淑女士於 1991 年 11 月應清華大學中語系所學辦的臺灣文學研討會所做之專題演講：「呂赫若的文學觀念和小說藝術」。

[14]〈父の顔〉一作於 1935 年獲中央公論佳作，唯選外佳作並不刊登（說見林芳年〈張文環的人間像〉,《夏潮》第 4 卷第 4 期）。張文環的〈父の顔〉一作，當時《臺灣文藝》第 2 卷第 2 號（1933 年 2 月）曾推出預告，將於 5 月號刊登，至 5 月號時卻刊張氏另作，到 10 月號方登〈父の要求〉，文末註明「1934 年 9 月作，1935 年 8 月改作」，可知張氏後來將〈父の顔〉改作，且更改題目。

[15]河原功著，葉石濤譯〈臺灣新文學運動的展開（下）——日本統治下臺灣的文學運動〉,《文學臺灣》第 3 期，1992 年 6 月，頁 260。

龍瑛宗〈植有木瓜樹的小鎮〉於 1937 年獲《改造》的懸賞創作，1937 年 4 月刊登於該誌第 19 卷第 4 號。這說明了臺灣作家的日文創作在文字的駕馭技巧和藝術意境上已可與日本作家並駕齊驅，得到日本文壇的認可。

呂赫若的文學生涯始於臺中師範學校畢業，年 22 即以處女作〈牛車〉刊載於東京《文學評論》，備受文壇矚目。他一生共創作 24 篇小說，長篇〈臺灣的女性〉，中篇〈季節圖鑑〉，短篇有〈牛車〉、〈風頭水尾〉等戰前日文作品 18 篇，及〈冬夜〉〈戰爭的故事——改姓名〉等戰後中文作品四篇。以前後不過十一、二年的創作生命而論，他的成果是豐碩的。在藝術表現上，呂赫若的小說特別喜於瑣細的敘述手法，人物心理和事件的處理深刻細膩，他的創作冷靜客觀不帶夾評的風格是其最大的特色也是其藝術成就的重要因素。以下即就其小說創作藝術予以析探。

呂赫若〈牛車〉表現了臺灣農業經濟走向近代工商業社會的劇痛，而承擔此一劇痛者便是廣大的農民，楊添丁只不過是其一的代表罷了。作者對機械文明，貧窮的威脅，以及物質破產導致農民鋌而走險，都有細膩的敘述。呂氏用第三人稱有限全知觀點引導讀者進入小說世界，以了解小說中的人物及人物之間的經緯。藉著楊添丁的觀點，吾人可以了解其境遇的悲慘，並非由於他不勤快，而是汽車取代了他維生的牛車，因此人家不再請他運貨；他想要努力耕種，卻赤貧如洗連田地都承租不起。此篇用第三人稱顯然較用第一人稱「我」來敘述，更容易打動人心，令人信服。因一個主觀的敘述者「我」雖可以內省的方式來剖析自己，勾勒出自己內心的想法、活動，但吾人亦深信人是會說謊的，尤其敘述一件不挺光彩的事情，推卸責任、尋找開脫的藉口等等，幾乎是人性的弱點，杜思妥也夫斯基《地下手記》的敘述者不就是明顯的例子？此外，即使以旁觀的「我」來敘述，那麼這個「我」對於楊添丁心理狀態的描寫，也令人存疑，因為除非「我」具有超感知覺，足以讓人相信，否則「我」是無法去洞視楊添丁的心理活動的。像這樣水到渠成的處理方式，絕不可能是沒有小說技巧的。

敘述角度（視角）的抉擇，對作品自有其影響力，呂氏另篇作品〈女人心〉亦以第三人稱有限全知觀點敘述雙美和白瑞奇之間情愛的糾葛。從小說中吾人得知雙美對白瑞奇的愛，是一種全心投入而執著的愛，因此當白瑞奇為金錢而背叛她時，她才會產生那種五雷轟頂的情形，使她如一堆爛泥癱瘓在地，而在徹底絕望之後，她才會說：「現在，我可以當婊子了！」「等麗鴿長大之後，也要叫她去當婊子，並給她做宣傳，說她就是白瑞奇的女兒。」當聖潔的感情遭到了蹂躪和毀滅，當事者往往採取兩種反應，第一步是痛不欲生，第二步則是玩世不恭。雙美乍聽白瑞奇欲娶寡婦，狠心拋下她時，她不也曾痛不欲生？但當她存活下來之後，她決定以自己的放蕩取媚客人，尋求自己的麻醉和解脫。這篇小說一開始，即有了好的開端，讀者看到即將臨盆的雙美，獨自面對胎兒降臨前的陣陣苦痛，男人不在身邊，這對將分娩的女人來說是多殘忍的事，小說一起始似乎就預示著雙美的淒涼下場。白瑞奇不在她身邊是因那天晚上剛好有朋友相邀，然後他回到一個月難得回去一次的家，這樣的理由好像冠冕堂皇，誰能料到事情會那麼巧，就在那晚雙美生下孩子呢？其實如果他夠關心，他在雙美分娩的前數天應隨侍在側的。這樣似是而非的理由，就像他遇見富孀，對方硬要他，在經濟不景氣的時代，他有什麼辦法的想法一樣，同樣是荒唐的。整篇小說步步為營，最後有那玩世不恭的結局，毋寧是自然的。

〈暴風雨的故事〉，一場暴風雨，老松希冀豐收成泡影，最後受地主剝削，導致家破人亡的故事。罔市自戕之前，作家成功表現了老松的懦弱、地主的欺壓，她想：「地主拿威逼、要脅的手段玷污了她，已經令她痛不欲生，如今那惡霸的兒子甚至只是為了好玩就殺了她辛苦飼養的雞，而丈夫卻因為對方是地主的兒子就龜縮不前，不敢聲張。罔市念及眼前這懦夫就是自己要仰靠大半輩子的丈夫，不禁一陣心灰意冷。」[16]這和盤托出了她內

[16]呂赫若著，李鴛英譯〈暴風雨的故事〉，《臺灣作家全集——呂赫若集》，前衛出版社，1991 年 2 月，頁 69。

心巨大的、無法再繼續承受的痛苦，終於，她憤而自縊了。而她的丈夫老松，面對地主百般的欺侮是那樣的畏怯、無能，直到罔市自殺了，他明白了事情原委，他的精神才受到轟擊，而仇恨的種子也悄悄萌發，最後他拿起竹棒向地主寶財的腦袋揮殺過去。這沉重的一擊，是他心靈深處鬱積的仇恨的總爆發，也是小說藝術上的燦爛火花。

日據時代頗多小說急切透露作者創作之理念，且將之明朗化為人與統治者、地主、習俗短兵相接之衝突，遂而對之有所省思批判，此一手法之應用，對其藝術價值固然大打折扣。呂赫若的小說則獨具一格，不恃超然的分析與批判，而是把故事交由小說人物自己去感受，去體驗，作者的主觀意識左右其中是非者極為罕見。如〈財子壽〉中玉梅的發瘋及〈柘榴〉中木火的發瘋，皆沿其一貫作風，探討人生的命運。但是實際上他並非以故事來探究「命運」的究竟意涵，亦非企圖以詮釋「命運」為滿足。他主要的關懷概在命運降臨人們身上之後，所造成的種種可憐境況，呂赫若極可能認為，小說中人生的真情實象尤重於概念的剖析。人們的遭遇是什麼？人們在怎樣生活？為何人們這樣的生活？這才是作者最關懷之處。筆者也一直認為與其以小說為撻伐、控訴的利器，不如讓小說真實反映人生的悲苦，如此我們對悲苦的同情矜憐，方不致因對不義者的憎惡仇懟而淹沒。因此呂赫若敘述玉梅的發瘋，其主旨並不在於控訴其夫（地主）的搞七捻三，敘述木火的發瘋也不在於抗議領養的習俗，他只是盡其所能，以同情、真誠的心意，去摹寫其真象，讓讀者心頭有著永遠的痛。因而其小說手法與剖析、辯證之筆法迥異。〈萍蹤小記〉、〈暴風雨的故事〉、〈財子壽〉、〈廟庭〉、〈月夜〉這五篇小說都是以女主角之死為結局的悲劇作品，但它們給人的藝術感受卻同中有異，此即呂赫若處理技巧之得當。〈萍蹤小記〉喚起的不僅是悲，而是悲恨相續，恨女子為什麼骨子裡沒有一點女性自主的意識，女子為何如此看輕自己，為何要依附男性而活？淑眉需要孩子，不過是用來保證自己晚年不致當乞丐。為了證明是男人自己的生理問題，她不阻止下女與林發生關係；為了證明自己能生，她挑逗林的姪兒與之一夜風流。可悲的是她至死都在追求這種晚年的保障。〈暴風雨的故事〉，喚起的不是一般的悲恨，而是強烈的哀惋憐憫，〈廟庭〉、〈月夜〉的嗟傷淒涼，〈風水〉的沉痛惆悵，〈女人心〉的怨懟落寞，呂氏以此樸實客觀、冷靜的手法一一進行描繪。作者本人的褒貶愛憎始終深藏在冷靜、客觀的背後，我們不得不驚歎呂氏凝視現實、捕捉現實的能力。

呂氏這些小說創作，在篇題命名上大都有著特別的安排，或以嘲諷意味出之，如〈財子壽〉、〈一個獎〉、〈合家平安〉，或以暗示、象徵手法出之，如〈石榴〉一作，通篇未敘及石榴，而以之爲題，呂氏希冀讀者能看見一群最渺小、最被忽視的人物在生活中無可奈何的悲劇。他以最不起眼、最廉價、最多子的水果，來寫最低階層人物的故事，而這些人物同時也占了最多數，就如同多子的柘榴。這也說明了呂氏對他們的關懷，並非是單獨的個人或家庭，而是具有這類型意義的一群人。在形象描寫的生動方面，如〈月夜〉寫虐待翠竹的婆婆：

> 婆婆是六十歲的老婦人，臉非常長，如同馬臉一樣，細瞇著兩個眼睛，邪惡地和額黏在一起，往後吊起，頭髮幾乎掉光了，彷彿在某處牙科醫院可見的照片那樣，污穢的四五顆暴牙，掩盡了臉的下部，瘦骨嶙峋的身體，細小的腳，小小的纏足，好不容易支撐住身子。那眼睛和鼻子，各各都令人想到非常豪傑型的老婦的銳氣，整個身體卻非常柔弱、不潔、優柔寡斷，像吸食鴉片的人一般樣子。皮膚已經皺癟癟的，而且滿是黑斑。完成是一副不理會世人的，任性，君臨世界的表情。[17]

又如〈合家平安〉描繪范慶星座落在大埔厝的大厝，寫其富貴豪華的寢室：

[17]同註 12，頁 157。

> 緋色的靠背上，用金絲浮雕出來的蟒和花鳥，鋪上繡著美人畫的深紅色毛氈，在窗邊的化粧臺兩側，擺著上干漆梅花形椅子，就是白天也顯得幽暗，在外面那間休息室裏，擺著一張正面雕螭的紫檀中案桌，桌上擺著刻有八卦的青綠色古銅鼎、筷子、湯匙、香盒，以及畫有美人圖的杯形花瓶和碗，上面的牆上，有一幅財子壽的中堂，兩邊掛著金字的對聯，寫著「常在祖德永流芳」「遠接宗功慶澤長」，在左右兩邊各擺著八隻楠木交椅，上面牆上各掛著一對對聯：「錦瑟聲中鸞對語、玉梅花際鳳雙飛」「鶯語和諧春風帳暖，桃花絢爛巹酒杯浮」及花鳥畫軸，從橫樑上掛下繡有八仙的深紅色八角花燈更是互相映照，相得益彰。[18]

與後來范慶星家產盡失，棲居年久失修的舊屋形成一大諷刺。而此作起始，故作懸疑，引人對老大有福不孝之懸疑，繼則又讓養母說「也不能說他不孝」，可說扣緊讀者好奇心理，欲罷不能。又如〈財子壽〉描寫周海文的居家環境：

> 門樓是座舊建築物，裝飾在牆上的人物和色彩都已剝落，只留下依稀的痕跡。門上有一幅青字的匾額，寫著「福壽堂」，這也快剝落了，上面張滿著蜘蛛網。……在院子裏，有個半月形的池塘，鵝和鴨在上面游動，或在池畔打盹。池水也因此混濁不清，池邊也撒滿著糞便。池塘面向正廳的一方邊，種植著扶桑花、玉蘭、薔薇和仙丹花，兩傍的蓮霧、柑橘、龍眼和蕃石榴枝葉交錯，蔚然成蔭。地面濕潤，因人跡罕至，已長滿了蘚苔。「後龍」（廂房）共有四幢。後龍後面，高高堆積著甘蔗的枯葉，也蓋著豬檻、雞舍和廁所。[19]

---

[18]呂赫若著，鄭清文譯〈合家平安〉，《光復前臺灣文學全集——牛車》，臺北：遠景出版社，1979年7月，頁111。

[19]呂赫若著，鄭清文譯〈財子壽〉，《光復前臺灣文學全集——牛車》，臺北：遠景出版社，1979年7月，頁47。

正如呂氏所言：「這家屋給人的印象是古老而缺少人的氣息。」呂氏對外在環境的描述細膩而深刻，也與小說內容緊緊相扣。在意象運用的鮮活方面如〈風水〉寫周長坤阻止大家爲死去的父親洗骨時：

> 他從山下咿呀咿呀地亂叫一陣，望山上衝上來。他已氣吁吁，長長的眉毛因汗水黏在額頭，眼睛像瘋狗露出兇惡的光，瞪著兩個姪子。……他的眼睛像氣焰高漲的蛇，輪流瞪著每一個人，從口角流出來的泡沫黏在面頰，雙腳像橋木般橫躺著。……，叔父青蛙一般的影象卻不容易抹消。他們切實地感到孩提時記憶下來的叔父的崇高形象已完全崩塌。[20]

至於其戰後初期的小說，因對語文的掌握尚無把握，小說之描寫，有的停留於說故事，情節的安排經營不足，文學技巧也缺乏修飾而稍顯粗糙，這些作品出自一位成名的「日文」作家，吾人對之理應有同情的理解，宜就作品的時代脈動求其精神所在，而不宜就其形式斤斤苛求。

實則吾人很難一一縷述呂赫若人物塑造的具體手法，而且離開了每篇小說的具體藝術環境和氛圍，孤立地分析某項具體手法，難免都有割裂、摶擠之譏，因此，對一些藝術手法之巧妙運用，本文不擬多舉例。施淑〈最後的牛車〉一文說：

> 在所有這些作品裡，我們感覺到的是春去秋來，歲月如流，一切自然而然地發生、變化，一切事物都按照它內在的發展邏輯和一貫性被敘述出來，而不是被邏輯地組織出來，像靜物寫生似地加以細細描繪，使它們像一個個被製造出來的「成品」一樣出現。這種藝術表現，雖然使呂赫若的作品難免有叢雜的、失去中心的現象，但卻避免了早期臺灣小說帶有的因社會改革的使命感而產生的急躁的、抽象的長篇說教：或為突出

[20]呂赫若〈風水〉，《光復前臺灣文學全集——牛車》，臺北：遠景出版社，頁 97、98。

> 某一人物及事件的意義而著力描寫後所形成的結構上的局部臃腫。就藝術形式這方面來說，呂赫若的小說自有文學史上的深刻意義。[21]

的確，呂氏以非常冷靜的風格形成他作品的感人力量，他的小說中沒有戲劇化、曲折的情節，只是以一種平穩舒緩、自然率真的口吻訴說著一則則沉甸的故事。尤其《清秋》這本小說集出版時，他的小說藝術和思想發展也達顛峰。雖然抗日性可能比較淡薄，批判性也隨之減弱，但作品的藝術性，對臺灣社會面貌的變遷，反而比較周延全面。他的小說深受日本新感覺派、西方自然主義的影響，[22]在語言運用、風物的描寫、襯托，人物的刻畫，心理活動的描寫，都有極高的天才，在日據時期的臺灣文學史中呂赫若自是不可忽視的重要作家之一。

結論

呂赫若跨越了兩個時代，他的作品記錄了戰前、戰後臺灣在日本、祖國統治下的兩種經驗，尤其凸顯了政權更迭之際社會的面貌，人們所承受的巨大衝擊。透過呂赫若這些小說的創作，我們多多少少可以捕捉到臺灣民眾的心靈、生活活動，勾畫出時代、社會與歷史的面貌，也由他的作品吾人可以了解日據時代抗日運動陣營裡，許多知識分子深受社會主義的影響，同情社會中的弱小者，到了戰後，他們對國民黨政權由寄予希望轉變爲失望、絕望、怨恨後，才轉而投向紅色的中國，或轉而尋求臺灣獨立自主的政治活動。

歷史本不應有禁忌，思想也不應有控制，思想的獨立解放，本無罪惡

[21]施淑〈最後的牛車——論呂赫若的小說〉,《臺灣文藝》第 85 期，1983 年 11 月 15 日，又收入於《臺灣作家全集——呂赫若集》，臺北：前衛出版社，1991 年 2 月，頁 303。

[22]自然主義 Naturalism 是 19 世紀後半以法國爲中心而流行於歐洲的文藝思潮。最大的特色是以銳利的眼光剖析社會黑暗面，在以科學方法與科學態度描述這些社會問題。而所謂的「日本的自然主義」，其社會性與科學性相當稀薄，作品中無理想，亦無解決之道，只有抒情與感傷，把現實生活中的悲哀和幻滅描寫得十分徹底，明治、大正年間流行於日本。

可言，然而特殊的政治時空，在解嚴之前，海峽兩岸敵對立場分明，凡涉及社會主義、共產主義的思想，即是思想上之污點，有叛國通敵之嫌，目前，這個問題已較減弱，我們應以更開闊的心胸來反省、透視那個時代的文學作品、作家的心路歷程。對在反共國安戒嚴體制統治下的呂赫若及其作品，亦應重新加以評價、定位與重視。

——選自許俊雅《臺灣文學散論》

臺北：文史哲出版社，1994 年 11 月

殉道者

呂赫若小說的「歷史哲學」及其歷史道路

◎呂正惠[*]

呂赫若於 1935 年、22 歲時，發表第一篇小說，即他的成名作〈牛車〉；1947 年（34 歲），最後一篇小說〈冬夜〉問世；四年後，他即因逃亡至鹿窟基地而被毒蛇咬死。據現在所發現的，在 13 年的創作期間，共寫了 26 篇小說。其中 22 篇日文作品，4 篇中文作品。目前除〈季節圖鑑〉尚未出土以外均一一展現在林至潔譯《呂赫若小說全集》（聯合文學，1995 年）一書中（下文中凡只註出頁數的，均指此書）。

要把呂赫若的作品，按照寫作時間，以及呂赫若的生平經歷分成幾個階段，是比較容易的。在 1935 至 1937 年間，呂赫若還在臺灣時，發表了六篇小說，可視爲初期作品；1939 至 1941 年，他在日本留學時所寫的〈季節圖鑑〉和《臺灣女性》，算是過渡；從 1942 年返臺，一直到太平洋戰爭結束，是他創作的高潮期，四年間共發表了 12 篇小說；光復後寫於 1946 至 1947 年的四篇中文小說，是他一生創作的尾聲。

本文想要比較全面的考察呂赫若這些小說作品，討論它們的藝術發展、重要主題，以及風格特質。本文的探討順序是這樣的：首先分析早期具有明顯「階級鬥爭」意識的兩篇作品〈牛車〉和〈暴風雨的故事〉。其次，以女性主題爲焦點，綜合討論呂赫若在日據時期的這一類小說；這一方面可以看出，呂赫若「反封建」主題的一個重要方面，同時，在比較之下，也可以了解，呂赫若從初期發展到高潮期的風格變遷。不屬於女性主

[*]發表文章時爲清華大學中國文學系教授，現爲淡江大學中國文學系教授。

題的其餘高潮期作品，本文將分成兩類加以處理：一類是社會範圍更爲廣闊的「反封建」小說，另一類則是和日、臺親善，以及皇民化問題有關的作品。最後，本文將簡單說明呂赫若的戰後中文小說，並對他的創作生涯及悲劇死亡作個簡短的評論。

一、

1970 年代，日據時代的臺灣文學，從歷史的塵埃中重新爲人們所發現。但在其後十餘年間，由於白色恐怖的氣氛並未完全消除，也由於呂赫若作品的中譯不夠全面，評論呂赫若的文章並不多見。不過，當時聽到老一輩的一些「傳言」，說呂赫若是個「大才子」。從呂赫若的早期小說、特別是他的成名作〈牛車〉來看，呂赫若被稱爲「才子」，可以說名副其實。

〈牛車〉是一篇相當成熟的左翼社會小說，如果考慮到作者當時只有 22 歲，的確不得不讓人驚訝於作者的「天才」。譬如，「臺灣新文學之父」賴和，從 1925 年開始創作小說，在思想上從一個文化啓蒙者和反帝國主義者逐步發展，終至於深刻認識到現代社會的階級矛盾，以及殖民統治下日本對臺灣農民的剝削方式，因而能夠在 1931 年、38 歲時創作了深具臺灣複雜社會性格的〈豐作〉。又如楊逵，在參與了四年的社會運動及臺灣農民組合運動以後，憑著他個人的實際經驗，才在 1932 至 1934 年間寫了〈送報伕〉(其時楊逵 28 至 30 歲)。我們現在對呂赫若的成長背景及早年生活幾乎沒有什麼了解，但是，顯然的，22 歲的呂赫若，不可能具有什麼豐富的社會運動經歷。然而，這個時候的呂赫若，竟然能夠在〈牛車〉裡表現了他對當時臺灣農村經濟的驚人理解力，實在不能不說「早慧」的了。

〈牛車〉表現的是：傳統臺灣農業生產中，無田可種、只能靠牛車運送貨物、賺取工資爲生的楊添丁，在面臨現代汽車的逼迫下，無可挽回的沒落命運。楊添丁的命運，正如許許多多的無田勞動者一樣，在社會、歷史條件的巨輪下，「命該如此」，無可逃脫。呂赫若精細的文筆，一步一步地描寫楊添丁的掙扎，最終不免於「慘敗」。就這樣，我們終於完全認清，下層階級如楊添丁者成爲歷史的「犧牲」了。

小說開始不久，呂赫若就讓楊添丁開始意識到，他的生活好像是在「走下坡」：

> 再怎麼遲鈍的楊添丁，也能感覺到自己的家近年來已逐漸跌落到貧窮的谷底……等到保甲道變成六個榻榻米寬的道路，交通便利時，即使親自登門拜訪，也無功而返。結果，連老婆都得把小孩放在家裡，不是去甘蔗園，就是去鳳梨工廠，否則明天的飯就無著落。是因為自己不夠認真嗎？……楊添丁自問自答。不！自己還比以前更認真，一天也不曾懈怠。（頁31）

楊添丁自己完全不能理解他的境況爲什麼會越來越差，爲了生活，老婆只好丟下小孩去田裡或工廠裡找零工。老婆阿梅當然更不能了解，只會惡氣罵楊添丁偷懶，於是夫妻從吵嘴變打架，家裡更添加不幸。

呂赫若在初步呈現了楊添丁的困境以後，寫了兩個事件，讓我們更全面的了解到社會的「轉型」。有一次楊添丁去米店找生意，生意沒找著，卻聽到大家的議論：水車碾米被精米機取代了，轎子也讓位給汽車，人家勸他不要再用牛車運貨賺錢了。另一次他碰到以前的牛車同行老林，才知道老林現在以做賊爲生，被抓到了就進監獄吃「沒錢飯」，說起這些還挺神氣的。

楊添丁終於想放棄牛車生意，租田來種了。而，租田要押租錢，沒錢有誰要租給他。怎麼辦呢？於是，只能想到一步：要老婆去「賣淫」，以便存錢來租田。

寫到這裡，楊添丁的「命」大概也就「定」了。但好像爲了加深印象，呂赫若又寫了一個事件：楊添丁駕著牛車日夜找工作，極度疲乏，不小心在牛車上打瞌睡被警察抓到，罰款二圓。回家跟老婆要錢，老婆本已委屈，如今更是生氣，無論如何不給。楊添丁只好去偷人家的鵝，最後被警察追到：

> 突然間，他把扛著的東西拋出去，然後跑起來，跑著跑著，當覺得後面的鞋聲與「吥喳」的聲音越來越近時，他的衣服突然被抓住。
>
> 「大、大人……」
>
> 他發出一聲垂死般的叫聲。之後，有關他的事就杳無音訊。（頁 61）

在垂死似的哀叫裡，楊添丁終於走到歷史的「宿命」中了。

在處女作中，呂赫若小說的特質已經鮮明的呈現在我們眼前：對於「歷史進程」的掌握，呂赫若一貫的精確、冷酷、而無情，而下層階級則毫無逃脫可能的成爲這一「進程」的「芻狗」。呂赫若在步步爲營的事件、細節處理上，在無法逃避的「命運」主題的選擇上，無疑和自然主義頗爲相近。但是，呂赫若是個「歷史決定論」者，完全不同於左拉的「生物決定論」。

這麼年輕的呂赫若，就對「歷史」表現出這麼深刻而清晰的認識，並對歷史的「命定性」表現了這麼大的無力感，不能不令人感到驚奇與意外。這種特質，遠遠不是「才子」的稱呼所能形容得了的。

在早期的另一篇有關社會階級問題的小說〈暴風雨的故事〉裡，呂赫若企圖抛棄這種自然主義式的命定觀，以更爲戲劇性的情節來加以突破，然而，卻不見成功。

暴風雨來襲，即將收割的稻子全被沖走，佃農老松請求地主寶財明年補繳田租，寶財不肯答應，反而綑去老松的兩頭豬——這是老松僅剩的財產。老松的妻子罔市，在和老松成親前（她是童養媳），被寶財騙到家裡強姦了。寶財威脅罔市不准聲張，不然就要收回佃租地。其後又以佃租作爲威迫、利誘的手段，對罔市百般需索。罔市想起寶財的承諾，去找寶財，請求寶財不要綑走兩頭豬。寶財翻臉不認帳，並以退租要脅。罔市羞憤交加，自縊而死。老松在妻子自殺後得知實情，一次在路上偶然和寶財相遇，拿起竹棒將寶財打死。

從以上的簡述可以知道，本篇情節頗有變化和高潮。但是，呂赫若的小說寫作方式，基本上是以相當傳統的平緩敘述爲主。這種方式不太容易把情節的重大發展處理得具有戲劇性的張力。因此，這一情節構架，剛好暴露了呂赫若的弱點。又因爲情節變化較大，呂赫若沒有充裕的空間去做細部的描繪來累積氣氛，從容準備，以使下面的情節轉折成爲「可信」(這是呂赫若所擅長的)。如此一來，優點也就無從顯現。棄長就短，這就造成了〈暴風雨的故事〉的失敗。

譬如，罔市的自殺是全篇最大的轉折，但呂赫若也只是平平道來，缺少強力的震撼效果。

在小說中，罔市回想起以前寶財對她的糟蹋，呂赫若寫道：

> 「啊，死了算了！」這種悲觀的念頭，曾經數次突然掠過罔市的腦海。但一看老松毫不知情的臉，又多了一層顧慮，想到自己死後佃田將被收回，又想到四個孩子，她怎樣也不能死。但是想到失去了貞操卻不能透露一點風聲的自己何嘗不是一個妖精。實在是痛苦。(頁 68)

這樣的心理描寫，顯得太樸素，力度不夠。因此以下的痛罵寶財，怒斥丈夫軟弱不敢反抗，以至最後自殺，都缺少足夠的「根據」。讓人覺得罔市性格發展不充分，動作太「激烈」，同時也讓人覺得是作者在「牽線」，「駕馭」情節。

二、

以上對〈牛車〉和〈暴風雨的故事〉的分析，可以讓我們看到呂赫若小說的長短優劣之處。可以說，呂赫若 1942 至 1945 年間高潮期作品的最大特質就在於：他不再尋求情節的太大轉折，反而更加強了他的傳統式的平緩敘述，以及更加詳盡的細部描寫。也就是說，他的自然主義風格更爲鮮明，他的無可逃脫的歷史命定觀更爲突出。這是在更進一步的發揮他的專長，因此也就寫出了更好的作品。我們只要比較早期的女性主題小說和後來的〈廟庭〉和〈月夜〉，就可以看出這種發展。

呂赫若早期的女性主題小說共有三篇，即：〈婚約奇譚〉、〈前途手記〉、和〈女人的命運〉。在我看來，情節性比較突出的〈女人的命運〉和〈婚約奇譚〉，藝術成就顯然不及描寫性較多的〈前途手記〉，再次印證了我們在比較〈牛車〉和〈暴風雨的故事〉時所得的結論。

〈女人的命運〉敘述一個年輕、還懷抱著愛情理想的舞女雙美和白瑞奇之間的故事。雙美爲了白瑞奇守身如玉，並在白瑞奇失業時「供養」他，完全不聽「有經驗」的真砂子的勸告。在雙美和白瑞奇生了女兒麗鴿之後，白瑞奇經過長期的掙扎，終於決定背棄雙美，和一個有錢的寡婦結婚。雙美在深受刺激之餘，吶喊著說：

> 「我要當妓女了。」她叫了出來。雖然無論如何自己都要走上這條路，但是，即使自己墮落，也都是白瑞奇的罪過。這麼一想，越發產生勇氣。她決定等麗鴿長大後，要宣傳她就是白瑞奇的女兒，且讓她當妓女。想著想著於是露出了愉快的笑容。（頁 159）

整篇小說就數這個結尾較有力量，寫雙美和白瑞奇爲「經濟」問題而吵架的情節還算不錯，但敘述白瑞奇爲寡婦所「吸引」而掙扎的過程，以及雙美初聽白瑞奇結婚時的反應，都嫌平直而欠缺動人的地方。

另一篇以「敘述性」爲主的〈婚約奇譚〉，更清楚的表現了呂赫若不太具有「說故事」的才能。在城市裡工作的春木，知道同鄉女性朋友琴琴也要到城裡來，到火車站接她。兩人見面以後，琴琴告訴春木，她是爲了逃避她和明和的婚約而出走的，在接著的「倒敘」之中，我們知道琴琴是常和春木、國棟在一起讀書的新女性，明和爲了博取她的愛情，也假裝要讀進步書籍。在一時受到蠱惑的情形下，琴琴和明和訂了婚，但逐漸發現他的真面目，終於勇敢離家出走，決定到城市找工作，謀求獨立的生活。

呂赫若在「敘述技巧」上的欠缺，可以在一個插曲中看得出來。在小說近結尾處，明和上城找到春木，跟他「要琴琴」。這一段長達三頁，對話很少有衝突的張力。更重要的是，這一段也許根本沒有必要。如果從強調琴琴是個「勇敢」的新女性的觀點來看，或許直接描寫琴琴和明和、琴琴和父母的衝突要更具張力，而呂赫若卻完全不顧及到這些。〈婚約奇譚〉可以說是呂赫若平直敘述故事，最無特色的作品之一。

〈前途手記〉在情節的設計上就比較成功，整篇小說的重點就只放在林的姨太太淑眉熱切盼望生個小孩這一點上。淑眉知道，只有生下一個兒子，她在林家的地位才有了保障，但偏偏就是肚子不爭氣。她先是要求林讓她領養一個小孩，但林不理不睬。屢次要求無效之後，她要求林讓她去動子宮手術。從醫院出來以後，她心情開朗起來，深信自己不久就會懷孕。這樣盼望了七個月，她終於病倒。最後，當她確信不懷孕是林有問題時，她有意勾引林的侄兒跟她發生關係，但這也沒有什麼結果。最後，她的腹部真的起了變化，她以爲是懷孕，但診斷結果卻是胃癌，然後她就死了。

這樣緊扣住「想要懷孕」這一中心問題的設計，讓呂赫若有機會大量描寫淑眉的情緒變化。這種變化一再發展之後，淑眉作爲一個沒有地位的女人可憐的一生也就相當淋漓盡致的呈現在我們面前。對於她的死，呂赫若是這樣描寫的：

> 賣豆腐的搖鈴聲沿著醫院的牆壁漸行漸遠，在可以聽到因降霧寒冷的空氣而發抖的職員或病人們的力量充沛的收音機體操加油聲的拂曉，淑眉的臉浮在從醫院的窗子照射進來的晨光裡，頭髮亂亂地，靜靜地死了。護士一見那樣就慢慢地打開門出去了。在枕邊只有老母親一人哭泣著。（頁 127～128）

結尾的抒情筆調的動人力量，其實是前面一再出現的淑眉無數希望與挫折的累積的最後結果。在這種緩慢敘述加上許多仔細描繪的情節發展中，我們看到淑眉的一生早就被「命定」了，即使她不病死，在她年老色衰之後，她也會被人棄置不顧。我個人覺得，呂赫若所擅長描寫的主題，社會體制下無助者無可逃脫的命運，在〈前途手記〉所獲得的成功，是初期作品中僅次於〈牛車〉的一篇。就發揮抒情性而引發讀者的惻隱之情而言，本篇尤其有其特色，不同於〈牛車〉的冷峻客觀。

呂赫若在日本留學時，曾寫過一系列有關「臺灣女性」的小說。就目前已找到並已譯成中文的第一部分〈春的呢喃〉來看，正如〈婚約奇譚〉一般，是以新女性爲主角。但也如〈婚約奇譚〉一樣，這一篇也並沒有什麼特別出色之處。

呂赫若在回國之後的寫作高潮期裡，只寫了兩篇有關女性題材的作品，即：〈廟庭〉和〈月夜〉。這兩篇其實只能算一篇，因爲這是一個故事的上、下兩部分。但是，這一篇卻可以算是呂赫若這方面作品的傑作。在他的筆下，舊式婦女無可逃脫的悲劇命運，具有一種極其凝重而悲愴的氣氛，充分表現了進步知識分子面對既成社會體制時所表現的無力感。

這兩篇小說的敘述者是一個從遠地歸來、受過現代高等教育的知識分子。在〈廟庭〉裡，他一回到家鄉，就得知舅父要去他家一趟。他一面準備，一面想起兒童時代在舅父家附近關帝廟前與表妹翠竹嬉戲的情景，胸中湧起憶舊的柔情。但這時母親告知他，翠竹在初次結婚喪夫後，雖然已再婚，不過第二次婚姻非常不幸，舅父可能就要他去幫忙解決這個問題。敘述者在到舅父家途中，以及初進舅父家時，都一再回憶起兒時跟翠竹在一起的快樂時光，特別在獨自漫步於破舊的關帝廟庭、想起表妹以前曾和他在這裡遊玩的具體情景，更是不勝感傷。就在完全沉湎於回憶中時，突然看到了正要回娘家的翠竹：

「翠竹！你回來了嗎•」

我笑著跑過去。可是，翠竹的眼角只稍微掠過一絲笑意，立刻移開視線低下頭來，痛苦似地嘆息，想要逃避我。就在我呆立時，翠竹稍微欠身經過我的面前，以非常沒有精神、彷彿生病的步伐，頭也不回地向前走。……從背後所看到的翠竹，右手拿著一把褪色的洋傘，穿著好像是從前訂做寬大的洋裝。走路的神態宛如病重的病人。……（頁 272～273）

這樣的翠竹，和敘述者一直在懷想著的那個快樂、活潑的小翠竹，產生強烈的對比。

當敘述者回到舅父家時，舅父即跟他談起翠竹的不幸婚姻，並說翠竹想要離婚。舅父說，「因爲你頭腦比較新，而且懂很多事情」，要勸翠竹和她丈夫和好。事實上，敘述者是無能爲力的，他只能眼睜睜的看著舅父和舅母爭吵，看著舅父一直在「教導」著默默無言的翠竹。在整個過程中，下面這一段爭吵是很有典型意義的：

……翠竹一副痛苦的表情，動也不動。舅舅發怒，再度逼問時，她突然激動地用雙手扶著臉，放聲哭泣。……翠竹掩臉奔回臥室。……

「你想殺了翠竹嗎？」向舅舅展開攻擊。「這不是再清楚不過的事嗎？要她再度想起往事，太過份了。」

舅舅也生氣了。

「不要說蠢話了。要解決問題就必須這樣吧。」

「你說解決什麼問題？是想再把她趕回去被虐待吧。」

聽到這句話，我因羞愧與過意不去而抬不起頭來。因為做這個提議的就是自己，所以在道義上應抑止舅父母的爭吵。可是，我羞愧地提不起勇氣，只能默默不語。

「妖婆！你要女兒嫁幾次才甘心。混帳。」舅舅提高聲音。

「這是沒有辦法的事？」

「不可以。這次說什麼也不行。我已經用盡方法才使翠竹再婚。對方拿了我三百圓的陪嫁金與日用家具。絕對沒有白白捨棄的道理。」

「你愛錢勝過愛翠竹的命嗎？」

「我是愛錢。而且離婚看看。你認為那麼輕易就能再婚嗎？如果不，後果又會如何？」

「這是沒有辦法的事。都是翠竹的命運。」

「哼！還不是因為祖先的牌位不祭拜姑婆（女性的直系長輩）。」

舅母終於哭了起來，然後走進臥室。……（頁 278～279）

不管舅母多麼疼女兒，她都不能不屈服於舅父的最後一句：女人不能不出嫁，不能在父母家養到死。但是，一旦嫁的男人早死、或有問題，女人的一生也就完了。舅父、舅母及敘述者誰都清楚這些，誰都疼惜翠竹，但誰也都想不出辦法。這就是封建制度下女人的「命運」，受過新式教育的「我」完全清楚，但也完全無能爲力。

翠竹在父、母爭吵中離家，「我」到處尋找後，終於在關帝廟找到她：

「翠竹！」

沒有回答。翠竹像座雕像，動也不動。靜到連她的呼吸聲都聽不到。……

翠竹默默出神地凝視廟的屋頂。我害怕地窺視她的臉。隱藏在雲間的月光灑下來，我發現停留在她眼瞼中的大顆淚水冷冷地反光。心裡一陣劇痛。……一闔上眼，就想起翠竹少女時代的臉與嬌俏的喊叫聲。……我想畢竟都是因為翠竹是女人的緣故。有沒有什麼可以救翠竹的方法？……

「或許她去尋死了。都是因為你的關係。被丈夫拋棄，被婆婆虐待，回家又被父親責罵，翠竹去尋死也是理所當然的。」

從店頭傳來舅母的哭泣聲。

我想催促翠竹走出廟庭。這時，目睹月光下翠竹眼裡的淚珠閃閃發光，

一滴、兩滴……靜靜落下的情景，我挺起的身子再度倚靠著金亭，始終不敢動一下。（頁 280～281）

在翠竹父母的吵架聲中，我們看到翠竹的命運如何被社會體制和觀念所「決定」。但在這裡，翠竹的「必然性的命運」透過她的兒時玩伴的充滿憐惜、而又愛莫能助的眼光看來，呈現了一種肅穆的、抒情的哀愁。不懂事的小孩，兒時充滿了幸福；但一旦面對無法逃脫、卻又無法改變的命運時，除了用這種「抒情的哀感」來加以抒發之外，又能怎樣去面對呢？因此，在這裡，我們看到呂赫若「客觀歷史呈現」和「主觀感情抒發」的兩面性的結合。後者使得他的自然主義式的歷史必然圖象，塗抹上一層極其感人的抒情氣息，代表了呂赫若小說藝術的最高成就。

〈月夜〉是〈廟庭〉的後半篇，描寫敘述者企圖帶領翠竹回到夫家、最後終歸失敗的過程。如果不跟〈廟庭〉比較而只單獨來看，〈月夜〉的藝術水準也並不差，但是，〈月夜〉所具有的成功因素，〈廟庭〉一點也不欠缺，而且有過之而無不及。因此，從這一角度來看，可能沒有續寫〈月夜〉的必要——翠竹的命運在〈廟庭〉裡已全部「決定」了。

三、

從前兩節的討論可以看到，作爲一個熟悉「歷史唯物主義」的小說家，呂赫若處理社會題材的方式大致可以分成兩類：第一類具有明顯的階級意識及政治意涵，如〈牛車〉和〈暴風雨的故事〉，第二類則比較重視社會體制下的個人無可逃脫的命運，並盡可能抽去直接的政治指涉，如〈前途手記〉及〈月夜〉。

當呂赫若於 1942 年從日本回到臺灣時，面對當時嚴峻的政治環境，呂赫若當然不可能再去寫〈牛車〉、〈暴風雨的故事〉一類的作品。因此，他的具有馬克思主義思想傾向的小說只能限於第二類，是很容易可以理解的。這一類作品，除了前面所及的〈廟庭〉、〈月夜〉之外，還有〈財子壽〉、〈風水〉、〈合家平安〉三篇。

〈風水〉一篇寫周長乾、長坤兄弟爲父母洗骨之事所起的衝突。周長乾代表傳統農業社會善良的一面。他居住農村，長期不知改變，想爲父親「洗骨」純出孝心。但已移居城鎮的周長坤，卻只知現代社會的功利，堅持反對爲父親洗骨，因爲他相信父親的風水對這一房有利（由於他的善於適應，他這一房比大哥那一房「發達」)。等到他家連遭凶事之後，他以爲問題出在母親墳墓。雖然母親逝世不久，「洗骨」時間未到，他卻不顧大哥的反對，堅持要做。在這樣一篇小說裡，呂赫若看了傳統到現代的轉變的「多面性格」，注意到了善良的風俗爲功利的計較所取代。

呂赫若這時期最成熟的社會小說應數〈財子壽〉和〈合家平安〉兩篇。正如〈廟庭〉、〈月夜〉描寫封建社會女性「必然的命運」一般，這兩篇寫的是舊地主世家的「歷史沒落」。不過，〈廟庭〉和〈月夜〉表現了作者對女性處境的悲愴式的同情，而這兩篇則純是冷峻的批評。雖然這裡的冷峻客觀和〈牛車〉頗爲類似，但〈牛車〉在言外還能激起同情，而這裡的批判頂多只能說是有一點悲天憫人的味道。

〈財子壽〉寫的是「福壽堂」周家的敗德史。在小說開始，作者即以自然主義風格的筆法描寫「福壽堂」附近的景觀，然後逐漸進入到「福壽堂」本身：

> 門樓已經是座古老的建築物，牆壁上裝飾的色彩與各種人形雕飾紛紛剝落，僅留下痕跡。車上有塊以青字寫著「福壽堂」的匾額。這塊匾額也快壞了，上面結滿蜘蛛網。一進門樓……四棟與某個後龍大部分的牆壁已傾圮，窗櫺也脫落，滿目瘡痍，每個入口的門都緊閉。只有最靠近門樓那棵的末端房間，牆壁漆得雪白，門也漆上青色，非常漂亮……門口掛著一塊寫著「六角莊第三保保正事務所」的大木牌……（頁 227～228）

這樣的描寫長達四頁，顯示呂赫若企圖以自然主義的描寫背景來爲

「福壽堂」周家的敗落奠定基礎氣氛。

周家前一代主人周九舍、妻妾三人，大房無子，且早死，二房生海文、海山，一妾生海瑞、海泉，但海泉卻是妾和村民私通所生。九舍死後，海文繼承家業。海文爲人刻薄慳吝，因此引發親弟海山煽動兩個異母弟要求分家，最後只剩下海文獨守福壽堂。

小說的重點是海文、他的繼室玉梅、和海文母親的下女秋香之間的複雜關係。玉梅爲人善良，甚至前妻之子都把她當下女使喚。秋香和海文私通，被趕出門，多年後卻又回來找海文。秋香生性潑辣，海文對她無可奈何。秋香又欺負玉梅，在玉梅生產後不給她東西吃，逼得玉梅發瘋。小說結尾時，秋香偷走海文一筆錢逃掉，海文母親病死，玉梅被海文送進精神病療養院。

對於許許多多的家庭瑣事，呂赫若全以平直的敘述和精細的描寫加以累積，裡面包含許多精采的片段，如在海文母親葬禮之後，呂赫若寫道：

> 等所有的葬禮結束、一切都收拾整齊後，海文把弟弟們與寡嫂召集到祭拜母親靈位的正廳。由於睡眠不足，大家都臉色蒼白，出現黑眼眶。一坐下來，睡意自然就湧上來……當海文提到立刻要分配葬儀費時，大家突然睜大眼睛，重新坐直。海文以傲慢的口吻說：
>
> 「葬禮已經結束了，不趕快還我錢的話，可就傷腦筋了。我所代墊的部分，照理說是要加上利息的。不過，我沒有把它計算在內。今天內一定要把錢還我。」（頁 261～262）

呂赫若以「財子壽」這種中國人所嚮往的吉祥語來爲這篇小說命名，無疑充滿了諷刺意味。封建式的地主大家庭的解體命運，應該是這篇小說重點之所在。

〈合家平安〉寫的也是傳統地主大世家的敗落史，不過，作爲主角的范慶星，並不像周海文那樣的慳吝而無人性。他的毛病是因從小享福而養成抽鴉片的習慣。他的後妻玉鳳因能嫁到這樣的家庭而覺得非常的幸福，她的見識不足以預見到范家會因此而敗落。她不但不反對丈夫吸鴉片，甚至還歡迎丈夫的親戚、朋友一起到他們「大厝」內吸食鴉片，因為這正足以表現他們范家的光彩。於是：

> 日復一日，寬敞的大厝內，到處可見像猴子般消瘦的人影，而且常常突然響起咳嗽聲劃破寧靜的周遭。原本很少有人氣的大厝，因這些人而出現未曾有過的熱鬧。最初只有白天，逐漸延續到夜晚……（頁 344～345）

范家就這樣賣掉一甲一甲的田而逐漸敗落下來。更糟糕的是，范慶星即使在家產敗盡之後，他的好吸鴉片、懶散而不工作的習性已深入骨髓，無法面對現實：

> 他吸食鴉片到半夜，一直睡到隔天的中午。一醒來後，就勞動老妻，又是香菸又是茶，消磨一整個下午。當黑夜來臨，又緊緊抓住鴉片盤不放。等資金殆盡，終於從床上起來，去住在近郊的長子那兒，死皮賴臉地大聲叫喚（按：指跟長子要錢）。（頁 341）

富豪子弟因從小所養成的不良習性，而種下無法更改的敗家性格，在這一段文字中表露無遺。

范慶星前妻的娘家為了解救范家的經濟困境，介紹范慶星到一家商店去當職員。但不久范慶星故態復萌，常偷公款去買鴉片，不得不離開。後來，賣掉僅存的「大厝」，並在前妻娘家的資助下頂下一間大飲食店。剛開始范慶星盡量克制自己，又在玉鳳的善於經營下，生意蒸蒸日上。但維持不了多久，范慶星又開始吸鴉片了，而次子、三子也養成走花街柳巷的壞習慣。當然，店面到最後又頂讓出去了。

小說結尾處，玉鳳所生的次子、三子，看到父親無可救藥，遠走他鄉，置之不顧，范慶星只好懇求前妻所養的、從小爲他所拋棄的長子搬回家奉養他們夫妻，但卻被前妻妻舅大聲訓斥：

> 怎麼樣？還不明白嗎？去！如果明天沒有勇氣住院接受戒掉鴉片的治療，那就無藥可救了。已經到了今天這般山窮水盡的地步，還不能清醒，倒不如死掉算了。怎麼樣？我幫你出費用。（頁 365）

這篇小說在結構上並不是沒有缺點，如許多有關長子成長史的大段落妨礙了主線的發展。不過，因這些段落和范慶星的敗落史不是全無關連，不會有兩條平行線的感覺。就范家敗落的「過程」而言，呂赫若自然主義風格所累積的細節，以及對范慶星性格的描述，形成一種「不得不然」的力量，使這篇小說的「社會性」似乎要更勝過〈財子壽〉。

以呂赫若呈現「歷史社會的必然力量」的最佳小說，如〈牛車〉、〈廟庭〉、〈財子壽〉及〈合家平安〉而言，他的歷史圖象顯然是極其悲觀而黯淡的。在歷史進程中，他看不到個人有擺脫其影響力的可能性。這種思想傾向，應有其歷史現實的基礎。關於這點，我們在下節中再進一步申論。

四、

呂赫若在 1942 至 1945 年創作高潮期所寫小說，除了上兩節所論述的、具有強烈社會性格的作品外，另有幾篇可以稱之爲鼓吹日、臺親善、或廣義「皇民文學」的小說。從這作品可以看到，呂赫若不得已爲了應付日本殖民當局而寫作時，在遷就規定的題材之餘，如何盡可能的保持自己的藝術自主和臺灣人尊嚴。

〈鄰居〉和〈玉蘭花〉都在寫日本人的友善：臺灣人原本對日本人敬而遠之，但長期接觸之後，終於發現，這些日本人其實是極好相處，並且對臺灣人還能以平等相待。

我個人閱讀這兩篇小說的感想是這樣的：首先，呂赫若所選擇的日本人都是較一般的日本「人民」，似乎有這樣的言外之意：他們和一般的臺灣人的「親善基礎」是他們的「階級」，而不是他們的「國籍」。這一點「主觀的感想」可能不太容易「證明」，但呂赫若其他的特殊設計卻頗堪注意。

在〈鄰居〉裡，作爲日本一般小職員的田中夫婦，因無子而「領養」臺灣人的小孩。他們對這小孩的百般疼惜讓敘述者非常感動，從而減少對他們的「戒心」，覺得他們並不像其他日本人那麼「可怕」。當田中夫婦遠調他地而把小孩帶走時，小孩的父母李培元夫婦也到車站相送。當火車駛了開去時，敘述者問：

> 「阿民已經正式送給田中先生了嗎？」
> 我問呆呆站著的李培元氏。李氏的視線沒有離開火車，回答說：「還沒有。」（頁 300）

很顯然，李先生捨不得孩子，還不願意過繼給田中先生，而小孩卻被田中先生帶走了。日、臺「人民」微妙的不平等關係躍然於紙上。

〈玉蘭花〉透過敘述者的回憶，描寫他小時候所見的一個日本人，這個日本人跟叔叔從東京來他們臺灣家中住過一陣子。敘述者原來非常懼怕日本人，一直不敢、也不願意跟他接近。後來發現這個日本人對小孩極好，不知不覺受到吸引，最後成爲最好的玩伴。這個日本人已離開多年，但敘述者仍對他戀戀不忘。呂赫若的敘述設計最有意思的一點是，回憶是由一些舊照片所引發的：

> 即使到了今天，我也依然擁有二十餘張少年時與家人合照的相片。雖然說每一張都已經褪色而變成茶色了，而且其中一部分連輪廓都消失了，變得模糊不清。（頁 395）

從這裡敘述者才談起拍攝這些照片的日本人鈴本善兵衛。到小說結尾時，小孩爬上樹望著逐漸走遠的善兵衛，敘述者因年紀小爬不高，只能在低處聽爬到高處的哥哥的說明：

> 「傻瓜！爬上來。」從風吹過玉蘭花樹葉的沙沙聲中，傳來阿兄的聲音。我如何能再爬上去呢？單是現在的高度，只要風一吹稍微動搖，我就會手腳發抖，只能緊緊抓住樹幹。「啊！鈴木先生回過頭來了！」「和他一起談話的是叔父。」「再見！」我聽到堂兄弟們愉快的聲音。「讓我看！」我於是抱緊樹幹，哭了起來。（頁413）

呂赫若高明的抒情筆調明顯可以從這一段體會出來。但小說開頭模糊的照片，小說結尾望不到的善兵衛，是否也意味著鈴木和他們的「友誼」，是遙不可及的「舊夢」呢？

不論上面的詮釋是否可以成立，在我看來，〈鄰居〉和〈玉蘭花〉都寫得不卑不亢，一點也沒有折損臺灣人的尊嚴，同時也沒有表現出臺灣對日本人的屈服跟歆羨。

呂赫若在維護臺灣人的尊嚴上表現得最有風骨的，可能要數表面上最具「皇民文學」傾向的〈清秋〉。這篇小說提及許多臺灣人響應日本政府的號召，「要到南方去」（即到南洋參加戰爭或服務）。但如果我們仔細閱讀，就會發現，臺灣人的「熱烈響應」其實是「另有原因」的。

小說的主角耀勳在日本學醫，也在東京的醫院服務過三年。現在應祖父的要求回到臺灣，祖父希望他在家鄉結婚、開業。耀勳對於是否留在家鄉開業，一直遲疑不決，其中一個重要原因是：爲了開業，他們家要收回街上租給人家作爲飲食店的店鋪，而這又會使開飲食店的那一家人頓時陷入困境，這讓耀勳感到不安。另外，他覺得鎮上的醫師都已成爲「商賈」，成爲金錢的奴隸，他深怕自己也會墮落下去。他就一直懷疑，鎮上的小兒科醫師江有海會因怕他參加競爭，而阻礙當局發給他「開業許可」。

在小說近結尾處，耀勳參加「志願到南方去」的人的送別會。會上，開飲食店的黃明金意外親切的跟他敬酒，並告訴耀勳，他也要到南方去，飲食店就交還耀勳家。當耀勳深感不安、頻頻向他道謝時，黃明金說：

> 謝醫師，這件事就此作罷。我反而想謝謝您。經營飲食業早晚都會陷入僵局的。您的開業反而提早我的決定。托你的福，我也可以早點找出新生之路……（頁 463）

黃明金說：經營飲食業早晚都會陷入僵局的，並不純是客氣話。從小說中可以了解到戰時環境中臺灣人生活的艱難，「到南方去」其實只是不得已的「尋求解決之道」，所謂「找出新生之路」，不過是「應時」的冠冕堂皇的話罷了。這一點，從歡送會後江有海對耀勳的「剖心」之言，可以看得更清楚。江有海說：

> 事實上……為了地方的醫療，我必須助你一臂之力。因為顧忌到這件事還沒有發表。就從開業醫生被徵召為野戰工作者。這次由於年齡的關係，國家已經對我下了密令。如果我被徵召離開本莊，那就沒有小兒科醫生了。如此一來，會帶給莊民極大的不安。（頁 466）

當耀勳告訴江有海說，他不想開業時，江有海又說：

> 沒有這回事。就是需要像你這種能作為主導的學術與經驗，深深期待著，如今我也不打算做一個鎮上的庸醫。我已覺悟到會有萬一的情形，所以來拜託你。無論如何都要為本莊的人民從事醫療的服務。……（頁 466）

江有海的話，按「皇民文學」的觀點，當然可以解釋成：我到南方去爲「國」效力，你留「國內」盡你的責任。但由於他說的是：沒有小兒科，會給莊民帶來不安，請你無論如何都要為本莊的人民從事醫療的服務。這話說得很曖昧，即使解釋成：在這個時代裡，我們臺灣的村民需要你，也未嘗不可。至少我個人感覺，在送別會當天，黃明金、江有海和耀勳之間的「熱誠交流」，並不只是為了：大家都要獻身於「偉大的運動」，似乎他們之間還有一種特殊的默契——我們「臺灣人」在這樣的時代「也只能如此」，我們走了，此地就交給你了。〈清秋〉的這種曖昧性以呂赫若高明的寫作技巧而言，應該是有意造成的。

這種「曖昧」的兩重性，在呂赫若另外兩篇鼓吹「艱苦奮戰」精神的作品裡也可以看得出來。〈風頭水尾〉寫徐華夫婦遷居到海邊務農。這裡是「風頭水尾」，正如這一塊地的開拓者洪天福所說：

> 這裡是風頭水尾。自然很威猛。因此，一偷懶，就會立刻被擊垮。就算是一秒鐘，也必須要工作。如果能有這樣的覺悟，才能完成這裡的工作。（頁 498～499）

徐華住定下來的第二天，到海邊田地裡觀察，他看到這樣的景象：

> 由於正面迎接海風，他緊按住似乎要被吹走的褲子。揚起白色波頭……蜂擁而至的海浪，與青翠的耕作地相形之下更令人驚於與海作戰、開墾的危險性。覺得海很恐怖，自己即將被海壓倒的壓迫感，使他正想折回時，發覺白色波頭附近的海濱，有四、五人正在工作的身影。對抗著強烈的海風，無視靠近身旁的海浪的咆哮。仔細一瞧，在海濱植草中的一人，徐華覺得就是師傅洪天福的背影。（頁 503）

整篇小說，就正如這一段引文所顯示的，一直在描寫這種與惡劣的自然環境搏鬥的堅忍、奮鬥的樂觀精神。單獨來看，我們或許可以說，這是在呼應太平洋戰爭後期的決戰文學氣氛。但是，如果把它和〈山川草木〉

配合來看，我們也許會懷疑，呂赫若是否「另有所指」。

〈山川草木〉的女主角寶連本是富家女，在東京學鋼琴，極有才華，前途看好。不幸的是，父親突然腦溢血去世。在分配財產時，她爭不過風塵出身的繼母，下定決心帶著同母所生的二弟一妹，遷居於偏僻的山村，獨自經營一塊貧瘠的田地，以把弟、妹撫養長大。

呂赫若這樣描寫在東京留學時的寶連：

> 時常穿著合身時髦的洋裝。深邃烏黑的瞳孔、雙眼皮、長睫毛，既理智唇形又美的雙唇笑起來渾然一體，表情非常具有智慧……（頁 472）

遷居鄉村、親自勞動的寶連完全變成了另一個樣子。

> 四、五個月不見，差點認不出來，臉被太陽曬黑了，也變得結實，看起來有年輕人的光彩。我未看過這麼有朝氣而又健康的寶連……（頁 489）

寶連是「積極」地「認命」的。她接受父親死後的現實，勇敢的拋棄以前當藝術家的夢想，在勞動和大自然中找到她可以掌握的真實的生命。寶連指著蓮霧對來看她的朋友說：

> 這棵蓮霧已經二十年了，二十年間，這棵樹在這兒動也沒動過。而且它的葉子年年新鮮翠綠。我認為這種生存的方法是很美的……（頁 496）

呂赫若在這篇小說所塑造的、現代版的「佳人」，具有面對無法逃避的現實命運的「堅忍」精神。其靜肅、優美的抒情力量，似乎還要超過跟海浪搏鬥的洪天福和徐華們。我們還可以把這篇小說視爲「決戰文學」精神表現嗎？似乎也還可以，但就不能像〈風頭水尾〉那麼肯定了。

讓我們再回到〈牛車〉、〈廟庭〉和〈合家平安〉所表現的那種命定無法逃避的「歷史哲學」，那是一種個人完全無能爲力的歷史條件。我們再來看寶連遭逢惡劣命運時所表現的、接受一切、積極活下去的堅忍精神。後者不是面對前者的一種「似乎可取」的態度嗎？因此，我相信，呂赫若創作高潮期的這兩類作品，應是他面對太平洋戰爭時期臺灣人「無路可走」的歷史命運的表現方式，至少也是一種心理投射。從這個角度來看，他遷就殖民當局所寫的小說，似乎也不應該「等閒視之」。

五、

呂赫若於 1942 至 1944 年間寫作〈廟庭〉、〈合家平安〉和〈山川草木〉時，恐怕不會設想日本戰敗的可能，當然更難設想臺灣從日本手中「解放」的日子。然而，這一天「竟然」來到了。據日人池田敏雄在〈張文環兄及其周邊事〉一文的回憶：

> 敗戰當初，有事要找楊逵兄，我和立石兄（按：指日人立石鐵臣）到臺中時，正好遇到第一次雙十節，街上喜氣洋洋，解放氣氛甚濃，在那兒遇到呂兄（即赫若），正陶醉於亢奮中，與過去的他大為不同。[1]

「過去」的呂赫若在所能見到的歷史條件下，找不到臺灣人的出路。現在日本戰敗，臺灣解放，重回中國懷抱，這麼大的「歷史」變化，怎麼能不令他陶醉、亢奮呢？

呂赫若在 1946 年 2 至 10 月間所發表的三篇中文小說，都以日據時代作背景。但時隔四個月，1947 年 2 月 5 日所發表的〈冬夜〉就完全不一樣了，它寫的是臺灣社會的當代現實。

在這篇小說裡，淪爲妓女的彩鳳的悲慘命運來自於新、舊兩個方面。以前，她的丈夫被日本人徵調當兵，一去不回；現在，她受騙於據說是大

[1]轉引自張恆豪編〈呂赫若生平寫作年表〉，見《呂赫若集》，頁 318，前衛出版社，1991 年。

財子的大陸人郭欽明，被傳染到梅毒。時局紛亂、經濟蕭條，她只能拖著有病的身子賣淫為生。在一次「交易」時，對象可能是「盜匪」，就在警察追捕的槍戰聲中，彩鳳驚恐的逃了出去：

> 「喂！危險！不准出來。」
>
> 她只聽見了怒聲在後面這樣喊著。她一直跑著黑暗的夜路走，倒了又起來，起來了又倒下去。不久槍聲稀少了。迎面吹來的冬夜的冷氣刺進她的骨裡，但她不覺得。（頁 545）

先是感到個人對歷史無能為力、後來意外的見到歷史有了大轉機、但旋即又發現歷史可能又重掉進深淵裡的呂赫若，表現出這種前所未有的「淒厲」，應該是可以了解的。

這篇小說問世的 28 天之後，就發生了二二八事件。我們現在找不到文字資料足以重建呂赫若這時的心路歷程。他也許徬徨過，也許痛苦過，但他最後選擇中共「臺灣省工作委員會」的地下組織，想要追求臺灣人的「再解放」，從他的歷史哲學來看，應該是有跡可循的。

如果以他的歷史知識，他相信澎湃於中國各地的群眾力量是唯一可以擊敗以前他那麼無可奈何的那種歷史因素，有什麼理由阻止他不去選擇這條「大有可能」的道路呢？歷史會折磨人，但人也能改變歷史。看到了這樣的機會，像呂赫若那種歷史認識，怎麼會不勇敢的投入呢？雖然他因此而英年早逝，但，求仁得仁，又何怨乎？

——選自呂正惠《殖民地的傷痕：臺灣文學問題》

臺北：人間出版社，2002 年 6 月

從呂赫若小說透視日據時期的臺灣文學（節錄）

◎黎湘萍[*]

一、「殖民地」文學的語境

閱讀呂赫若與其他日據時代以日語為媒介的臺灣作家的作品，可以有兩個層面的意義：其一，是作品的「所指」層面，也就是其內容本身所揭示的意義；其二，是作品的「能指」層面，亦即它所使用的媒介或語言形式所具有的意義。前者可使我們瞭解到呂赫若如何用他的眼睛、心靈去關注臺灣的社會、經濟、道德、倫理、家庭、女性等問題，細緻地觀察著這些問題在日本殖民主義統治條件下所經歷的歷史性變化及其這些變化對人們的影響：後者又可讓我們感覺到非母語的語言，亦即殖民者的語言如何在影響著他去表現描寫這一切。當日本的殖民者希望通過日語教育，通過「同化」政策，形成一個「想像的共同體」時，被統治的民族，卻用了統治者的語言來表現另外一種完全不同的文化想像。因此，他們實際上消解了殖民者建構的「文化共同體」的神話。

1935 年，當胡風開始向大陸讀者介紹臺灣、朝鮮的「弱小民族」[1]文學

---

[*]發表文章時為中國社會科學院文學研究所研究員，現為中國社會科學院研究生院教授。

[1]魯迅是主張翻譯弱小民族國家的文學作品，以為國內文壇提供借鑒的首倡者。他曾說：「我們在日本留學時，有一種茫漠的希望：以為文藝是可以轉移性情，改造社會的。因為這意見，便自然而然地想到介紹外國文學這一件事。」（《域外小說集》序，《魯迅全集》第 10 卷，頁 161。）又說：「因為所求的作品是叫喊和反抗，勢必至於傾向了東歐，因此所看的俄國、波蘭、以及巴爾幹諸小國家的東西就特別多。」（《南腔北調集・我怎麼做起小說來》，《魯迅全集》第 4 卷，頁 511。）胡風譯介「弱小民族」的小說，一定是受到了魯迅的影響。因此，《山靈》出版後，他很

時，他就已經敏銳地注意到了這個問題。胡風爲當時的《世界知識》雜誌譯介的小說，第一篇就是楊逵的〈送報伕〉。後來他將這些小說結集成爲一部題爲《朝鮮臺灣短篇集——山靈》[2]的書，收入了三位朝鮮作家的四篇作品，其中有張赫宙的〈山靈〉、〈上墳去的男子〉；李北鳴的〈初陣〉和鄭遇尙的〈聲〉。被稱爲「臺灣第一才子」的呂赫若的〈牛車〉也是最早被胡風收入《山靈》中的臺灣作品之一。胡風還收入楊華的〈薄命〉（作於 1935 年 1 月 10 日）作爲「附錄」。除了〈薄命〉是原載於《臺灣文藝》第 2 卷第 3 號（1935 年 3 月出版）的中文原文外，所有作品均譯自日文。那麼，胡風是在什麼樣的語境裡譯介臺灣文學的呢？他在《山靈》的〈序〉裡說：

> 好像日本底什麼地方有一個這樣意思的諺語：如果說是鄰人底事情，就不方便了，所以我把那說成了外國底故事。我現在的處境恰恰相反。幾年以來，我們這民族一天一天走近了生死存亡的關頭前面，現在且已到了徹底地實行「保障東洋和平」的時期。在這樣的時候我把「外國」底故事讀成了自己們的事情，這原由我想讀者諸君一定體會得到。
> 附錄一篇，連標點符號都是照舊。轉載了來並不是因為看中了作品本身，為的是使中國讀者看一看這不能發育完全的或者說被壓萎了形態的語言文字，得到一個觸目驚心的機會。……

胡風的這篇短序寫於 1936 年 3 月 31 日《山靈》出版前夕，也是日本發動全面侵華戰爭的前一年。他之所以把「臺灣」、「朝鮮」那樣的「外

快就把它送給了魯迅先生。據《魯迅全集・日記》1936 年 5 月 18 日記載：「小雨。……午後胡風來並贈《山靈》一本。夜發熱三十八度二分。《山靈》出版於 1936 年 4 月，同年 5 月再版。魯迅看到的當是初版本。不過當時正在發燒，事後也沒有看到他的評論，是否讀了《山靈》就很難說了。

[2]《朝鮮臺灣短篇集——山靈》，胡風譯，收入黃源主編的「譯文叢書」，上海文化生活出版社 1936 年 4 月初版，同年 5 月再版。

國」的故事讀成自己們的事情，正是由於他已經預感到中國在所謂「保障東洋和平」的神聖幌子下面已面臨著與「臺灣」、「朝鮮」同樣的命運。他從上述的日文小說當中，感受到了日本統治下的「殖民地」人民在「龐大的魔掌」下面掙扎，忍受痛苦並已「覺醒、奮起、和不屈的前進。」從楊華的中文作品〈薄命〉胡風還感覺到了「不能發育完全的或者說被壓萎了形態的語言文字」帶給他的震撼。雖然他沒有去深入探究其中的原因，也沒有從臺灣作家與朝鮮作家之被迫使用日文來創作這一現象去專門剖析失去母語的「弱小民族」的處境， 然而從作家作品的語言層面，他看出了深藏其中的精神的創傷。這是一個十分了不起的眼界。[3]

胡風從「左翼文學」的立場出發，將「弱小民族」的作家作品放在一起考察，儘管所譯介的僅有寥寥幾篇，卻可從中讀出 1930 年代特殊的語境、讀出當時同樣淪爲日本殖民地的臺灣和朝鮮在「現代化」日本權力宰割下的悲哀。最值得一提的張赫宙的作品〈山靈〉[4]。〈山靈〉描寫現代化火車、汽車湧入朝鮮鄉村之後，農民日益貧困，從自耕農墮到佃農以致貧農，最後被迫從平原逃往深山，淪爲窮苦的「火田民」。小說描寫的少女吉仙一家，從平原地區的烏川村流落到山區奔流溪的「火田村」，爲了尋找可以種地的「火田」，不斷遷往深山，終於在冬天的山上一個個餓死凍死。爲了還債，吉仙毀滅了自己的愛情的夢幻，被迫賣身給老地主金丙守，過著備受折磨的生活。張赫宙筆下描寫的極其艱難的自然環境與朝鮮資本主義化過程中的險惡的社會環境，無疑是殖民地的典型環境。這是胡風編譯的《山靈》所提供的「弱小民族」文學的景觀，它表明，殖民地文學的現代性， 從一開始就表現爲以本民族爲主體的反省的能力與批判的性格，它的啓蒙的性質，恰恰對資本主義現代化的非人性的一面，形成強烈的質疑與

---

[3]郭沫若寫於 1926 年 6 月 25 日的《毋忘臺灣》序（作爲「佚文」發表於《中山大學學報》1979 年第 3 期）和魯迅寫於 1927 年 4 月 11 日的〈寫在勞動問題之前〉（參見《魯迅全集》第 3 卷，頁 425）都對臺灣問題表示過關注，同時也流露出對臺灣割日以後的情形的陌生感。到了 1930 年代，胡風已經能通過文學作品來比較深入的體驗臺灣作家的處境了。

[4]胡風譯自日本改造社出版的短篇集《叫做權的男子》。

對抗。呂赫若的〈牛車〉正是在這一景觀中被大陸知識人所讀解的。

在呂赫若寫於戰前（1934～1937）和東渡日本時期（1939～1942）的作品中，我們讀到的，大抵是與張赫宙作品相類的題材。這些小說幾乎一致地流露出他對個人在社會變革時期的命運、婚姻家庭和女性在社會悲劇中的角色和地位的濃烈興趣。他的處女作〈牛車〉[5]和〈暴風雨的故事〉[6]中的小人物，與張赫宙的〈山靈〉小人物一樣，面對「工業化文明」帶來的日漸窮窘的生活，一籌莫展。這是殖民地人民必須面對的雙重困境：一面是殖民者直接的權力壓迫和歧視，一面是殖民者的「現代文明」給原來的傳統文化與社會生產結構帶來的毀滅性的打擊。作家對殖民統治者所帶來的所謂「現代文明」的抨擊，是從生活的側面來展開的。

〈牛車〉中依賴傳統的牛車為生的楊添丁，根本弄不清他的生活爲什麼每況日下？爲什麼起早貪黑地勤勉工作，也無法避免日趨貧困的結局？他沒有任何力量抗拒現代化的「工業文明」借助「國家」的權力強行入侵他的平靜的鄉村生活。惟一的命運就是被生活擠垮，終於只能依靠妻子出賣肉體來謀生，淪爲任憑妻子毒詈的「男奴」。當他不得已去偷鵝時，卻被自己視如猛虎的「大人」抓了起來， 從此音訊杳然。1934 年秋的〈暴風雨的故事〉也寫了一個類似的故事。迫於生活而被地主寶財強姦的罔市，

[5]呂赫若的處女作是〈牛車〉，然而大陸有些學者由於沒有弄清日據時代曾經有過兩份同名不同時的《臺灣文藝》，一份創刊於 1934 年 11 月，係「臺灣文藝聯盟」機關刊物，張星建主編；另外一份創刊於 1944 年 5 月，是「臺灣文學奉公會」的機關刊物，因而把刊載於後者（創刊號）的〈山川草木〉看作呂赫若的處女作。譬如較早的《現代臺灣文學史》第十章關於呂赫若的創作有這樣的介紹：「呂赫若 1934 年在《臺灣文藝》創刊號發表處女作〈山川草木〉。1935 年 1 月在東京《文學評論》雜誌發表〈牛車〉而一舉成名。這篇成名作由胡風譯成中文，收入年文化生活出版社的《山靈》中，爲最早介紹到祖國大陸的臺灣短篇小說之一。」（白少帆等主編《現代臺灣文學史》，遼寧大學出版社，1987 年 12 月初版，頁 236）福建版《臺灣文學史》上卷第 3 編第 5 章關於呂氏的介紹（福建海峽文藝出版社 1991 年 6 月初版，頁 558）以及徐迺翔主編《臺灣新文學辭典》（出版於 1989 年 10 月）「呂赫若」條目（頁 58～59），都把〈山川草木〉看作呂赫若的「處女作」，而〈牛車〉則成了「成名作」，言之鑿鑿，卻不知以訛傳訛。我限於所讀， 不知道這種說法的最早出於哪一個本子？但我可以肯定的是，這幾位撰稿者都沒有查閱過〈山川草木〉的出處，恐怕也沒有讀過這篇作品，因而把抄來的材料信以爲真了。

[6]〈暴風雨的故事〉，原載 1935 年 5 月《臺灣文藝》第 2 卷第 5 號。

一直隱忍著自己的屈辱，企圖以此作代價，使貪婪的寶財稍微放鬆追索因暴風雨的襲擊而難以交納的田租。但這種交換最終還是以罔市的失敗而告終。罔市懷著對寶財的憤恨和丈夫的內疚自殺。丈夫對她蒙受的恥辱非但一無所知，還責罵她對寶財的「不敬」，惟恐由此開罪寶財，失去租種的土地。這兩篇小說精細地描寫了殖民地臺灣農村的困境，對女性爲生活所作的犧牲和男性因維生而弱化的性格，有非常深刻的觀察。

在 1930 年代的語境中，受侮辱受壓迫的下層社會的女性和追求自由的知識女性是常見的人物形象。與呂赫若的小說經常出現鄉村小人物和受過教育的知識青年一樣，這兩類女性人物在他的作品中佔有相當大的比重。〈婚約奇譚〉[7]就塑造了類似娜拉的時代女性的形象琴琴和兩個性格、品德完全不同的知識青年，誠實的春木和虛僞的明和。紈絝子弟明和爲了追求琴琴，千方百計地投其所好，也去接近春木，閱讀當時進步青年必讀的馬克思主義的書籍。他的進步行爲迷惑了琴琴， 終於同意與他訂婚。明和求婚得手後，很快就露出了卑鄙的性格。這篇作品很容易讓人想起張赫宙的〈上墳的男子〉的三人結構。〈前途手記——某一個小小的紀錄〉[8]寫一個由妓女從良，嫁給有錢人家做小老婆的女人淑眉，一直希望懷上一個孩子，以改變自己在夫家的地位。爲此竟去吞服從廟裡帶來的草根或香灰等物，最後卻得了腹膜炎，哀哀死去。〈女人的命運〉[9]也是敍述一個善良的舞女最終被無情郎拋棄，因而決意「墮落」的故事。女主人公雙美原是藝旦，愛上高等商業學校畢業的白瑞奇後，懷抱著建立美滿家庭的夢想，與他同居，並辭去了藝旦的工作，改做舞女。後來，白瑞奇失業，她亦一心一意，爲他生了一個女兒。不想白瑞奇在拉保險時，遇上一個有錢的寡婦，被寡婦的家產打動了心，拋棄了雙美。雙美絕望之下，決定毫無顧忌地去當妓女，且計畫著也讓自己的女兒去操這種受人侮辱的職業，並讓人

---

[7]〈婚約奇譚〉，原載 1935 年 7 月《臺灣文藝》第 2 卷第 7 號。

[8]〈前途手記〉，原載 1935 年 5 月《臺灣新文學》第 1 卷第 4 號。

[9]〈女人的命運〉，原載 1936 年 7、8 月合刊號《臺灣文藝》。

人都知道她是白瑞奇的女兒，用這種自虐的方式來報復薄倖的白瑞奇。〈藍衣少女〉[10]寫了藝術追求與庸俗現實之間的衝突。〈春的呢喃〉[11]、〈田園與女人〉[12]是「臺灣女性」的系列小說。呂赫若用十分細膩的手法，通過從東京回來的青年音樂家江伯煙的視角，刻畫了兩個性格迥然不同的知識女性，這種強調自由戀愛、自主意識的作品，是 1930 年代文學常見的。然而，呂赫若的日文表現形式，使之具有一種細膩哀婉的風格。關於臺灣新女性的形象， 還見於後期的小說〈山川草木〉，這其實是呂赫若對其東渡日本時期的生活的一種回顧。因爲寫於戰時，小說已經很明顯地從原來的浪漫的「理想」退回嚴酷的「現實」之中了。

呂赫若同意這樣的觀點：文學「不是要製造擅長寫作的專家，而是要製造出人類。他說：「這個『人類』是指關心文學以前的生活態度，能掌握住生活的『真』之人類。」[13]他所表現的生活之「真」是什麼呢？從上述早期的作品看，每一篇的小說都包含著一種人與環境的某種難以逃脫的宿命關係。那些在歷史行進中的受到壓抑的小人物或知識者，一方面無法抗拒社會的悲劇和歷史悲劇，另一方面卻也沒有在自己的悲劇命運中放棄那種草根般的堅韌不拔的生活態度。事實上，作家借助了小說的「虛構敍事創造了另外一種特殊的富有象徵意義的歷史敍事」， 這是殖民地時期臺灣作家非常獨特的文化想像方式。

二、「殖民地」文學之敍事策略

呂赫若 1942 年從東京回到臺北，在《臺灣日日新聞》、《興南新聞》當新聞記者。曾經是他的主要陣地的《臺灣文藝》（創刊於 1934 年），堅持到 1936 年 8 月發行的第 3 卷第 7、8 期合刊後，已經由於「異民族統治者的

---

[10]〈藍衣少女〉，原載 1940 年 3 月《臺灣文藝》第 1 卷第 1 號。

[11]〈春的呢喃〉，原載 1940 年 5 月《臺灣藝術》第 1 卷第 3 號。

[12]〈田園與女人〉，原載 1940 年 7 月《臺灣藝術》第 1 卷第 5 號。

[13]〈兩種空氣〉，原載 1936 年 6 月《臺灣文藝》第 3 卷第 6 號，《呂赫若小說全集》，頁 553～554。

加緊壓迫和自身的經濟條件以及文學同志等的離開臺灣」終告停刊。[14]他所面對的是一個更爲壓抑的戰時體制下的「皇民化」環境。這時候很多中文雜誌都被迫停刊（譬如楊逵夫婦創辦的《臺灣新文學》1937 年停刊）。戰時的島內，只剩下兩個互相對立的文藝雜誌。這就是由日人西川滿主編的《文藝臺灣》（創刊於 1940 年）和稍後由臺灣作家張文環主編的《臺灣文學》（創刊於 1941 年）。《文藝臺灣》是「臺灣文藝家協會」的刊物，提倡「外地『殖民地』文學」，注重異國情調，邀請的臺灣作家有：楊雲萍、張文環、黃得時和龍瑛宗等。張文環在脫離臺灣文藝家協會後，也脫離《文藝臺灣》社，自己組織啓文社，於 1941 年 5 月創刊了《臺灣文學》。該刊以張文環、呂赫若、吳新榮等作家爲主，也網羅了「放送局」（廣播電臺）文藝部的中山侑、坂口䙥子等日本作家。

在極端權力的壓抑下，臺灣作家的創作呈現出微妙複雜的現象。既要使用殖民者強迫使用的語言作爲表現的媒介，又要堅持存在骨血之中的民族的立場，作家們除了不得不虛與委蛇，寫些官樣文章，一個重要的文學策略就是將敍述的焦點轉移到民間的民族的生活。這樣，日語的表現形式，實際上並不能「改寫」它所表現的生活。從媒體的分析的角度看, 張文環主編的純日文《臺灣文學》的內容, 大抵關涉到純粹臺灣本土的生活。特別是關於中國傳統社會結構裡的家庭、婚姻、民情民俗，成爲這個時期十分關注的焦點。我們從以下這些羅列出來的篇目中可以體察到使用日文寫作的臺灣作家們的良苦用心：

1941 年 6 月創刊號發表了張文環的〈藝旦之家〉，在題材上它是呂赫若〈女性的命運〉（1936）的繼續；9 月號有陳逢源撰寫的〈梁啓超和臺灣〉和黃得時的〈臺灣文壇建設論〉，並有張文環的〈論語和雞〉，巫永福的〈慾〉等，把臺灣與大陸的關係用另外一種表達式表達出來，第 2 卷第 1 號把中村哲的〈關於昨今的臺灣文學〉放在頭條要目。創作有張文環的

[14]參見賴明弘〈臺灣文藝聯盟創立的斷片回憶〉，收入池田敏雄、莊楊林主編的《臺灣新文學雜誌叢刊》第 3 卷卷首，臺北東方文化書局複刻本，1981 年 3 月第 1 版。

〈夜猿〉等。同時也有王井泉的論評〈大東亞戰與文藝的使命〉，通過演藝的問題來談戰爭與文藝的關係，文章不是很長， 標題卻很突出。可以看做當時「皇民化」語境的產物。1942 年 4 月第 2 卷第 2 號有呂赫若的小說〈財子壽〉和張文環的〈頓悟〉，前者從題材上開了解剖中國傳統家庭倫理關係的風氣，它是 1942 年 7 月第 2 卷第 3 號發表的張文環〈閹雞〉的先聲。同期，楊逵的〈臺灣文學問答〉被放在「評論」欄裡，這是繼黃得時、中村哲之後又一次反省「臺灣文學」諸問題。1942 年 10 月第 2 卷第 4 號發表了呂赫若的〈風水〉、張文環的〈地方生活〉和黃得時的評論〈輓近臺灣文學運動史》，再次暗示了雜誌的本土化追求。1943 年 1 月第 3 卷第 1 號很有意思，日本作家的作品和評論文章占了大多數，小說方面只有呂赫若的〈月夜〉一篇是臺灣作家寫的；其他爲和田漠的〈食老〉、中山侑的〈午後的雨〉、折井敏雄的〈墓標搜女〉。評論方面有中村哲的〈臺灣文學雜感〉、瀧田貞治〈關於現階段臺灣戲劇〉。散文如池田敏雄的〈本島人女性與愛情〉、今井繁三郎〈香港的僑民〉、黃啓瑞的〈田園雜感〉都值得注意；最引人注目也最敏感的問題是本期刊出的「大東亞文學者大會特輯」，其中包括大會的報告講演會、速記抄和濱田隼雄的〈大東亞文學者大會的成果〉、西川滿的〈從文學者大會歸來〉、龍瑛宗的〈道義文化的優越地位〉和張文環的〈從內地歸來〉等文章。即使是以描寫「沒有做人的條件」爲己任的民族主義者如張文環者，也不能不在壓力下表態「效忠」了。但接下來的第 3 卷第 2 號（1943 年 4 月發行），立即刊出了「賴和先生追悼特輯」，發表了楊逵的〈回憶賴和先生〉、朱石峰的〈懷念懶雲先生〉、守愚的〈小說和懶雲〉以及賴和的文章〈我的祖父〉（賴和的文章原是中文，由張冬芳譯爲日文），對不屈的臺灣精神之象徵的賴和的追悼，自是意味深長。本期的創作有呂赫若的〈合家平安〉，此外是日本作家的作品，如吉村敏的〈敵愾心〉、野田康男的〈心象〉等。本期澀谷精一的〈日本精神〉也是戰時鼓吹「大東亞精神」的文章之一，再次提醒「皇民化」的語境。第 3 卷第 3 號（1943 年 7 月發行）黃得時的〈臺灣文學史序說〉

大概可算是較早的論述臺灣文學史的文章之一；本期的小說創作除了一個日本作家之外，其餘都是臺灣作家，有張文環的〈迷兒〉、呂赫若的〈石榴〉、龍瑛宗的〈蓮霧的庭院〉、王昶雄的〈奔流〉等。1943 年 12 月發行的第 4 卷第 1 號繼續刊登黃得時的〈臺灣文學史〉，另外有「臺灣決戰文學會議決議」、「第一回臺灣文學賞發表」的消息。小說有呂赫若的〈玉蘭花〉，其餘均為日人作品。

從呂赫若個人的創作活動來看，1942 年 4 月，發表了〈財子壽〉[15]，這篇小說和後面的〈合家平安〉被呂正惠看作「最成熟的社會小說」，認為它描寫了舊地主世家的「敗德史」和它的「歷史性的沒落」[16]成為本時期臺灣作家最關注的題材之一。7 月，他參與籌組了「厚生演劇研究會」，並從 9 月 3 日起五天，在臺北市永樂座公演同樣是以臺灣鄉村的民情民俗為表現對象的〈閹雞〉（本作 7 月發表，張文環原作，林博秋編劇）。8 月，發表〈廟庭〉[17]，這篇作品與後面的〈月夜〉一樣，對婦女無法選擇的悲劇命運有最震撼心靈的表現。10 月同時發表了〈風水〉[18]和〈鄰居〉[19]，〈風水〉中的周長乾、周長坤兄弟倆在為已故父親撿骨遷墳上時衝突，實際上就是淳厚的道德古風和現實利益之間的衝突，呂赫若借助這場糾紛，寫出了臺灣鄉村互相矛盾的人情淳厚和世道澆漓的面相。〈鄰居〉寫一對無法生育的日本夫婦，一廂情願地認領一個臺灣孩子為養子。小說從「我」的敍事角度，側面描寫了這對夫婦的熱心善良，因而從開始時的戒備轉為親近，最後竟有些捨不得他們遷走了。然而小說也暗示：孩子的親生父母，實際上並未答應把孩子真的送給他們。1943 年 1 月，發表〈廟庭〉的續篇〈月夜〉[20]。4 月，發表〈合家平安〉[21]，描寫了臺灣大家庭因為家長吸食

---

[15]〈財子壽〉，原載 1942 年 4 月 28 日出版的《臺灣文學》第 2 卷第 2 號。

[16]呂正惠〈殉道者〉，參見林至潔譯《呂赫若小說全集》，頁 584。

[17]〈廟庭〉，原載《臺灣時報》雜誌，1942 年 8 月。

[18]〈風水〉，原載 1942 年 10 月《臺灣文學》第 2 卷第 4 號。

[19]〈鄰居〉，原載 1942 年 10 月《臺灣公論》。

[20]〈月夜〉，原載 1943 年 1 月 1 日出版的《臺灣文學》第 3 卷第 1 號。

鴉片而家道中落、總算振作中興之後，偏又故態復萌，流露出作者對人性與家道的興衰的一種無奈和悲憫。7 月，發表〈石榴〉[22]，對人生風雨中的兄弟手足之情，有相當感人的表現。這些作品表現的都是家庭中的倫理和人性問題。12 月，發表〈玉蘭花〉[23]，這是自〈鄰居〉之後第二次涉及日臺關係的題材，小說出現了一個令人親近的日本人鈴木善兵衛與「我」的一家的親密感情。這篇小說和〈鄰居〉一樣，由於寫在戰時，又不像楊逵的〈送報伕〉那樣有明顯的左翼的階級意識，很容易被看做「皇民化」運動的產物。1944 年 3 月出版了小說集《清秋》，5 月發表了〈山川草木〉，作品中的知識女性開始有了比較明顯的變化：如何安祥面對命運的突如其來的打擊，面對艱辛的生活，勞動的神聖，活著的莊嚴，開始成爲小說很重要的主題。12 月，發表〈百姓〉[24]，日本戰敗前的 1945 年 8 月，發表了〈風頭水尾〉[25]，這篇作品對人如何在極其艱苦的環境中生存，有著並不浪漫的冷靜的敍述。顯然，他的創作，無論是數量還是品質，都在這個非常時期達到了高峰。這種突然激發出來的創作的熱情，是否源於外界的壓力，已不可考。然而，呂赫若運用日文敍事的冷靜筆觸，和關注現實問題的創作傾向，顯然是戰時臺灣文學最令人矚目的景觀。

通觀他這個時期的創作，除了〈鄰居〉、〈玉蘭花〉用細緻委婉的曲筆，來表現臺灣人與日本人友好相處的生活情景，〈百姓〉一篇，寫在「敵機」轟炸危機情況下，曾經反目成仇的兩家人相濡以沫，盡釋前嫌，頗有兄弟鬩於牆, 同仇敵愾的味道，大概可以看作「皇民化」語境中的產物，其他作品，特別是那些真正代表了他的創作風格和成就的作品，都沒有把筆觸放在那種炙手可熱的鼓吹「皇民化」 運動的題材上，而是轉向臺灣社會家庭、婚姻與民情風俗的深度描寫。正如呂赫若的〈牛車〉率先關注社

---

[21]〈合家平安〉，原載 1943 年 4 月 28 日出版的《臺灣文學》第 3 卷第 2 號。

[22]〈石榴〉，原載 1943 年 7 月《臺灣文學》第 3 卷第 3 號。

[23]〈玉蘭花〉，原載 1943 年 12 月《臺灣文學》第 4 卷第 1 號。

[24]〈百姓〉，原載 1944 年 12 月《臺灣文學》第 1 卷第 6 號。

[25]〈風頭水尾〉，原載 1945 年 8 月《臺灣時報》第 27 卷第 8 號。

會變革中小人物命運，〈女人的命運〉（1936 年）將筆觸伸進下層婦女的生活，成爲同樣題材的張文環〈藝旦之家〉（1941 年）的先驅，他在 1943 年 11 月獲得第一回「臺灣文學賞」的作品〈財子壽〉（比張文環的〈閹雞〉早三個月發表），也首開戰時描寫鄉村社會家庭倫理崩潰過程的風氣。當我們在《臺灣文學》讀到〈財子壽〉和〈閹雞〉，在第 2 卷第 4 號（1942 年 10 月）上同時讀到張文環的〈地方生活〉和呂赫若的〈風水〉，我們對戰時臺灣日語作家在「皇民化運動」的嚴峻壓力下所進行的民族文學活動，對於異族語言所無法改寫的民族心靈，不禁充滿了由衷的敬佩。

——選自《中國現代文學研究叢刊》1999 年第 2 期，1999 年 4 月

呂赫若的「臺灣家族史」與寫實風格

◎林瑞明*

一、前言

鹽分地帶的主幹作家吳新榮，是深受漢學薰陶與日本近代醫學教育養成的臺灣文化人，善於保存資料。與文友交往，每每請對方題字做爲紀念。在他留下的題名錄中，我們看見楊逵題寫：「窮隱處兮窟穴自藏與其隨佞而得志不若從孤竹於首陽」；巫永福題寫「苦節」，皆能表現出日據時代臺灣作家的處境與心志；呂赫若則是留下了他少見的墨跡：「救精神」[1]。

「救精神」這三個字，令人不禁想起魯迅棄醫從事文學的心路歷程，他在小說集《吶喊》的〈自序〉中提及就讀仙臺醫專時，從新聞影片中，看到日俄戰爭時中國人被日軍砍頭示眾的場面，不禁感慨道：

> 從那一回以後，我便覺得醫學並非一件緊要事，凡是愚弱的國民，即使體格如何健全、如何茁壯，也只能做毫無意義的示眾的材料和看客，病死多少是不必以為不幸的。所以我們的第一要著，是在改變他們的精神，而善於改變精神的事，我那時以為當然要推文藝，於是想提倡文藝運動了。[2]

---

*發表文章時爲成功大學歷史學系教授，現爲成功大學歷史學系、臺灣文學系教授。

[1]以上題字之製版刊出，見於張良澤編《震瀛追思錄》，臺北：琑琅山房，1977 年 3 月；後來張恆豪主編之《呂赫若集》，臺北：前衛出版社，1991 年 2 月，亦將呂赫若之題字輯入。

[2]魯迅《吶喊》，上海：北新出版社，1937 年 6 月，24 版，頁Ⅲ～Ⅳ。

日本籍臺灣人呂赫若雖不是學醫出身，但在 1928 至 1934 年（15 到 21 歲）就讀臺中師範學校，畢業後分發新竹峨眉公學校任教，身爲教師，教育「日本少國民」，恐怕也有如魯迅一般地無奈吧。以後從事文學、藝術工作，除了本身的才情、氣質之外，以作品來抒發感情，表現對社會的關懷，挖掘人性，從而淨化社會人心，也是呂赫若打從內心深處湧出的使命感，換言之，他亦重視精神方面之更新，服膺文學、藝術所具有的潛移默化的社會功能。任教之初，即撰寫第一篇作品〈暴風雨的故事〉（原題〈嵐の物語〉），投稿張文環在東京主編的《フォルモサ》，但稿寄到時，該刊已停刊了，未能即時問世。[3]隔年元月以〈牛車〉一文，繼楊逵〈送報伕〉（原題〈新聞配達夫〉）入選日本左翼文學刊物《文學評論》第 2 卷第 1 號，在該號的〈編輯後記〉中編輯人渡邊順三（渡邊生）特別說明：

> 創作欄的呂赫若氏是住在臺灣的新人。受到曾經當選本誌募集小說楊逵氏〈新聞配達夫〉的刺激，突然間臺灣文壇之活躍令人驚訝，所以在此又介紹一位臺灣的新人作家，是本誌非常引以為傲的。這篇〈牛車〉是比〈新聞配達夫〉更優的佳作，故敢以推薦。[4]

從此之後，臺灣又出現了一位代表性的作家。1936 年 8 月 15 日，呂赫若訪臺南佳里，吳新榮、郭水潭、黃炭、林精鏐舉行歡迎座談會[5]，「救精神」三個字的題寫，可能即在這時，即或不然，此三字亦足以代表呂赫若文學創作的基本態度。他在這年八月發表於《臺灣文藝》第 3 卷 7、8 月合刊號的文章〈舊又新的事物〉（原題爲〈古い新しいこと〉），曾討論文學

[3]〈暴風雨的故事〉寫於 1934 年秋天，然而《フォルモサ》在該年 6 月出版第 3 期後即停刊，成了短命的「三號雜誌」，呂赫若的處女作，遂慢於成名作〈牛車〉之後，1935 年 5 月始刊於《臺灣文藝》第 2 卷第 5 號。

[4]《文學評論》第 2 卷第 1 號，頁 194。

[5]《吳新榮日記》，1936 年留有兩則呂赫若記事，其中 8 月 15 日記：「晚上豐原呂赫若君來訪，是同志愛好者，所以招郭水潭、黃炭、林精鏐君去咖啡店開座談會。」見張良澤主編《吳新榮日記》〔戰前篇〕，臺北：遠景出版社，1981 年 10 月，頁 38。

的社會性與階級性，爲了強化他的觀點，引用黑格爾之見解，並加以引伸：

> 黑格爾說：「創作由精神產生，依從精神的地基，是屬於精神的東西，保持不失去它的洗禮，當只表現因精神共鳴而形成的東西時，始得到藝術品。」對於現實沒有個人的精神共鳴，就無法產生藝術。這種「精神的共鳴」與感動，沒有與人類社會性、生活實踐的事物交涉就無法產生。所以，藝術裡不僅不能沒有社會性，還擔任極重要的角色。任何純粹的藝術，其目的與素材，也都得之於一定社會關係中人類有效的感性活動中。……立於產生出它的社會之現實、經濟的構造上。[6]

呂赫若以他師範學校時代即廣泛吸收的知識[7]，再進一步引用馬克思、森山啓、盧那查理斯基……的言論，做爲論證之依據，最後總結強調云：

> 如果文學要忘卻社會性與階級性，我們就必須要將藝術史全部燒毀，再隨意創造出新的藝術史吧。[8]

23 歲的年輕小說家呂赫若由抽象的精神，論及文學必須具備社會性與

---

[6]引自林至潔譯文〈舊又新的事物〉，收於《呂赫若小說全集》，《聯合文學》出版社，1995 年 7 月，頁 556～557。

[7]依據藍博洲〈一個老紅帽的白色歲月〉中，訪問呂赫若就讀臺中師範學校時期的同窗摯友——江漢津先生，江氏回憶說：就我的理解，日本知識界受到 1917 年俄國革命的影響，社會主義的思潮已經蓬勃發展；再加上經濟不景氣，失業人口急速增加，社會存在著不安，於是養成了一批「左派」。針對日共，日本帝國在那兩年先後發動了「三一五」與「四一六」檢舉；臺灣農民組合也於 1929 年 2 月遭到大檢舉的厄運。儘管這樣，日本當局在思想取締上並沒有那麼嚴格，因此，恰恰就在那種「白色恐怖」的年代，我也開始接觸到了所謂的左翼思想。我和班上十個左右（原註：呂赫若在內）比較談得來的同學，逐漸也發展了學習馬克思主義的讀書會。其中，河上肇的《貧乏物語》與山川均的《資本主義的詭計》，可以說是我們的啓蒙書，通過它們，我們逐步走進了馬列主義的大門，找到了思想的歸宿。藍文刊載於《臺灣日報》〈副刊〉，1996 年 10 月 23～25 日。

[8]同註 6，頁 559。

階級性，他的左翼觀點在文學的起步之初已昭然若揭。「救精神」，從作家個人而言，出身於地主階級的呂赫若，必要從原有的社會結構網絡與階級屬性走出，方有出路；就文學創作的使命感而言，處身於日本殖民統治下的民族與階級的雙重矛盾社會，如實反映殖民地的社會性與階級性，才有可能拯救臺灣人靈魂與找尋群體出路！

二、從家到家族的崩解與重建

分析呂赫若的作品，不能不注意其間所反映的社會性與階級性。他初期的作品〈暴風雨的故事〉、〈牛車〉，即充分顯現了這種特質。

1935 年 5 月〈暴風雨的故事〉（原題〈嵐の物語〉）描寫颱風過後，農民老松因米穀全泡水無法繳交地主的地租而引發的慘況。在老松的妻未嫁之前，地主便曾蹂躪其妻，及身爲人婦，地主仍不時欺侮並威脅她若說出實情便不租給田地。妻隱忍多年，但這次因泡水而無法繳交地租，地主竟揚言要收回老松的田地，妻氣不過便跑到地主家大罵。爾後，地主的兒子用日本買回來的空氣槍打死了老松家唯一的財產——雞，妻更是忿怒，但是又無可如何。老松在經過這二次的打擊後，皆無計可施，在怨氣沒處伸的情況下，把怒氣逕往妻身上發洩。其妻在地主的可惡與丈夫的無用兩相煎熬下投環自盡。後來妻的友人告訴老松其妻多年來的委曲後，老松矢志復仇，最後終於有機會一棒打倒了地主，他大笑並感到妻在對他笑，此時有足音雜沓的聲響逼近，留下餘音，全文技巧性的終結。

這些作品，一方面延續了臺灣新文學運動以來，如賴和〈一桿秤仔〉、楊守愚〈一群失業的人〉的寫實風格，一方面女性角色登場扮演了更重要的情節位置，貧窮農民的妻子或不得不與地主苟合、或不得不出賣肉體，皆是承擔了沒有經濟出路的男性之深沉無奈。〈牛車〉中的阿梅感嘆：「爲了家，作了痛苦的決定，如此的賣身，我真傻啊。」〈暴風雨的故事〉中罔市爲了承租的佃田，婚前、婚後長期與地主苟合，更是反映了階級壓迫，除了沉淪或自殺，沒有掙脫的任何機會。

葉石濤曾經論及入選日本中央文壇的三篇小說，針對呂赫若的〈牛車〉，即曾深刻的指出：

> 在呂赫若的小說裡，我們已經找不到任何理想主義的影子；好似他的小說的唯一目的是寫實，始於寫實，終於寫實，寫實既是個目的亦是個手段。作者抓住了一個家，從這兒伸出觸鬚，探求每一種社會現象和人性——不管它是清淨的或邋遢的，一視同仁。當然殖民地臺灣的天空上仍然覆蓋著統治者權力的巨大烏雲，這烏雲仍然使得人們惶悚過日，可是生活苛酷的現實，並不單單是這烏雲所帶來的，而是存在於封建體制下的每一個地主，每一個農民家庭裡的矛盾和相剋因素也參與在裡面，甚至在農民的性靈裡的自我葛藤、欲求、挫折也構成了重要的因素。[9]

呂赫若小說以「家」爲基地，逐漸擴爲「家族」，凝視臺灣封建家族內部腐化的情形。1936 年 5 月發表的〈前途手記〉(原題〈行末の記〉)，已敘述「資產家之妾」的悲慘生命。某資產家的小妾因生不出孩子，丈夫又不肯讓她抱養，所以她只好拚命的吃藥以期能生孩子，免得將來無子要過無所依靠的生活。他的老母奇怪她過著如此豪華的生活，爲何還要爲這種事悶悶不樂？但勸也無用，最後小妾因亂食藥物而患胃癌死亡。

1937 年 5 月〈逃跑的男人〉(原題〈逃げ去る男〉)，描寫一個因一切事都不如意，又沒有人可信任，因而帶著小嬰孩逃出家庭擬前往東部花蓮的男子。主角家本出身有名望的家族，但祖父抽鴉片，也要兒子抽，到了最後主角的父親把財產都因此敗光了。主角欲發憤，但父親不鼓勵，最後還因爲被後母煽動而被自中學退學，斷了想靠讀書來重振家風的希望。後來前去花蓮種甘蔗失敗，回家後發現妻與所恨的後母之子私通。本想燒死父母及這一對男女，但才把蔗葉燒起來後又做罷。最後只有抱起了受家人

[9]葉石濤〈從〈送報伕〉、〈牛車〉到〈植有木瓜樹的小鎮〉〉，收於《作家的條件》，臺北：遠景出版社，1981 年 6 月，頁 66。

疼愛的他的小孩逃出。但是已很自暴自棄，「就算到番界被毒蛇咬死也罷」。呂赫若著力於表現大家族的矛盾、骨肉相剋的悲劇，臺灣大家族的崩解，爾後成為他 1940 年代文學創作的重要主題之一。

1942 年呂赫若自日本回臺灣後共發表了四篇作品，分別是〈財子壽〉、〈廟庭〉、〈鄰居〉與〈風水〉。其中〈財子壽〉使他獲得了第一回「臺灣文學賞」。此作描寫一個腦中只有「財子壽」的自私地主家庭的故事。但是他好色貪婪引來了妻妾的爭鬥。後妻在不堪被小妾折磨之餘發瘋了。呂氏所描寫的是活生生的人性，而且是陰暗的一面。自私地主在妻子瘋了後，是絕情的把她送到精神病院；此外母親的死他根本無暇哀傷，因為他忙著算計金錢，在他前妻死時他為了賺得了保險金而高興。小妾毫無同情心的欺壓後妻，連當初對後妻和順的下女最後對後妻亦蠻橫了起來。唯一較有勢力的正直人士桂春夫人在此又是瀕死邊緣；有正義感的老長工卻又總是冷眼旁觀，使不上力、幫不上忙。而後妻玉梅當初是因家中的二個兄長吸鴉片而沒落的；在玉梅嫁到這地主家時，她的母親雖嘴裡說著女兒太可憐，嫁予人當後妻，但「心裡倒高興女兒嫁給了有錢人」。全文籠罩在黑雲下，看不到一絲的光明。

〈風水〉是寫善良的老人周長乾終於無力阻止弟弟為了保全對其有利的風水，而做出一連串不孝、違背人倫的事。善良的老人除了痛哭，並「不恨弟弟，只嘆人道荒廢」外，沒有一點力量抵抗弟弟，因而任父親墳荒廢、任母親曝屍的慘況。

1943 年 4 月的〈合家平安〉，敗家子范慶舍一桿鴉片煙抽掉了祖產後，只會依靠妻兒。後來雖有一段發憤圖強的日子，但不久便故態復萌，父子三人更同時與遊女有染，全家更形烏煙瘴氣。後來孩子們更散去了，沒有所謂的合家平安。本篇除了描寫封建地主的寄生蟲個性外，更將鴉片的害人，做了深刻的表現。

1943 年 1 月的〈月夜〉是 1942 年 8 月發表的〈廟庭〉之續作，是描寫一個青年去處理舅父所託的女兒婚姻問題的故事。文中的青年與父親雖明知女兒翠竹是因不堪虐待而跑回家，但是爲了「三百元的陪嫁錢和嫁妝都握在對方手中」，爲了「面子」，爲了封建道德，二個人硬要把翠竹繼續留在夫家。尤其是主角的那個青年，在目睹了翠竹夫家心理不正常的老母與小姑之凶惡後，唯一能做的只是把另一個女孩與翠竹一塊兒留下而已，然後「鬆了一口氣的踏上歸途」。及至翠竹逃出投水自盡被救起後，他除了熱淚盈眶外，當想起了該如何向舅父說明時，他「只覺得頭脹得滿滿的，手腳冷得咯咯抖罷了」。沒有一點義憤填膺的衝動，只有無盡的被舊禮教、舊道德壓得軟弱無力的思想，可見得封建舊俗箝制人心有多深。這也是一篇陰暗、烏沉沉的小說。除非改變這個社會人心，否則一切都是毫無希望與天理的。「壞人」的那一邊，再度——事實上永遠是有勢力的、沒有天理的那方在呂赫若的小說中好端端的「贏了」。〈月夜〉中青年到翠竹婆家與婆婆、小姑理論的那一段，實不下於張愛玲〈金鎖〉中的七巧，那種爲了自己不健康的心理而活生生扼殺子女、媳婦幸福的女子。雖然呂氏並沒有寫出張氏那樣更冷靜、深沉的「沒入沒有光的所在」那段膾炙人口的「典範」，但是以一個男子，那樣細微的觀察到女人的心理且描寫得那樣生動，仍充分展現了文學技巧。

1943 年 7 月的〈石榴〉，表現了一個悲慘的故事，主角因父母雙亡，不得不入贅，二弟去當他人的長工，三弟當他人的養子，而這一切是由一個好心的地主介紹的。但最小的弟弟後來不知爲何發瘋了，最後死了。這個大哥把弟弟的牌位領回，但是因爲是入贅之身，所以要把牌位吊起來，他並立誓將來獨立成家後要好好供奉，此外過繼了一個孩子給弟弟，這是一篇親情洋溢的作品。

在呂赫若殘存的 1943 年日記之中，留下了〈石榴〉寫作過程的紀錄，主題爲描寫兄弟愛的〈石榴〉，由原題〈兄弟〉，改題爲〈血〉，再改題爲〈流〉，完稿之後始定題爲〈石榴〉。在決戰聲中他反而捨棄了擅長描繪的黑暗面，轉寫美的事物，自覺「回歸東洋，想寫立足於東洋自覺上的作品」，以此爲契機，邁向了〈石榴〉到〈清秋〉階段的創作。[10]

這除了是時局的因素之外，呂赫若先前描寫沒有土地的窮人因被壓迫而家破人亡，以及大家族因舊習陋慣而解體，他已處理了階級壓迫，並強烈的進行了反封建，並以〈財子壽〉一文獲得了臺灣文學賞，誠如《呂赫若小說全集》的翻譯者林至潔所言：

> 此時呂赫若的創作已達到高峰，他的描寫方法及敘述風格，已不只停留於對腐敗現象的片面的描述，他掌握到寫實主義的精髓，經過藝術設計，透過典型人物深入複雜錯綜的人際關係，進而藉由人物心理變化，提出對生命的反省、對社會的批判，展現了呂赫若對事對物的不凡思考。這些小說，不僅是呂赫若個人成熟的代表作，也是臺灣文學成熟期的優秀收穫。[11]

創作必須有所突破，呂赫若具有「作家之眼」，利用時局，巧妙的應對。1944 年 3 月，呂赫若的小說創作集《清秋》出版。同名作品〈清秋〉是爲了此書出版的壓卷之作。主角謝耀勳爲了孝順父母而自日本回家並準備開業行醫，雖然已過慣都市生活，但回到鄉間卻又覺得自己是個田園之子，但是住久了後似是感到有些寂寞。家人爲了他的開業，不得不壓迫開小吃店的黃明金，使他不由得不想開業。復又嫌惡當醫生藉治病賺錢的手法，他「不要當一名鎮上俗不可耐的醫生，而應該當一名科學者，更進一步鑽研醫學，樹立人類永遠的幸福」。但是當想到了父母的期望，他又感到無措。

此文一方面是爲了順利出版而作的，在太平洋戰爭緊鑼密鼓的階段，這篇文章貌似響應日人的「南進政策」。主角的弟弟因事業的發展不如預期

[10]呂赫若日記未見，參照鍾美芳〈呂赫若創作歷程初探——從「石榴」到「清秋」〉，頁 13～20。發表於「賴和及其同時代的作家——日據時期臺灣文學國際學術會議」，1994 年 11 月，清華大學。
[11]林至潔〈期待復活〉，收於《呂赫若小說全集》，臺北：聯合文學出版社，1995 年 7 月，頁 19。

而決定赴馬來西亞；開飲食店的黃明金因無法開業了，才把老母丟下到南洋去；小兒科醫生江有海因「徵召」而赴南洋；這些都隱隱的顯現了並非因到南洋是多麼吸引人的事才到南洋，而皆是有苦衷才去。呂赫若更大的諷刺是：全篇除主角自己的心情變化外，全是其全家和樂的描寫，並充滿人子對長輩的孺慕之情。「使耀動陶醉在親情的氛圍裡」，「……母親很快的變老了……不由得感到一陣痛心……想到老邁父親的背影，再想到剛映入眼睛裡母親的白髮，啊，現在該輪到自己來伺候父母，盡點孝心。」這篇小說是其作品中洋溢著親情的愉悅的一篇。

1944 年 11 月，《臺灣文藝》雜誌「辻小說」特集中的〈百姓〉，是只有一頁的小小說。呂赫若的〈百姓〉在此一點政治味也沒有。雖然文中前段是講百姓的可笑：平常節儉得很，及至廟會卻數十圓大把大把的花，〈百姓〉中表現的主題：陳、洪二家是鄰居，但也是世仇，不相往來。當一次空襲時，洪家媳婦要生產但沒產婆，大家躲在甘蔗田中無計可施。此際陳家正巧也躲在蔗園中。那陳家老婆婆雖然表情不自然，但仍上前去幫助洪家料理，空襲後並給洪家雞酒麻油。生動的表現了臺灣鄉下農民的淳厚個性。時局緊張，呂赫若反而寫出了在外力的壓迫下，臺灣人盡釋前嫌互助的小說。

三、呂赫若小說的內涵與特色

呂赫若作品的最大特色是從「家庭」著手。一切的小說都與家脫不了關係，如代表性的〈財子壽〉、〈風水〉、〈廟庭〉、〈月夜〉、〈合家平安〉、〈清秋〉等。此外，他的小說有濃濃的土味，顯示他關心的重點是這塊土地及依附土地而生的人。〈暴風雨的故事〉、〈鄰居〉、〈石榴〉等，對下層人民的描繪都顯示了這個傾向。此外，除了在文句間留有臺灣味的話語，隨口唱一句「陳三五娘」，臺灣風俗「耙砂」、「洗骨」、贅夫要如何處理其親人的牌位等事，在日據時期臺灣作家的作品中是少見的。

而以家庭爲基點，呂赫若牽引出了對封建舊制的控訴及異族統治下的悲哀。吸鴉片煙的惡習，呂氏在〈逃跑的男人〉及〈合家平安〉中寫盡了吸鴉片煙者的墮落與遺害後代的境況。尤其後者的最末一段還點明了這個主題。地主欺壓小佃農、有錢階級欺壓下層階級人民的事，在其故事中亦屢見不鮮，而這二者又常與舊道德男尊女卑的思想結合，表現出一連串的女性的哀史。〈暴風雨的故事〉、〈前途手記〉、〈財子壽〉也很明顯的表達出來；而〈廟庭〉與〈月夜〉則是他關懷女性問題的力作。文中明白的講出了女性在舊觀念下的無法自主的命運，並強烈的表達出在舊禮教的壓力下，唯有「死」才是解脫的「良法」。事實上他對在舊制下生存的女性之未來是完全悲觀的，〈暴風雨的故事〉中的妻死了；〈前途手記〉中的妾死了；〈財子壽〉中的玉梅瘋了，下女一個個的被地主玩弄；〈牛車〉中的妻最終只有被迫賣淫；〈月夜〉、〈廟庭〉裡的翠竹雖被救活了，但憑男人們的軟弱及嫁過兩次的「壞紀錄」，她也絕不會有好日子。這一切在封建舊制下的病態，使他的小說呈現陰暗的色調。

倒是異族統治下的苦痛，比起來他著墨並不很多。雖然日人與封建舊俗結合更加折磨庶民百姓，但在其大部分小說中，人民的苦痛，封建遺毒是主因，日本殖民統治只能算是幫凶。但是這並不表示他沒有注意這個問題，在〈牛車〉中對日本警察的嘴臉，人民對「日本」的恐懼皆有所著墨。而這二篇小說同時亦帶出了日本統治下引起社會變遷所造成的問題。

〈牛車〉中的楊添丁一家，走入窮途末路的命運，事實上是歷史的必然。在日本治下，臺灣走上了「跛行的資本主義化」的路途。農業社會的一切，漸漸的將被淘汰。牛車終要被新的交通工具取代。只有在星夜裡，趕牛車的人才能「主人似地不客氣地在道路中心輾著溝走去」，才能說「這時候是我們的世界」，暗示了舊時代的生產制度只能隱沒在黑夜下。但是庶民們不懂，只是奇怪再也賺不到錢，並由此引發了蒼白的人生觀，「現在這時世，做工是牛傻子，玩玩反而划算哩」，而且為了吃不要錢的飯，故意犯些小罪而去坐牢，並得意於與看守都成了朋友呢！只有今天，沒有想到明天的玩世心態出現，這是庶民的精神狀態。

然而呂赫若處理跟日本人有所關聯的小說，絕不類型化，如 1942 年 10 月的〈鄰居〉描寫臺、日下階層民眾的交往，文中一對在臺灣街居住的日本人夫婦，一直希望收養附近一戶貧家的孩子。孩子不僅抱回家亦很有愛心的照顧，但是孩子的母親最終仍是未答應要把孩子給日本人，而把孩子帶走。末了這對日本夫妻似未放棄希望而聲稱一定要把孩子入籍。表面似是響應「內臺融合」之作，但全文著眼於庶民階層的融洽相處，並深刻描寫了母性的光輝。

1943 年 12 月的〈玉蘭花〉，以幼童的觀點，看待陌生的日本大人，從害怕漸漸親近，日本人亦融入臺灣家庭，最後日本人因病而回去日本，年輕的孩子為了道別，卻爬不上玉蘭花樹，只好抱著樹幽幽哭泣。整篇小說瀰漫著鄉土氣息。此作亦有著「內臺親善」的調子，然而呂赫若卓越的藝術能力與文學技巧，使得此篇成為高明之作。許俊雅研究有關呂赫若的作品時，指出〈玉蘭花〉一作的特色時云：

> 該作刻意以幼童觀點寫成，以其朦朧之認知，鋪敘故事，可說有意部署童騃的迷濛視界，此不僅刻意局限了幼童的認知程度，也有意超越於種族、文化之上。易言之，呂氏以一個尚未形成文化、種族階級觀念的稚童觀點，以及彼此間的言語不通仍和樂相處之情形，摒棄文化之差異，超越社會制度之囿限，而探討人性之本質。[12]

呂赫若的小說以「家」為最基本單位，藉著成員間的應對進退、舊慣習俗、道德人性、社會變遷及殖民統治的影響，千絲萬縷的被牽引出來，構成一個綿密完整的小說世界。山川雖好，但生活其中的人民卻是在封建舊俗與殖民高壓此雙重奴役下苟活。肉體的摧殘與精神的蒼白，讓人不得不覺得唯有打倒此二者，臺灣的未來才有希望——雖然不了解呂赫若何時

[12]許俊雅《日據時期臺灣小說研究》，臺北：文史哲出版社，1995 年 2 月，頁 478～479。

成爲共產黨員，但是自其日據時期的小說觀之，他走上這條反帝反封建的無產階級革命道路是一點也不會讓人驚訝的。

此外，在他的作品中，雖沒有旗幟鮮明的思想，但是他冷靜平實的「說話體」寫作，一步一步的激起讀者良知的義憤。並且由於在作品中，受欺壓者的冤屈皆沒有受到應得的裁判，讀者的情緒無法在作品中得到完成。楊守愚的〈一群失業的人〉，讀者雖然亦會被其擾動情緒，但同時亦被烏雲壓得喘不過氣，覺得「沒有晴霽的希望了」，在「陰沉、悲寂的黑暗世界」，只能發出「一種微弱而帶憂忿的聲音」。呂赫若有些小說的結尾若有描景，都是一個極慘的故事後來一段至少讓你不會只是低頭哀歎的文章。如〈前途手記〉他寫自己亦下淚後，便描寫小燕子自簷下的巢飛出，飛到田圃上，一直繼續的飛著。把讀者的心眼，引到了廣闊的空中。另外在〈逃跑的男人〉的結尾，把讀者的心引到了「海的眺望」，並感到「在濃鬱的松葉間瀉下的陽光」。讓人覺得該對生命有希望而去奮鬥，而不是只有歎氣。

四、結論

寫實主義的基本前提是將典型的人物放在典型的情境中，把複雜的社會「真相」呈現出來。盧卡奇（Georgy Lukacs）在論〈典型與社會整體性〉時，舉巴爾扎克的作品爲例說明：

> 巴爾扎克的人物本身都是完整的，他們生活和行動在一個具體的、層次複雜的社會現實裡，人物的總體是和社會發展過程的總體聯繫在一起。巴爾扎克的想像力顯示出，他能這樣來挑選和巧妙地支配他的人物，使舞臺的中心總是被特出的人物所占據，而這個人所獨有的種種個人的本質，又最適於在與整體的明顯聯繫中，盡可能廣闊地表現社會發展過程

> 的某個單一的重要方面。[13]

呂赫若的文學創作亦具有這種特質。他對社會的觀察極爲敏銳，1930 年代左翼思潮高漲時期，以〈牛車〉、〈暴風雨的故事〉，表現了臺灣的階級矛盾；1940 年代政治高壓時期以〈逃跑的男人〉、〈財子壽〉、〈風水〉、〈合家平安〉……等作，批判了封建社會的遺毒，凝視自我民族的缺陷，如果強化而言，即具備了民族救贖的意義；決戰時期的〈清秋〉、〈山川草木〉、〈風頭水尾〉……等作，則巧妙的利用時局，〈山川草木〉、〈風頭水尾〉肯定了勞動的意義；〈清秋〉表面描寫臺灣人響應「南進政策」，但藉著主角謝耀勳的遲疑不決，實質觸及了社會的徬徨與苦悶。呂赫若的寫實風格，既不容許迴避戰時體制下的時代氣氛，又不能違背決戰時健康明朗的文藝政策，他賦以大家族正面的形象，「我認爲祖父就是神明」，「是家庭溫暖的根源」，原先對於大家族破毀性的描寫，至此呈現了大逆轉，在時局緊迫之際，家族反而親密團結起來了。這大可延伸爲回歸傳統與皇民化對抗，從這個角度而言，正面的臺灣傳統家族的出場，取代了負面家族的形象，豈不富於「微言大義」。

葉石濤在論〈清秋〉時，副標題冠以「僞裝的皇民化謳歌」，從多角度檢討並且強調：

> 呂赫若是徹頭徹尾的社會寫實主義作家，他的文體是一種說話體（NARRATIVE）的體裁，很類似張文環的寫作傾向。只是呂赫若比張文環更冷酷而嚴苛，在小說裡從沒有流露出脫離現實的浪漫情緒的浮動或者某種自傳意味。他是個徹底的冷靜的觀察者，始終是客觀而不妥協的。[14]

[13]盧卡奇著，陳文昌譯《現實主義論》，臺北：雅典出版社，1988 年 10 月，頁 173～174。

[14]葉石濤〈清秋——僞裝的皇民化謳歌〉，收於《小說筆記》，臺北：前衛出版社，1983 年 9 月，頁 86。

葉石濤一生致力於文學，並且是從日據末期的文學青年一路走過來，臨老之際，文學的修練功夫到家，仍須經過「苦苦讀了幾次」，才能下判斷，對於《清秋》能在決戰時期（1944 年 3 月）順利出版，不禁歎服，在他解讀全文的寓意之後，以此做結：

> 這篇小說〈清秋〉有這樣反體制的內容，卻能通過總督府保安課的戰時檢閱，這並非奇蹟。事實上，呂赫若處理這題材的時候，非常審慎的關係。他冷靜的說話體的敘述體裁的確容易瞞過吹毛求疵的眼睛。[15]

呂赫若的〈清秋〉之不容易理解，垂水千惠在〈論「清秋」之遲延結構——呂赫若論〉中，細緻地檢討文本，並從潛意識的防衛本能觀點，而謂「真實常存在於欲隱瞞之中。呂赫若欲隱蔽之行爲，卻更加告白了自己的近代主義者傾向」，結論云：

> 看似失敗不均衡的構成，才正是〈清秋〉的結構，這是作者的潛意識欲望和欲隱藏此潛意識的意識之間的交戰產物。[16]。

垂水千惠在此篇論文中更有意思的是，比較了決戰時期的三位作家呂赫若、周金波、王昶雄的三篇代表作，企圖比較三人對於「皇民化——日本化——近代化」的不同傾向：

> 三者（〈清秋〉、〈水癌〉及〈奔流〉）確實有如兄弟般相似，但耀勳並沒有〈水癌〉的主角般對近代日本的憧憬及對臺灣的純潔的愛相結合起來，也沒有〈奔流〉的主角樣做兩者相乖離的痛苦告白。而是不得不再

[15]同註 14，頁 89～90。

[16]垂水千惠〈論〈清秋〉之遲延結構——呂赫若論〉，頁 9。發表於清華大學「賴和及其同時代的作家——日據時期臺灣文學國際學術會議」，1994 年 11 月。

次戴上「孝順」的假面具。

之所以有此不同，主因在於三位作家對「皇民化——日本化——近代化」之不同觀感。周金波對「皇民化——日本化——近代化」是一直線的肯定。王昶雄雖肯定「日本化——近代化」，可是，很反對否定臺灣人認同（identity）的「皇民化」。

呂則雖心儀「近代化」，但又焦慮，處於戰爭時期殖民地狀態的臺灣要近代化，就也得「皇民化——日本化」。此焦慮使呂赫若在寫〈清秋〉時，揪到自我真相後卻又把它隱埋了。

另外，三位作家的年歷也該考量一下。〈水癌〉、〈奔流〉各是周、王實質上的處女作。而呂在寫〈清秋〉時已有近十年的作家經歷了。

最年輕的周金波做了天真無邪的使命感的告白，王昶雄雖有苦惱卻忍不住不創造出林柏年這理想的年輕人物。比起周、王的筆法，呂可就顯得老奸巨猾了，不輕易表露真意。[17]

垂水千惠的理解，部分是對了，但部分則有問題，關鍵在於從日本人的立場思考，一如年輕的周金波以一直線肯定「近代化——日本化」就必然要「皇民化」，這未必見得。臺灣 1920 年代以來的左翼運動，以馬克思主義做爲思想的武裝，雖經日本政府不斷的彈壓，但走入地下之後，仍有影響的可能，如果有機會的話，也有可能走向「近代化——俄國化（共產化、社會主義化）」，在臺灣試圖掙脫殖民統治時，這是左翼運動的方向，一切都仍在未定的局面。

不僅是隔了世代的日本人從作品中不容易揪出呂赫若的意圖，即使日據時代與呂赫若有過交往的臺北帝國大學教授中村哲，戰後回到日本之後的回憶，也看不出呂赫若的意識形態，中村哲云：

[17]同註 16，頁 9～10。

> 呂氏在《臺灣藝術》這一時期，看不出他所持有的政治意識，是個帶有小布爾喬亞知識分子（イソテリ）潔癖的青年，以此為契機才有刊載在《文藝臺灣》上的作品。[18]

呂赫若在二、三十歲左右，以文學家、演唱家的姿態，縱橫臺灣文化界，不愧是才子。然而他與時代的交涉卻是複雜難解，戰爭末期，他發表於臺灣文學奉公會機關雜誌，《臺灣文藝》第 1 卷第 2 號「臺灣文學者總崛起」專欄中的〈能夠成爲一協和音的話……〉(原題〈一協和音にでも〉)，其中後半段呂赫若如是說：

> 大東亞戰爭是往建設新秩序的序曲。不是為了戰爭本身而戰鬥，而是為了從此而來的新的大東亞起見，這是必經之路。就是因為往建設之路的戰爭的緣故，文學者不必不當文學者，而可以透過文筆為了建設東亞而戰，亦即從思想戰和文化戰的意義而言，文學也可謂是一個戰鬥。
>
> 然而，戰爭和文學動輒被從實利的觀點結合在一起思考。如從實利性思考的話，文學的力量就不如一臺機關槍，無論是什麼傑作，連一隻螞蟻都殺不死的。這毋寧是似是而非的文學觀，文學力量的發動，從實利性的觀點所出發之膚淺而表面的妥協裡看不出，而在人的精神內部之深刻結合始看得出來。
>
> 如今，文學者也崛起了。因此文學者非得誠實的文學奉公不可。
>
> 那麼在全國人民挺身從事決死的大事業，而且互相鼓勵合成一大交響樂之中，如果我們的文學也至少能夠成為其中一個協和音的話，那麼，再幸福也不過了。[19]

---

[18]中村哲〈回憶臺灣人作家〉(原題〈臺灣人作家の回想〉)，《新日本文學》1962 年 9 月號，頁 131。中村哲的回憶有一些錯誤，呂赫若未曾在西川滿主編的《文藝臺灣》發表作品，而是發表於臺灣文學奉公會的機關雜誌《臺灣文藝》。

[19]〈一協和音にでも〉，《臺灣文藝》第 1 卷第 2 號，1944 年 6 月，頁 4～5。

白紙黑字，哪些是呂赫若響應時局的門面話，哪些是核心之言，大家共同來傷傷腦筋吧。面對是否「協力戰爭」？是否「皇民文學」？大家不能逃避此一問題。

對於臺灣左翼文學運動素有研究的施淑在〈書齋、城市與鄉村——日據時代的左翼文學運動及小說中的左翼知識分子〉一文，通盤檢討之後，提出結論云：

> 從城市到鄉村，1940 年以後，在日本殖民政府雷厲風行的皇民化運動下，在文學奉公、增產建設一類的集體主義要求的口號裡，包括呂赫若、楊逵在內的本質上信仰集體精神的左翼作家，寫作了表現知識分子上山下鄉、自我改造的〈增產之背後〉、〈山川草木〉、〈風頭水尾〉等小說。這些在表現上可以被解釋為皇民文學，也可說是記錄日據時代末期，走出小布爾喬亞的城市，重新踏上荊棘之路的左翼知識分子，透過勞動改造，在「皇民」的偽裝下，努力朝向「人民」轉化的另一部心靈祕史的作品。它的「背後」，它的真實訊息，倒是引人深思的了。[20]

施淑的深刻看法，或許可以提供我們一個思考的方向。生為臺灣人的悲哀，必要從「救精神」開始。

——選自陳映真等著《呂赫若作品研究：臺灣第一才子》

臺北：行政院文建會，1997 年 11 月

---

[20]施淑〈書齋、城市與鄉村——日據時代的左翼文學運動及小說中的左翼知識分子〉，發表於清華大學「賴和及其同時代的作家——日據時期臺灣文學國際學術會議」，1994 年 11 月。後刊載於《文學臺灣》第 15 期，1995 年夏季號，頁 97。

藝術追求或社會責任？
從〈順德醫院〉及其樂評看呂赫若的藝術觀

◎朱家慧*

一、前言

戰前呂赫若的好友吳新榮在 1943 年的文章中以「華麗的文學外交家」形容呂赫若，並對其小說〈石榴〉頗有好評。[1]「華麗的文學外交家」，精確點出呂赫若在文學及藝術領域的活躍狀態，正因他努力經營各種藝術的表現方式，使他同時兼具小說家、劇作家、演員、音樂家、記者等多重身分，成爲戰前唯一成功出版小說集的臺灣作家。究竟是什麼樣的內在動機促使他鍥而不捨地參與藝術的、文化的、文學的活動？透過這些活動，他究竟想傳達些什麼？是對藝術單純的熱愛與嚮往？或是在藝術家的外表下，潛藏更複雜的動機？本文將分別從小說〈順德醫院〉及其發表在戰時的音樂評論來尋求答案。

二、關於前人的研究

1997 年 3 月，日本學者垂水千惠發表〈關於呂赫若「臺灣的女性」諸問題〉（〈呂赫若「台湾の女性」をめぐる諸問題〉）[2]一文，文中介紹並評論了最新出土的呂赫若長篇連載小說——〈臺灣的女性〉（〈台湾の女性〉），

*發表文章時爲臺南高商補校教師，現爲臺南高商進修學校專任教師。

[1]見吳新榮〈文化戰線的大收穫——讀『臺灣文學』秋季號〉（文化戰線の大收穫＝「台湾文學」秋季號を讀んで），《興南新聞》，昭和 18 年 8 月 16 日。

[2]原文日文。見垂水千惠〈呂赫若「台湾の女性」をめぐる諸問題〉，橫濱國立大學留學生センター——紀要第 4 號，1997 年 3 月。

包括第三回「花的表情」(花の表情)、第四回「在深山」(深山にて)、第五回「晨露」(曉の露か)、第六回「西沉的落日」(轉落の日)[3]。其中，在論及呂赫若的女性觀時，作者順帶提及呂氏於 1944 年發表在《臺灣藝術》第 5 卷第 5 號上的另一篇小說:〈順德醫院〉,並認爲小說中的主人公是以留學日本、繼承夫志的新女性登場，與〈臺灣的女性〉中的女主角麗卿呈現完全相反的性格。

垂水千惠的論文是截至目前爲止最先探討〈臺灣的女性〉及〈順德醫院〉的文章。此外，垂水也是目前呂赫若研究者中戮力頗深的女性學者，其研究釐清了呂赫若許多尚未被探討的問題。然而，限於篇幅與主題，對〈順德醫院〉未作深入探討。一年後，她又發表〈二次大戰期間的日臺文化狀況與呂赫若——以其音樂活動爲中心〉[4]，文中再次提及〈順德醫院〉，並於註中說明:「關於〈順德醫院〉,《臺灣藝術》第 5 卷第 5 號，1944 年 5 月，登載有同名的短篇小說，但兩者的關係則不知。」以上兩次短暫的相遇，使我們對〈順德醫院〉一文充滿了好奇與期待。這篇小說是否能爲理解戰爭末期的呂赫若提供更多的訊息呢？

2000 年 1 月，承蒙日本學者河原功教授[5]慷慨提供〈順德醫院〉的原文，使我們能夠一窺小說原貌，並獲得同意得以探討其中呈現的諸問題，在此深表感謝。

---

[3]目前所知，〈臺灣的女性〉共分六回，第一回「春的呢喃」(春の囁き)(《臺灣藝術》第 1 卷第 3 號)、第二回「田園與女性」(田園と女性)(《臺灣藝術》第 1 卷第 5 號),已由林至潔翻譯，收錄在呂赫若著，林至潔譯《呂赫若小說全集》,臺北：聯合文學出版社，1995 年。第三回至第六回分別發表於《臺灣藝術》第 1 卷第 6 號(1940 年 8 月)、第 7 號(1940 年 9 月)、第 8 號(1940 年 10 月)、第 9 號(1940 年 12 月)。

《臺灣藝術》是創刊於 1940 年 3 月的大眾藝術雜誌，內容以美術、戲劇、小說爲主，至 1944 年 9 月的第 5 卷第 9 號停刊，今大多散佚。期待《臺灣藝術》的復刻本早日出版，則日據時代的藝術活動得以完整呈現。

[4]此文爲靜宜大學「殖民地經驗與臺灣文學——第一回臺灣文學學術研討會」(1998.年 12 月 19～20 日)之發表論文，乃是由先前發表在「橫濱國立大學留學生センター——紀要」五號(1998 年 1 月)的〈呂赫若の音樂活動——臺中師範、東寶聲樂隊との關係中心として——〉一文改寫而成。

[5]河原功自 1960 年代起即投身研究臺灣文學，30 年間勤跑臺灣大街小巷，尋訪作家、資料，足跡遍及臺灣大小舊書店。他以研究楊逵出發，進而研究在臺日人作家佐藤春夫、中村地平、濱田隼雄。1998 年東京大學開設臺灣講座，由河原功擔綱講授臺灣文學。參見〈河原功三○年無悔護衛臺灣文學〉,《勁報》,1999 年 9 月 28 日。

關於音樂家呂赫若的活動梗概，經過藤井省三與垂水千惠的努力耙梳[6]，終於有了立體的面貌。藤井的論文釐清呂赫若在東寶的活動事實，使我們對東京時期的呂赫若有進一步的了解。垂水則是站在藤井的研究之上，進一步探討呂氏在師範學校的音樂教養，及其進入東寶的因緣，並就呂氏歸臺後的臺灣音樂背景作一完整的呈現。本文不擬重述呂赫若的音樂教養，至於其在臺音樂活動，垂水雖已就當時音樂環境及其音樂評論作過探討，唯筆者仍以爲其詳細的活動內容及音樂觀仍有待補足。因此在第四段中，將以垂水之研究爲基礎，理解戰時呂赫若的音樂理念，並根據呂赫若遺留下來的「當用日記」對照《興南新聞》，作成「戰時呂赫若的音樂活動一覽表」（詳見附錄，頁 232）。

以下先就其探討女性、藝術觀念、以及醫生角色的小說〈順德醫院〉談起。

三、藝術——人性——救精神

〈順德醫院〉是呂赫若所有作品中，最特異的存在。根據他的「當用日記」中所載，最早出現〈順德醫院〉之名是在他留學東京的第三年[7]：

> 晚上，構思戲劇〈順德醫院〉。之後提筆創作，卻遲遲無法進展。（昭和 17 年 1 月 12 日）

此時正値短篇小說〈財子壽〉脫稿（1 月 10 日），同時也在前一天（1

---

[6]見藤井省三著，張季琳譯〈呂赫若與東寶國民劇——自入學東京聲專音樂學校到演出「大東亞歌舞劇」〉，「呂赫若文學研討會」1996 年 11 月發表論文，後收於陳映真等著《呂赫若作品研究》，臺北：聯合文學出版社，1997 年 11 月。以及垂水千惠〈二次大戰期間的日臺文化狀況與呂赫若——以其音樂活動爲中心〉，同註 4。

[7]關於呂赫若留學東京的時間，一直是個懸案。經過垂水千惠在 1998 年 12 月 18 日對呂赫若夫人林雪絨女士的訪問，確定呂的留學東京是在三女緋紗子誕生（1940 年 1 月 4 日）之後的春天。而 1939 年曾利用暑假至東京參加 YMCA 聲樂講習會。詳見垂水千惠〈呂赫若の演劇活動〉，日本臺灣學會第一回學術大會論文，1999 年 6 月 19 日。

月 11 日）構思短篇小說〈月夜〉。而〈順德醫院〉卻是以戲劇的形式出現，是目前所知呂赫若最早提筆創作的戲劇。

正因是初試鶯啼，首次創作的戲劇作品並未能順利進行；然而，這段期間的呂赫若卻沉浸在對戲劇的狂熱中，除了從他的閱讀集中在戲劇理論可證之外[8]，在 1 月 19 日及 1 月 24 日的日記中也記載了「很想寫出好的戲劇」、「要好好創作戲劇」諸語。2 月 17 日，第二次出現「順德醫院」的名稱：

> 晚上靜不下心，寫作沒進展。想到戲劇「聘金」的劇情，想寫成二幕劇。接著想完成三幕劇〈順德醫院〉。只有從事戲劇嗎？（昭和 17 年 2 月 17 日）

這是他第一次質疑戲劇在其心中的價值。以戲劇形式表現的〈順德醫院〉對他而言是有挫折的，這種挫折必須等到「百日內」的書寫過程才得以稍獲舒解[9]。由於呂赫若的手稿已化作塵土，我們無法得見戲劇〈順德醫院〉的原貌，但至少了解它是企圖以三幕劇的形式呈現。一個月後，作品的進展終於有了一點眉目：

> 早晨六點起床。寫下〈順德醫院〉第一幕的構想。（昭和 17 年 3 月 22 日）

然而這卻是呂赫若最後一次創作戲劇〈順德醫院〉；此後，直到他於 1942 年 4 月 7 日因肺病辭去東寶職務為止，沒有完成任何作品。[10]因此，

[8]關於呂赫若在日記中所載的閱讀書籍，王建國在其論文中已做過統計。參見王建國《呂赫若小說研究與詮釋》，中山大學中國文學研究所碩士論文，1999 年 7 月，頁 158～164。

[9]2 月 19 日的《日記》載有：「寫戲劇『百日內』。對，要以劇作家立身，把主要的精力放在這方面吧。這是自己的『文學與音樂的結合點』。」2 月 20 日：「上午寫戲劇。還是戲劇有魅力。」足見「百日內」的撰寫對呂赫若而言具有重要意義。

[10]從 1 月到 4 月，呂赫若構思或著手創作的作品計有：小說〈月夜〉（1 月 10 日～3 月 16 日）、戲劇〈順德醫院〉（1 月 12 日～3 月 22 日）、戲劇〈百日內〉（由〈家風〉改題）（2 月 14 日～4 月

以戲劇爲起點的雄心，在身體虛弱以及戲劇創作手法的困難諸因素下[11]，隨著離開東京而暫時劃下休止符。[12]

就在我們以爲呂赫若已遺忘他的第一個戲劇作品時，1944 年 4 月 7 日，〈順德醫院〉又出現在「日記」裡：

> 早上到公司拼命地寫，〈順德醫院〉終於脫稿，下午一點，二十五張。其後立刻將原稿交給來訪的《臺灣藝術》的郭啟賢。

由於 4 月 4 日到 4 月 6 日的「日記」出現連續三天的空白，我們無法追尋小說〈順德醫院〉的寫作動機，以及它與戲劇〈順德醫院〉的關聯，但從 4 月 3 日前並未出現它的蹤跡研判，這篇作品大約在三天之內即告完成，25 張的份量對呂赫若而言，算是牛刀小試[13]。因此容易讓人忽略其存在。但是，當我們查看作家在 1944 年所發表的四篇小說[14]時，除了〈順德醫院〉是發表在具有大眾藝術傾向的《臺灣藝術》上之外，其餘三篇或發表在臺灣文學奉公會的機關誌上，或受情報部委託所寫。於是，〈順德醫院〉之存在，格外具有其特殊意義。那麼，呂赫若究竟想透過這篇小說向讀者傳達什麼？它在形式及內容上又有何特殊性？這些都是我們所關心的。

---

19 日）、戲劇〈聘金〉（2 月 17 日～4 月 28 日）、小說〈兩副碗筷〉（碗二枚箸四本）（3 月 27 日）、戲劇〈七夕〉（4 月 2～3 日）、戲劇〈父亡後〉（4 月 7 日）、半自傳小說〈鴻河堂四記〉（4 月 7 日）。其中只有「百日內」於 4 月 19 日脫稿。

[11]見昭和 17 年 4 月 28 日的「日記」：「凌晨四點起來寫『聘金』，外面已經天亮了。對戲劇語言之難感到棘手。」可見呂赫若對戲劇語言的掌握不如對文學的自信。

[12]歸臺後的呂赫若曾恢復戲劇活動，關於其活動內容與當時臺灣的演劇狀況，可參見垂水千惠〈呂赫若の演劇活動〉（呂赫若的戲劇活動），日本臺灣學會第一回學術大會論文，1999 年 6 月 19 日。

[13]譬如〈清秋〉有 115 張，〈玉蘭花〉有 40 張，〈山川草木〉有 60 張。

[14]1944 年共有八個作品，除了《清秋》是以單行本出版外，短篇小說只有四篇。這八個作品分別是：（一）〈演劇教養の必要〉（評論／《興南新聞》）、（二）《清秋》（小說集）、（三）〈現地報告妻ありて兵強しき新誇り〉（報導／《新建設》）、（四）〈山川草木〉（小說／《臺灣文藝》）、（五）《順德醫院》（小說／《臺灣藝術》）、（六）〈一協和音にでも〉（隨筆／《臺灣文藝》）、（七）〈風頭水尾〉（情報課委託作品）（小說／《臺灣時報》）、（八）〈百姓〉（小說／《臺灣文藝》）。詳見朱家慧／垂水千惠／黃英哲編「呂赫若著作年譜」，收錄於黃英哲編《日本統治期臺灣文學臺灣人作家作品集》第 2 卷〔呂赫若〕，東京：綠蔭書房，頁 402～403。

〈順德醫院〉是發表在《臺灣藝術》第 49 號（昭和 19 年 5 月 1 日）上的「短篇小說」欄（讀切小說），全文分爲三個段落，約莫一萬多言。就形式而言，這三個段落的安排，使我們聯想到三幕劇的〈順德醫院〉。就語言而論，小說中採用（舞臺）口語的方式敘述故事情節，與過去呂氏小說長於寫景與描摹的手法截然不同；其中人物的對話更是占全篇幅的三分之二以上，顯示作者有意識地運用劇本的表現手法來豐富小說的視野。

至於內容，由於難以追溯〈順德醫院〉的戲劇原型，無法將兩件作品做比對。在此試以同樣探討女性的同期小說〈山川草木〉爲對照，藉以理解作家的微言大意。

〈順德醫院〉是以全知的觀點來敘事，內容大意是女主人公惠珠以相親方式結識了醫生松柏，兩人在婚後生下一子明敏，丈夫並以「順德醫院」爲名開了一間診所。松柏以耐心親切的態度爲病患問診，惠珠則夫唱婦隨地在藥局調藥，有時甚至親自爲孩童餵藥，這種奉獻的精神讓順德醫院贏得村民的信任與支持，因而總是門庭若市。然而就在醫院初上軌道之際，松柏卻一病不起，撒手人寰。臨終前，他託付惠珠必須繼續經營醫院的事業。松柏死後，惠珠隱藏了軟弱與哀傷，不顧公婆與家人的反對，毅然堅持遠赴東京習醫。最後她終於如願以償，留下七個月大的幼子，獨自上京進入「○○女子醫學專門學校」就讀。五年的苦讀之後，順利畢業，並回到鄉里重新開業，完成丈夫的遺志。

和〈山川草木〉一樣，這是一篇探討新女性與藝術的小說，女性形象值得我們注意。在〈山川草木〉裡，寶連是以一個音樂學校的高材生出場：

她二十歲還是音樂學校在校學生，住在神宮外苑一個高級女子公寓，時常穿著合身時髦的洋裝。深邃烏黑的瞳孔、雙眼皮、長睫毛，既理智唇形又美的雙唇笑起來渾然一體，表情非常具有智慧。[15]

同樣集聰明、智慧、與美麗於一身的惠珠，出現在〈順德醫院〉裡：

惠珠的心情完全開朗起來，也恢復過去聰明而美麗的表情。幫忙煮飯的婦人和婆婆蕭夫人正在那兒工作，一走到兩人身旁，臉上不禁浮現出理智的笑容。剎那間，她回想起自己以知識階級的身分嫁到這個家來之後，新女性的自尊心逐漸抬頭，在蕭家慢慢居於領導地位，而自己之所以可以成為一個成功的媳婦，完全歸功於自己的理性。[16]

雖然兩人皆是理智的女性知識分子，呂赫若尤其透過惠珠的新女性形象，強調理性的重要，與寶連那種都會女性、依賴父權的形象有所不同。而惠珠在蕭家的領導地位，也爲日後的成功埋下伏筆。因此，寶連在父親去世、遺產被繼母侵占的狀況下離開東京並放棄了心愛的音樂；惠珠卻在丈夫死後排除萬難上京習醫。同樣身處無父（父權）的世界，呂赫若讓寶連屈服在現實的環境下，卻讓惠珠昂揚在理想的世界中。在〈山川草木〉裡，寶連只能透過「我」的眼睛流露痛苦的表情：

從未看過這樣的寶連，以前她總是開朗健談的。父親的死對她是一個很大的打擊。原本美麗的秀髮，已變黃變塌，用一條黑色的髮帶紮在腦後，用帶孝的麻固定住。比起在東京時的濃妝，現在這種完全不上妝的臉，的確看起來是老多了。[17]

15〈山川草木〉原發表於《臺灣文藝》創刊號，昭和 19 年 5 月 1 日。此處引自呂赫若著，林至潔譯《呂赫若小說全集》，臺北：聯合文學出版社，1995 年，頁 472。

16原文日文，見《臺灣藝術》第 49 號，昭和 19 年 5 月 1 日發行，頁 25。以下引文部分皆由筆者自譯，除頁數外，不再作註。

17同註 15。頁 474～475。

但在〈順德醫院〉中，我們卻是透過惠珠自己的眼睛看見她的心靈：

> 惠珠用手拭去了淚水，坐在梳妝臺前看著自己的容顏。那是一張二十二歲的美麗的年輕女性的臉，儘管眼圈有些泛黑，但卻露出聰明的神情。看著自己久未化妝的臉，有一種看著別人的臉的感覺。擁有這張臉的女性，卻在婚後生下孩子時與丈夫死別了。一想到今後必須靠自己的力量走下去，惠珠突然覺得全身無力，不免自問：「妳這樣真的活得下去嗎？妳有這種能力嗎？妳能活下去嗎？能活下去嗎？」（頁 24）

這種以女性眼光的敘述觀點，不同於呂赫若過去以男性眼光來敘事的作品。譬如〈廟庭〉、〈月夜〉都是由男性（父權）來迫害（以翠竹的丈夫、婆婆、小姑爲主）或保護（以「我」爲主）女性，女性在其中失去了重量。反觀惠珠雖曾墜入自我質疑的哀傷中，卻因憶起丈夫的遺志而迅速轉變心情：

> 鏡中的那張臉，扭曲了。她咬著嘴唇，瞬間，眼裡浮現大滴的淚珠。
> 但就在下一秒鐘，那張臉突然變成可怕的表情，美麗的雙眼浮現了怒氣。
> 「傻瓜。傻瓜。那麼：順德醫院該怎麼辦？今天，一切的努力才正要開始，不是嗎？一大清早就說這些洩氣話，真是沒有自尊心！軟弱的女子啊！可惡的女子！」（頁 24～25）

這種獨白式的敘事法使惠珠的內心轉折得以立體呈現，從軟弱到自責再到堅強，顯示惠珠是有自我反省能力的女性，使她的心靈轉變呈現自然的理路。但在〈山川草木〉裡就失去了這種自然。女主角寶連在父親去世後，由原本可成爲「臺灣的崔承喜」的音樂家轉爲隱居田園、踏實生活的勞動女性。這樣的巨大轉變卻看不到寶連的心靈掙扎，反而在信中極力歌詠增產[18]：

> 沒有比不能回東京，藝術的志願受挫更痛苦的事了。每當夜裡想起總忍不住哭泣，但現在已習慣了田園的生活。我想我已有足夠的勇氣。
> 現在提倡增產，我暫時拋下音樂，努力從事生產。是很不錯的生產戰士喔！[19]

這種呼應時局的宣傳文字，查遍〈順德醫院〉皆未見到，顯然呂赫若無意將它塑造成宣傳作品。然而，我們也注意到在〈順德醫院〉中並未使用他擅長書寫的家族糾紛與人性衝突，顯示他已經放棄過去所執意追隨的馬克思文藝理論——悲劇衝突與悲劇人物。畢竟小說發表的時間已近戰爭末期，在右翼法西斯文藝當道，在「男性往戰場、女性往生產」的決戰態勢下，書寫光明的人性已是必然的道路。[20]因此當寶連爲了弟弟而放棄回東京習音樂，惠珠卻能萬般不捨地放下襁褓中的嬰兒上京習醫。呂赫若在這篇小說中型塑了一位成功追求自我主體的女性，這在他的小說中是絕無僅有的。陳芳明認爲呂赫若小說中的女性大約只有兩種出路：一是流亡，一是死亡；前者如〈廟庭〉、〈月夜〉，後者如〈山川草木〉、〈婚約奇譚〉。[21]如今〈順德醫院〉的出現，證明戰爭末期的呂赫若對女性有另一番思考。惠珠最終既沒有死亡，也沒有選擇流亡，而是透過現代醫學的洗禮後回歸鄉間，代替丈夫的院長職位懸壺濟世、奉獻自我。對於惠珠堅持上京一事，呂赫若並未多所著墨，對阻礙的力量也只是一筆帶過：

---

[18]關於寶連形象的巨大轉折及其歌詠增產的不自然，顯示呂赫若呼應時局的意圖，王建國早先已在其論文中有較完整的論述。見註 8，王建國《呂赫若小說研究與詮釋》，頁 83～96。

[19]同註 15，頁 487。

[20]其實在寫作〈石榴〉前，由於葉石濤對呂的點名批判、以及工藤好美的建言，呂赫若已有轉型的打算，並在日記中反省自己的寫作手法過於描寫黑暗、期許未來描寫美的事物。關於葉石濤引起的論爭，詳見柳書琴〈再剝石榴——決戰時期呂赫若小說的創作母題（1942～1945）〉，收於陳映真等著《呂赫若作品研究》，臺北：聯合文學出版社，1997 年 11 月，頁 137～138。

[21]陳芳明〈殖民地與女性〉，收於陳映真等著《呂赫若作品研究》，臺北：聯合文學出版社，1997 年 11 月，頁 262。

> 雖然，婆婆始終反對自己上京，並把自己當作自家的寡婦而限制著，但當自己一旦決定未來，婆婆仍然以親人的愛對待她，這時惠珠眼頭一陣發熱。（頁 25）

在家中居於領導地位的新女性，並未受制於父權，最後反而得到公公的欣賞與婆婆的愛護，這是呂赫若的女性小說中少見的形象。這種堅強、理性的女性形象，目的在使讀者相信惠珠最終奉獻醫學是合理的。此外，在戰爭末期，醫學比音樂更富實用性，這也使得惠珠的成功上京更具有說服力。因此，在這裡我們看見呂赫若的寫作策略具有兩面性：一方面，他把小說營造成一篇成功女性追求自我的過程；另一方面，卻在這位成功女性的背後表達他對現代醫學、文學與社會現實、人類精神層面等交織而成的複雜關係所作的思考。呂赫若心目中的醫生絕非靠醫術賺錢的醫生，而是真心關懷病人的仁醫，這種仁醫有其豐富的精神內涵。因此他將松柏塑造成一個熱愛文學更甚於醫學的熱情詩人：

> 對惠珠而言，與其說是愛著丈夫的醫生身分，不如說是因為丈夫是一個熱情的詩人而愛著他。松柏也因她是一個天真無邪的快樂少女而相愛著。雖說是醫生，但在松柏的書房裡，淨是一些文學的書，而他對醫學的話題也不如文學的多。惠珠認為丈夫的心情是美麗的，她也總是讚美丈夫的詩，夢想著他的心境，夫妻倆人常夜夜談論藝術，交換關於人生和人性的意見。（頁 26）

醫生、藝術、人性——作者在這裡點明了小說的主旨。一位現代醫學訓練出身的醫生如何關懷人性？必須透過藝術與文學的素養才能深化關懷的層面，作者透過松柏之口如此說：

> 我覺得醫生必須像文人一樣。當作家寫小說、詩人作詩的時候，便遠離

一切的功利性，只純粹探究人性，這種精神是醫生應該學習的。如此一來，世間庸俗的醫生才會變得更優秀了。我覺得，我們應該擷取文學的精神來對待病人。（頁 26）

以探究人性、進而拯救人性的文學精神來從醫，這是呂赫若對臺灣醫生的期許與呼籲，同時也透露他重視臺灣人精神層面的革新。無怪乎他爲醫生詩人吳新榮題字時，留下「救精神」的墨跡以明志。[22]也就是說，呂赫若心目中的醫生必須是一個關懷人性、關懷文化的奉獻者，醫學也就被他視爲文化的一環，皆有其淨化人心的社會功能。這種對醫學的思考，在同年發表的〈清秋〉中也曾被作家一再反省、討論：

即使有金錢的媒介，受其左右，醫術無法接觸到病症的話，醫者也只不過是醫術的商人罷了吧？他再度驚訝於這個既知的事實。油然而生一種醫學也就是金錢奴隸的悲哀心情。[23]

〈清秋〉中的主人公耀勳就是一位不願在金錢主義下販賣醫術的醫生，他的醫院遲遲未開業的原因之一，正是不願自己淪爲庸醫，並一再反覆思索生活的真諦。在〈順德醫院〉中，我們再度看到這個思索人性與生活的醫生，這個醫生已經超越了〈清秋〉中耀勳的猶疑與逡巡，篤定地用文學與藝術充實他的精神世界。同時，這樣堅持理想的熱情詩人並非完全置身於現實之外，他對藝術與文學的熱情並不是超越現實的，他所堅持的藝術精神，必須透過醫學的方式來接觸人民、教化人民；他所堅持的藝術也不是躲在書齋裡、自我滿足的藝術，必要時，他會用各種可能的方式接觸群眾。在這裡，我們看到戰時呂赫若表現出的藝術啓蒙觀念。他以「順

[22]以「救精神」之墨跡來理解呂赫若的文學精神，最早是由林瑞明提出的觀點。見林瑞明〈呂赫若的「臺灣家族史」與寫實風格〉，同註 21。

[23]呂赫若〈清秋〉，收於《清秋》，臺北：清水書店，1944 年。此處錄自呂赫若著，林至潔譯《呂赫若小說全集》，臺北：聯合文學出版社，頁 443。

德醫院」爲名，除了期許臺灣醫生應有的態度之外，也表現出藝術必須與現實結合的生存之道。當夫妻倆爲診所該取什麼名字而傷神時，松柏如此說：

> 就叫做順德醫院吧！雖然我對文學的理念並非一般所謂的道德感，但對方是鄉下人，就算取個文謅謅的名字，他們也不懂，不如用他們比較容易接受的名字，雖然這不是我自己的本意，卻也對得起良心了。以醫德為本，懸壺濟世，取順德醫院是再適合也不過了！怎麼樣？很適合這個農村吧！（頁 26）

「就算取個文謅謅的名字，他們也不懂」這句帶有知識分子優越感的語言，使我們想起〈藍衣少女〉（青い服の少女）中那群反對藝術的無知村民，呂赫若透過蔡萬欽之口形容他們是「遠離文化的山村人們充滿堅如鐵壁的偏激」。[24]但另一方面，他又不能否認所謂的勞動階級具有勤勉、堅毅、孝悌等美德，否則他不會創造出〈財子壽〉裡的長工溪河、〈風水〉中的老人周長乾、以及〈石榴〉中的木火。在他的日記中，也曾這麼寫著：

> 在大眾食堂裡雜在勞工裡頭吃了午飯。雖然大家都默默沒有表情，但是和勞工接觸時，真的就切身感受到溫暖的人情味。我們在其間真的感受到「有人性」和「人的堅強」。（昭和 17 年 2 月 4 日）

因此，呂赫若無法否認自己對貝多芬、舒伯特的熱愛——這些象徵文明高度成熟的果實——且引以爲傲；呂赫若也無法否認鄉村人民確實具有某些文明人所缺乏的美德；但是他們對於西方的藝術卻又全然不知；這使他感到寂寞。如何在不損害傳統美德與純真人性的前提下，用先進的（現

[24]原發表於《臺灣藝術》第 1 卷第 2 號，昭和 15 年 4 月。引文同註 23，頁 183。

代的）醫學（文明）教化臺灣人民呢？這是呂赫若倍感矛盾的焦慮。正因這種知識分子的優越卻又寂寞的使命感，使他甘於在惡劣的創作環境中不斷書寫、陳述、以寄託其理想。即使他在〈山川草木〉裡安排寶連放棄藝術、奔向勞動，卻還是讓〈順德醫院〉中的松柏拾起藝術的精神教化百姓。雖然這樣堅持藝術與文學精神的醫生，最終無法實踐理想而撒手人寰，但卻由另一個堅持愛與理想的女性來完成未竟之志，顯示作家在適度地與現實結合之際，並未放棄對藝術、對人生的希望。

從 1942 年到 1944 年，呂赫若歷經兩年時間卻未改題，依然以「順德醫院」爲小說定名，顯見他對戲劇〈順德醫院〉的未完成是耿耿於懷的。就〈山川草木〉與〈順德醫院〉兩件作品來看，後者顯然更具體表明作家的心志吧！

四、理性——精緻——音樂臺灣

上一段從文學的角度探討戰時呂赫若的藝術觀是帶著濃厚的啓蒙與現實色彩；以聲樂家身分參與戰時音樂運動的呂赫若，又如何從音樂的角度思考臺灣？爲了更精確地調整他在藝術思考上的焦距，則必須從他的音樂活動入手，藉以理解他在〈順德醫院〉中表現的藝術啓蒙精神，是否同樣具體表現在他的音樂活動中？

根據垂水的研究，呂赫若在臺的音樂活動背景，是以 1941 年 1 月大政翼贊會文化部提倡的方針爲主——以融合日本國樂與西樂來創造日本音樂，不是藝術至上主義，而是爲國民生活文化存在的音樂。這種以日本爲主的音樂運動，隨著皇民奉公會（1941 年 1 月）的結成，於 7 月更設置娛樂委員會（由演劇、音樂、電影、其他娛樂四個分科所組成），1942 年 11 月「臺灣音樂文化協會」成立，1943 年 11 月「臺灣音樂奉公會」也組成，各地推動國民全體歌唱（國民皆唱）運動，形成所謂的「新臺灣音樂運動」。[25]

在戰爭一元統制下的音樂家當然無法自外於時代，加上呂赫若的在臺音樂舞臺大多集中在臺北放送局[26]，因此他的表演活動也包括軍國歌謠的播放，以及加入「國民全體歌唱運動」的中央指導班（詳見附錄，頁 236）。關於「國民全體歌唱運動」，根據名和榮一在一篇題爲〈全體歌唱運動之一考察〉（皆唱運動の一考察）的文章中，有如下解釋：

> 國民全體歌唱運動是以大政翼贊會情報局的後援在全國展開。所謂「國民全體歌唱運動」是選取健全明朗的歌曲作為國民的軍歌，並派遣音樂挺身隊的人才到全國各地擔任歌唱指導，並透過歌唱昂揚士氣，在勞動中伴隨著歡喜，一掃不健全的敵對性音樂。[27]

作爲全體國民歌唱運動之一環的音樂家，皆以協力戰爭的音樂挺身隊員來定位，呂赫若當然也不例外。但對於這種政治化的音樂運動，呂赫若是嗤之以鼻的。在他的日記中，爲自己的被迫動員留下註腳：

> 下午兩點出席在皇民奉公會總部開的、有關「國民全體歌唱運動」的籌備會，議題是組成「國民全體歌唱奉公隊」事宜。加入中央指導班。穿文官服飾的音樂家荒唐可笑。不值一提。（昭和 18 年 7 月 29 日）

以「荒唐可笑」來批評音樂的軍事化與政治化，顯見呂赫若對追求藝術自由的心志。但這種個人主義式的自由卻不可能被戰時體制所允許，在藝術理想無法實現時，〈順德醫院〉中所展現出與現實結合的態度，又出現

[25]垂水千惠〈二次大戰期間的日臺文化狀況與呂赫若——以其音樂活動爲中心〉，靜宜大學「第一回臺灣文學學術研討會」，1998 年 12 月 19～20 日，頁 11。

[26]呂赫若加入臺北放送局的因緣，應與當時任職該處的中山侑有關。此點已由垂水千惠先行提出。同上註，頁 10。

[27]名和榮一〈皆唱運動の一考察〉，《興南新聞》，昭和 18 年 1 月 25 日。

在他的音樂評論[28]中。以下將分別就其樂評加以探索他的藝術理念。

〈臺灣音樂廣播的意義〉的寫作，緣起於第二電臺所播放的臺灣音樂大多以懷舊的曲調爲主題，引發呂赫若思索臺灣音樂改革的必要性。他在文章中呼籲音樂並不只是「一種情感的表達方式」，也不只是「用一連串聲音的結合來娛樂耳朵的藝術」，它必須賦予現代的知性與理性：

> 臺灣音樂改革及提升的問題，是否只是用現代的樂器來演奏現代化的旋律就可以解決了呢？臺灣的音樂改革必須賦予臺灣音樂現代的意義，必須是可以帶動現代人知性的成長。(《興南新聞》，昭和 18 年 3 月 22 日)

至此，呂赫若否定了只是訴求感情的懷舊音樂，將音樂與理性的思維相結合。那麼，什麼樣的音樂是可以帶動現代人的知性成長呢？他說：

> 光是只有感情是無法產生音樂的，音樂裡摻雜了混沌的感情生活，但是在知性的特殊運作下產生秩序與美。貝多芬的交響樂是一般愛好流行歌曲的人所不能懂的，因為它必須反覆聆聽才知它的好，江文也所作的一連串的「臺灣舞曲」在臺灣是少有的旋律，常有人說聽了之後不知是哪裡的音樂，但正因如此，更顯示出它的價值。

從這段話可知，貝多芬與江文也才是呂赫若所欣賞而富有流傳價值的音樂，最後，他在文末呼籲本土性的臺灣音樂必須與現代知性思維相結合，才是音樂改革的必要途徑。

事實上，在文章中所說第二電臺，正是呂赫若音樂活動的主要舞臺。臺灣的廣播自 1928 年臺北放送局開始，另外分別在臺中、臺南設有廣播

---

[28]至今能找到呂赫若的音樂評論共有三篇：〈臺灣音樂放送の意義〉(臺灣音樂廣播的意義)，《興南新聞》，1943 年 3 月 22 日、〈音樂放送再說〉(再論音樂廣播)，《興南新聞》，1943 年 3 月 29 日、〈音樂の文化性〉(音樂的文化性)，《興南新聞》，1943 年 7 月 12 日。其中前兩篇是呂赫若以「土角山」匿名發表。已由垂水先行證得。

站。到了 1942 年收聽人數超過九萬，但由於廣播皆以國語（日語）播放，收聽人數大多以內地人（日本人）爲主，於是總督府於 1939 年起在臺北籌設第二廣播站（第二放送），到 1942 年 10 月 10 日正式成立，以期達成本島民眾的「皇民鍊成」、「國語普及」、「了解國策」三項目的。同時，特別實行臺語播放，作爲掃除不了解國語者的過渡性措施。[29]

因此，在第二廣播中的節目皆以國語與臺灣語共同播放，音樂作品也常圍繞在臺灣的主題上。包括由謝火爐指揮、呂泉生編曲的「臺灣調」等皆在其中出現。[30]但是即使是以臺灣爲主題的音樂廣播，並不能滿足呂赫若的音樂品味。一個禮拜後他意猶未盡地在〈再論音樂廣播〉中抨擊：

> 當我們聆聽臺灣音樂時，不應該只是懷舊式的歡喜，臺灣音樂必須帶給我們文化形態上的新衝擊，從而形成現代人的精神食糧，為此，我們對於第二電臺源源不絕播放臺灣音樂表達現代人理性上的不滿。(《興南新聞》昭和 18 年 3 月 29 日)

呂赫若所不滿的是前日播放的南管樂曲「玉簫聲」，並批評其「在播放的三十分鐘裡，簡直令人聽不下去。」他所期待的是由鹿港街的南管樂隊來演奏，並認爲那才是「接近藝術最高水準的演奏」。他也重申廣播節目必須選擇「具有全島最高水準的樂團所演奏的曲目」，才是臺灣音樂廣播的意義。

在〈音樂的文化性〉裡，他結合了前面兩篇文章的概念，並引用盧梭、康德、黑格爾的話質疑當時盛行的「新臺灣音樂運動」，認爲後者徒以「健全的娛樂」爲名，卻不能將音樂與生活緊密結合：

---

[29]以上資料見《興南新聞》，昭和 17 年 10 月 10 日，〈待望の二重放送けふ開始／皇民鍊成が第一義／副見交通局總長談〉。

[30]見《興南新聞》，昭和 17 年 10 月 12 日，「學藝欄」中ラジオ「第二放送番組」。

> 在今天，新臺灣音樂運動必須是音樂文化運動（中略），但是卻動輒在「健全娛樂」的名義下，以臺灣樂器演奏內地流行的歌謠，如果想以這種方式實行臺灣音樂文化的創造，其結果是危險的（中略）。音樂之所以可以冠上文化二字，必須跟我們的生活緊密地結合在一起，而且必須直接或間接反映出我們所謂的「理想的生活」，正因為如此，音樂可以成為國民的、地域性的代表，也可以是藝術的代表。(《興南新聞》昭和 18 年 7 月 12 日）

呂赫若的筆鋒從現代性的思維，到最高水準的演奏，逐步切入主題，即音樂必須與生活結合，而且是與當地人的生活結合。所以它有「地域性」的特殊意義，不只是用「臺灣樂器演奏內地流行樂」而已，必須擁有自己最高水準的音樂，這種音樂不只是外在形式的包裝，而是內在精神的完全呈現。用最高技巧來表現臺灣人的所思所想，才是真正的臺灣音樂，也才是藝術的極致表現。相對於他所抨擊的「新臺灣音樂運動」，其主要的指導者清野健在一篇〈關於新臺灣音樂運動〉（新台湾音樂運動について）的文章中，反覆強調戰時音樂所具有的國家性意義：

> 音樂絕非為自我的滿足，情緒的陶醉以及音樂本身而存在；音樂的產生是為民族的效力而存在的。（中略）臺灣音樂必須作為日本音樂的一環而存在。[31]

將臺灣音樂視爲日本音樂的亞流，或將臺灣音樂定位爲粗糙煽情的宣傳品，甚至將臺灣音樂視爲國家總體戰的一環，正是當時臺灣的音樂環境。呂赫若在面對這樣的大環境時，仍然堅持臺灣必須擁有自己的藝術地位。他對音樂的觀念一如對文學的理念，是將其視爲文化的一環。音樂仍

---

[31]清野健〈新臺灣音樂運動について〉，《臺灣時報》，第 26 卷第 8 號，昭和 18 年 8 月 15 日。清野健是當時臺南師範學校教授。

然具有教化人心、提升人性的社會責任，它不是純粹的娛樂，卻也不是政治的工具。透過最優秀的音樂洗禮——不論是臺灣的傳統音樂或西方的交響樂——給與臺灣人理性的頭腦，從而培養批判與選擇的能力，以達到精緻的、一流的、理想的文化生活，使臺灣人活得更有自覺、有尊嚴。這才是呂赫若寄託在音樂中的生命關懷。

因此，呂赫若對藝術追求的最終目的，不在於個人自由的取得，而在於他對社會不可或忘的責任。他從來不是一個藝術至上主義者——當然時代也不允許他成爲一個藝術至上主義者——他必須在可允許的論述範圍內，利用當時現實取向的藝術觀點，尋求臺灣音樂的出路。他以音樂帶領臺灣文化向上的企圖心，來回應時代的挑戰；也或許正因這樣「爲人生而藝術」的現實主義藝術觀，使他迂迴地符合了他的時代所需，終得以攀登上菁英的階梯。

五、結語

戰爭末期，當張文環主辦的《臺灣文學》與西川滿主導的《文藝臺灣》出現劍拔弩張的對決時，呂赫若遇到甫從《文藝臺灣》集團歸隊的龍瑛宗，並在日記中留下一段話：

> 下班後和龍氏去「明菓」喝茶。他膽子小，從事得起激烈的文學嗎？（昭和 18 年 5 月 11 日）

文學，對藝高人膽大的呂赫若而言不只是文學而已，更代表一種激烈對抗的形式。以優秀的藝術作品證明臺灣人的存在，同時提高臺灣文化之向上，是呂赫若同時代文化人的共同意志。用現代文明的醫學和藝術來探討知識分子的社會良心，是〈順德醫院〉所要表達的真正內涵。從而證實他的音樂活動並不只是追求藝術的自由而已，他更期待透過音樂、文學、戲劇等藝術活動，來提升臺灣心靈的廣度與深度。因此，不論在〈順德醫院〉或是音樂評論中，呂赫若都努力探討如何在人類的理性與感情、科學與藝術、物質與精神中求得平衡。正如他在 1936 年所寫的〈文學雜感〉中所言：

> 盧那查理斯基在《藝術論》中寫著：「藝術是認識現實的特殊形式」。現實藉科學之助，才得以被認識。科學努力要做到精確與客觀。可是，科學的認識是抽象的，對於人類的感情未曾言及。為了解原本的認識所給予的現象，針對那現象，不只是要有純智系統的判斷，同時要確立一定感情——即所謂溫和道德及美的關係。[32]

這種道德與美的藝術觀點是鎖緊臺灣現實來思考的——這一點是他終其一生未改變的。他如此闡釋他的藝術觀點：

> 對於現實沒有個人的精神共鳴，就無法產生藝術。這種「精神的共鳴」與感動，沒有與人類社會性、生活實踐的事務交涉就無法產生。所以，藝術裡不僅不能沒有社會性，還擔任極重要的角色。任何純粹的藝術，其目的與素材，也都得自一定社會關係中人類有效的感性活動。而且，一般說來，藝術、文學，與科學、哲學、宗教、政治等精神產物，以及其他形態相同，反映創作出它的作家們於社會的生存方式，與現實的社會生活過程。[33]

因此，呂赫若的自我形象應不只是專業作家或音樂家，而是一個冷靜、理性、卻熱烈關懷臺灣社會的知識分子。

以藝術家之姿走上武裝革命之途，除了戰後特殊的歷史背景與時代意

---

[32]呂赫若〈文學雜感——古い新らしいこと〉發表於《臺灣文藝》1936 年 7、8 月號，此處參考呂赫若著，林至潔譯〈舊又新的事物〉，《民眾日報》，1990 年 4 月 29 日。

[33]同上註。

志之外，呂赫若熱情激昂的社會關懷、以及他與歷史現實同進退的藝術觀點，也爲我們提供了另一側面的答案。

附錄

戰時呂赫若的音樂活動一覽表（1939～1943）

年代	活動內容	備註
1939	7 月 24～30 日，利用暑假赴東京神田參加東京 YMCA 主辦的第十回夏季聲樂講習會。講師內田榮一。	
1940	4 月 17 日，赴東京學習聲樂。入下八川圭祐聲樂研究所，以個人身分拜東京音樂學校教授長坂好子爲師。	
	12 月 20 日，由呂泉生推薦應徵東寶聲樂隊的男性歌手招募。	9 月，日本劇場改稱東寶舞踊隊。
1941	1 月，以東寶聲樂隊員進入「東京寶塚劇場」演劇部。	1 月，東寶聲樂隊以東寶舞踊隊的姊妹團被組成。
1942	1 月 24 日，練習〈卡門〉的「花之歌」（詠嘆調）。	
	1 月 25～31 日，排練歌劇〈卡門〉。	
	3 月 28 日，與呂芳庭、林培遠等一起至帝國劇場欣賞新交響樂團演奏。	
	4 月 15 日，在中野的「三葉樂器行」指導鋼琴練習。	4 月 7 日，正式辭掉東寶職務。 5 月 7～10 日，回臺灣。
	6 月 4 日，和王井泉、張文環拜會任職廣播公司的中山侑。	
	6 月 19 日，在大稻埕教會唱歌。	

	6 月 22 日，與張文環拜訪廣播電臺，和中山侑會談。	
	6 月 23 日，在明石町的組合教會參加合唱。	
	7 月 7 日，廣播電臺的名和榮一寄限時信（或許是商談進入電臺之事）。	
	7 月 8 日，參加「皇民奉公會」舉辦之島民歌謠評選。	
	7 月 10 日，和遠藤保子播放軍國歌謠，獨唱曲目：〈戍卒之歌〉（防んの唄）、〈大日本之歌〉（大日本の歌）；合唱曲目：〈英靈讚歌〉、〈在此一戰〉（この一戰）。	
	8 月 27 日，依中山侑之託在廣播電臺作廣播總排練。	
	8 月 28 日，和蔡香吟共同擔任音樂劇〈白鹿〉獨唱。	見《興南新聞》8 月 28 日ラジオ晚上八點音樂劇〈白い鹿〉。
	10 月 22 日，在第二廣播電臺做岩崎千藏作曲之「秋祭」的歌唱指導播音。對象是下奎府廳第三區青年團團員。	自 10 月 10 日起，為達成「皇民鍊成」、「國語普及」、「周知國策」的目的，臺灣放送協會特於臺北增設第二放送，乃針對不解國語者之過渡措施。
	10 月 25 日，擔任第二廣播電臺的歌唱指導播音。	見《興南新聞》10 月 25 日ラジオ晚七點三十分「後方皆唱祭」（みんなでうたひませうの銃後まつり），貴島宏作詞，岩崎千藏作曲，呂石堆、下奎府第三青年團員齊唱，高野清伴奏。10 月 29 日同上。
	11 月 1～2 日，擔任「戲劇指導者講習會」的講師，負責音樂鑑賞，聆賞〈卡門〉，並講解歌劇、教授發聲法。	

	11 月 9 日，在謝火爐家演唱歌劇。	11 月 19 日，到謝火爐主持的「臺灣映畫株式會社」上班。
	11 月 23 日，在廣播電臺播音合唱，由高野先生伴奏。	見《興南新聞》11 月 23 日ラジオ晚八點三十分なつかしの愛唱歌。獨唱：呂石堆、鋼琴伴奏：高野清。一、荒城之月（荒城の月，土井晚翠作詞、瀧廉太郎作曲）；二、濱邊之歌（濱邊の歌，林古溪作詞、成田爲三作曲）；三、宵代草（竹久夢二作詞、多忠亮作曲）；四、枸橘之花（かなたちの花，北原白萩作詞、山田耕筰作曲）；五、出船（勝田香月作詞、山はせを作曲）；六、碼頭的船（泊り船，北原白萩作詞、小松耕輔作曲）；七、出船之歌（出船の歌，時雨音羽作詞、中山晉平作曲）；八、箱根八里（山田耕筰編曲）。
	12 月 4 日，受名和榮一之請到公會堂參加大音樂會的合唱。	12 月 4 日，與謝火爐意見不合，辭職。
	12 月 20 日，初次寫廣播劇本〈林投姊〉，三天後脫稿。	
	12 月 30 日，由播音員播放〈林投姊〉。	
1943	1 月 4 日，於教化會館舉行送別磯江清老師音樂會。呂出場獨唱，曲目是托斯帝的〈理想佳人〉（理想の佳人）、舒伯特的〈小夜曲〉（セレナーデ）。	
	1 月 16 日，和濱田千鶴子於第二廣播電臺獨唱。	見《興南新聞》1 月 16 日「第二放送」九點獨唱。
	1 月 18 日，參加廣播電臺的「海路東征」練習。	1 月 20 日，因中山侑介紹，進入「臺灣興行統制會社」工作。

	1 月 25 日，下班後至廣播電臺練習廣播。	1月21日，中山侑入伍。
	1 月 26 日，廣播獨唱和管弦樂，呂獨唱六首，管弦樂伴奏，由呂泉生編曲指揮。領到廣播報酬和一盒鋼琴形狀的香煙禮盒。	見《興南新聞》1 月 26 日「第二放送」九點獨唱と弦樂隊，獨唱：呂石堆。
	2 月 2 日，在山水亭聽「海路東征」的唱片。	
	2 月 3～4 日，寫廣播劇〈演奏會〉，13 張，交名和榮一。	
	2 月 6 日，演出廣播劇〈韃靼漂流記〉第一夜。	見《興南新聞》2 月 6 日「第二放送」九點連續放送劇〈韃靼漂流記〉（第一夜）（名和榮一作、卓周紐譯）。
	2 月 7 日，廣播〈韃靼漂流記〉第二夜。	2月7日，同上（第二夜）。
	2 月 12 日，雙葉會公演「阿里山」，呂穿原住民服飾出場唱江文也的「阿里山組曲」。	
	2 月 17 日，於電臺和廣播合唱團一起播放「海路東征」，擔任男高音獨唱。	
	3 月 20 日，應吳天賞之邀，以「土角山」爲筆名寫〈臺灣音樂放送の意義〉，載於《興南新聞》3 月 22 日。	
	3 月 29 日，《興南新聞》刊登〈音樂放送再說〉。	
	3 月 31 日，在皇民奉公會臺中分部主辦的娛樂競演會上獨唱。	
	4 月 6～10 日，在電臺做〈櫻花〉的歌唱指導。	
	5 月 11 日，和永井德子一起做獨	見《興南新聞》5 月 11 日ラジオ晚九

	唱廣播，曲目〈我的太陽〉（オーソレミオ），因喉嚨痛沒唱好。	點獨唱伴奏，臺北放送管弦樂團、編曲並指揮：伊藤不二男。一、旅人；二、海鷗（かもめ）；三、哀傷的小夜曲（嘆きのセレナード）；四、我的太陽（わが太陽よ），男聲呂赫若。一、紅蜻蜓（赤とんぼ）；二、春的早晨（春のあした）；三、歸雁；四、夏之曙光（夏の曙），永井德子。
	6 月 8 日，完成廣播音樂劇「麒麟兒」前後篇。	
	6 月 24 日，和國風劇團的陳麗瑁一起廣播歌謠。	見《興南新聞》6 月 24 日ラジオ晚九點軍國歌謠。一、陳麗瑁獨唱：愛國之花〈愛國の花〉、志願兵之妻（志願兵の妻）。二、呂石堆獨唱：椰子的果實（椰子の實）、投降（鉾おさめて）出船之港（出船の港）。三、陳麗瑁獨唱：在黎明祈禱（曉に祈る）、撒塔露西亞（サンタルチア）。四、呂石堆獨唱：出船、船頭歌（船頭唄）。
	7 月 4 日，完成音樂時評〈音樂の文化性〉，載於《興南新聞》，7 月 12 日。晚上廣播自己的「麒麟兒」。	
	7 月 23 日廣播獨唱「詩的朗誦」（詩の朗讀）	見《興南新聞》7 月 23 日「第二放送」九點詩朗讀と讀唱。
	7 月 29 日，出席在皇民奉公會總部開的「國民皆唱運動」預備會，加入中央指導班，質疑其可笑。	
	7 月 30 日，在廣播電臺做「國民皆唱運動」第一次音樂會練習。	
	8 月 5 日，公會堂舉行第一次「國	

	民皆唱大會」（皇奉會）主辦，呂登臺表演。	
	10 月 22 日，出席「士林協志會」在士林教會主辦的聖誕晚會，出場獨唱。	

・本表較著重於呂氏在臺的音樂活動，關於 1942 年 1 至 4 月的音樂活動，由於正值在籍東寶，不適合與演劇活動分開，故未詳列。

・本表係參考：

a.呂赫若「當用日記」（昭和 17～19 年）。

b.朱家慧、垂水千惠、黃英哲編「呂赫若著作年譜」，收錄於黃英哲編《日本統治期臺灣文學臺灣人作家作品集》第 2 卷，東京：綠蔭書房。1999 年 7 月。

c.《興南新聞》昭和 17 年 5 月～昭和 18 年 7 月。其中，在廣播節目表中，呂赫若多以「呂石堆」之名出現。

——選自路寒袖主編《臺中縣作家與作品論文集》

臺中：臺中縣立文化中心，2000 年 12 月

二次大戰期間的日臺文化狀況與呂赫若

以其音樂活動爲中心

◎垂水千惠*

◎邱若山譯**

前言

戰前臺灣文學的代表作家呂赫若（1914～1951），對於音樂、戲劇也很關切，在日本留學時期，曾接受音樂的訓練、而且還以株式會社東京寶塚劇場（以下稱東寶）演劇部演員的身分，從事舞臺演出活動，這是眾所周知的事。但是，到目前爲止的呂赫若研究部偏重在文學研究方面，對他的音樂、演劇活動方面，似乎很少被觸及。不過，在 1996 年 12 月在臺北舉辦的「呂赫若文學研討會」（之後，結集《呂赫若作品研究》，聯合文學出版，1997 年）上，有兩篇把論述焦點集中在呂赫若的音樂、演劇活動上，值得重視的報告。一篇是呂赫若的舊友蘇友鵬所寫的回憶〈談藝術家呂赫若的面貌〉，另一篇則是由東京大學教授藤井省三所發表的論文〈呂赫若與東寶國民劇〉。特別是藤井的論文，訂正了一直被認爲呂赫若是武藏野音樂學校畢業，這個年譜上的錯誤，還有，推斷只和東京寶塚劇場演劇部有關係的呂赫若在東寶的活動，應是在東寶聲樂隊才是，這一點，可說對呂赫若研究的進步，有很大的貢獻。

---

*發表文章時爲橫濱國立大學助教授，現爲橫濱國立大學留學生中心教授。

**發表文章時爲靜宜大學臺灣文學系副教授，現爲靜宜大學日本語文學系副教授兼系主任。

本稿以前述的先行研究爲基礎，加上呂赫若日記等新資料，試圖探索戰爭時期的日臺文化狀況與呂赫若的關係。對呂赫若日記的提供以及允許在本論文中使用的呂芳雄氏，在此深致感謝之意。本論文的構成如下：第一節及第二節，藉著呂赫若在臺中師範時代的恩師磯江清的經歷，以及與呂赫若同時期在東寶聲樂隊的呂泉生的書簡，對呂赫若在進入東寶之前的經歷，再加以考察。第三節，論述在當時的文化狀況下，東寶與山田耕筰的定位。第四節論述呂赫若在臺灣的音樂活動與其背景。

按照以上的順序，我將對從來都僅以文學的側面被討論的呂赫若，以他是一個同時精通音樂、演劇的文化人的側面來重新定位。同時，將呂赫若的文化活動，和存在其背後的戰爭時期的日臺的文化狀況、文化政策的關連，做一考察。

一、臺中師範學校教師磯江清身旁的人脈

在 1939 年 4 月赴日本留學之前，呂赫若在臺灣從事音樂活動的紀錄，目前尚未被確認。1935 年 1 月的〈牛車〉發表以來，呂赫若的活動，僅限於文學。但是，在 1941 年 5 月發行的《臺灣文學》創刊號登載的呂赫若的小品文〈隨想〉中，有被龍瑛宗問到「昨春，在臺北，深夜數人漫步於街頭時」「呂君，你今後要走音樂的路？還是文學的路？」這樣的記述，從這裡看來，呂赫若早就有從事音樂活動的意思，是廣爲所知之事。關於其動機，呂赫若在該篇文章中如此敘述：「走文學的路或走音樂的路，這個問題，我認爲心胸太狹窄。文學的學習是全面性的學習。只會文學而其他的文化部門都全然無知的話，那我想文學也無法以文學而成立了。」也就是說，他認爲音樂活動也是廣義的文學修行，試圖在音樂與文學的領域能兩立吧！然而，音樂必須伴隨某種技術，所以，完全從零出發，就馬上想要音樂與文學兩立，那是不可能的。更何況，在他的日本留學時代，是參加東寶聲樂隊，從事職業性的演出活動，所以在這之前應該是曾經受過基礎性的訓練，這是很合理的聯想。而從呂赫若的經歷來看，有上述可能性

的，除了他的臺中師範學校時代外不做他想。

日本統治時代的臺灣在吸收西洋音樂方面，師範學校和教會同時是音樂活動的搖籃地，發揮了很大的功能，這一點早就被提及。這種情形，於臺中師範亦然。呂赫若從 1928 年 4 月到 1934 年 3 月，在臺中師範。此其間，在臺中師範擔任音樂教育課程的是磯江清這位老師。有關磯江清與呂赫若的交流以及磯江清的音樂教育，我曾根據與臺中師範相關的人的證言，另稿論述過。今年 4 月，獲得呂赫若次男呂芳雄氏提供自 1942 至 1944 年份的呂赫若的當用日記（以下稱《日記》）的影印本，就磯江清與呂赫若的交流，根據《日記》的記述，得以確認。[1]《日記》中，磯江出現過十次以上。其中大部分是和 1943 年 1 月 4 日，大概是由呂赫若爲代表舉辦的磯江的送別音樂會有關的記述，不過在 1942 年 4 月 22 日，有「磯江老師、叔父坤瑞來信。都是寄來勸我歸臺的。回去吧！趕緊。」這樣的記述，從這裡可知，在呂赫若留日期間，藉著通信，影響著呂赫若。[2]

磯江乃是奠定呂赫若的音樂活動的基礎的人物，這一點從上述可以確認。再來，在調查磯江的經歷的過程中，出現了兩個很重要的人物的名字。這兩個人乃是，被認定呂赫若在日本師事的聲樂老師、東京音樂學校教授長坂好子，與被稱爲日本的近代音樂之父、與呂赫若有著不淺的關係的山田耕筰。以下，隨著磯江的經歷的探究，加以說明。

根據其遺族以及學生的證言，統合起來，知道：磯江於 1891 年 3 月 2 日，出生於宮崎縣日南，東京音樂學校畢業後，到過朝鮮再到臺灣。於 1928 至 1941 年間，在臺中師範任教，從事音樂指導之外，也兼作曲，以

[1]有關臺中師範學畢業的人的證言；請參照：垂水千惠〈呂赫若「臺灣的女性」相關的各種問題〉，《橫濱國立大學留學生中心紀要》第 4 號，1997 年 3 月；〈呂赫若的音樂活動——以與臺中師範、東寶聲樂隊的關係爲中心——〉，《橫濱國立大留學生中心紀要》第 5 號，1998 年 1 月。本稿的一、二、三節及是根據後篇論文大幅度加筆，訂正而成，與該篇論文內容上有所重複，於此先做說明。

[2]《呂赫若日記》中，磯江的名字出現的地方有 1942 年 4 月 22 日，5 月 16 日，5 月 21 日，6 月 28 日，7 月 18 日，7 月 30 日，9 月 3 日，9 月 21 日，11 月 5 日，12 月 10 日，1943 年 1 月 4 日等。

山田耕筰之弟子自居。有關磯江的學籍，得到東京音樂學校的後身現在的東京藝術大學音樂學部的幫忙，調查的結果，確認了他在 1910 年 6 月到 1912 年 6 月間在籍甲種師範科。但是，其後，在在籍生名簿以及畢業生名簿都沒有記載他的名字，可能是在甲種師範三年級或四年級時，就中途退學離開東京音樂學校的吧！而另一方面，長坂好子也是在 1910 年入學東京音樂學校預科。根據東京藝術大學音樂學部音樂研究中心的橋本久美子氏所指，從當時東京音樂學校的規範來看，這兩人相認識的可能性是非常高的。[3]長坂於東京音樂學校畢業後，二次留學義大利，之後，從 1929 年起，擔任東京音樂學校教授。在那同時，亦和三浦環、幸田延子等結成新興音樂會，開演奏會等，可說是當時的聲樂界的權威。呂赫若和如此經歷的長坂是如何認識交往，一直是一個謎，但，若磯江與長坂是舊知之交的話，則這個疑問就自然可解了。說不定呂赫若在計畫前後東京做聲樂修行的階段，就是透過磯江的介紹呢！

有關呂赫若與磯江之間的關係，在向呂芳雄先生請問之後，呂先生在 1998 年 9 月 6 日的信中，這樣告訴我：「我媽媽還依稀記得父親並沒有正式進入音樂學校，而是受到長坂私人指導」、「是誰介紹到東京學習音樂，並不十分清楚。但是從父親臺中師範畢業後，每次到臺中一定會去拜訪臺中師範當年的老師，對老師十分尊敬的我的父親在這方面一定有絕對的關係，其實在離開公學校訓導前，在每年的寒暑假，便到日本去學習音樂」。又，在 1998 年 10 月 12 日的信中如此回答我：「關於臺中師範的老師，的確是『磯江先生』，因為當時我媽媽是說師範學校的『磯江老師』，但是『磯江老師』是用日語說，我因聽不懂，就用師範學校的老師一筆帶過。後來我媽媽到我家住時，有再求證過」。長坂在 1936 年曾訪問臺灣，開過獨唱會，說不定在那時，就已經由磯江介紹，每年的寒暑假去上課，這種可能性是滿高的。時期難以確定，不過，是磯江介紹長坂給呂赫若認識這

[3]有關磯江、長坂的在籍，參照東京藝術大學音樂學部音樂研究中心所存的《東京音樂學校一覽》，1910 年、1911 年、1912 年度版。

件事應該錯不了。

再來，第二位人物，山田耕筰的情形又是怎樣的呢？目前爲止，呂赫若與山田耕筰的直接關係尚未獲得證實，但是，就如後文所述，山田與東寶有非常密切的關係之外，在考察 1940 年代的音樂活動之際，是絕不能避之不談的人物。

山田與呂赫若的關係容後再述，在此先論磯江和山田是否相識。根據磯江的遺族的證言，磯江自稱是山田的學生，已如前所述。但是，現在要實證他們的師生關係卻是相當困難的。之所以這樣說，乃是因爲，根據年譜，山田在 1909 年 4 月，在進級東京音樂學校研究科二年級的同時，擔任了東京音樂學校分教場補助（助教）（負責唱歌部門），但在翌年 2 月 24 日則離開了東京，一直到 1913 年爲止都在德國留學，其教授過在 1910 年 4 月入學東京音樂學校甲種師範科的磯江的可能性非常的低。[4]根據前述橋本女史所言，「自稱」爲山田之弟子的人頗多。磯江或許僅止於「受其影響」或「私淑已久」的程度也說不定。但，重要的是，磯江曾經親口提及山田之名這一點。有關這件事，福里正男這位小呂赫若八年的臺中師範畢業的學弟也做如此回憶，如此說來，呂赫若聽過的可能性就非常高，把山田當作是自己的老師的老師而特別留意，乃是可以想像的。有關山田於第三節再論及，總之，當作呂赫若與日本的樂壇連結的關鍵人物，磯江的存在，仍是今後必要注目的焦點吧！

二、呂泉生書簡所描述的東寶入社的經緯

且說，依《日記》的記述，呂赫若是從 1939 年 4 月起，居留於日本，從 1940 年 12 月起到歸國之前的 1942 年 4 月爲止，一直在籍東寶。[5]在此

[4]關於山田的年譜參照《山田耕筰年譜》，日本近代音樂館，1996 年。但是，無法否定磯江曾個人受教於山田的可能性，所以兩者的關係尚有再調查的必要。

[5]〈呂赫若小傳〉，《臺中縣文學發展史田野調查報告書》，臺中縣文化中心，1993 年，其中所揭載的呂的自作年譜，乃是附在《日記》最後面的東西，在這年譜裡，呂赫若只簡單地記載著「昭和 17 年 5 月 1 日依願退社歸鄉以至於現在」而已，但實際上，他是在 4 月 7 日正式從東寶退社，這

之前除了「東京寶塚劇場演劇部入社」一事外，毫無為人所知的呂赫若在東寶的活動情形，藉由藤井的論文，已將焦點深入到東寶聲樂隊，藤中的功績如前所述。但是，就如同藤井也言及的，東寶當時的人事有關的資料，並沒有被保存著，呂赫若確實在籍於東京聲樂隊的確證並沒有獲得。此次在請教回憶中言及東寶入社的經過的音樂家呂泉生先生（以下敬稱省略）時，獲得了有力的資訊。有點長，不過是很珍貴的資料。在此將呂泉生於 1997 年 10 月 26 日的信中提及有關東寶聲樂隊的部分引用如下。[6]

> ……我和呂赫若認識，是在昭和 14 年（1939），我從東洋音樂學校畢業（3 月），通過日劇舞蹈隊的歌手考試，馬可波羅的電影在日本劇場首演，做為一個表演秀，在當時由伊藤祐次作曲，伊藤祐次夫人編舞的「馬可波羅東洋的一夜」這個音樂短劇裡，我飾演一個中國的將軍，在當時不是《都新聞》，而是另一部戲劇報紙（報名已忘記），雖然短短的，但有一篇等於是批判的記事。之後，呂赫若君來訪問我，那是第一次和他見面。那時，他和太太帶著三、四個小孩住在中野。他說，到東京還不到一年，跟著長坂好子學聲樂大約半年左右。之後，就常常來找我，以我的伴奏歌唱，唱男高音音色很美，只可惜音程稍差（修業不足故也）。翌年（昭年 15 年）（1940）六月？日劇為了籌設聲樂隊而召募隊員，貼出廣告來，所以他跑來找我，告訴我他要去應徵。他比我大兩歲，是面貌皎好的美男子，又能言善道，我也為他的應徵盡了微薄之

可從《日記》的內容得到證明。另外，《日記》是從 1942 年 1 月開始記載，所以他進入東寶的經過，沒有記載，而且，在東寶的活動，全都以「舞臺演練」的話語帶過，「東寶聲樂隊」的正式名稱並沒有出現過。然而，他所記載的演出舞臺乃是東寶舞蹈隊以及東寶聲樂隊所有，加上從「在日劇五樓有音樂研究會」（1942 年 1 月 27 日）或者「發聲，乃成為大分樂，有了自信」（1942 年 2 月 2 日）等記述來思考，呂赫若所屬是聲樂隊大概錯不了。又，東寶舞蹈隊以及東寶聲樂隊的活動紀錄相關事項，參照了《東寶十年史》，株式會社東京寶塚劇場，1943 年。

[6] 呂泉生在〈我的音樂回想〉，《臺北文物》第 4 卷第 2 期，1955 年 8 月，頁 74～77 中，提到「國民 29 年學校畢業，我進東寶日劇，不久轉進松竹出演於淺草常盤座，後來又回到日劇」。另外，呂泉生曾屬東寶聲樂隊之事，可根據〈東寶舞踊隊茶話〉，《東寶》第 91 號，1941 年 8 月，頁 148～149 的記述得到證明。

力，音程的問題是稍微較擔心的。當時他在東京生活，經濟狀況聽說有點問題，而那時日劇聲樂隊的薪水是九十日圓。以當時的薪水而言，似乎不壞，我是在前一年的四月演出，之後移籍到淺草的笑料王國（常盤座），此次因想回到日劇而再應徵，（有關我的事情，當時在東寶所出版的演劇界的雜誌《東寶》上，似乎曾稍被提及）結果不用考試就順利歸隊了。他在我的推薦之下，稍後就進了東寶。聲樂隊全員 43 名？（男女總共）當時是由內田榮一照料聲樂隊，負責合唱的練唱。（譯者註：書信原文為日文）

呂泉生使用「日劇聲樂隊」的名稱，這是因爲他是在東寶聲樂隊正式組成之前，在日劇 Dancing Team 時代就已是團員之一所致吧！日劇 Dancing Team 在 1940 年 9 月改稱東寶舞踊隊，而做爲其姊妹團，東寶聲樂隊的被組成是在翌年 1 月的事。根據呂泉生這個證言，不僅呂赫若所屬在東寶聲樂隊這件事得以確定，連他入社的經過詳情也甚爲明瞭了。只不過，呂泉生指他與呂赫若認識的時期是在 1939 年 3 月《東洋的一夜》公演之後的事，而根據東寶方面的紀錄，該次公演是在 3 月 21 到 30 日之間，於日劇舉行的。所以，兩人的見面，應可推定是在 4 月或 5 月吧！根據《日記》揭載的履歷事項，呂赫若因爲在 1939 年 3 月上京而依願退職，4 月進入下八川圭祐聲樂研究所，師事長坂好子。如此一來，與呂泉生書簡所指的在東京見面時「他說是來到東京還未滿一年，跟長坂好子學習聲樂約半年左右」的敘述相矛盾。這是單純的呂泉生的錯覺，或是如前所述，呂是「在離開公學校訓導前，在每年的寒暑假，便到日本去學習音樂」，所以，那時已經師事長坂好子的吧！是否可以如此思考，我想則有待諸家的意見。

三、當時的文化狀況下的東寶與山田耕筰的位置

呂赫若在籍當時，東寶聲樂隊有什麼樣的活動呢？參考雜誌《東寶》

所揭載的「東寶舞踊隊日誌」以及其他記事，則呂赫若在籍當時的東寶聲樂隊，最主要的活動最主要可說有以下五種活動[7]。

1.以演出《雪國》（1941 年 3 月）為代表的東寶舞踊隊的日劇舞臺秀的演出。

2.以《enoken 龍宮行》（1941 年 3 月）為代表的東寶關係者的舞臺公演和東寶舞踊隊組合的演出。

3.以由山田耕筰作曲的歌劇《黎明》為代表的合唱活動。

4.以《阿里郎與佐渡民謠》（1941 年 4 月）為代表的東京中央放送局所做的海外活動。

5.東寶聲樂隊獨自的研究會活動。

本來，東寶聲樂隊之所以會以舞踊隊的姊妹團體被組成，主要是因爲當時積極採用鄉土舞蹈、民族舞蹈的舞踊隊，有必要擁有以歌唱及其舞蹈背景的民謠的合唱團。在這層意識上而言，在 1 裡提及的以東寶舞踊隊爲主體的日劇舞臺秀的演出，可說是聲樂隊活動的原點。在《日記》裡也出現《大爆擊》（1942 年 1 月 1 日）、《鶯》（1942 年 1 月 6、7 日）、《奄美大島的新娘》（1942 年 2 月 12、14 日）、《薩摩組曲》（1942 年 3 月 21 日）等的劇碼，這些都是日劇舞臺秀的公演劇名。但是，走紅的東寶舞踊隊，除了日劇舞臺秀之外，也在很多與東寶有關係的舞臺客串演出，而那種情況，聲樂隊也都是一起演出的。那就是 2 當中的第一次東寶國民劇《enoken 龍宮行》等的演出。在《日記》裡，除了記載東寶新劇研究會的《狸》、《山參道》（1942 年 1 月 19 日）、新演技座的《夏威夷的晚鐘》（1942 年 2 月 27 日）的劇名之外，也有自己雖沒去參加演出，但卻也去觀賞的第三次東寶國民劇，由李香蘭主演的《蘭花扇》的記述。

[7]參照〈東寶舞踊隊日誌〉等，《東寶》第 84 號，1941 年第 1～101 號，1942 年 6 月的各事記（〈東寶舞誦隊日誌〉的連載只有 1941 年），以及《東寶十年史》（註 5）。

3、4、5 乃是獨立於舞踊隊以外的聲樂隊本來的活動。有關 3 的歌劇《黎明》容後再述。其他，也應該會參加日劇名曲合奏或都東寶輕音樂等的演出才是，不過，在 1942 年 1 至 5 月之間，並沒有該檔活動，從而，《日記》也沒有記載。關於 4《日記》裡雖無記載，但因爲是以放送局（電臺）爲舞臺的活動，和於第四節將要討論的在臺灣的活動最有關連。或許是被當作是文化工作的一環的活動吧！5 的研究會的活動方面，除了「東寶舞踊隊日誌」之外，並沒有介紹的紀事。詳情不明，不過，大概是並非正規的公演而是類似內部的發表之類活動吧！在 1942 年 1 月 27 日的《日記》裡有著「早上 10 點起，在日劇 5 樓有研究會，作歌劇『卡門』的課題曲。唱『花之唄』」這樣的記載。

上述的這些活動，到底是以怎麼樣的文化狀況當背景而形成的呢？簡單地對當時的文化狀況做個整理的話，可說是，從 1940 年 7 月的近衛新體制，以及伴隨而來的 10 月的大政翼贊會的形成以來，在體制方面積極地打出以前幾乎不曾有過的文化政策，介入文化活動的結果，在演劇方面，於 1941 年 2 月有日本演劇協會成立，在音樂方面，於同年 9 月有日本音樂文化協會設立總會的舉行等等，在各個領域，對於「配合國策」團體的組織一元化統合的動作都同時進行的時代。

呂赫若所在籍的東寶是在 1932 年創立的，是由在近衛新體制裡擔任過工商大臣的小林一三所領導的新興的演劇、電影產業。小林一三的演劇觀的根本觀念是以「明朗而快活」的西洋音樂做基調的一種新國民劇的創設，小林的這種演劇觀可說是在東寶創立之前 20 年，即 1913 年於關西組成寶塚少女歌劇團的時候起，就一直持有了。然而，一方面與擁有歌舞伎的老店松竹對抗，一方面完成取得進入東京的地盤的 1930 年代後半到 1940 年代之間，在前述的政府體制積極介入文化事業的時代裡，而且是小林本身也入閣的情況下，則不得不更積極地參與文化政策，小林的主張也轉變成「超越單純地給與家庭健全的娛樂，注入明朗的精神這個層次，積極地追隨國策前進之處，協助政府讓國民徹底了解國家意志存在的必要，同時鼓舞國民的士氣，灌注堅忍不拔的日本精神，這種新的意義的國民劇。我深切地感到它於現代的必要性」。[8]其結果，如前述的由東寶國民劇，東寶舞踊隊所演出的，可謂是大東亞共榮圈藝能的舞臺秀乃被創造了出來，這一點，前面提過的藤井省三的論文裡已提及，本稿不再重覆。在這裡乃論述，在東寶參與積極的文化政策的過程中，藤井所沒有提到的，其與山田耕筰的關係。

關於山田耕筰，於現在似乎不必多加說明，在此就提一下他的簡歷。1886 年出生於東京的山田，受到其英籍傳教士的姊夫的影響，立志往西洋音樂前進，1904 年進入東京音樂學校，本科、研究所階段完成之後，在 1910 年到 1913 年間留學柏林國立音樂學院，學習作曲、指揮，完成日本最早的交響曲。歌劇的作曲，設立日本歌劇協會、日本交響樂協會，可說是奠定日本近代音樂基礎的人物。而且以〈紅蜻蜓〉(1926)、〈枳花〉(1925) 等日本童謠的代表性作品的作曲者而聞名。但，在 1932 年滿州國建國之際，因替〈大滿州國國歌〉作曲等，漸漸與軍部拉近距離。在 1937 年，日中戰爭的全面化展開，不僅是對山田，諸如唱片檢閱的加強、時局歌的製作等，在各種形式上，都已影響到音樂界全體。像〈露營之歌〉、〈到海邊〉、〈愛國進行曲〉等這些代表性的所謂的「軍歌」的登場，也就是在這一年。進入 1940 年之後，就可看到以奉祝紀元 2600 年爲契機而高揚的國民意識，以奉祝爲題的新作品不斷地出現，演奏會也不斷被舉行。山田除了歌劇《黎明（原題《黑船》）》之外，還有致力於交響詩《神風》，獨唱曲《萬歲二千六百年》的作曲，演奏的同時，還努力提倡「包含西洋與東洋所有的東西，將之消化，然後以『今日精神』『今日感情』爲基礎」「與國民共同發展的」「國民音樂的樹立」。[9]而對於配合新體制，將樂壇改

---

[8]〈思想與電影及演劇〉，《小林一三全集》第 7 卷，diamond 社，1962 年，頁 326～348。這是從 1938 年 2 月在內閣總理大臣官邸召開的各府縣思想戰講習會的講演採錄的。

[9]《東京朝日新聞》1939 年，11、12、13 版、《音樂世界》第 12 卷第 2 號，1940 年 2 月，頁 4～5。又，山田因「對國民音樂的樹立」的貢獻功績而得到朝日文化賞。《音樂世界》第 13 卷第 2 號，1941 年 2 月，頁 93～95。

編、組織化的動作，則是設立與警視廳有密切關係的演奏家協會，擔任會長（1940 年 7 月），以納粹的 K.D.F.爲範，組成演奏家協會音樂挺身隊，就任隊長（1941 年 9 月），著實地將權力掌握於手中。這樣的動向，乃是在戰後被山根銀二指爲「以警視廳與行係（活動組）的權力爲後臺，威迫所有音樂家」而追究其戰爭責任的原由吧！只是，有關山田的戰爭責任問題，在批判他與權力欲者的同時，應該是有必要將之置於「國民音樂的樹立」這個日本近代音樂當然會碰到的問題，爲何只有在戰爭時期的文化政策中才被提及呢！這樣一個更大的文脈當中去討論才是吧！[10]

山田與東寶有很明確的接點，是在做爲紀元 2600 年奉祝歌劇，而由他作曲的《黎明》這一齣歌劇的上演，不過在這之前的 1933 年，山田就已就任東寶的姊妹組織寶塚少女歌劇團的顧問，負責歌劇《太平洋進行曲》等的音樂製作工作。對以用西洋音樂爲基調來創設新的國民劇爲目標的小林而言，日本近代歌劇的始祖山田，可說是和他立場相同的人。或許是因爲這層關係，《黎明》從 1940 年 11 月初演起，就一直使用東京寶塚劇場。而且，在翌年六月再演時，前面提及的東寶聲樂隊擔任合唱，讓人感到兩者的關係更深一層。[11]

1941 年 6 月，《黎明》再演時，呂赫若適好在東寶聲樂隊在籍中，以聲樂隊的一員參加《黎明》演出的呂赫若，得以面識山田耕筰，說不定還以磯江清居中，宣稱自己是他的徒孫，這樣的一幅圖象的確可使呂赫若的研究者興奮不已，然而，事實上可惜的是，根據呂泉生書簡的記述，呂赫若本人並沒有參加《黎明》的演出，在聲樂隊內部就先選拔，呂赫若在那

[10]山根銀二〈戰爭責任論〉，《音樂批評・山根銀二的時代》，藝術現代社，1986 年，頁 63～67。根據中根宏〈日本樂劇協會與日響的誕生歷史〉，《音樂世界》第 12 卷第 10 號，1940 年 11 月，頁 25～35，山田在 1910 年當時就曾企劃過株式會社樂劇協會的設立，在其趣意書的第一項即舉出「完成新日本國樂」這一點。如中根所指出的，可以認定山田從那時就意圖進行「國民音樂的樹立」了。其與文化政策同軌並進的過程，與小林的「國民演劇」的問題有類似之處，有必要慎重地論斷。

[11]山田擔任《燃燒的天空》（1940 年）這一部由海軍援助，使用 900 架戰鬥機的，日本最早的「壯大」（spectacle）場面的電影，以及其他數部由東寶製片的電影的音樂部分。又，有關《黎明》公演紀錄，參照《音樂新潮》1940 年 12 月，頁 95；1941 年 7 月，頁 100。

時就落選了。1941 年的《日記》現在不存，關於那次選拔，呂赫若有多大的感慨，不得而知，但，基於磯江之緣，對於山田乃至於可說是他所提倡的國民音樂的實踐的《黎明》，呂赫若完全能夠漠不關心，那是無法想像的。[12]呂赫若與山田，以及「國民音樂的樹立」這個問題之間的關係這個課題，不僅是呂赫若，呂泉生也屬於東寶聲樂隊，而且也參加了《黎明》的演出，今後仍然有討論的必要。

四、呂赫若在臺灣的音樂活動及其背景

根據《日記》，呂赫若是在 1942 年 4 月 7 日正式從東寶退社，5 月 6 日搭乘夜車離開東京，7 日從神戶乘船，10 日回到臺灣。歸國理由，據他的次男芳雄先生於 1988 年 9 月 6 日的書簡所說，是他住在印尼的叔叔坤瑞於 1941 年 10 月回臺灣之後，也勸呂赫若回國所致。《日記》裡無法得知詳細情形，不過，在 3 月之後，呂赫若健康受損，連日頭疼。這或許也影響到他歸臺的決定吧！[13]而且，在 3 月 16 日他把從 1 月以來就著手卻遲筆不進、苦惱不堪的〈月夜〉的原稿，在寫到 30 張之處，全部燒掉，可以想像他困鬥的情形。1942 年 1 月 1 日的日記是從「文學苦鬥第九年／1.多創作／2.戲曲／3.美的事物的發現」這樣的抱負開始，而且，簡直是在實踐他的抱負似地，《順德醫院》（1 月 12 日）、《家風》（2 月 14 日）、《聘金》（2 月 17 日）、《七夕》（3 月 31 日）、《父親亡後》（4 月 7 日）等等，這些戲劇的構想一一展開，但執筆卻沒想像地順利，這件事想必對呂赫若在精神上造成很大的壓迫吧。[14]再加上健康上的不安要素，從「我爲何要在東京呢？在

[12]被認爲是呂赫若於 1939 年 4 月入所的下八川聲樂研究所在翌年轉型成學校，成爲「東京總合聲樂專門學院」，聲樂講師群中有在《黎明》裡擔任主角的永田絃次郎與長門美保的名字（《音樂新聞》，1940 年 3 月上旬號，頁 6）。呂赫若也有可能被他們教到，若是如此則呂赫若與《黎明》的關係則是更深一層了。

[13]《臺灣文學》第 2 卷第 3 號，1942 年 7 月，置名中山侑的〈編集後記〉中有「本來在東京的呂赫若君因健康受損而歸臺」這樣的記述。

[14]此期間完成的只有改題爲〈百日內〉的〈家風〉這篇而已。註 13 的〈編集後記〉中有「此外，尚有呂赫若君的戲曲〈百百內〉、小林洋君的〈燒炭的人〉，不過下一號預定爲戲曲特集，所以割愛了」的說明，但下一號並沒登載。關於《順德醫院》，《臺灣藝術》第 5 卷第 5 號，1944 年 5

東京能得到什麼呢？」(3 月 17 日)(指有樂座的水谷八重子的公演)，戲曲的貧困膚淺，展露無遺，描寫不足與劇情的構成，令人嗤之以鼻，「這種水準的演出，在臺灣也能做得到」(3 月 18 日)「突然想整理行囊離開東京，我不想在東京把身體搞壞掉」(3 月 19 日)這些記述，可知在心情上也急速地傾向歸國了。

如此地，帶著與衣錦榮歸遠不相同的心境回國了。但是，從結果上來說，歸國對他來說是對的吧！從 6 月的〈廟庭〉開始，9 月的〈風水〉，10 月的〈鄰居〉，12 月的〈月夜〉，連發似地，短篇小說一篇接著一篇完成。展現歸國後的呂赫若的充實的寫作生活之外，在音樂、演劇方面，他也發揮了指導性的角色。其實他的小說的執筆與演劇活動之間，有相當有趣的關連性，不過，關於此點，容於別稿再論，本稿把焦點集中在他的音樂活動。

以《日記》的記述爲線索的話，可知道歸國後的呂赫若的音樂活動，似乎是以臺北放送局爲媒介者居多。具體上，有：參加皇軍奉公島民歌謠選考(7 月 9 日)，軍國歌謠廣播放送獨唱(7 月 10 日)，音樂劇《白鹿》獨唱(8 月 28 日)，廣播歌唱指導(10 月 22、25、29 日)，進入 1943 年之後，有獨唱廣播(1 月 26 日)，合唱《海路東征》的高音部獨唱(2 月 17 日)，廣播歌唱指導(4 月 6、10 日)《O Sole Mio》(譯註：聞名世界的義大利那波里民謠，我的太陽啊！之意)獨唱(5 月 11 日)等等。有關呂赫若進入放送局工作的經緯，並沒有詳細的說明，但有「中山氏寄來快遞，廣播依賴之件」(1942 年 8 月 22 日)這樣的記事，屬於《臺灣文學》同仁、在臺北放送局勤務的中山侑的名字在此出現，可能是這層關係吧！

另一方面，呂赫若也進行音樂有關的評論活動。筆者所知，有〈臺灣音樂廣播的意義〉、〈音樂廣播再論〉、〈音樂的文化性〉等。[15]〈臺灣音樂廣

月，登載有同名的短篇小說，但兩者的關係則不知。

[15]〈臺灣音樂放送的意義〉，《興南新聞》，1943 年 3 月 22 日，第 4 面；〈再論音樂廣播〉，《興南新聞》3 月 29 日，第 4 面；〈音樂的文化性〉，《興南新聞》7 月 12 日，第 4 面。

播的意義〉、〈音樂廣播再論〉是用土角山這個筆名寫的，在 3 月 20 日的日記裡有「應天賞氏之請，於興南新聞匿名執筆『臺灣音樂廣播的意義』，送付」這樣的記載，當作是呂赫若的原稿，應沒問題。

前者的主旨是「臺灣音樂改革，非附與臺灣音樂現代性意義者不成」「在其意義上，必須由第二放送不斷地播放原本的臺灣音樂，藉此訴求現代知識分子的知性的不足，以此爲原點生產更優異的臺灣音樂。正因爲傳統的臺灣音樂欠缺用現代人的知性思惟，所以才有改革的必要」這種主張臺灣音樂改革工作裡廣播的重要性的內容。而於後者，更反覆主張「『臺灣音樂放送』若只是爲了讓本島人的大眾醉喜於懷古的氣氛中而已的話，那也就算了，但如果說多少具有今日的文化性格的話，那就要廣播最高水準的樂團的音樂啊！」

而讓前述兩者發展的作品，則是他署名所寫的原稿〈音樂的文化性〉這一篇。「音樂擁有社會性的價值，是有用的東西，這個觀點，其理由，不僅在音樂是健全的娛樂，是清新的娛樂（amusement）而已，而是在於因爲它做爲文化的內容，和我們生活結合在一起，從生活中產生，使我們的生活昂揚之故」「音樂可以說是參與我們混沌的感情生活，爲它帶來秩序與美的知性的特殊功能吧！事實上，也就是這一點，它必須有文化性的意義，今日的臺灣音樂也必須絕對不是我們的卑俗的感情生活，而是現代人的生活上的複雜多歧的知性的對象，否則，它就沒有文化性意義了」，這是這篇文章的主旨，不過，呂赫若的這樣的主張，到底是以什麼樣的音樂狀況爲背景而產生的呢？

前面已敘述過在日本山田耕筰提倡「國民音樂的樹立」之事。很快地，這個問題，不止於山田一人，而是發展成爲樂壇全體的課題，1941 年 1 月，大政翼贊會文化部提示了以融合日本國樂與西樂，創造日本音樂，不是藝術至上主義而是爲國民的生活文化的音樂等等爲課題的音樂新體制的方針。[16]在臺灣，也被日本本土的運動所帶動，在 1941 年 4 月，臺灣版的大政翼贊會，亦即皇民奉公會結成，7 月設置了由演劇、音樂、電影、其他娛樂等四個分科會所組成的娛樂委員會。[17]再來，1942 年 11 月臺灣音樂文化協會 1943 年 11 月臺灣音樂奉公會陸續組成，反覆地改組，改稱的同時，試圖進行組織的擴充。在其指導下，各地方組成音樂奉公團，舉行演奏會活動，推動國民全體唱歌運動，可說是「國民音樂」的臺灣版的「新臺灣音樂運動」就被開展起來了。[18]

參考記載當時臺灣的音樂狀況的貴重資料「音樂舞蹈運動座談會」的紀錄，所謂的新臺灣音樂乃是「採用臺灣的音律，來歌唱日本的音樂」（譯註：原文為中文），提倡人為「三宅」。這裡所說的三宅，應該是曾經擔任臺南警察署長、高雄州警務課長，後來擔任臺灣演劇協會專務的三宅正雄吧！[19]還有根據水野謹吾〈新臺灣音樂運動全史（一）～（五）〉所言，憂慮新臺灣音樂運動因為禁止臺灣音樂而使藝旦失「藝」變成「賣笑婦」的三宅，是在臺南警察署長時代就著手進行的。臺南師範學校校長本田乙之進、同校音樂教員清野健也參加，對象也從藝旦轉移到她們的師傅、樂師身上，1940 年 5 月的講習會乃被召開。[20]

《臺灣時報》1941 年 11 月揭載的〈臺灣日誌〉裡，有著「調整臺灣音樂／加入大量的日本的色彩，善導本島人的思想」這樣的記載。從臺南開始的新臺灣音樂運動擴展到全島的背景裡，1941 年 4 月的皇民奉公會，以及 7 月的娛樂委員會的結成，應有其影響力。加上倡導者的三宅在 1942

[16]戶下達也〈戰時體制下的音樂會〉，《文化與法西斯》，日本經濟評論社，1993 年，頁 113。

[17]濱田秀三郎編《臺灣演劇的現狀》，丹青書房，1943 年，頁 165，《興南新聞》1941 年 7 月 12 日，第 2 面。

[18]《興南新聞》，1943 年 11 月 10 日，第 3 面；《臺灣新聞》，1943 年 8 月 9 日，9 月 5 日，各第 4 面；呂泉生〈音樂雜感——臺灣的音樂與生活——〉，《臺灣時報》，1945 年 3 月，頁 40～43。又，做為皇民奉公運動的一環，有〈皇民奉公之歌〉的製作，其作曲者就是山田耕筰。

[19]《臺北文物》第 4 卷第 2 期，1995 年 8 月，頁 57～68；《臺灣關係人名傳》，愛光新聞社，1959 年。

[20]《興南新聞》，1943 年 6 月 16～21 日，各第 3 面。另外，實質上的指導者清野健的〈關於新臺灣音樂運動〉，《臺灣時報》，1943 年 8 月，頁 98～102，亦值得參考。

年 7 月進入臺灣演劇協會之後，其指導力更強化一層乃是可以想像的。

當然，實際上所謂的「日本的色彩」，只是日語的歌詞，或者是用臺灣樂器做軍歌演奏等，相當幼稚的內涵而已，但這一點在思考「藉日本國樂和西樂的融合創造日本音樂」這個大政翼贊會文化部所揭示的方針，以什麼樣的型態傳播到臺灣的呢？這個問題時，頗爲有趣。而，諷刺的是，由於新臺灣音樂運動的展開，卻促成了從 1937 年的中日戰爭開始以後就被禁止的臺灣音樂，有了復活的情形。呂泉生對於當時的音樂狀況有如下的回想：「那時日人是標榜皇民化運動、鼓吹戰爭藝術，可是尊重鄉土藝術，因爲鄉土藝術它與生產、勞力、老百姓情感息息相關，在此矛盾的縫隙裡，本省音樂家、演劇家、文藝工作者，藉以發洩民族情感」[21]（譯註：原文中文）。這種狀況與在文學上「振興地方文化」的方針相輔相成，不久，乃促成了在 1943 年 9 月《閹雞》的公演。

思考上述的當時的音樂環境，再回到呂赫若的音樂評論的話，就能理解，那是以做爲新臺灣音樂運動的一環而寫成的對臺灣音樂廣播的批評。高舉「文化性意義」這個當時任誰也無法批駁的大義名分的口號的同時，也批判現實的新臺灣音樂運動的水準的低下這一點，可以窺知，呂赫若做爲一個評論家也是具有相當的功力的。

在同時，呂赫若也強調音樂廣播的重要性，臺灣的廣播是從 1928 年 12 月臺北放送局的開局而開始的新媒體，1937 年的日中戰爭，1941 年的太平洋戰爭的開打，使聽眾人數飛躍地成長，也是和時局有很深的關聯的媒體。[22]呂赫若所強調其意義的第二廣播也是以「提高本島人大眾對時局的認識，致力於對他們的啓發宣傳，以期望其對國策有所貢獻」爲目的而於 1942 年 10 月開始的。[23]呂赫若的音樂活動，大多是以放送局爲舞臺，已如

---

[21]同註 6。

[22]《放送史料集臺灣放送協會》，放送文化研究所 20 世紀放送史編集室，1998 年，頁 198。收聽參加者從 1937 年 3 月到 1938 年 3 月之間，由 29,494 人增加到 43,551 人，1941 年 3 月到 1942 年 3 月之間，由 62,224 人增加到 85,770 人。

[23]同註 22，頁 108。

前述，對於廣播在文化戰上所擔負的功能，呂赫若到底有何種程度的自覺，無從得知，但以一個活在戰爭時期之下的文化人的宿命來說，個人的活動，大概也是只得藉著和如此的文化政策複雜地糾合在一起的型態才能進行，這一點是我們所應銘記的吧。[24]

結語

以上乃是以音樂爲中心，對呂赫若的文化活動，與存在於其背後的戰爭時期的日臺文化狀況、文化政策的關聯做考察。諷刺的是，在日本近代史上，沒有任何一個時期比戰爭期間，「文化」受到爲政者的重視、討論以及統制。另外，當我們討論加上在殖民地這樣的制約的條件的極端狀況下的臺灣的文化活動時，絕對無法無視於這樣的政治性背景。呂赫若也絕非主動希望參與文化政策，但在這種狀況下若想繼續活動的話，或多或少也會相牴觸乃是不容否認的吧！特別是，他在 1943 年 1 月進入臺灣興行統制會社之後，似乎也無法不著手做他非常不願意的工作，那種苦惱，從他的《日記》可以窺知，有關於這一點，預定和演劇活動一併另稿論述。

在極端的狀況下，呂赫若以及臺灣文化人到底經驗了什麼，學到了什麼？然後成就了什麼，這些課題，不要陷入單純的善惡兩項對立的構圖，而是慎重並且客觀地被探討論述，乃是筆者所切望的。

——選自江自得主編《第一屆臺杏臺灣文學學術研討會論文集：殖民地經驗與臺灣文學》
臺北：遠流出版公司，2000 年 2 月

[24]臺灣放送協會主事立石成孚在其評論〈把音樂放在生活中〉，《臺灣時報》，1941 年 3 月，頁 76～83，1941 年 4 月，頁 48～56，1941 年 5 月，頁 118～127 之中指出，在推進音樂的新體制上，廣播事業應成爲牽引車。還有，臺北放送局放送部長林二郎也在介紹納粹的文化政策與廣播、音樂的關係的同時，論及國際電波宣傳戰的重要性。〈海外放送〉，《臺灣時報》，1941 年 1 月，頁 102～108，1941 年 2 月，頁 14～24，〈德意志的海外放送〉，《臺灣時報》1941 年 5 月，頁 36～47。

臺灣作家與日劇「大東亞歌舞劇」

呂赫若的東寶國民劇

◎藤井省三*
◎張季琳譯**

一、青春的東京時代

呂赫若（1914～1947）是日本殖民地時期臺灣的代表作家之一。

呂赫若自臺中師範學校畢業後，1935 年 1 月，在東京普羅文藝雜誌《文學評論》發表小說〈牛車〉，而登上文壇。1939 年到東京，在東京聲專音樂學校學習聲樂，師事東京音樂學校教授長坂好子。1940 年，東寶新設立聲樂隊，呂赫若被錄取爲隊員，或許也爲著名的李香蘭表演秀擔任伴唱工作。1942 年返臺後，進入電影公司工作的同時，也出版日語小說集《清秋》，並活躍於聲樂和演劇各方面，可說是 1940 年代臺灣文壇形成期，文藝復興式的「臺灣第一才子」。戰後，受大陸進駐到臺灣的國民黨的壓制，呂赫若因而加入共產黨的鹿窟武裝基地，1951 年橫死，而長期被視爲禁忌避諱之事。

近年來「臺灣意識」的民族主義高昂，1995 年，由淡江大學日文系的林至潔教授中譯的《呂赫若小說全集》出版。1996 年 11 月底，因林教授的努力，在臺北召開有關呂赫若的國際學術研討會。會議中，除了新聞記者藍博洲以鹿窟武裝基地事件爲主，精采報告〈呂赫若的黨人生活〉以外，其他是基礎報告，學術研究也多屬剛起步的階段。

---

*發表文章時爲東京大學文學部教授，現爲東京大學大學院人文社會系研究科教授。
**發表文章時爲中央研究院中國文哲研究所助研究員，現爲中央研究院中國文哲研究所副研究員。

戰爭期間，呂赫若曾寫過一張〈履歷書〉。這張〈履歷書〉的記載共有十個項目，內容起自昭和 9 年（1934）3 月：「臺中師範學校本科演習科畢業」，到昭和 18 年（1943）1 月 20 日：「錄用爲□□，奉職新劇部，月薪 75 圓，臺灣興業統制會社」（□□表難讀解字，以下同）。這大概是呂赫若剛進入臺灣興業統制會社，工作不久所寫的履歷。[1]

〈履歷書〉的簡潔，正貼切表明當年才 29 歲的作家的年輕。而從昭和 14 年（1939）3 月：「爲上（東）京之故，自願（辭）退（公學校），月薪 54 圓」，直到昭和 17 年（1942）5 月 1 日：「自願辭退（株式會社東寶劇場），返鄉至今」，三年間，計六個項目的東京生活紀錄，是這位才氣橫溢的殖民地文學青年、藝術青年，在殖民地宗主國的首都，挑戰自己所具有的各項潛能的青春時代。本論文根據呂赫若長及三年的東京經驗〈履歷書〉的記載，考察呂赫若演出《大東亞歌舞劇（revue）》的經過，以及留學體驗對他返臺後的影響。

二、五年的教員義務年限

根據〈履歷書〉記載，1934 年 3 月，呂赫若自臺中師範學校畢業。4 月，「任職南投營盤公學校，擔任公學校訓導，月薪 45 圓」。所謂訓導，是小學正教員的職稱。正教員分爲教所有科目的「本科正教員」，和教唱歌、體操、裁縫、手工藝等科目中任何一科的「專科正教員」兩種。或許呂赫若是教唱歌的專科正教員。小學教員職稱中，其他還有「校長」和協助正教員的準教員「準訓導」一職。

三年後的 1937 年 3 月，〈履歷書〉記載：「轉職潭子公學校，月薪 50 圓。」也就是調轉到別的公學校，月薪增加五圓。二年後的 1939 年 3 月，〈履歷書〉記載：「爲上（東）京之故，自願（辭）退（公學校），月薪 54

[1]施懿琳、鍾美芳、楊翠編《臺中縣文學發展史——田野調查報告書》，臺中：臺中縣立文化中心，1996 年 6 月。另，《臺灣文學》，1943 年 1 月號，記載呂赫若的工作是在「臺灣興業統別會社」，恐是印刷排字誤植。

圓。」呂赫若辭職，啓程去東京，這時的月薪是 54 圓。

然而，爲什麼呂赫若在這一年辭退訓導職務？爲何出發前往東京前，要當公學校教員滿五年呢？戰前日本的師範學校不須繳交學費，且有公費生制度。公費生的比率、給費額，是依各年度預算與府縣，而大幅度的不同。昭和初年，95%以上是公費生（其餘是私費生），每個月獎助金額多爲 8 圓至 24 圓。……師範學校的畢業生不論公費私費，都必須在該府縣內，擔任小學教員，盡一定年限（五至七年）的工作義務，且公費生須在指定學校內盡工作義務。[2]

筆者認爲呂赫若在五年的義務年限中，除從事教育和創作以外，也踏實地逐步進行留學東京的知識準備。根據其妻林雪絨的回憶，教員時代的呂赫若：

到臺中，經常出入中央書局，喜歡讀書，還從日本訂閱書籍和雜誌。[3]

所謂中央書局，就是呂赫若稱爲「年紀略大的美男子」、「臺灣文化界綠洲」的臺中文化人，張星建經營的書店。[4]可能呂赫若爲了準備留學東京，定期購讀東京歐文社出版的《受驗旬報》，並經由該社「通信添削會」主持的通信教學，準備入學考試。

至於像《音樂世界》、《Muscia》等有名音樂雜誌，定期購讀的可能性則更高。呂赫若到達東京後，就讀的東京聲專音樂學校校友，也就是現在的昭和音樂大學同學會的會長，大濱當忠，1996 年 7 月 25 日，接受我的訪談說：

我現年 79 歲，沖繩石垣島出生。沖繩師範學校畢業後，在東京擔任教

---

[2]《日本近代教育百年史》第 5 卷，東京：國立教育研究所，1974 年。
[3]同註 1，頁 223。
[4]呂赫若〈想ふままに〉，《臺灣文學》第 1 號，1941 年。

員。盡四年半的義務年限後，昭和 18 年（1943），順利考取東京聲專音樂學校。在少數的音樂學校中，我特別選擇東京聲專，是因為在沖繩時，閱讀《音樂世界》、《Muscia》等音樂雜誌，而對這校名感到親切、嚮往的緣故。

三、下八川圭祐聲樂研究所、東京聲專音樂學校

呂赫若「爲上（東）京之故，自願（辭）退（公學校）」後，次月的〈履歷書〉記載：「昭和 14 年（1939）年 4 月，入學下八川圭祐聲樂研究所，師事東音教授長坂好子女史。」

下八川圭祐（しもやがわ けいすけ），1900 年 11 月 18 日生於高知縣。1926 年，畢業於東洋音樂學校（今東京音樂大學）本科聲樂科，是專攻義大利式美音唱法的男低中音聲樂家。1930 年，創設下八川圭祐聲樂研究所。1938 年，開始籌備研究所升格成爲專門學校；呂赫若入學的第二年，1940 年 1 月 15 日，獲准成爲東京聲專音樂學校。1969 年，下八川創設昭和音樂短期大學，將東京聲專的專門學校部門，改組爲昭和音樂藝術學院，於 1980 年去世。昭和音樂學園集團從 1969 年起，以法人名義改稱「學校法人東成學園」，1984 年，開設昭和音樂大學。以上內容根據東成學園前總事務部長上田新二郎的指點。據說，一般以爲下八川圭祐的出生年月日，是 1902 年 12 月 28 日，這是錯誤的。

上田新二郎在我的訪談中（1996 年 7 月 27 日），有如下的談話：

東京聲專音樂學校的校名，是下八川先生在東洋音樂學校時代的恩師，堀內敬三先生命名的。堀內先生高度評價下八川先生，是首席男低中音聲樂家。東京聲專音樂學校在昭和 20 年（1945）5 月，因為美軍空襲東京而焚毀，學籍簿完全沒有保存下來。

前述同學會會長大濱當忠，是晚呂赫若四屆的後輩，他談述在學當時的東京聲專音樂學校情形：

> 我就讀夜間部，1945 年畢業。研究所學生人數約有七十至八十名左右，分預科和二年制的本科，每天下午五點半到八點半上課。說到臺灣人，我記得戰前的畢業生中，有一位叫呂水深的男中音歌手。這位呂先生戰後曾在藤原歌劇團演出。至於呂赫若的名字，我就不記得。

現在研究呂赫若的學者，有人以爲呂赫若就讀的是武藏野音樂學校（今武藏野音樂大學）。這可能是因爲戰前到現在，該校臺灣人音樂家輩出，且武藏野音樂大學同學會在臺灣也設有分會，因而隨便推測的吧。事實上，筆者委託武藏野音樂大學磯村敘子講師，調查該校戰前時期學籍簿的結果，並沒有呂赫若的紀錄。另外，1941 年，自武藏野音樂學校鋼琴科畢業的周遜寬教授，對於我的詢問信函，在署記 1996 年 7 月 28 日的書簡回答：

> 我不記得在武藏野音樂學校，曾和呂赫若先生共同學習，留學東京時期也從沒見過呂先生。日美戰爭爆發後，因為搭乘船舶之類變得危險，所以我畢業後，立刻就回臺灣。回臺後，和呂先生有來往，也一起在臺北的公會堂表演過。呂先生是一位外貌俊美、頭腦清楚的人士，也是一位反應敏捷、健談、聲音優美的人士。我記得呂赫若先生曾經唱過《波西米亞人》（La bohème）。

雖然因爲下八川圭祐聲樂研究所、東京聲專音樂學校的學籍簿消失，無法查明事實真相。不過，根據呂赫若親筆書寫〈履歷書〉的記載，應該可以相信，他曾進入下八川圭祐聲樂研究所學習的事實。

四、東京音樂學校的長坂好子教授

1944 年 3 月，臺北清水書店出版呂赫若的第一本短篇小說集《清秋》。其中記載著者的簡歷：「昭和 14 年（1939），一邊研習文學，一邊師事長坂好子，學習聲樂。」而省略他曾進入下八川圭祐聲樂研究所研習的經歷。

東京音樂學校的前身，是文部省的音樂調查課，這是由於伊澤修二的努力，而在 1879 年成立的。該調查課在 1887 年改稱東京音樂學校，伊澤修二擔任第一任校長。以後該校作爲唯一的國立音樂專科學校，培養了許多領導日本音樂界的人才。1949 年，由於教育制度的改革，而和東京美術學校合併爲東京藝術大學音樂學部。[5]在日本，1920 年代後期到 1930 年代間，除了東京聲專音樂學校以外，也有國立[6]音樂學校（今私立國立音樂大學）、武藏野音樂學校等其他音樂學校設立。據說這些「私立音樂學校的創校者和教員，大部分是東京音樂學校的畢業生。其教育內容也幾乎以東京音樂學校爲準，以西洋音樂教育爲主」。[7]

長坂好子是愛知縣人，1891 年出生。1914 年東京音樂學校畢業，1926 至 1928 年，及 1934 至 1935 年間，曾兩次赴義大利留學。長坂好子在留學之前的 1916 年，成爲東京府立第一高等女學校的教師。1917 年 4 月，任東京音樂學校兼任講師。同年 9 月，任該校助教授。第一次留學返日的 1929 年，就任東京音樂學校教授。戰爭期間的 1944 年，長坂好子辭退東京音樂學校教授一職，改任該校兼任講師。1959 年，以東京藝術大學講師的身分退休，1970 年逝世。

呂赫若留學東京之時，長坂好子可說是日本聲樂界的最高權威。因此，呂赫若著作的簡歷之所以遺漏下八川聲樂研究所，而保留長坂好子的

---

[5]《東京藝術大學百年史・東京音樂學校篇》，東京：東京藝術大學，1990 年。
[6]譯註：Kunitachi，地名，位東京近郊。
[7]上原一馬《日本音樂教育文化史》，東京：音樂之友社，1988 年。

名字，或許就是因爲兩者的知名度有所差別的緣故吧。

現存東京藝術大學所保留的東京音樂學校的畢業生、學籍簿裡，沒有呂赫若的名字，因此，他不可能是以旁聽生等資格，在東京音樂學校師事長坂好子。另外，1941 年，東京聲專教職員名簿，記載擔任聲樂教學的下八川圭祐等五名教員名字中，並沒有長坂好子的名字。因此，長坂好子並未在東京聲專音樂學校開課。[8]或許呂赫若是接受長坂好子的個人指導吧。

呂赫若在南投營盤公學校工作的 1936 年 8 月，長坂好子訪問臺灣，在臺北、高雄、臺南、臺中、新竹各地舉行獨唱會。[9]筆者認爲，呂赫若大概也去參加 8 月 23 日，在臺中舉行的獨唱會，且因這機會結識長坂，因此赴東京留學後，得以師事長坂好子。

據說在音樂學校，聲樂和樂器的學習是個別教導，師徒間的個人情誼濃厚。筆者在這次的研究調查中曾寄出詢問信函，給呂赫若留學時期，曾在東京音樂學校聲樂科，師事過長坂好子的兩位聲樂家。詢問他們對呂赫若這個人有無任何記憶，以及當時長坂教授個別教導的情形。遺憾的是得不到任何答覆（以後才曉得其中一位已在兩年前過世）。另一方面，周遜寬教授則給予以下的指點：

> 呂赫若先生與我在武藏野音樂學校，前二期學長張彩湘先生，因為彼此都是男性，兩人的交往比我更久。可惜（張先生）數年前就去世了。他兩人常說起長坂好子女士的事情，大概（呂赫若）曾師事過（長坂）。

---

[8]大日本音樂協會編《音樂年鑑昭和十六年版》、《音樂年鑑昭和十七年版》，東京：共益商社書店，1941～1942 年。該書收錄音樂學校介紹欄「東京聲專學校（五）教職員」。

[9]《臺灣日日新報》1936 年 8 月 9 日「長坂女史獨唱會」。同年 8 月 14 日「長坂女史獨唱會／星期六、日兩夜於原醫專講堂」，並刊載長坂好子的隨筆〈華麗的德國樂團〉，《臺灣文藝》第 3 卷 7、8 合併號，頁 56，「東京音樂學校教授長坂好子獨唱會日程」。

五、歐文社、旺文社的編輯部

呂赫若〈履歷書〉記載，1939 年 4 月，就讀下八川圭祐聲樂研究所，並師事長坂好子，接著寫有兩個項目：「昭和 15 年（1940）8 月 10 日，進歐文社編輯部工作，月薪 85 圓」、「昭和 15 年 12 月 20 日，如上自願辭職」。如果呂赫若就讀下八川圭祐聲樂研究所，改制爲東京聲專音樂學校後的夜間部，那麼他在白天工作是頗有可能的。然而，歐文社是怎樣的企業呢？

歐文社是赤尾好夫（1907～1985）在 1931 年，自東京外國語學校義大利語科，畢業這一年的 10 月，創設的出版社。地址在東京都新宿區中井二丁目五番十五號。這時赤尾社長年紀輕輕，才 24 歲。次年 10 月，歐文社創刊雜誌《受驗旬報》，並創設「歐文社通信添削會」，著手從事日本最初的通信教學，因應升學考試的教育事業。

1934 年，自歐文社出版《英語單字成語綜合研究》，這本被暱稱爲《單總》的參考書，受到以考取高級學校爲目標的全國中學生的喜愛。呂赫若到東京留學前一年，1938 年 7 月，歐文社將總公司遷移到新宿區橫寺町 55 號，直到現在總公司仍設於此。赤尾社長又在 1941、1942 年，陸續由歐文社出版《英語綜合研究》（暱稱《英總》）、《英語基本單字成語集》（暱稱《豆單》）。1941 年，將旬刊《受驗旬報》改題爲《螢雪時代》的月刊。1942 年 8 月，赤尾社長「就任『出版報國團』副團長的同時，由於『歐文社』的『歐』字和敵國有所關聯，因此將公司名稱改爲『旺文社』」，直到現在仍沿用「旺文社」。[10]

1996 年 8 月 9 日，筆者向旺文社總務部查詢，是否仍保存著呂赫若的在職紀錄。得到的回答是，1945 年以前的人事相關資料沒有保存。筆者又根據 1940 年版和 1941 年版的《出版年鑑》，發現和歐文社同時期，另登記

[10]赤尾好夫追憶錄刊行委員會《追憶赤尾好夫》，東京：旺文社，1978 年。《私の履歷表》第 47 集，東京：日本經濟新聞社，1973 年。

有旺文社的出版社。關於這個舊旺文社和現在的旺文社之間的關係，旺文社總務部也回答不知詳情。

呂赫若進入歐文社擔任編輯的原委，並不清楚。或許是因爲赤尾社長畢業自義大利語科的情誼，可能有豐富義大利遊學經驗的長坂好子教授，或首席義大利式美音男子唱法的下八川代理校長推薦呂赫若的吧。赤尾好夫在自傳《我的履歷書》中，回憶呂赫若工作當時的歐文社情況：

> 自昭和 13 年的 7 月，遷移本社以後，到大東亞戰爭的三、四年間，可說是旺文社不斷擴張的飛躍時期。

可能飛躍時期的歐文社，大量雇用包含呂赫若在內的新進編輯人員。另外，赤尾回想編輯《豆單》的情形：

> （《豆單》的編輯）是和社員們共同完成的。每天、每日都是將單字一個一個地切割、黏貼在紙上，將語源、同義語、反義語和用例尋出後，再加以分類。實在是單調得難以忍受的工作。

呂赫若的妻子林雪絨回想，東京時期的呂赫若「上班編輯辭典」。或許那時呂赫若正從事《豆單》，即《英語基本單語成語集》的編輯工作吧。順便談個題外話，1952 年出生的筆者，高中時代也曾得到《螢雪時代》和赤尾《豆單》的照顧。

但是，對於《豆單》編輯工作的單調性，呂赫若恐怕也有「單調得難以忍受」的感覺，因而不久就離開歐文社，朝專業聲樂家之路前進。在歐文社編輯部四個月的工作經驗，可說是，呂赫若以聲樂爲主的東京留學時期的一段間奏曲。

六、東京寶塚劇場的聲樂隊

呂赫若的〈履歷書〉，繼昭和 15 年（1940）12 月 20 日自歐文社辭職後，記載：「昭和 15 年 12 月 2□日，入株式會社東京寶塚劇場演劇部，基本月薪 80 圓，津貼不定。」

所謂東京寶塚劇場，是昭和戰前期大實業家兼政治家的小林一三（1873～1957）創立，戲劇、電影和藝能的製作、發行與公演策劃的影劇經紀事業公司。1892 年，小林自慶應義塾畢業，在三井銀行工作後，1907 年，創設「箕面有馬電氣軌道」（1918 年改稱「阪神急行電鐵」，1973 年，改稱「阪急電鐵」）。爲吸引乘客，在鐵路沿線建設住宅區分售，在寶塚開設遊樂園，並創設寶塚少女歌劇團。1927 年，努力於重新營建「東京電燈」（現在的「東京電力」），並躋身演藝界。分別於 1932 年、1936 年，設立株式會社東京寶塚劇場、東寶映畫配給株式會社。1934 年，建設東京寶塚劇場（東寶）。翌年（1935 年），有樂座（有樂劇場）相繼完工。以後又陸續將日本劇場（日劇）、帝國劇場（帝劇）收編於東寶事業集團旗下。東寶自此急速成長，與長期控制日本演藝界的松竹映畫配給株式會社平分天下。1940 年，小林就任第二次近衛文麿內閣的商工大臣。另外，1937 年 12 月，設置東寶映畫臺灣配給所。[11]

像小林一三這樣轟轟烈烈的活躍情形，在臺灣也受到了注目。實力作家張文環（1909～1978）在小說〈泥土的芳香〉中，讓臺北雄心勃勃的實業家們說出下列的計畫：

> 公司在北投附近買收土地，種植生薑，製造薑汁飲料，或薑粉，銷往滿洲和朝鮮，一本萬利賺大錢。把賺得的錢，用來從事像寶塚少女歌劇團的事業。日本全國沒有像臺北這麼接近溫泉地帶的都市，所以趙和陳二

[11]東寶五十年史編纂委員會《東寶五十年史》，東京：東寶株式會社，1982 年。

人，都幹勁十足地自許能成為臺灣的小林一三。[12]

1940 年 7 月，小林一三進入近衛內閣。11 月有「日劇經營主要幹部，也是歐美通」之稱，創設「東寶 Dancing Team」，嘗試舞臺秀的秦豐吉（1892～1956），就任東京寶塚劇場的社長。名製作人白井鐵造，從關西的寶塚歌劇團轉調到東京寶塚劇場的文藝部，令新的國民歌舞劇具體化，這就是所謂東寶國民劇。

> （所謂東寶國民劇）是將戲劇、舞蹈和音樂，融為一體的創作，類似現代的歌舞伎或音樂舞臺劇（Musical）的概念。使用的音樂是西洋音樂，這就是近年來小林一三所主張的國民劇。因為秦豐吉與寶塚少女歌劇團老將白井鐵造的合作，東寶國民劇才終於能夠具體化。[13]

在這之前的 9 月，「東寶 Dancing Team」改稱「東寶舞蹈隊」。另外設立擔任唱歌的合唱團「東寶聲樂隊」。1940 年 12 月 7 日，《都新聞》報導：

> 轉調東京的白井鐵造，組織「新國民歌舞劇團」，為籌畫明年春天 3 月的正式公演，正招募男女歌手。

接著，《朝日新聞》12 月 25 日的「音樂舞蹈」欄也報導：

> 東寶決定招募舞臺歌手，組織合乎新體制的新國民歌舞劇團。

關於聲樂隊員的選拔情況，昭和 16 年 3 月號，東京寶塚劇場的公關

---

[12]《臺灣文藝》，第 1 卷第 3 號，1944 年 7 月。

[13]大笹世雄《日本現代演劇史昭和戰》中篇Ⅲ，東京：白水社，1994 年。

PR 雜誌《東寶》，大森久二〈歌唱的東寶聲樂隊〉文中，有詳細報導：

> 自決定名稱與合唱指導者（內田榮一）後，去年底，首先進行男音歌手的第一次徵聘。
>
> 入社考試，在接近年底的 30 日，由秦社長、音樂主任上野勝教氏、與上合唱指導內田氏等人，組成考試委員，在日本劇場舉行。自認聲音美好，而來應徵的有三百多名。經大量淘汰後，篩選出三十名。過年後的正月 7 日，又舉行第二次審查，結果有十八名入選。
>
> 接著在 1 月的 19 日，舉行第二次的男音歌手徵聘。這次也有二、三百名應徵。在 27 日的複審中，通過的有七名。加上前次錄用者，以及去秋臨時徵聘入選的佐藤雄二郎、津田雄三兩人，合計有二十七名男音歌手。
>
> 雖然同時也徵聘女音歌手，可惜優秀者不多，結果只錄用六名，加上原有的真田氏等四名歌手，計有十名女音歌手。
>
> 總之，東寶聲樂隊由男音二十七名，女音十名，計三十七名歌手組成。……其中並錄用朝鮮男士七名，臺灣男士二名、女士一名。[14]

臺灣男士兩名中的一位，大概是呂赫若吧？不過，根據〈履歷書〉，呂赫若是在 12 月下旬，進入東京寶塚劇場的演劇部。但，實際上第一次徵聘人員的選考，是在 12 月 30 日到次年的 1 月 7 日；第二次徵聘人員的選考，則是在 1 月 7 日到 22 日間舉行。由於東寶劇場社長秦豐吉與音樂評論家堀內敬三的交情親密，[15]堀內不但是東京聲專音樂學校代理校長下八川圭祐的恩師，也是東京聲專音樂學校的命名者。或許秦豐吉除了公開徵聘歌手以外，也透過個人關係，委託各音樂學校聲樂科介紹優秀學生吧。於是，呂赫若在下八川的推薦下，不必經過正規考試就被錄用。或者也有可能呂赫若，是受其師事的長坂好子強力推薦。因爲在大森的報導文章中，

[14]大森久二〈歌ふ東寶聲樂隊〉，《東寶》，1941 年 3 月號。

[15]堀內和夫《「音樂の泉」の人——堀內敬三その時代と生涯》，東京：藝術現代社，1992 年。

內田榮一有如下的談話：

> 除少數二、三位以外，大部分都受過聲樂教育。有三分之一是來自中央、東洋、國立、帝國等音樂學校，其他則是跟隨個人教授學習……

關於呂赫若所加入，東寶聲樂隊的訓練和活躍情況，記者大森如下報導：

> 省營鐵路的有樂町站下車，從接近高架橋方面的鋪道，抬頭看日本劇場側面的第四層樓（三樓中間有一夾層樓，其實應該稱三樓）。那裡最近幾乎每天都可以聽見，窗戶玻璃都震動似的，精力充沛的雄壯男女混聲合唱。
>
> 東寶舞蹈隊的盟弟，上個月才剛誕生的東寶聲樂隊，已經展開緊鑼密鼓的魔鬼訓練。
>
> 東寶聲樂隊一成立，就開始基礎合唱訓練。而基礎訓練才剛開始不久。當東寶舞蹈隊在日本劇場公演時，立刻就被拉出來亮相。1 月中旬開始「伊郭爾公爵」,「名曲管弦樂」的湯豪塞（Tannhäuser）祝賀歌、「哈雷路亞合唱曲」。到了 2 月，又接連不斷地在舞蹈隊公演時，全體出動表演「松」、「雪國」、「歌唱的李香蘭」與「名曲管弦樂」的浮士德（Faust）士兵合唱。3 月，又在東寶劇場的東寶國民劇第一次公演時，和舞蹈隊、榎本健一劇團，堂堂同臺演出。可以說剛剛開業，馬上就忙碌地同步進行初級的基礎訓練和舞臺表演。

所謂「歌唱的李香蘭」，是滿洲映畫協會的首席女演員李香蘭，1941 年 2 月在日本劇場演出，白井鐵造導演的個人秀。由於喜愛李香蘭，慕名而來，大排長龍買票的觀眾，多到將日本劇場繞了七圈半，劇場擠得水洩不通，以致出動警察維持秩序，就是有名的「日劇七圈半事件」。聲樂隊成員的呂赫若，應該也參加了這次的公演吧。[16]

又，東京寶塚劇場與東寶映畫兩株式會社，在 1943 年 12 月，合併爲東寶株式會社。1996 年 7 月 26 日，爲了調查呂赫若的入社紀錄，我訪問了該社總務部公關課。結果，因爲 1943 年合併前的人事相關文件幾乎沒有保存，尤其和演藝人員的契約書，經過一段時間後就廢棄，所以找不到任何和呂赫若有直接關係的資料。然而，呂赫若在短篇小說集《清秋》的著者簡歷，所寫「在日本劇場、東寶劇場，度過一年多的舞臺生活」的記載，應該是事實。

七、總體戰體制與國民演劇運動

1943 年 3 月前，東寶國民劇在東寶劇場，計公演了八場。另一方面，呂赫若〈履歷書〉則記載，在昭和 17 年（1942）5 月 1 日，「依願退職，回鄉至今」。如此，則呂赫若參加演出的東寶國民劇，大概是 1941 年 3 月的第一次公演和同年 7 月的第二次公演。第一次公演是榎本健一的劇團、東寶舞蹈隊和東寶聲樂隊的共同表演。在白井鐵造的總指揮下，演出民族舞蹈《雪國》、歌劇風格的《ENOKEN 去龍宮》等節目。第二次則是女演員小夜福子、流行歌手灰田勝彥、舞蹈家花柳壽美等人，和東寶舞蹈隊、東寶聲樂隊共同表演的《木蘭從軍》（白井鐵造製作、導演）。

第一次公演的風評並不太好，1941 年 3 月 15 日《都新聞》報導：

> （雖然是）和少女歌劇條件幾乎相異的舞臺，卻仍給予本文前述之不佳印象。

雖然如此，但是對於一個月前在日本劇場公演的《雪國》，《都新聞》2 月 10 日，對東寶聲樂隊有較好的批評：

---

[16]對於我的詢問，李香蘭（本名山口淑子），也就是大鷹淑子，1996 年 8 月 30 日的電話中回答，她不記得在日本劇場公演時，聲樂隊中有臺灣人歌手的存在。

聲樂隊勉勉強強算是成形了，不過，舞臺演出未發現新手法，只在序幕時，看到一點費心思的痕跡而已。

第二次公演時的評價，則大致不錯。《朝日新聞》1941 年 7 月 22 日，以「劇評東寶國民劇」爲標題，評論如下：

雜湊團隊開始了第二次的公演……導演白井鐵造非常熟練地掌握這個混合部隊，演出《木蘭從軍》，……顯示了少女歌劇中加入男性後，將是什麼情況的範例。

另外，同年 7 月 8 日《都新聞》，則有以下的評論：

期待擔當國民劇之一翼工作的白井鐵造，能像這作品般採用輕歌劇的形式，將我國少有的開朗、樂趣和灑脫，逐漸融合在舞臺上。當然，為此他須克服的問題還很多，但是隨處可見演出的優點，仍應該特別寫出。期待他今後能有培育更多歌唱、演技均佳的演藝人員的熱情……

秦社長所提倡的國民劇運動，應該作廣義的解釋。不過，仍有尚未擺脫摸索時代的感覺。尤其拼湊混合部隊的訓練不足，也是今後應該要警戒注意的。這運動暗示著，舞臺藝術的所謂「新穎」，其結果就是「實行」而已。國民劇運動的未來，現在才正要展開。

東寶國民劇，是當時官方和民間一致提倡的，國民演劇論的一個實踐。1937 年 7 月，中日戰爭一爆發，8 月，內閣會議就決定「國民精神總動員實施要綱」。次年 4 月，公布「國家總動員法」。演劇史家大笹吉雄說：

在如此變動中，日常生活的所有層面，都應該發揮國民精神，已變成一種口號。這反映在演劇方面的結果，就是國民演劇的樹立。[17]

1938 年，戲劇評論家飯塚友一郎說：

> 這次要求國民「總體戰」的事變，導致至今無緣的政治和戲劇兩者結合的局勢。……（各省的少壯官吏）很清楚地認識到，為了目前的時局和戰後的經營，文化政策是多麼地重要。這只要稍微看一下歐洲各新興國家（德國、義大利、蘇聯等）的文化政策，當然就可以明白非得如此不可。……所謂國民演劇，用一句話來說，就是演劇的國民生活化。也可以說是為提高國民生活的演劇。[18]

這一年的 8 月，飯塚友一郎和長谷川伸、大山功等人，共同組成國民演劇聯盟，提倡振興地方戲劇、農村戲劇、兒童戲劇、學校戲劇等。

1940 年 10 月，大政翼贊會成立。同年 12 月，內閣情報局成立。其任務之一「指導取締有關電影、電唱機、演劇、演藝的國策執行基礎事項之啓發和宣傳」。內閣情報局一成立，就計畫重新編組爲迎合國民演劇的新劇，並將戲劇雜誌統併，而於 4 月 13 日創刊《國民演劇》雜誌。大山功在創刊號發表〈國民演劇論序說〉：

> 儘管有國民劇、國民的演劇，或為了國民的演劇，等等各有符合其理由的名稱（恐怕與其理論內容多有關係），然而用這麼多的名詞稱呼國民演劇的形象，在理論上究竟是否有必要呢？我認為那反而招致其理論化時的混亂，容易陷入為論理而論理的結果，因此是沒有必要的。而被最多人使用的國民演劇名稱，既沒有任何感覺不便，也沒有絲毫邏輯上的不

---

[17]前引《日本現代演劇史昭和戰》中篇Ⅱ。

[18]飯塚友一郎《國民演劇と農村演劇》，東京：清水書房，1941 年。

自由感。[19]

雖然大山將「國民演劇」定義爲：「遵從日本國家應走的方向和日本民族應前進的路線，是擔負其文化戰線一翼的演劇。」但是對於演劇現場的人來說，仍然太過於抽象化。

以後，雖然還有各種關於國民演劇的理念和實踐議論，但是輿論最後並沒有達成統一。不過，情報局負責部門的第五部部長川面隆三的以下發言，可說是官方的真心話：

> 在必須考慮戰爭國家的戲劇，對於國民生活負有啟發、宣傳作用的同時，也不可以忘記文化本來的生成發展、向上進展之事。[20]

此外，雜誌《國民演劇》刊載陳秋玉〈香蕉和折疊皮包〉（原題〈良心〉，第 1 卷第 5 號）、村上元三〈莎勇之鐘〉（第 1 卷第 10 號）、大林清〈志願兵〉（第 2 卷第 6 號）等關於臺灣戲曲的文章，也值得注意。

那麼，東寶國民劇和這個國民演劇運動有什麼關係呢？報紙如下順序報導兩者的動向：

1940 年 10 月 22 日《朝日新聞》（晚報）

「大政翼贊會／終於著手研究／活用電影、戲劇」

10 月 31 日《朝日新聞》

山本修二（隨筆）〈對文化政策的期望〉（上）／新體制的一翼／受矚目的演劇、電影」

12 月 7 日《都新聞》

「白井鐵造轉調東京，組織「新國民歌舞劇團」，爲準備明春 3 月公演，目前徵聘男女歌手」

[19] 大山功〈國民演劇論序說〉，《國民演劇》，1941 年 3 月號。

[20]〈大東亞戰爭一周年に際して日本演劇の現狀を語る座談會〉，《國民演劇》，1942 年 12 月號。

12 月 25 日《朝日新聞》

「東寶徵聘舞臺歌手／決定組織符合新體制的新國民歌舞劇團」

12 月 29 日《都新聞》

「秦、白井二人搭檔／東寶國民劇運動／提供健全娛樂的新演劇」

1941 年 1 月 11 日《朝日新聞》

「痛斥營利主義／國民演劇新出發的基本方針」

1 月 14 日《朝日新聞》

「新體制下的國民歌舞劇／『東寶國民劇』終於誕生」

1 月 19 日《朝日新聞》

「新體制下的慰勞與娛樂／擁擠不堪的雜技、演藝場」

1 月 21 日《朝日新聞》

「國民演劇籌備會」

2 月 7 日《朝日新聞》

「國民演劇的樹立／官民懇談會」

9 月 19 至 21 日《朝日新聞》

中村吉藏（隨筆）〈關於國民劇的方法論〉(1)～(3)

由於大政翼贊會、情報局所提倡的國民演劇運動、東寶國民劇的企畫公演，幾乎同時進行，且 1940 年 12 月 29 日的報導中，將東寶國民劇稱爲「運動」。因此，可以理解東寶國民劇是，被定位爲國民演劇運動的一部分。而原來指揮東寶集團的小林一三本人，在成爲提倡新體制、促成大政翼贊會誕生、新設立情報局的近衛內閣的商工大臣後，立場上，自然該讓東寶劇場率先實踐國民劇運動。

如同前文所引大山功的指摘一般，國民劇這個名稱可以當成是國民演劇中的一個變奏曲。其實 1941 年 9 月，戲劇研究家中村吉藏就已經使用「國民劇」這一語詞。或許東寶爲別於以新劇爲主的「國民演劇」，且對「新國民歌舞劇團」有所自負，因此刻意冠上「國民劇」的別稱。另外，在東寶的 PR 雜誌《東寶》，也刊載許多有關「國民演劇」的文章。

然而頗有趣味的是，東寶國民劇運動帶有強烈的地方色彩和東亞的民族色彩。第一次公演節目之一的《雪國》，是描寫日本東北鄉土生活的芭蕾舞劇。

> 雪國的冬天到春天。從窯倉（日本東北地方的傳統習俗）、鬼劍舞（東北地方的傳統舞蹈）、鹿舞（東北地方的傳統舞蹈）、秋田音頭（東北地方的傳統民謠），到秋田おばこ（Obako，東北地方的傳統民謠），及熱鬧的竿燈（東北地方傳統習俗）。青森、秋田、山形三縣，洋溢詩情畫意的鄉土生活，全部收攝在僅有的四幕場景內。[21]

第二次公演的《木蘭從軍》，不必說也知道是中國的民間傳說，是京劇等傳統戲曲的著名戲碼。呂赫若回臺灣的那一個月，第三次公演的節目是，李香蘭主演的《海拉爾的黎明》、《薩摩組曲》和《蘭花扇》。《蘭花扇》是取材自孟姜女傳說的輕歌舞劇。

東寶國民劇之所以採用，日本地方色彩和東亞民族色彩為主題，直接的原因是依據東寶劇場社長、東寶國民劇第一線指揮，秦豐吉的以下主張而來：

> 在西歐的劇場，如匈牙利、西班牙都使用管弦樂，為該國特有的舞蹈伴奏的情形，日本的舞蹈也應該有同樣的作法。……將來日本的舞蹈，應該從佔重大要素的花柳情趣中，完全獨立出來。必須從現代的生活與感覺中產生。
>
> 我這樣的認為，因此昭和 14 年夏天回國後，就決定無論如何，要製作出能在外國劇場上演的日本芭蕾舞劇。[22]

[21]秦豐吉《劇場二十年》，東京：朝日新聞社，1955 年。
[22]同上註。

秦豐吉率領寶塚少女歌劇團，從歐洲公演回來的 1939 年，就派遣日劇 Dancing Team 的主任等三人，到沖繩取材。這一年的 7 月，在日本劇場上演「琉球歌舞劇」爲開端，1940 年 4 月，上演取材自八重山群島的「八重山群島」芭蕾舞劇。以後，更從地方色彩路線，擴大到民族色彩路線。

> 我愈發得到勇氣，於是派遣花柳壽二郎（花柳家元補佐〔花柳派副掌門人〕）到薩摩、奄美大島；益田隆（現在的益田舞蹈團團長）到日向；野口善春（現仍在日本劇場工作）到飛驒、東北地方，更遠到紀州；三橋蓮子（現在的三橋舞蹈研究所所長）到朝鮮和泰國；中村重子到臺灣；甚至在太平洋戰爭最激烈中，讓野口善春和須田圭子，冒險到印尼的峇里島去學習。[23]

芭蕾舞劇《臺灣》，於 1940 年 9 月，在日本劇場上演，以後在後樂園球場也表演過。

> 中村重子不過是日劇舞蹈的一名成員而已，但是從臺灣回來後，就發表《阿美族的賞月舞》。紅白相間的衣裳、頭上戴左右垂有角形飾穗的帽子、繫上圍裙而緩慢搖擺的姿態、舞臺上方出現又圓又大的月亮。我們也曾在後樂園球場的中央，點燃火堆表演過。與其說我們製作出這麼扣人心弦，多達男子十五名、女子三十名的大型舞蹈，不如說我們竟然從來沒有注意到，在臺灣當地居民中，竟然有這麼富原始創造力的舞蹈，這實在是我們的疏失。[24]

如此上演地方色彩、民族色彩路線的芭蕾舞劇的秦豐吉，自己總結說：

---

[23]同註 21。
[24]同註 21。

> 此外，雖然我們的工作涉及到泰國、爪哇、菲律賓和中國《白蛇傳》等，各國的傳統舞蹈，但是也著手研究日本的舞蹈和雅樂。不論如何都想要努力完成「日本的芭蕾舞」。這工作從開始到現在，雖然不過五年的時間，卻可以說日劇舞蹈隊為日本舞蹈史製作出劃時代的成就。如果不是因為大戰而中斷的話，再五年後，就可以完成即使在世界的劇場表演，也不會出醜的「日本芭蕾舞團」。直到現在，我依然如此堅信並深感遺憾。[25]

日本導演和舞蹈家們的現場舞蹈取材範圍，不只是日本舊邊境地區的東北、九州，連明治時期被日本兼併的沖繩、八重山等西南島嶼，甚至從殖民地的臺灣、韓國，擴大到所謂「大東亞共榮圈」內的泰國、峇里島。各民族傳統舞蹈的風格之美，經由東寶 Dancing Team 而作品化——與其說秦豐吉想要創造「新日本芭蕾」，毋寧說他是在實踐「大東亞共榮圈」的藝術。那不是要創造出各地域、各民族的自主性近代芭蕾舞藝術運動，而是要讓觀眾想像出，以東京方核心的「大東亞共榮圈」共同體意識的機制。

秦豐吉在構想「新日本芭蕾」，不，在構想「大東亞芭蕾舞」時，或許是從當時在東京日本劇場，也在朝鮮、臺灣、滿洲和南美洲等地公演的朝鮮女舞蹈家崔承喜（1911～1969），發揮民族傳統美的現代舞中得到靈感。可以說後續的東寶國民劇，就是將這種「大東亞芭蕾舞」的意識形態，發展成綜合的舞臺藝術歌劇運動。從這意義而言，「東寶國民劇」可以稱爲「大東亞歌舞劇」。

「大東亞芭蕾」和「大東亞歌舞劇」，因爲只在日本劇場和東寶劇場表演，觀眾只限於東京的人們。但是，如同東寶舞蹈隊到中國大陸戰地慰勞公演一般，東寶對於海外的演藝工作也相當積極。秦回想說：「如果不是因爲大戰而中斷的話，再五年後，就可以完成即使在世界的劇場表演也不會

---

[25]同註 21。

出醜的日本芭蕾舞團。」與其用「因爲大戰……」的條件句法，不如改說是「因爲戰敗」吧。

而且，即使再持續五年，「大東亞芭蕾舞」和「大東亞歌舞劇」，就不是只在日本主要都市表演而已，大概也將在東亞各都市表演。那時候的觀眾，就不只是在國外的日本人而已，也將有被「皇民化」的殖民地人民和新占領地的人們。如此，取材自「大東亞共榮圈」內各民族的舞蹈和古典戲曲，而以「大東亞共榮圈」作爲演藝市場的芭蕾舞和歌舞劇，就可以稱爲「大東亞舞臺藝術」。

據說芭蕾舞是 14 至 15 世紀，源自義大利的默劇、（假）面具戲等。經過 17 世紀後半，路易十四時代在法國的發展，以及 18 世紀後半，娜倍爾（J. G. Novee）的改革後，才演變成今天的形式。緊身衣、短裙的裝扮，和腳尖舞技法的正式登場，則是更遲至 19 世紀前半的時候。在日本，芭蕾舞開始受到注目，是在 1920 年代。至於歌舞劇的起源，是在 1820 年代的巴黎，而移入日本，則是在那之後的 100 年。

很有趣的是，起源於近代西歐，且傳入日本不久的芭蕾舞和歌舞劇，竟然成爲擔負「大東亞共榮圈」意識形態的藝術。舞臺藝術主要以聽覺和視覺爲對象，一方面與含括日本在內的東亞各民族的傳統藝術保持距離，一方面日本又是最先進地接受這源自近代西歐的舞臺藝術。可能正是只有這樣的舞臺藝術，才能符合日本「盟主」，採用「大東亞共榮圈」的共通表現形式。

八、「大東亞歌舞劇」與之後的呂赫若

以殖民地人身分，參加東寶國民劇之聲樂隊的呂赫若，是如何理解以秦豐吉爲首，東寶劇場「大東亞舞臺藝術」的實驗呢？1941 年 6 月，呂赫若在東寶劇場、日本劇場表演時所寫的短文〈隨想〉說：

直到現在，我還記得去春深夜，和數人走在臺北街道時，（龍瑛宗）氏走

近我，問我：「呂君，你今後要從事音樂？或從事文學？」現在我只要看到（龍瑛宗）氏的名字，就想起他為什麼問這樣的問題。我認為「從事音樂？或從事文學？」這樣的問題，是心胸狹窄的想法。我認為，如果以為文學的學習，就是全部的學習，只懂得文學，而對其他文化部門全然無知的話，那樣的文學是不能作為文學而存在的。尤其，（龍瑛宗）氏如果看到像現在這樣，化著妝、穿著戲服、站在舞臺上的我，他會說什麼呢？大概會昏倒吧。

呂赫若接著也寫，龍瑛宗（1910～1999）希望他能「從書齋解放出來」。實際上呂赫若在回臺灣後，1943 年 1 月，就業於臺灣興業統制會社的電影公司。另一方面，1943 年 9 月，表演 AK 廣播的音樂劇《白鹿》。1943 年 7 月，組織「厚生演劇研究會」；同年 9 月，參加《閹雞》（張文環原作、林博秋編劇）公演。[26]

如此，呂赫若不但自我實踐「從書齋解放出來」，在小說方面也顯著活躍。東京留學時期，從 1940 年 5 月號起《臺灣藝術》所連載的小說〈臺灣女性〉，主題描寫東京留學歸來的主角等，生活在臺灣大都市和農村的青年男女，徘徊在舊式結婚和自由戀愛之間的糾葛，是試圖全方位描繪臺灣青春生活，充滿雄心的作品。

如同秦豐吉試圖與東亞各民族保持相等距離，從近代西歐藝術的芭蕾舞和歌舞劇，創造出「大東亞舞臺藝術」般，或許呂赫若也想嘗試，從和閩南人、客家人及原住民保持相等距離的日本語，以及經由日本傳來的近代藝術中，創造出屬於臺灣的民族主義。前引小說〈泥土的芳香〉一文中，張文環讓臺灣的小林一三們，說出以下的構想：

這個公司和世間常見的公司性質不同，不僅僅只是以土地買賣為目

[26]同註 4。

> 的……要蓋劇場、組織劇團、要做臺灣小林一三式的生意，以此獨佔全島知識階級的喜愛。臺灣是南方的基地。如果成功的話，我們就伸展到南方，去經營百萬圓的報社。擴展到南方，也就是說，用言論機關來為開拓大東亞共榮圈做出貢獻。

作爲文化人的呂赫若，經過三年的東京留學，取得相當大的成長。東京的留學體驗，特別是參加「大東亞歌舞劇」創作的演出經驗，對於臺灣文化人呂赫若的活動，給予了什麼樣的影響？爲解明這個問題，期待有關呂赫若回臺後的傳記研究有更進一步的進展。

附記：本文於 1996 年，在臺北舉辦的「呂赫若文學研討會」發表。之後，垂水千惠發表〈呂赫若的音樂活動〉（《橫濱國立大學留學生中心紀要》第 5 號，1998 年 1 月），更進一步論述，呂赫若東京留學時代的活動。（譯註：本文收入，垂水千惠《呂赫若研究——一九四三年までの分析ふ中心として》〔東京：風間書房，2002 年 2 月〕）

——選自藤井省三《臺灣文學這一百年》
臺北：麥田出版公司，2004 年 8 月

啟蒙、人道主義與前現代我族的凝視

呂赫若作為左翼作家歷史定位的再商榷

◎游勝冠[*]

一、序論

受到戰後左、右翼中國史觀的反日立場影響，日治時期臺灣作家的文化身分認同，在對中國或臺灣的認同因統、獨立場之對立，而各自被正當化為一種無可質疑的價值之後，被殖民者的文化身分認同——遠不是「非黑即白」可以概括——的複雜性，一直以來都沒有得到研究者的正視。尤其是在幾位典型的「皇民作家」被對舉出來，作為日據時期臺灣人身份認同錯位的典型之後，相對於這些殖民化的「代罪羔羊」，其他臺灣人作家的文化身分認同則被認為乾淨得如張白紙一般，在統、獨反抗史觀的詮釋下，其政治位置不是心血祖國，就是帶有強烈的臺灣立場。

反抗史觀對日據時期臺灣文學詮釋的干擾，並不僅止於臺灣作家的認同問題，在當時作家「是祖國派？還是臺灣派」的兩種詮釋立場拉扯下，不同立場的研究者往往只想從他的研究對象，看到他所想要看見的中國或臺灣意識，而對於與作家身分認同息息相關的左、右政治位置，則不是故意缺而不論，就是根本未意識到其重要性，不加分辨地將臺灣作家任意定位在左、右的光譜之中[1]。這種政治位置的模糊化，不僅讓研究者無法準確

[*]成功大學臺灣文學學系副教授。

[1]陳芳明《左翼臺灣：殖民地文學運動史論》，臺北：麥田出版公司，2007 年。

把握個別作家在殖民地歷史關係中的位置，同時也深刻地影響了對這些作品詮釋的準確度。在這當中以「臺灣第一才子」呂赫若小說的研究所受到的干擾最爲嚴重，儘管有另一個研究脈絡一直提醒著，呂赫若是嚮往近代文明的啓蒙主義知識分子[2]，如垂水千惠就指出呂赫若小說「由政治走向文學的軌跡」說：「若雖是以在普羅文學運動文學運動文脈的《文學評論》發表文章而登上文壇，但是其後開始創作不被納入普羅文學範疇的作品，逐漸確立自己的風格。」[3]但還是有很多論者根本無視這個提醒，逕將呂赫若定位爲前後立場一致的左翼作家。

呂赫若留日前發表的〈牛車〉、〈暴風雨的故事〉等作品所反映的階級問題、〈舊又新的事物〉一文對馬克斯主義文藝理論的闡發、認同，以及二二八事變後加入中共「臺灣省工作委員會」的地下組織等等與左翼文學、政治運動相關的作品與事跡，是研究者將呂赫若定位爲左翼作家最爲倚重的歷史證據，由此積累而成呂赫若是左翼作家的成見，幾乎已成爲一種歷史定論[4]。由於呂赫若的文學、政治活動的開頭、結束都與馬克斯主義運動有所關連，因此，主要是 1970 年代經歷過中國左翼民族主義思潮洗禮，或受其影響而對反抗史觀的僵化視角習而不察的研究者，不管其日後的立場有了什麼變化，還是會從左翼民族主義的「反帝」、「反封建」視角來定位、解讀呂赫若及其小說。

〈牛車〉、〈暴風雨的故事〉的主題意識，和同時期的左翼農民小說有相當的共通性，尤其是〈暴風雨的故事〉，連情節結構都和同時期反映佃租

[2]例如日本學者野間幸信、垂水千惠都持這種觀點，野間信幸在〈關於呂赫若作品〈一根球拍〉〉一文，就這樣詮釋呂赫若留學期間的作品說：「包含〈一根球拍〉在內的呂赫若留學內地時期的作品中，都是描寫接受藝術〈西洋音樂、繪畫等〉、運動〈網球〉這種近代文明，反抗傳統因襲的青年。」，邱瑞振譯，收於陳映真等著《臺灣第一才子：呂赫若作品研究》，臺北：聯合文學出版社，1997 年，頁 199。

[3]垂水千惠〈初期呂赫若的足跡〉收於陳映真等著《臺灣第一才子：呂赫若作品研究》，頁 240～241。

[4]撰寫本論文期間，跟一位博士生談到我正在處理的這個問題，她反射性地反問我說：「呂赫若不是左翼作家嗎？」可見這種偏見影響之廣。

關係的小說大同小異。這些小說看來有很強的左翼立場，而呂赫若也的確在〈舊又新的事物〉一文，表達他對馬克斯主義的認同。然而，馬克斯主義雖曾主導過 1920 年代後半期以後的政治社會運動，對臺灣文學運動發生的影響，也一直延續到戰爭期之前，不過作爲進步文化的表徵，馬克斯主義在當時也帶有一定流行性，自詡爲前衛的知識分子，誰不徵引上幾句經典證明自己的進步？楊逵在 1935 年 7 月發表的〈新文學管見〉一文，就曾批評說：「就算摩登女郎一點都不現代，高唱馬克斯的少年卻絲毫不懂馬克斯一般，這些現象只不過是現代性的一種病態而已。」[5]那些未曾實際參與左翼政治社會運動，資產階級立場及啓蒙主義根深蒂固的知識分子，這方面的問題尤爲明顯，他們大都只是將馬克斯主義視爲一種前衛文化，和自由主義一樣具有提升臺灣人文明位階的進步價值而已。楊逵批評的這種文化現象，本來就很容易讓研究者發生誤判，再加上反抗史觀的干擾，將資產階級作家的啓蒙主義文學誤判爲左翼文學的問題，可說普遍存在於前行研究當中。

筆者在〈啓蒙者？還是殖民主義的同路人？——論左翼啓蒙知識分子所刻板化的農民形象的問題〉一文，就曾反省過日治時期臺灣文學研究史上的這個問題，他由印度庶民研究反省菁英主義史觀的問題入手，以主要是楊守愚反映佃租問題的小說爲分析對象，反省了寫作佃租關係小說的知識菁英「循著殖民主義等級化的邏輯，將農民刻板化爲無知、愚蠢與迷信的之外，這些左翼啓蒙知識分子還在這些小說中，將佃農寫成面對欺壓無能反抗的弱者」[6]的問題。筆者認爲不僅是留學[7]前發表的這兩篇小說，呂赫若關注女性命運及封建家族黑暗面的小說，同樣也存在著類似筆者所指出

[5]楊逵〈新文學管見〉，《臺灣新聞》（1935 年 7 月 29 日～8 月 14 日），收於彭小妍主編《楊逵全集》第九卷詩文集（上），臺南：國家文化資產保存研究中心籌備處，2001 年，頁 306。

[6]游勝冠〈啓蒙者？還是殖民主義的同路人？——論左翼啓蒙知識分子所刻板化的農民形象的問題〉，收於成功大學文學系主編《跨領域的臺灣文學學術研討會論文集》，臺南：國家臺灣文學館，2006 年，頁 383。

[7]呂赫若於 1939 年 4 月負笈日本東京學習音樂，於 1942 年 1 月自日本返臺。

的菁英主義問題。

因此，本文將以後殖民所提供的這個理論視角出發，與前行研究中的反抗論述進行對話，逐次對呂赫若反映下層階級、女性自主及封建家族問題等幾個系列的小說文本重新解讀，藉此希望能釐清呂赫若戰前作爲資產階級作家啓蒙意識極爲強烈的文化位置，進而證明呂赫若逐漸定型化的左翼作家歷史形象，只不過是前行研究透過反抗文學視角型塑出來的幻象，並沒有支撐這種論調的歷史、文本基礎。呂赫若及其小說的詮釋謬誤只是冰山一角，本文也期待經由本文能讓臺灣文學研究界正視這個問題的存在，唯有擺脫反抗史觀的自我設限，回到研究對象及其文本所該在的歷史關係脈絡中，我們才能真正精確掌握研究對象的歷史位置，對其文學、思想的性質及意義，也才能由此進一步做出恰如其分的分析與評價。

二、「歷史決定論」，還是「淺薄的人道主義」？

證明臺灣人作家反映的民族意識，向來是日治時期臺灣文學研究的主流，關於這個歷史階段的文學有否臺灣主體性，統、獨立場不同的研究者，固然各有堅持，互不妥協，但帶著預設的反抗史觀考察研究對象，將其解釋成反抗作家的這種傾向，則相當一致。林瑞明〈呂赫若的「臺灣家族史」與寫實風格〉一文，將呂赫若典型化爲左翼反日知識分子，他說：

> 倒是異族統治下的苦痛，比起來他著墨並不很多。雖然日人與封建舊俗結合更加折磨庶民百姓，但在其大部分小說中，人民的苦痛，封建遺毒是主因，日本殖民統治只能算是幫兇。但是這並不表示他沒有注意到這個問題，在〈牛車〉中對日本警察的嘴臉，人民對「日本」的恐懼皆有所著墨。[8]

[8]林瑞明〈呂赫若的「臺灣家族史」與寫實風格〉，收於陳映真等著《臺灣第一才子：呂赫若作品研究》，臺北：行政院文建會，1997年11月，頁67。

細讀這段引文，字裡行間流露出一種論證上的不安，論者明明意識到呂赫若小說對異族統治下臺灣人的痛苦很少著墨，只能求助於呂赫若大量創作的「反封建」作品，然而來到呂赫若的「反封建」作品，他又未能找到可以充分支持其論點的證據，所以在用「人民的苦痛，封建遺毒是主因，日本殖民統治只能算是幫兇」的說詞，將「反封建」與「反帝」做了無力的連結之後，他還是回到〈牛車〉，以這樣的孤例來論證呂赫若小說「反封建」主題的「反帝」立場。是什麼因素造成上述這段文字論證邏輯上的不穩定？由林瑞明本文最後所導出的結論來看，就不難理解，他說：

> 山川雖好，但生活其中的人民卻是在封建舊俗與殖民高壓此雙重奴役下苟活。肉體的摧殘與精神的蒼白，讓人不得不覺得唯有打倒此二者，臺灣的未來才有希望——雖然不瞭解呂赫若何時成為共產黨員，但是自其日據時期的小說觀之，日據時期的小說觀之，他走上這條反帝反封建的無產階級革命道路是一點也不會讓人驚訝的。[9]

這是就呂赫若的小說而論，還是由左翼反帝、反封建的既定史觀來看？呂赫若「走上這條反帝反封建的無產階級革命道路」，才是真的一點也不讓人驚訝？而林瑞明所指出的對「封建遺毒」多所關注，又逼顯出呂赫若什麼樣的文化政治位置？是本文將繼續追究答案的重要問題意識。

呂正惠考察下的呂赫若，基於自己的認同取向，除了將之塑造成認同中國革命的左統派之外，他在〈殉道者——呂赫若小說的「歷史哲學」及其歷史道路〉一文，也和林瑞明一樣，花了很多篇幅在闡發呂赫若小說的左翼反抗精神。因而，他以呂赫若戰前、戰後面對他所謂「歷史社會的必然力量」所表現出截然不同的態度爲據，導出呂赫若最後選擇中共「臺灣省工作委員會」的地下組織，追求臺灣人「再解放」的必然性的推論邏輯

---

[9]同註 8，頁 69。

中，也存在抽象史觀壓過具體文本的問題。在對〈牛車〉、〈廟庭〉、〈財子壽〉及〈合家平安〉等小說的自然主義寫作風格有所討論的基礎上，呂正惠歸結出這種歷史「必然性」說：「以呂赫若呈現『歷史社會的必然力量』的最佳小說，如〈牛車〉、〈廟庭〉、〈財子壽〉、及〈合家平安〉而言，他的歷史圖像顯然是極其悲觀而黯淡的。在歷史進程中，他看不見個人有擺脫其影響力的可能性。」[10]

接著他繼續討論進入決戰期之後，〈鄰居〉、〈玉蘭花〉、〈清秋〉及「決戰文學」〈山川草木〉、〈風頭水尾〉等較具有時代性的小說，闡發這些小說的反抗性說：

> 讓我們再回到〈牛車〉、〈廟庭〉和〈合家平安〉所表現的那種命定無法逃避的「歷史哲學」，那是一種個人完全無能為力的歷史條件。我們再來看寶蓮遭逢惡劣命運時所表現的、接受一切、積極活下去的堅忍精神。後者不是面對前者一種「似乎可取」的態度嗎？因此，我相信，呂赫若創作高潮期的這兩類作品，應是他面對太平洋戰爭時期臺灣人「無路可走」的歷史命運的表現方式至少也是一種心理投射。[11]

這樣新的歷史態度，進一步被他用來合理化戰後呂赫若的政治實踐，呂正惠循著呂赫若在二二八事變後加入中共「臺灣省工作委員會」，想要追求臺灣人的「再解放」，「從他的歷史哲學來看，應該有跡可尋」的理路，導出「如果以他的歷史知識，他相信澎湃於中國各地的群眾力量是唯一可以擊敗以前他那麼無可奈何的那種歷史條件的因素，有什麼理由阻止他不去選擇這條『大有可能』的道路呢？歷史會折磨人，但人也能改變歷史。看到了這樣的機會，像呂赫若那種歷史認識，怎麼會不勇敢的投入呢？」[12]

---

[10]呂正惠〈殉道者——呂赫若小說的「歷史哲學」及其歷史道路〉，收於呂赫若著，林至潔譯《呂赫若小說全集》，臺北：聯合文學出版社，1995 年，頁 589。
[11]同上註，頁 596。
[12]同註 10，頁 598。

的結論，就更不合邏輯了。

上述這個論斷存在著兩個難以自圓其說的矛盾，首先是對於戰前呂赫若的歷史知識、歷史哲學，呂正惠只做出「那種命定無法逃避的『歷史哲學』，那是一種個人完全無能爲力的歷史條件」的詮釋。然而，認爲「個人完全無能爲力」，並不就等於相信「群眾力量」，呂文應該再多花點篇幅，證明呂赫若一直以來就有相信群眾力量的信念，要不然呂赫若「相信澎湃於中國各地的群眾力量是唯一可以擊敗以前他那麼無可奈何的那種歷史條件的因素」的說法，也只不過是論者自己意識型態的空想而已。其次，如果戰後呂赫若的改變可用「歷史會折磨人，但人也能改變歷史」的主體能動性得到解釋，那麼，就應該進一步辨明，爲什麼呂赫若戰前的歷史哲學認爲「個人完全無能爲力」，戰後卻相信個人有改變歷史的能動性？

雖然我也同意呂赫若的戰前小說，的確有呂文所謂「那種命定無法逃避的『歷史哲學』，那是一種個人完全無能爲力的歷史條件」的思想特質，但用「相信澎湃於中國各地的群眾力量」這樣未經驗證的證據，的確也不能讓呂文所謂的「歷史哲學」有效地解釋呂赫若戰後的轉變。呂文所以陷入這種無法自圓其說的論述困境，可以說就是他強將右翼作家解釋爲左翼作家所造成的，爲了用「歷史唯物主義」、「歷史決定論」印證呂赫若是一位左翼作家，呂正惠甚至扭曲了這些馬克斯主義概念的內涵，他討論〈牛車〉時說：

在處女作中，呂赫若小說的特質已經鮮明的呈現在我們眼前：對於「歷史進程」的掌握，呂赫若一貫的精確、冷酷、而無情，而下層階級則毫無逃脫可能的成為這一「進程」的「芻狗」，呂赫若在步步為營的事件、細節處理上，在無法逃避「命運」的主題選擇上，無疑和自然主義頗為相似。但是，呂赫若是個「歷史決定論」者，完全不是同於左拉的「生物決定論」。[13]

面對無法逃避的「命運」、「歷史進程」，下層階級「毫無逃脫可能的成爲這一『進程』的『芻狗』」，就是馬克斯主義所謂的「歷史決定論」嗎？呂正惠通篇論文就是通過將呂赫若「那種命定無法逃避的『歷史哲學』，那是一種個人完全無能爲力的歷史條件」解釋爲「歷史決定論」、「歷史唯物主義」，藉以證成呂赫若作爲左翼作家的論點。

呂正惠所謂的「歷史決定論」，絕非馬克斯主義所謂的「歷史決定論」，1983 年施淑發表的〈最後的牛車〉一文，爲何謂「歷史決定論」？在其論述過程中做了最切實的操作，她對呂赫若思想特質的詮釋，也爲呂文一直沒有放在殖民地歷史條件中具體解釋的「歷史進程」、「命運」做了最貼切的詮釋。施淑此文，早就從類似呂正惠「社會、歷史條件的巨輪」和「自然主義頗爲相似」的出發點立論，不過，她由此所畫出的呂赫若歷史形象，卻和呂正惠南轅北轍。施淑在對〈牛車〉做出類似呂文的詮釋之後，就指出呂赫若思想意識上的轉變，她說：「從 1942 年到 1944 年，呂赫若的小說世界似乎換了人間，這時他的小說不再出現〈牛車〉中的社會場景，而只是些發生在家庭裡的變故，他的關注點也由社會層面轉移到人性問題。」[14]施淑這裡所謂的「關注點由社會層面到人性問題」的轉變，顯然與上文呂正惠用「馬克斯主義思想傾向」、「社會性」定位同一系列家族小說的說法，背道而馳。施文最後，更針對〈清秋〉的主角耀勳，指出他由日本殖民統治的歷史條件所決定的「小布爾喬亞」的思想傾向說：

呂赫若筆下的這個矛盾重重的問題人物，在十九世紀以後的文學作品中，並不陌生，他那輾轉在所謂「淺薄的人道主義」的朦朧的不安，更

---

[13]同註 10，頁 576。

[14]施淑〈最後的牛車〉，《臺灣文藝》第 85 期，1983 年 10 月。收於張恆豪編《呂赫若集》，臺北：前衛出版社，1991 年，頁 306。

> 不難看出它的世紀末精神病痛的特質。然而這個擺盪在菊花的風雅與遠方的呼喚之間的未來醫生，這個充滿了善良意志的懷疑論者，除了帶有二十世紀資本主義社會清醒的知識分子的思想傾向外，應該有他特殊的社會根源，那便是經過五十年的殖民統治後，接受日本教育的臺灣知識分子，他們原有的傳統農業人民的善良性格，加上那來自資本主義的一切美好的信念——為自由、平等、博愛、科學、民主、合理等等，在本質上是奴隸主與奴隸關係的殖民帝國主義的高壓下，表現出來的扭曲的、軟弱的性質。這情形正如十九世紀中，那些代表小布爾喬亞的和平願望的「真正社會主義者」，而對資本帝國主義的世界性掠奪，高舉「善良的人性」做為他們的戰鬥武器촗。[15]

耀動上述的思想傾向與性格，其實來於刻劃他，同時也有這種思想傾向和性格的作者呂赫若，由此，施淑將之連結到呂赫若，指出他作爲殖民地知識分子及其小說思想上的侷限性，她說：

> 這個由複雜的社會歷史矛盾決定了的思想性格，這個因被殖民而來的精神意識的虛脫狀態，使成長於臺灣資本主義萌芽期的呂赫若小說，無法健全地走上那發生於資本主義時代的、充滿叛逆和批判精神的浪漫主義的道路，使他後期的創作只能從泛人性論出發，徘徊在那本來就是社會矛盾的產物的人性矛盾的探索之上。[16]

施淑秉持思想性格是「由複雜的社會歷史矛盾決定了的」的原則，進而深討呂赫若這種思想性的「特殊的社會根源」的作法，才是馬克斯主義所謂「歷史決定論」、「歷史唯物主義」的真諦。

至於施淑上述的說法，能爲呂文所謂「歷史進程」、「命運」抽象概念

---

[15]同註 14，頁 309。
[16]同註 14，頁 309。

填實什麼具體歷史內容呢？比較這兩篇論文的推論過程，最爲關鍵的分歧點就在：施淑將〈牛車〉發表之後呂赫若及其小說創作的轉變，落實到殖民地具體的歷史條件中進行解釋，實事求是地去追究形成他思想傾向的「特殊的社會根源」；相對地，呂文認爲呂赫若有一以貫之左翼立場的論述，並沒有追究他自己所提出的：「那種命運無法逃避的『歷史哲學』，那是一種個人完全無能爲力的歷史條件」的「社會根源」，反而是用抽離掉社會內容的「歷史哲學」去統一呂赫若不同時期的創作傾向，因此對於他所指出的這種「歷史哲學」究竟基於什麼歷史基礎？表現出什麼價值立場、世界觀？呂正惠並沒有進行實質的闡述；基於這種價值立場，呂赫若小說肯定了什麼？又否定了什麼？讓他在面對日本殖民統治的歷史條件時，表現出這種命定無可逃脫的消極態度，他也沒有進一步釐清與定性。呂文只是一再重複「在無法逃避『命運』的主題選擇上，無疑和自然主義頗爲近似」、「他的自然主義風格更爲鮮明，他的無可逃脫的歷史觀更爲突出」等抽象化說法，將呂赫若「歷史哲學」的具體歷史基礎抽空，讓他所謂「歷史哲學」因爲沒有具體的歷史關係與內容，而成爲沒有歷史解釋力的抽象概念。

如果將呂正惠所謂「那種命運無法逃避的『歷史哲學』」的說法，落實到殖民地的歷史關係條件中，追究其特殊的「社會根源」，我想，他也會得出類似施淑「代表小布爾喬亞的和平願望的『真正社會主義者』」的觀念，不過這有違該文將呂赫若收編爲「真正社會主義者」的初衷，他所謂「命運無法逃避」、「個人完全無能爲力」的虛無，可以說就是由施淑所指出的：「因被殖民而來的精神意識的虛脫狀態」、「使他後期的創作只能從泛人性論出發，徘徊在那本來就是社會矛盾的產物的人性矛盾的探索之上」的思想傾向；至於他所謂「命定無法逃避的『歷史哲學』」，追究其「特殊的社會根源」之後，則是基於施淑所指出「經過五十年的殖民統治後，接受日本教育的臺灣知識分子」對「那來自資本主義的一切美好信念——爲自由、平等、博愛、科學、民主、合理等等」殖民統治所進來的進步現代價值的認同，相信唯有經過這些進步現代價值的改造，臺灣人才有可能從野蠻狀態進階到文明，這個命定無可逃避的命運。呂正惠所以不曾落實他所謂「命運無法逃避的『歷史哲學』」的這些內涵，應該是如此一來，就會讓呂赫若作爲小布爾喬亞的階級位置及其啓蒙主義立場曝光，而這正是要將呂赫若塑造成左翼立場一致的馬克斯主義者，爲符合左翼反抗史觀的詮釋框架所最需要排除的歷史證據。

三、文明進化才是命定無法逃避的「歷史哲學」

施淑對呂赫若及其小說所做出：「因被殖民而來的精神意識的虛脫狀態」,「使他後期的創作只能從泛人性論出發，徘徊在那本來就是社會矛盾的產物的人性矛盾的探索之上」的闡述，的確很準確地掌握了呂赫若作爲殖民地知識分子的思想特質，不過，其中顯而易見的問題是，她所謂「被殖民」的這個結構性歷史條件，不是到了 1940 年代才出現，爲什麼呂赫若早期創作〈牛車〉時沒受影響，要到了戰爭期才造成他精神意識上的虛脫？筆者認爲施淑所謂「因被殖民而來的精神意識的虛脫狀態」，與呂正惠闡述〈牛車〉、〈廟庭〉和〈合家平安〉時所指出「那種命定無法逃避的『歷史哲學』，那是一種個人完全無能爲力的歷史條件」的思想傾向有相通之處，如果參照呂正惠的說法，將施淑所謂「精神意識的虛脫狀態」溯及既往，或許才能準確掌握呂赫若及其小說根本的思想特質。本節，將透過後殖民理論整合兩位研究者的觀點，並由此提出一個可以掌握呂赫若小說精神全貌的考察視角。

施淑上文所謂「本質上是奴隸主與奴隸關係」的殖民地權力關係，表現在殖民文化情境中，則如阿布都・R・簡・默罕默德在〈殖民主義文學中的種族差異的作用〉一文所論，正是以下的這種文化等級關係：

> 所有殖民地的權力與利益關係的主要模式是假定的歐洲人的優越和想像中的土著人的低劣之間的摩尼教對立。這個軸心反過來提供了殖民主義

> 認識結構和殖民主義文學標線的中心特徵：摩尼教寓言——一個白與黑、善與惡、憂與劣、文明與野蠻、理智與情感、理性與感性、自我與他人、主體與客體之間各種不同而又可以互換的對立領域。[17]

這個殖民主義所假定的摩尼教寓言，透過殖民教育深刻影響著殖民地知識分子的思維。就像阿布都．R．簡．默罕默德接著所指出的：「支撐這一模式的權力關係啓動了如此強大的思潮，以致於即使是一位不願承認它、而且可能確實對帝國主義剝削持強烈批判態度的作者也被捲入了它的漩渦。」[18]因而，不僅右翼啓蒙知識分子，甚至階級運動中左翼知識分子的臺灣解放思考，都「被捲入了它的漩渦」之中，筆者及許倍榕的相關研究[19]都曾證明過左翼知識分子受制於啓蒙主義這個問題的存在。

在假定的日本文明與臺灣野蠻的對立關係中架構起來的啓蒙論述，循著殖民主義所提供文明進化的線性史觀，所指給被殖民臺灣人的出路就是「文明開化」，接受殖民統治所帶進來現代文明的涵化由野蠻狀態向文明過渡、進化，就是臺灣人「命定無法逃避」的命運及歷史進程。面對殖民現代化這個大的歷史趨勢，個人是完全無能抵擋，只能順應殖民現代化的潮流進行改造的文化政治立場，正是呂文所指出呂赫若「那種命運無法逃避的『歷史哲學』」的實質。施淑在〈最後的牛車〉一文，還是很肯定夜行牛車「在社會劇變中的直接的、笨拙的、痛楚的反抗姿態」[20]，可是阿布都．R．簡．默罕默德不也說過，連對「帝國主義剝削持強烈批判態度的作者也被捲入了它的漩渦」之中，〈牛車〉在社會劇變中的反抗姿態之所以顯得直接、笨拙，不正是因爲創造它的呂赫若受制於殖民主義二元對立的思考邏

[17]阿布都．R．簡．默罕默德〈殖民主義文學中的種族差異的作用〉，收於張京媛編《後殖民理論與文化批評》，北京：北京大學出版社，1999 年，頁 196、197。

[18]同上註，頁 197。

[19]見游勝冠〈啓蒙者？還是殖民主義的同路人？——論左翼啓蒙知識分子所刻板化的農民形象的問題〉，及許倍榕《30 年代啓蒙「左翼」論述——以劉捷爲觀察對象》，臺南：成功大學臺灣文學系碩士論文，2006 年的相關研究。

[20]同註 14，頁 306。

輯，將楊添丁再現為前現代人物，否定其歷史能動性，不承認下層階層有應付殖民統治帶來的現代化社會變遷的能力所造成的嗎？因此「成為臺灣資本主義萌芽期」的呂赫若的小說創作，不必等到 1940 年代，在他邁出小說創作腳步的一開始，就注定「無法健全地走上那發生於資本主義時代的、充滿叛逆和批判精神的浪漫主義的道路」。

呂正惠在〈牛車〉這篇看似具有社會主義意識的作品中所看到的「命定無法逃避」、「個人完全無能為力」的歷史哲學，如果由其社會性根源加以判讀，其實也正是施淑所謂帶有「扭曲的、軟弱的性質」的右翼資產階級世界觀。面對殖民主義，呂赫若無法洞悉文化等級化背後殖民支配的真正企圖，在劣敗者的位置上自行就位後，他回嘴的聲音自然表現出「扭曲的、軟弱的性質」。雖然呂正惠用的是沒有具體歷史內容的「歷史哲學」，不過在幾段描述作為一位殖民地菁英的呂赫若如何冷眼俯視殖民地下層階級被時代巨輪無情淘汰的文字中，他的確精準掌握到呂赫若小說再現野蠻我族的殖民化視角，前引「呂赫若一貫的精確、冷酷、而無情，而下層階級則毫無逃脫可能的成為這一『進程』的『芻狗』」的說法，就是個鮮明的例證，下面這段文字也是如此，他說：

> 楊添丁的命運，正如許許多多的無田勞動者一樣，在社會歷史條件的巨輪下，「命該如此」，無可逃脫。呂赫若精細的文筆，一步一步地描寫楊添丁的掙扎，最後終不免於「慘敗」。就這樣，我們終於完全認清，下層階級如楊添丁者成為歷史的「犧牲」了。[21]

呂文所謂「社會歷史條件的巨輪」，就〈牛車〉所設定的歷史情境來看，指的不就是殖民統治所帶來的資本主義現代化改造嗎？而這不也正是施淑所指出的：呂赫若及其筆下殖民地知識分子認同「資本主義的一切美

---

[21]同註 10，頁 571。

好信念——爲自由、平等、博愛、科學、民主、合理等等」現代價值的物質基礎嗎？正因爲呂赫若認同這種現代化改造，認爲非文明的我族是非歷史，才會如呂正惠所論，站在知識菁英高高在上的位置，對跟不上時代腳步的我族做出「『命該如此』，無可逃脫」、「一階級如楊添丁者成爲歷史的『犧牲』」的凝視。

因此，呂正惠上文所歸納出的呂赫若小說的特質，正是右翼啓蒙知識分子將下層階級刻板化爲沒有歷史能動性的他者所形成的。這樣的呂赫若，雖不是呂正惠刻意要突出的，但在這個對〈牛車〉進行左向定位的解讀過程中，卻也因爲受制於這個文本意義結構，不小心暴露了呂赫若實際上是右翼啓蒙知識分子的政治位置及其世界觀，亦即呂赫若面對殖民統治時，是相當程度認同殖民統治所帶來的進步，並認爲現代化是「命定無法逃避」的那種文化態度。由此，也可以說，呂赫若小說創作的一開始，雖然寫出了帶有一定階級意識的兩篇作品，但貫穿作品的中心思考，仍是右翼啓蒙主義的邏輯。前人引以爲證明呂赫若對日本文明壓迫性有所批判的情節，由這個視角來看，其實也正是對下層階級無力對抗殖民支配的一種再現。因而，面對能夠壓縮時空的碾米機、汽車，那些「慢得無話可說」的水庫、牛車，只能在高效率的現代文明面前俯首稱臣，被時代的進步所淘汰；而聽到高效率的日本機器只能目瞪口呆的下層階級，他們的肆應之道，因此就只能是在暗夜裡偷偷地走到道路中央，趁四下無人，擊倒寫著「道路中央禁止牛車通行」的石標洩憤[22]。在呂赫若菁英主義視角凝視下，面對步步進逼的殖民現代化，下層階級沒有一點與時俱進的能力，只有被時代淘汰的份，因而走投無路的楊添丁，不僅自己的太太被生活所迫，淪於獸道，最後連自己也偷鵝被捉，而將他最後的出路設定爲進煉瓦城吃免費牢飯。

〈牛車〉裡的楊添丁如此，〈暴風雨的故事〉中的老松，也沒有什麼好

[22]呂赫若〈牛車〉，原發表於《文學評論》第 2 卷第 1 號，1935 年 1 月，收於呂赫若著，林至潔譯《呂赫若小說全集》，臺北：聯合文學出版社，1995 年，頁 43～45。

下場，就像同時期其他反映佃租問題的小說一樣，老松在面對地主階級百般不合理的欺壓時，也被剝奪了採取現代反抗形式的能力，最後只能以最原始的、以暴易暴的手段，將不給他生路的地主一棒打死作結。楊添丁、老松這些殖民地的下層階級是被呂赫若的菁英主義思考邏輯，剝奪了以現代政治形式進行反抗的能力，迪普西・查克拉貝蒂在〈作爲印度歷史中的一個問題的歐洲〉一文，指出印度主導反殖民民族主義運動的知識菁英，在好受殖民主義的思考邏輯後，是這樣將第三世界的下層階層「交付給歷史的一個想像中的候車室」，他說：

> 總是可以有理由說某人不如另一個人現代……這也是沒有辦法的事，因為在他們尋找大眾支持時，各種各樣的反殖民的民族主義運動被引進到政治領域，某些階級以及團體按照 19 世紀歐洲自由主義的標準只能是尚未成熟到可承擔自治的政治責任。他們是農民、部落成員、非西方的城市中的那些半熟練或沒有技術的產業工人，以及來自各種附屬的社會團體的男男女女，總之，他們都是第三世界的下等階層。[23]

不就是認定了楊添丁、老松這些殖民地的下層階級，「只能是尚未成熟到可承擔自治的政治責任」，需要已經進化的知識菁英進一步啓蒙、指導，因此呂赫若筆下的楊添丁、老松才會被再現成這般無力、毫無能動性嗎？

日本留學期間，呂赫若寫作了系列關注女性命運的小說，回臺後，則在系列家族小說中刻劃了封建家庭男性的敗德，這些系列小說的主人翁同樣因「不如另一個人現代」，而同樣被「交付給歷史的一個想像中的候車室」。在俯視傳統父權社會中的女性命運時，呂赫若對女性的同情也延續了這個邏輯，相信經由下文的繼續探討，呂赫若自視爲啓蒙主體，將其他非現代化我族客體化的問題，將越來越清楚；而在那些系列反映封建家族問

[23]迪普西・查克拉貝蒂〈作爲印度歷史中的一個問題的歐洲〉，《印跡》1，2002 年 8 月，頁 167。

題的小說，施淑所論斷呂赫若小說「只能從泛人性論出發，徘徊在那本來就是社會矛盾的產物的人性矛盾的探索之上」[24]的風格，也越來越明顯。

四、啟蒙男性主體對女性客體的再現

在憑弔過那些命定要被這個歷史巨輪淘汰的下階層人物之後，呂赫若日本留學期間及其回臺後所寫關注女性命運與大家族內部黑暗面的小說，究其實，也是對非文明我族歷史在場的再次排除。這裡先論女性小說，關於這個部分，前行研究都賦予過多的正面意義，並未意識到上述這種文、野二元對立思考邏輯與男性作家再現女性命運時性別權力關係的問題。之所以如此，最主要的原因是這些研究者尙未擺脫反抗史觀視角的制約，陳芳明以下的說法，就是一個很典型的例子，他說：

> 呂赫若小說之令人訝異，乃在於他身處殖民地統治之際，並未遺忘臺灣社會還停留在封建制度殘餘的階段。因此，他在描寫女性的處境時，並不全然把殖民統治者視為壓迫的唯一來源；他毋寧把更多的注意力投射在臺灣傳統社會所遺留下來的性別壓迫之上。[25]

在上文討論林瑞明將「反封建」等於「反帝」的觀點時，我們已經面對過類似的邏輯，但如果考慮到上述殖民主義的摩尼教寓言，所謂的「反封建」要如何避免複製、強化殖民主義文化等級化的邏輯，進而能不將封建傳統刻板化爲野蠻，應該是很難的。那麼，男性筆下的女性呢？女性的歷史存在能避開呂赫若這種文化態度的排除嗎？

呂赫若關注女性問題的小說，一開始就沿用了殖民主義文化等級化的框架，用來分類他筆下的女性：已經現代化因而較有自主性的女性及傳統

[24]同註 14，頁 309。

[25]陳芳明〈殖民地與女性——以日據時期呂赫若小說爲中心〉，收於陳映真等著《臺灣第一才子：呂赫若作品研究》，臺北：行政院文建會，1997 年 11 月，頁 248。

家庭中未受現代文明洗禮，因而也無力對抗自己在父權社會的命運的女性兩類。這樣的二元對立的架構，在作為「知識菁英」的他，與他對〈牛車〉、〈暴風雨的故事〉裡「底層人物」的刻劃中，就可以看到。同樣的，面對第一類已經現代化的女性，呂赫若用的多是平視的視角，帶著欣賞的角度去看、去寫她們；相對地，面對那些未現代化，因而無力反抗父權壓迫的女性，呂赫若俯視楊添丁的啓蒙視角，則又被延伸到那些等待進步男性主體解放的受難女性身上。這正如任佑卿在〈中國的反傳統主義民族敘述與性別〉一文所提醒的：

> 忽視性別的研究取向始終會隱藏性別壓迫和剝削的一面，這就是「當時男性主義的民族主義（masculinist-nationalist）話語的特徵」，即便是關注女性問題，提倡女性解放的進步男性知識分子也時不時露出與初衷不同的「無意識的性別投入」。他們的這些主張在女性解放話語中不可避免地導致女性他者化的結果。[26]

任佑卿談論的雖是半殖民地的中國反傳統主義，但對有著類似意識型態結構的臺灣啓蒙主義，也相當適用。啓蒙主義論述把西方的、男性化的現代性如科學、民主、進步、規律、理性、統合、自律的主體當作臺灣現代化的目標，並把自己定位在哀悼和同情女性——落後和野蠻的傳統父親秩序的犧牲品——的位置上。因此，「男性主導的女性主義」中作為民族啓蒙者的男性把傳統定型化為他者時，那樣的傳統和總以犧牲者身份登場的女性相結合。因此，啓蒙主義談論的是女性解放，可是主導話語的主角是男性或假定為男性，而女性最終還是被固定為被談論的對象[27]。呂赫若關注女性命運的小說，由於他的啓蒙、反傳統的立場非常強烈，不可避免地衍

[26]任佑卿〈中國的反傳統主義民族敘述與性別〉，《中國女性主義》7，桂林：廣西師範大學出版社，2006年10月，頁69。
[27]同上註，頁70。

生出這種「男性主導的女性主義」的問題。

1936 年發表的〈前途手記——某一個小小的紀錄〉中嫁人爲妾的女主角淑眉，因爲女人在傳統家庭中沒有孩子地位就會不保的觀念，想盡辦法想要懷孕，卻始終無法如願，最後因爲自己的無知祈靈於神明，終而賠上生命。對此後果，呂赫若寫說：

> 不久，第二年時淑眉不知怎麼了又再次死乞百賴地向林要求個養子，但林還是不答應，她突然變得很有信心地每天去佛寺。至此，除了神可以借助外，再也沒有別的辦法了。一想到實際的嘗試結果全部都失敗了，所以不曾停止只相信自己肚子的可能性。春去秋來，突然她祈禱而已，還更進一步地把從廟裡帶回來的草根或香灰讓下女煮了來喝。說是可以避免災難而把墨汁寫的神符燒了來喝。[28]

迷信是殖民主義、啓蒙論述再現非文明我族時所倚重的主要刻板形象之一，上述這段敘述，動員了這個刻板形象來深化表現淑眉的無助與無知，正可以看到「男性主導的女性主義」在思考女性問題時，如何受制於殖民主義，啓蒙主義的思考邏輯，讓「作爲批判對象的傳統及其作爲其證據的女性之間的區分越來越模糊」。命運與淑眉類似的，還有〈財子壽〉中的繼室玉梅，在呂赫若筆下，她也是一位順從丈夫、無力對抗自己命運的女性，她因爲畏懼丈夫海文的權威，懷孕之後，她「即使偶爾身體不舒服」，也「不敢說要看醫生或吃藥」，「她甚至認爲只要能替丈夫省錢就好，所以去田裡找草藥來喝。」[29]可以說，在呂赫若關注女性命運的小說中，「作爲犧牲者的女性」因爲呂赫若「對民族落後的恐懼的投射對象的需要

[28]呂赫若〈前途手記——某一個小小的紀錄〉，《臺灣新文學》第 1 卷第 4 號，1936 年 5 月，收於呂赫若著，林至潔譯《呂赫若小說全集》，臺北：聯合文學出版社，1995 年，頁 124～125。

[29]呂赫若〈財子壽〉，收於呂赫若著，林至潔譯《呂赫若小說全集》，臺北：聯合文學出版社，1995 年，頁 233。

而不斷被他者化」[30]。

玉梅的丈夫海文因爲好色，跟前後兩任的女傭都有染，懷了他的孩子而被嫁出去的前任女傭秋香，幾年後又回來長住，她仗著握有海文的把柄，在這個家庭中呼風喚雨、爲所欲爲，甚至虐待坐月子的玉梅，不僅不給她吃補身用雞酒，最後甚至連飯也不給她吃，面對這些不合理，呂赫若不擔心小說人物的性格太過平板化，而如此描寫因爲太無能而無法進行自救的玉梅及其反應：「就連溫順的玉梅也不禁流淚。由於她是前任太太的女傭，深受丈夫疼愛，即使抱怨也無濟於事，結果只能歸咎於自己的命運。」這樣寫玉梅面對命運的無能無力，可以說就是呂正惠所指出的：「那種命定無法逃避的『歷史哲學』」的一種強烈表現，然而，它的實質是什麼？由上文的討論，並不難理解，在〈牛車〉，是啓蒙主義那種文、野二元對立關係中，底層人物被相對位置上的知識分子剝奪能動性，在這類女性小說，則是因爲這種「男性主導的女性主義」，將女性他者刻板化成這麼無法所造成的，正如任佑卿指出「男性主導的女性主義」所存在的第一個問題時所說的：

> 假如，女性只作為被犧牲的證據出現在啟蒙男性知識分子的敘事中，女性自己站在主體位置上的可能性就顯得很渺茫。女性形象被刻化成因太無能而無法自覺地認識問題並進行自救。女性總是主體的他者，是需要主體救助的同情對象，也是需要主體啟蒙、改造、引導的未成年人。[31]

這種去「啓蒙、改造、引導未成年人」（女性）的男性主體，在〈財子壽〉中體現爲寫作者呂赫若，在〈前途手記——某一個小小的紀錄〉、〈廟庭〉、〈月夜〉等女性小說中，則由小說中的男性敘述者所扮演。〈前途手記——某一個小小的紀錄〉的最後，呂赫若讓敘述者現身了，原來前面的

[30]同註 26，頁 70。
[31]同註 26，頁 70。

故事是敘述者從一位老農婦口中聽來的，而作爲男性主體的敘述者的反應是：「聽到這裡我站了起來。新搬到我隔壁的農人婆婆一講到那兒就用衣襬掩鼻哭泣著。我雜然地聽到那個女兒的一生和她寂寞的死及作爲有錢人家的妾的悲哀，不禁滲出淚水來。」[32]淑眉在這段感嘆之後，便又成爲了需要「我」這個男性主體救助的同情對象了。

〈廟庭〉、〈月夜〉中作爲敘述者的翠竹表哥，在這兩篇連作的最後都跳出來爲翠竹被婆家虐待、娘家又不讓她回去的困境再三感嘆，在男性的我及女性的他的關係之間，這種爲女性悲慘命運不斷感嘆的話語，更是彰顯了典型的「女性總是主體的他者，是需要主體救助的同情對象，也是需要主體啓蒙、改造、引導的未成年人」的邏輯；〈月夜〉一路由敘述者追溯兩人成長過程中的點點滴滴，表妹翠竹從少女時代就比本性愛哭的我更加堅強，而昔日是「她安慰被乩童嚇哭的我」，如今反過來卻是他在安慰她，「命運多麼作弄人啊。歲月的流逝使我們的位置互換」，敘述者的我這樣感嘆。爲什麼歲月的流逝會使兩人之間強弱的位置互換呢？敘述者的我得出的答案是：「畢竟都是因爲翠竹是女人的緣故。」這個答案，一方面雖指涉了女性弱勢的社會性位置，但由上文：「歲月的流逝使我們的位置互換」來看，也同時意味著昔日愛哭軟弱的我如今已長大成爲一個男性主體，而女性的翠竹小時候雖然堅強，但因爲女性是弱者的這種本質，使得翠竹還停留在「未成年」狀態，因此位置一換，她就成爲了需要男性主體的我來安慰、「救助的同情對象」了。面對無法自救的女性他者，敘述者的我接著發出的當然是：「有沒有什麼可以救翠竹的方法？」[33]這種意味著女性無能自救的話語了。

在〈月夜〉，這種關係還侷限在表兄妹之間的個別關係上，到了續作〈廟庭〉時，呂赫若就將這種具有特殊性的性別關係，昇華爲男性主體的

---

[32]同註 28，頁 128。

[33]呂赫若〈廟庭〉，《臺灣時報》第 284 號，1942 年 8 月，收於呂赫若著，林至潔譯《呂赫若小說全集》，臺北：聯合文學出版社，1995 年，頁 280。

我，與所有沒有獨立能力的臺灣女性之間的普遍性關係了，在找到跳水自殺的翠竹後，那個小說中的男性主體又跳出來說話了：

> 啊——我無法止住流下來的淚水。此時，我格外感受到翠竹必須投水自盡的心情。既然娘家與婆婆都無法安身，除了求死外，還有什麼辦法呢。尤其對這樣沒有獨立能力，只能受環境支配的女性而言，更是如此。一思及這是她唯一能做的抵抗，除了憎恨翠竹的丈夫外，別無他法。那個有紳士外表的懦弱男人，實在不值得我們憎惡。不過，考慮到世上像這樣的男人不只是翠竹的丈夫一人而已，而像翠竹這樣想自殺的女性何其多啊。我不禁為臺灣女性感到義憤填膺。[34]

呂正惠在討論〈廟庭〉、〈月夜〉兩篇小說時，繼續發展他所謂的「必然性」的觀點是：「在翠竹父母的吵架聲中，我們看到翠竹的命運如何被社會和觀念所『決定』。但在這裡，翠竹的『必然性的命運』……」[35]云云，在將這些寫女性命運的作品與〈牛車〉、〈暴風雨的故事〉等「具有明顯階級意識及政治意識」的作品做比較後，他得出如下的結論：「作爲一個熟悉『歷史唯物主義』的小說家，呂赫若處理社會題材的方式大致可以分成兩類：……第二類則比較重視社會體制中的個人無可逃脫的命運，並儘可能抽去直接政治指涉，如〈前途手記〉及〈月夜〉。」從我在上文討論〈前途手記〉、〈財子壽〉、〈月夜〉、〈廟庭〉的問題框架來看，我對呂赫若「熟悉歷史唯物主義」、女性在「社會體制中個人無可逃脫的命運」這些觀點當然會存疑。在本文引申施淑的觀點，將呂赫若定位爲啓蒙主義知識分子之後，這裡所謂的「必然性」，到底指的是呂正惠所謂的「社會體制中的個人無可逃脫的命運」？還是男性主體所謂的女性也須通過啓蒙主義的「啓

---

[34]呂赫若〈月夜〉，《臺灣文學》第 3 卷第 1 號，1943 年 1 月，收於呂赫若著，林至潔譯《呂赫若小說全集》，臺北：聯合文學出版社，1995 年，頁 335。
[35]同註 10，頁 582。

蒙、改造、引導」，才能擺脫環境支配的「必然性」？應該是必須追問的。

〈廟庭〉所謂的「這樣沒有獨立能力，只能受環境支配的女性」的邏輯，如果反向思考，得出的不女性只要有獨立能力，就能擺脫環境的支配嗎？從上述這些寫女性命運的小說內容來看，呂正惠會得出那樣的結論並沒有什麼好質疑的，問題是，呂赫若除了寫女性無能對抗的形象之外，也相對這些沒有接受現代文化洗禮因而缺乏獨立能力的女性，在〈婚姻奇譚〉中寫了像琴琴這樣勇於挑戰社會體制的馬克斯少女，或者在〈藍衣少女〉、〈春之呢喃〉等小說中寫了因接受進步的現代文明洗禮，而勇於表現自我、追求自主人生的前衛女性。對照這兩個系列的女性小說來看，女性受制於社會體制並不是必然的，在呂赫若的想法中，女性只要接受現代文明啓蒙，有了獨立能力，他還是可以像那位馬克斯少女一樣，擺脫社會體制的束縛。所以，呂赫若如果真有所謂的「無可逃脫的歷史命定觀」，那是「歷史唯物主義」？還是「藉由文明開化，從屬者才能擺脫因爲文明落後而處於被支配命運」的啓蒙主義邏輯？不就應該很清楚了嗎！

五、社會性根源缺席的家族問題小說

〈婚姻奇譚〉中像琴琴這樣的馬克斯少女的驚鴻一瞥，很可以看出馬克斯主義在呂赫若文化視野中的位置，對受制於啓蒙主義邏輯的呂赫若來說，馬克斯主義並無特別之處，只是像其他曾經在臺灣流行過的現代文化思想一樣，因爲帶有啓蒙文明未開臺灣人的價值，而受到呂赫若的歡迎、肯定。1942 年返臺之後，呂赫若寫作了系列批判封建家庭及其價值如〈合家平安〉、〈財子壽〉、〈風水〉等小說，其中〈財子壽〉一作還獲得臺灣文學賞，這一系列被西川滿指責爲「非時局」的小說，事實上仍舊流露著前行研究所忽視的強烈啓蒙意識。

這系列家族小說向來受到前行研究極高的評價，呂正惠不僅將之評價爲「這時期最成熟的社會小說」，並以「這兩篇（〈合家平安〉、〈財子壽〉）寫的是舊地主世家的『歷史性的沒落』」掌握其主題說：

呂赫若在步步為營的事件、細節處理上，在無法逃避「命運」的主題選擇上，無疑和自然主義頗為相似。但是，呂赫若是個「歷史決定論」者，完全不同於左拉的「生物決定論」。[36]

呂赫若這些社會小說的自然主義風格是不是「完全不同於左拉的『生物決定論』」並不是本文關心的問題，倒是呂正惠所謂這些小說「在無法逃避『命運』的主題選擇上」，是否具有馬克斯主義思想傾向？則是關乎本文論點能否成立，需要進一步追究清楚的關鍵問題。

上文已經對呂正惠所謂「那種命定無法逃避的『歷史哲學』」有所討論，如果將這種「舊地主世家的『歷史性的沒落』」放在殖民統治帶來的資本主義化的歷史背景中，而在這些小說中「批判封建家庭」[37]，對殖民現代化改造所造成舊地主世家「歷史性的沒落」持肯定態度的呂赫若，究竟是馬克斯主義者，還是啓蒙主義者的問題，應該就可以得到解決。不過，如果要更進一步澄清這幾篇小說的屬性，則可以回到呂正惠在其論文中所使用幾個未清楚定義的馬克斯主義概念，追究清楚這些概念的意義，並釐清這些概念與呂赫若社會小說之間的關係，到底是相合的？還是相斥的？就能得到更明晰的理解與定位。

呂正惠論文用了諸如「是個『歷史決定論』者」、「熟悉『歷史唯物主義』的小說家」、「『社會性』」等論據，將呂赫若及其小說定位在左翼的位置上。是的，在 1936 年 8 月的《臺灣文藝》，呂赫若是以〈舊又新的事物〉，參與了當時的左、右文學論戰，在這篇文章中他清楚表達了對「歷史決定論」、「歷史唯物主義」的認識與認同，批評吳天賞等人的純藝術論是一種資產階級的文藝觀，並對文藝的歷史決定論有所闡發說：

[36]同註 10，頁 573。

[37]林至潔〈期待復活——再現呂赫若的文學生命〉，收於呂赫若著，林至潔譯《呂赫若小說全集》，臺北：聯合文學出版社，1995 年，頁 19。

> 任何純粹的藝術，其目的與素材，也都得之於一定社會關係中人類的感性活動中。而且，一般說來，藝術、文化，與科學、哲學、宗教、政治等精神產物，以及其他形態相同，反映創作出它的作家們於社會的生存方式，與現實的生活過程。立於產生出它的社會之現實、經濟的構造上。[38]

此外，諸如「因此，沒有純粹藝術，而且藝術應該是經常處於一定社會、政治控制下的產物，受社會諸階級政治勢力的影響、控制，以及引導。」[39]等的說法，也頗契合馬克斯主義的基本立場。

不過，理論歸理論，馬克斯主義作爲 1930 年代流行進步文化話語，誰不能這樣引經據典說上幾句，馬克斯主義作爲流行、時髦的文化符碼，曾是馬克斯少女琴琴琅琅上口。不過，就如垂水千惠所指出，在左翼刊物上初登文壇的呂赫若，很快地在別的方向形成他的風格，〈牛車〉、〈暴風雨的故事〉是呂赫若戰前小說中馬克斯主義色彩較強的作品，對「產生出它的社會之現實、經濟的構造」的確有所反映，然而兩篇作品離真正的馬克斯主義文學還是有段距離，因爲它們都未曾對資本主義必然衰亡進行深刻描繪，反而在將馬克斯主義反對的資本主義視爲「命定無法逃避的命運」的同時，遠離了左翼立場，服膺了那個時代更深入人心的右翼啓蒙主義，呂正惠由此而得出呂赫若是個「歷史決定論」者的論斷，是基於「命定無法逃避的『歷史哲學』」所做出的，這種意義下的歷史決定論，與馬克斯在《關於費爾巴哈的提綱》和《德意志意識形態》等經典著作所做的詮釋背道而馳，也不是這時候呂赫若所理解的，上層建築「立於產生出它的社會之現實、經濟的構造上」的歷史決定論，因而並無法藉由這個被抽空了馬克斯主義內涵的概念，去證明呂赫若的左翼立場。

---

[38]呂赫若〈舊又新的事物〉，《臺灣文藝》，7、8 月合刊號，1936 年 8 月，收於呂赫若著，林至潔譯《呂赫若小說全集》，臺北：聯合文學出版社，1995 年，頁 556～557。

[39]同上註，頁 558。

進入〈財子壽〉、〈風水〉、〈合家平安〉等被呂正惠歸在「具有馬克斯主義思想傾向」。[40]系列之下的作品來看，從中實在很難看出什麼歷史唯物主義思想，倒是施淑所指出的「泛人性論」色彩，展現得非常強烈。這些小說雖表現了一定「社會性」，但客觀上因爲呂赫若將這些舊地主世家的沒落，與「社會之現實、經濟的構造」的關係進行了切割，並將舊地主世家沒落的根本原因表現爲這些地主個人性上的缺陷，反而更趨近他 1936 年所批判的資產階級純文藝論的精神與立場。

在〈財子壽〉中，我們可以看到呂赫若切斷海文與外面社會的一切關係，他描寫海文的營生之道說：

> 不同於以財產為資本來做事業的弟弟們，他認為事業是不必要的，只要能節用繼承的財產，每年就可有數千圓的儲蓄。因此，他不參加社交活動，不喜歡與親戚來往，一有機會就極力推辭從雙親時代傳下來的保正公職。事實上，海文在分家後的第三年買了一甲步的水田。外頭謠傳，照這樣子下去，他的財產會日益增加，勢利眼的部落民都避免觸怒他。[41]

不以財產爲資本做事業、辭退保正公職，這些可能複雜化問題的社會關係性，都被呂赫若割斷了，完全違背了他之前所謂馬克斯主義文藝應該「立於產生出它的社會之現實、經濟的構造上」的主張，接著所寫的海文敗德史，因此都被孤立爲家族內部的事，家族內部人際關係的衝突，通通被歸咎爲主人翁海文個人人性上的缺憾，不與作爲基礎的社會、經濟結構發生一點關係。

這個造成小說人物間的衝突、推動情節變化最根本的人性因素，正是海文的「利己主義」，小說最後，寫兩兄弟在母親牌位前爭吵，海文要從祭祀用的公田所得到沒收海山收穫的部分來支付母親的葬儀費，忍無可忍的

---

[40]同註 10，頁 582。
[41]同註 29，頁 237。

海山突然火冒三丈，指責海文的「利己主義」說：

隨你高興了。大家都會付的。反正你是個不擇手段的傢伙。不管我多窮，都會付得一清二楚的。做骯髒事卻想變得有錢。哼——如果以為這個世界也是這樣，那可說是認識不清了。嫂嫂為什麼會發瘋？錢是大家都會支付的，多少做一些有益於國家社會的事吧。如果認為利己主義很好，那就大錯特錯了。」[42]

呂赫若在此是以「利己主義」歸結這個家族破敗的根本原因，一開始是「因海文吝嗇而起衝突」[43]的兄弟分家；海文與下女秋香、素珠之間的曖昧關係；放任七年前被他「說丟就丟」的秋香回來住、欺負玉梅；才剛送精神錯亂的玉梅，就找媒人物色新的女人……等等敗德事件，可說呂赫若都將之表現爲海文這種「利己主義」的惡果。

在〈合家平安〉的最後，也有類似的段落，看來就像是呂赫若在歸結這篇小說的立意一樣，他寫道：

這時，舅舅突然怒聲大叫。他猛然清醒似的，傾耳傾聽。

「怎麼樣？還不明白嗎？去！如果明天沒有勇氣住院接受戒掉鴉片的治療，那就無藥可救了。已經到了今天這般山窮水盡的地步，還不能清醒，倒不如死掉算了。怎麼樣？我幫你出費用。」

聽到舅舅說的這番話，瞬間，有福若有所悟，似乎已經清楚瞭解到父親之所以不幸的原因。[44]

呂赫若是這樣將這個家族起起落落的根本原因，歸咎於范慶星個人無

[42]同註 29，頁 263。

[43]同註 29，頁 236。

[44]呂赫若〈合家平安〉，收於呂赫若著，林至潔譯《呂赫若小說全集》，臺北：聯合文學出版社，1995 年，頁 365。

法抗拒鴉片誘惑這種人性上的懦弱，而沒有去追究決定了這種性格的「複雜的社會歷史矛盾」，所以這類小說根本不存在「歷史決定論」、「歷史唯物主義」，甚至還因爲一再地寫范慶星一次又一次，莫名所以、不能自拔地沈淪於鴉片，不僅讓這個人物變得平板化，以此推動的小說情節的轉折，也因爲太想當然爾而缺乏戲劇性的張力。從范慶星還是巨萬財產的繼承人的一開始，就寫他「陶醉在鴉片中時，完全一副羽化登仙的狀態」[45]；到家財蕩盡，爲人幫傭，死性仍然不改，連老闆繳稅剩的零錢也偷去買鴉片，被指責時，什麼也不在乎，只是「用包袱巾包住全套的鴉片道具，急忙回家，鑽進床榻，用薪水換來的鴉片沒有抽完前絕不離床。」[46]三子開了飲食店，在最初開張的兩三個月，范慶星鴉片的吸食量的確很少，「但這是貧窮時的時勢所趨，不會永遠如此」家裡經濟稍微好轉之後「范慶星也就毫不在乎地恢復了昔日的生活」[47]；次子、三子因爲「開店有所得的只有阿爸而已」而棄家離去之後，欠缺買鴉片錢的范慶星又把腦筋動到從小就被他棄養的長子身上。如果范慶星就只是這樣一路沈淪到底的樣子，沒有其他的可能性，那這樣的人物是否值得寫？其實是值得商榷的，呂赫若甚至還以之作爲情節演變的動力，將原本是青商會關係中的問題縮小爲范慶星個人的問題，呂赫若人文主義的思考傾向的確非常強烈。

角色的形塑缺乏立體感、流於刻板化是這系列家族小說的通病，這是將小說的問題點聚焦於人性，缺乏社會關係的深度所造成的，這個問題在〈風水〉這篇小說暴露得更爲清楚。這篇小說的衝突結構就架在兄周長乾善良溫厚、弟周長坤功利自私的人性對立關係上。好人好到底，壞人壞到透，兄周長乾孝順父母，因此孩子雖不汲汲營營，但父慈子孝，一家和樂融融；弟周長坤自私自利，小孩子在父親的嚴格要求下雖有所成就，不過惡人有惡報，後來卻災難連連。小說就在這種人性的二元對立關係中，圍

---

[45]同註 44，頁 346。
[46]同註 44，頁 349。
[47]同註 44，頁 353。

繞著「做風水」一事開展情節，小說最後結束在「敬祖尊宗的想法到底到哪裡去了？道德、禮教的頹廢過於容易了……」[48]的道德訓誡中，看來猶如在寫一部勸善懲惡的童話故事一樣。

這個問題不是到了這個階段才浮現出來，在〈暴風雨的故事〉發表之後，河崎寬康就曾以「寫實主義的不充分性」，批評過呂赫若所創造的小說人物類型化的缺陷，他說：

> 中心人物的夫婦還好，但地主及其兒子，還有農村的警察等太類型化，為此作品逼真的力量大為消滅。這些人物作為佃農和窮人的反對因素，總是流於概念的，但這種人物的概念的設定，不論在什麼場合都會弱化藝術性，特別要描寫如在臺灣的特殊的社會條件中擁有極為重要角色的這些人物的時候，是會被要求極為冷酷的寫實主義的。地主和他兒子以及警察一點也沒有必要像在這個作品中一般，硬要把他們寫成貪婪又沒有人性的人物。」[49]

小說人物流於類型化、刻板化的問題，與作者價值立場善惡過份二元對立息息相關，所以這個問題追根究底，還是來自啓蒙主義與殖民主義共享的文／野、善／惡……二元對立世界觀，由於對殖民統治所帶來的現代性偏執性地認同，不能辯證地面對外來與在地、現代與傳統的關係，呂赫若經由這種思考邏輯所構思出來的小說世界，呼應他對現代價值的絕對肯定與對傳統價值的厭惡、排除，由此所型塑出的小說人物，要不流於類型化、刻板化，恐怕也很難。

由此來看，殖民主義對臺灣知識分子思考的作用，並不僅止於思想層面，對他們藝術上的表現，同時也造成深刻的影響。雖強將這種思想、藝

[48]呂赫若〈風水〉，《臺灣文學》第 2 卷第 4 號，1942 年 10 月，收於呂赫若著，林至潔譯《呂赫若小說全集》，臺北：聯合文學出版社，1995 年，頁 318。

[49]〈關於臺灣文化的備忘錄（二）〉，《臺灣時報》195，1936 年 2 月 1 日，收於黃英哲編《日治時期臺灣文藝評論集》第 1 冊，臺南：國家臺灣文學館籌備處，2006 年，頁 358。

術表現傾向解釋爲「歷史決定論」，但呂正惠所謂「在步步爲營的事件、細節處理上，在無法逃避『命運』的主題選擇上，無疑和自然主義頗爲相似」[50]的說法，的確敏銳地捕捉到呂赫若這類小說的主要特質。葉渭渠在《日本小說史》一書，歸納、闡述日本自然主義小說的第一種特色：「反對封建道德、反對因襲觀念，強烈地表現在反對家族制度」[51]時，所指摘日本自然主義的侷限，從呂正惠爲呂赫若與自然主義所做的聯繫來看，就像針對呂赫若小說方面的問題而發一樣，他說：

> 日本自然主義小說家大多停留在觀察和暴露上，很少以社會為背景加以分析和批判；停留在對現象表面過份細膩的描寫上，往往著力揭示非本質的觀念化的問題和個別性問題，而缺乏從思想性角度去理解，更沒有闡發其不合理的真正根源，有意無意迴避家族制度和封建天皇制的實質問題。[52]

「停留在對現實表面過份細膩的描寫上」是呂正惠也察覺到的呂赫若小說自然主義的特質，而「往往著力揭示非本質的觀念化的問題和個別性問題，而缺乏從思想性角度去理解，更沒有闡發其不合理的真正根源」的批評，與上引施淑批評這些家族小說流於泛人性論的說法，則頗有異曲同工之妙。

六、結論

如果以啓蒙主義的邏輯來解釋呂赫若的「無可逃脫的歷史命定觀」可以成立的話，那麼呂赫若小說中這種無可逃脫的歷史命定意識，頂多只能算到〈合家平安〉，正如前論，〈財子壽〉中的家族是封閉的，呂赫若並未

---

[50]同註 10，頁 573。
[51]葉渭渠《日本小說史》，北京：北京大學出版社，2009 年，頁 219。
[52]同上註，頁 219～220。

將這個大宅院與外面的社會聯繫起來，因此繼室玉梅悲劇的發生，只是海文的自私、玉梅作為傳統女性的懦弱及秋香的厲害這些「人性」上的問題交互作用所造成。〈合家平安〉中范家兩次的起落，不都只是因為范慶星個人性格上的軟弱，禁不起鴉片煙的誘惑，一再耽溺所造成的，就如施淑指出的：「只是些發生在家庭裡的變故」，關注點已由〈牛車〉的社會層面轉移到范慶星個別的「人性問題」[53]，呂赫若這類被定位為「社會小說」的作品，「大多停留在觀察和暴露上，很少以社會為背景加以分析和批判」，並沒有更進一步探索小說主人翁之所以一再墮落的社會性根源。呂赫若作為啓蒙主體凝視非文明我族的問題，在他之前發表系列女性問題小說，正如本文所分析的，也可看到。

另一方面，在與這些家族小說前後發表的〈柘榴〉、〈玉蘭花〉中，我們已經看到呂赫若克服文化二元制的嘗試，到了〈清秋〉、〈山川草木〉、〈風頭水尾〉等作品，我們則可以看到他重新評估了傳統、我族的價值，而不再視文明進化為被殖民臺灣人得到救贖的唯一道路。儘管如此，這些小說仍難以擺脫資產階級淺薄的人道主義陰影，〈清秋〉這篇備受爭議的小說中，施淑所謂帶著「扭曲的、軟弱的」個性的耀動，面對南進或留守故鄉的兩難時，既未對產生這種兩難抉擇的社會矛盾進行探索，因此也無法像張文環在〈泥土的香味〉中批評想隨日本帝國主義南進的腳步掠取利益的投機者一樣，對時局做出大是大非的評斷，對耀勳來說，南進或留守故鄉都可以，這純然只是個人選擇的問題而已。在戰爭期思想嚴格管制的時代氛圍中，呂赫若所能堅守的底線，或許就只能是沾上自由主義一點邊的個人主義而已；〈山川草木〉、〈風頭水尾〉雖吸收了張文環〈夜猿〉回歸土地的積極意義，不過，這是相對鼓吹臺灣人加入戰爭擴張的「南進」政策，所彰顯出來的正面意義，而非具有任何社會主義色彩，因此這些小說不僅沒有那麼理所當然「讓呂赫若成為飽滿的社會主義作家」，也不會讓他

[53]同註 14，頁 309。

在戰後那麼「當然」地「投入了左翼的革命運動」[54]。

儘管呂赫若始終擺脫不了啓蒙主義的陰影，不過，他和張深切、劉捷這些「啓蒙『左翼』」知識分子終究不同，文聯分裂過程，呂赫若就曾在 1936 年 5 月發表的〈文學雜感——兩種氣氛〉，批評那些認為「派系、血統差異都不在文學範圍內」[55]的純藝術派，清楚表達對楊逵反法西斯主義立場的認同。因此，呂赫若的臺灣人立場是無庸置疑的，本文所討論呂赫若思考及其小說創作上受制於文化等級制的種種的現象，只是印證了阿布都・R・簡・默罕默德所指出殖民主義摩尼教寓言之深入被殖民者心靈，連對「帝國主義剝削持強烈批判態度的作者也被捲入了它的漩渦」之中的說法，因而與其看作是呂赫若個人創作的侷限，倒不如說是受制於這種摩尼教寓言的啓蒙主義文學中普遍存在的問題。

呂赫若寫得最具有歷史是非感的小說，就非二二八事件前夕發表的〈冬夜〉莫屬。他在戰前所寫的小說，都難以避免施淑所指出的：只是「從泛人性論出發，徘徊在那本來是社會矛盾的產物的人性矛盾的探索之上」的問題，本文將施淑這裡的觀點落實到殖民地的歷史條件，追究其社會根源之後，指出呂赫若小說中的泛人性論，是受制於資產階級啓蒙主義思考邏輯的結果，而不是左統派方正當化地戰後投入中國左翼革命的行動，用以合理化呂赫若在思想與行動上的一貫性與因果關係的「歷史哲

[54]林載爵〈呂赫若小說的社會構圖〉中說：「讓呂赫若成為飽滿的社會主義作家的作品應該是〈清秋〉、〈山川草木〉與〈風頭水尾〉三篇。……耀動終於擺脫了不安與徬徨，成為小鎮作家。寶連在山上學習到了新的生活方式，徐華決定留在貧瘠的土地上開墾，呂赫若當然也投入了左翼的革命運動。」，收於陳映真等著《臺灣第一才子：呂赫若作品研究》，臺北：行政院文建會，1997 年 11 月，頁 184～185。

[55]呂赫若〈文學雜感——兩種氣氛〉，《臺灣文藝》第 3 卷第 6 期，1936 年 5 月，收於黃英哲編《日治時期臺灣文學評論集（雜誌篇）》第二冊，臺南：國家臺灣文學館籌備處，2006 年，頁 37。呂赫若在該文批評主張文學不涉政治的臺灣作家說：「在 8 月 11 日的『文聯大會』上，我的感受更是痛切。關於『派系』、『血統差異』的問題，分部報告時，有人（可惜不知道名字）說了一段話，意思大概是說：『派系、血統差異都不在文學範圍內，議論這些問題的人是文藝的門外漢。』我對這種大膽的說詞很驚訝，他本人完全沒有提起這一番說話的根據，可是聽他的語氣，應該是無憑無據，信口開河的吧？也許他們覺得『對神聖的文學而言，這種事太麻煩了，管它去死』吧！這不就是所謂的前者之流嗎？」。

學」。因此，如果真要秉持「歷史唯物主義」的原則，關於呂赫若戰後爲什麼投入左翼革命行動這個問題，就不該「唯心」地說呂赫若「他相信……」，而是應該「唯物」地追問：「戰後國民黨政府的失政到底有多嚴重，呂赫若的憤怒、不滿又有多強烈？戰前對殖民統治即使有所不滿，仍能安於異族統治、專心追求藝術成就的他，戰後爲什麼完全不顧身家安危，鋌而走險加入武裝革命的行列；而他戰後投入反抗行動之義無反顧，是爲了「擊敗以前他那麼無可奈何的那種歷史條件的因素」，還是現在祖國來了，毀壞了什麼人生存的基本條件？所以他才不惜犧牲生命也要與之對抗。

前衛版《呂赫若集》的附錄，張恆豪編的〈呂赫若生平寫作全集〉，1948年項下，這樣不惹人注意地寫著：

> 1948 年　35 歲　受當時建國中學校長、也是「臺灣民主自治同盟」盟員陳文彬的影響，思想逐漸左傾。[56]

這些話，應該是很瞭解 1930 年代不分左右翼的知識分子，把馬克斯主義當作流行進步價値掛在嘴邊，卻很少身體力行實踐的張恆豪，由此對呂赫若的政治位置所做下的論斷吧！這樣的論斷，就像垂水千惠的提醒一樣，很少引起立場既定的研究者注意。強將呂赫若塞進自己認同的反抗文學框架中，不僅無法爲呂赫若增添他在臺灣文學史上的重要性，反之，失了焦的詮釋視角，卻讓我們離真實的呂赫若越來越遠。

——選自《臺灣文學學報》第 16 期，2010 年 6 月

[56]張恆豪〈呂赫若生平寫作年表〉，收於張恆豪編《呂赫若集》，臺北：前衛出版社，1991 年，頁319。

輯五◎

研究評論資料目錄

作家生平、作品評論專書與學位論文

專書

1. 陳映真等　　呂赫若作品研究：臺灣第一才子　臺北　行政院文建會，聯合文學出版社　1997年11月　344頁

本書爲行政院文建會於1996年11月30日—12月1日主辦的「呂赫若文學研討會」會議論文結集，從文學、史學、社會學、心理學及女性主義等各種角度來討論呂赫若的人、事、文，與他所身處的動盪年代。共收 14 篇論文：陳萬益〈蕭條異代不同時——從〈清秋〉到〈冬夜〉〉，林明德〈呂赫若的短篇小說藝術〉，呂正惠〈「皇民化」與「決戰」下的追索——呂赫若決戰時期的小說〉，林瑞明〈呂赫若的「臺灣家族史」與寫實風格〉，張恆豪〈日據末期的三對童眼——以〈感情〉、〈論語與雞〉、〈玉蘭花〉爲論析重點〉，藍博洲〈呂赫若的黨人生涯〉，柳書琴〈再剝〈石榴〉——決戰時期呂赫若小說的創作母題（1942—1945）〉，林載爵〈呂赫若小說的社會構圖〉，野間信幸作、邱振瑞譯〈關於呂赫若作品〈一根球拍〉〉，施淑〈首與體——日據時代臺灣小說中頹廢意識的起源〉，垂水千惠作、許佩賢譯〈初期呂赫若的足跡——以一九三〇年代日本文學爲背景〉，陳芳明〈殖民地與女性——以日據時期呂赫若小說爲中心〉，藤井省三作、張秀琳譯〈呂赫若與東寶國民劇——自入學東京聲專音樂學校到演出「大東亞歌舞劇」〉，陳映真〈激越的青春——論呂赫若的小說〈牛車〉和〈暴風雨的故事〉〉。正文後附錄〈呂赫若文學座談會〉。

2. 朱家慧　　兩個太陽下的臺灣作家——龍瑛宗與呂赫若研究　臺南　臺南市立文化中心　2000年11月　371頁

本書爲碩士論文出版，旨在探究龍瑛宗、呂赫若在日本、中國、臺灣三元思考下的衝擊與迷思。全文共 5 章：1.緒論；2.年輕的臺灣文學；3 分裂與轉向；4.太陽下的幽谷；5.結論。正文後附錄〈龍瑛宗與呂赫若年表（1911—1951）〉。

3. 沈慶利　　啼血的行吟——「臺灣第一才子」呂赫若的小說世界　北京　作家出版社　2006年7月　270頁

本書析論呂赫若的生長環境及個性特質，並探討其代表作品〈牛車〉於臺灣日據時代的意義，進一步論述其身於被殖民的歷史洪流中，對自我根源性文化的追尋。全書共 8 章：1.叛逆者的崛起；2.紅色文藝青年；3.〈牛車〉時代；4.殖民地與女性；5.扯不斷的文化根系；6.於夾縫中抗爭；7.叛逆者的殞落；8.詩性的追求。正文後有結語。

4. 王建國　　呂赫若小說研究與詮釋　臺南　臺南市立圖書館　**2002** 年 **12** 月　**316** 頁

本書為碩士論文出版，以呂赫若小說的流變為主軸，並配合其所處的時代環境，探討其小說內容、人物形象、敘事手法等，在經歷時代重大轉折時的變化。並輔以翻譯完成之《呂赫若日記》，以明作者創作意識及寫作策略，並與當時作家之作品相互比較。正文前後有緒論及結論，正文共 3 章：1.前、中期家族小說對臺灣本土的探索；2.中期「問題小說」對主體身份的追問；3.戰後四篇中文小說對文化認同的詮釋。正文後附錄〈呂赫若生平暨寫作年表〉。

5. 垂水千惠　　呂赫若研究——**1943** 年までの分析を中心に　東京　風間書房　**2002** 年 **2** 月　**342** 頁

台湾の日本語文学を代表する作家呂赫若は、複数の文化間を縦横に移動する存在であった。挫折・苦闘も含むその軌跡は困難な時代の心強い指標となるであろう。正文前有序章，正文共 7 章：1.「牛車」執筆以前（1914−1934）；2.「牛車」の執筆（1934—1935）；3.初期作品群（1935—1937）；4.文学的空白と音楽・演劇活動（1937—1942）；5.『台湾文学』時代の文学活動（1942—1943）；6.台湾における音楽・演劇活動（1942—1943）；7.呂赫若研究の可能性。

學位論文

6. 洪鵬程　　戰前臺灣小說所反映的農村社會　中國文化大學中國文學研究所碩士論文　李瑞騰教授指導　**1992** 年 **6** 月　**199** 頁

本論文以戰前臺灣小說呂赫若〈牛車〉、〈暴風雨的故事〉等為分析對象，探討其中所反映的農村社會。全文共 6 章：1.緒論；2.日據下的臺灣農村社會；3.戰前臺灣小說與農村社會的關聯；4.小說所反映的農村社會（上）；5.小說所反映的農村社會（下）；6.結論。

7. 陳黎珍　　呂赫若の研究——人とその作品　東吳大學日本文化研究所　碩士論文　蜂矢宣朗教授指導　**1993** 年 **6** 月　**101** 頁

本論文以日文書寫，透過研究呂赫若的生平與作品，探討其文學觀與作品特色。全文共 5 章：1.緒論；2.呂赫若の生涯とその文學背景；3.呂赫若の文學觀とその特色；4.戰前の作品の檢討；5.戰後の作品の檢討；6.結論。正文後附錄〈呂赫若年表〉。

8. 朱家慧　　兩個太陽下的臺灣作家——龍瑛宗與呂赫若研究　成功大學歷史學

系　碩士論文　林瑞明教授指導　**1996**年**6**月　**156**頁

本論文旨在探究龍瑛宗、呂赫若在日本、中國、臺灣三元思考下的衝擊與迷思。全文共5章：1.緒論；2.年輕的臺灣文學；3分裂與轉向；4.太陽下的幽谷；5.結論。正文後附錄〈龍瑛宗與呂赫若年表（1911—1951）〉。

9. 曾麗蓉　　呂赫若の作品における音声表現——搖れる心境　大阪教育大學大學院國際文化專攻日本・アヅア言語文化研究コース　修士論文　工滕貴正教授指導　**1996**年　**145**頁

この修士論文では、台湾文学を、表現論的観点から考察する実践として、呂赫若の作品と資料と、その作品の特色である音声表現を考察の対象とした。事例を分析する視点としては、台湾文学の特殊事情、すなわち、日本との関係を考えて、対日感情を設定したのである。全文分序論、本論 6 章及結論：序論：台湾文学を研究する立場；本論：1.作品の梗概；2.作品の冒頭と末尾の音声の関係；3.各作品の音声の種類と使用度数；4.屈折の象徵——笑声；5.反抗の象徵——乗り物の音；6.悲しみと慰あから反抗へ——歌声と音樂；結論：音声表現に見る作者の心境。

10. 大藪久枝　　戰前日本文壇重視的三篇臺灣小說研究　東吳大學中國文學系碩士論文　林明德教授指導　**1997**年**6**月　**102**頁

本論文研究日據時代臺灣作家曾經使用日本語創作小說，如楊逵、呂赫若、龍瑛宗得獎作品〈送報伕〉、〈牛車〉、〈植有木瓜樹的小鎮〉爲研究重點，了解日據時代臺灣文學的全貌。全文共 5 章：1.日治時期日本語文學的發達；2.楊逵和他的〈送報伕〉；3.呂赫若和他的〈牛車〉；4.龍瑛宗和他的〈植有木瓜樹的小鎭〉；5.結論。

11. 王建國　　呂赫若小說研究與詮釋　中山大學中國文學系　碩士論文　龔顯宗，林瑞明教授指導　**1999**年**7**月　**316**頁

本論文以呂赫若小說的流變爲主軸，並配合其所處的時代環境，探討其小說內容、人物形象、敘事手法等，在經歷時代重大轉折時的變化。並輔以翻譯完成之《呂赫若日記》，以明作者創作意識及寫作策略，並與當時作家之作品相互比較。正文前後有緒論及結論，正文共 3 章：1.前、中期家族小說對臺灣本土的探索；2.中期「問題小說」對主體身份的追問；3.戰後四篇中文小說對文化認同的詮釋。正文後附錄〈呂赫若生平暨寫作年表〉、〈《呂赫若日記》中，記載呂赫若購、譯、閱書一覽表〉。

12. 張譯文　　呂赫若小說之社會思想與女性意識探討　高雄師範大學國文學系國

文教學碩士班　碩士論文　顏美娟教授指導　**2002** 年　**173** 頁

本論文以呂赫若的小說流變爲主軸，探討呂赫若的社會主義思想文學於日據時代所扮演的角色，並析論呂赫若透過寫實技巧書寫女性、知識分子、勞動階級與地主諸角色的時代意蘊、作品的藝術特色與成就。全文共 6 章：1.緒論；2.呂赫若生平與文學背景；3.呂赫若小說中之社會思想；4.呂赫若女性小說之主題意識；5.呂赫若小說創作技巧分析；6.結論。正文後附錄〈呂赫若生平創作年表〉、〈《呂赫若日記》記載閱讀歐俄作家之作品一覽表〉。

13. 張嘉元　　呂赫若研究　東海大學歷史學系　碩士論文　張炎憲教授指導　**2003** 年 **1** 月　**141** 頁

本論文透過（1）呂赫若家人的訪談紀錄、與呂赫若交往的人士之回憶錄或作品；（2）呂赫若作品、日記及履歷、戶籍資料；（3）當時文藝雜誌所記載的活動；（4）戰後與其相關之報刊，如《政經報》、《新新》、《台灣文化》、《人民導報》等，深入分析其對於週遭人事物的態度與其作爲，還原呂氏的生活與生命經驗。全文共 7 章：1.緒論；2.家族；3.求學與任職；4.呂赫若與臺灣新文學；5.戰後初期的活動；6.冬夜的來臨；7.結論。

14. 戶田一康　　日本領時代的臺灣人作家所描寫的公學校教師形象　東吳大學日本語文學系　碩士論文　蔡茂豐教授指導　**2004** 年 **6** 月　**118** 頁

本論文以日文寫作。以日本語教育史的觀點來看楊逵〈公學校〉、龍瑛宗〈宵月〉、呂赫若〈青い服の少女〉及陳火泉〈張先生〉4 篇作品，討論日據時代的臺灣文學進而探討作品裡所描繪的教師形象並且討論作品裡所呈現的問題。全文共 6 章：1.緒論；2.公學校教師像Ⅰ；3.公學校教師像Ⅱ；4.公學校教師像Ⅲ；5.公學校教師像Ⅳ；6.結論。

15. 陳姿妃　　呂赫若小說中女性宿命觀研究　屏東師範學院語文教育學系　碩士論文　余崇生教授指導　**2005** 年 **1** 月　**211** 頁

本論文以聯合文學出版社於 1998 年出版的《呂赫若小說全集》爲研究範圍，分析其中以女性爲主題的小說作品。全文共 7 章：1.緒論；2.女性小說與呂赫若；3.父權宰制下的女性境遇；4.反父權體制的現象；5.婚姻變奏曲；6.女性救助與成長；7.結論與建議。正文後附錄〈呂赫若生平記事及寫作年表〉。

16. 陳素蕙　　知識份子文學批判的休閒意涵——以日治後期的呂赫若爲例　大業大學休閒事業管理學系碩士在職專班　碩士論文　黃世明教授指導

2006年6月 93頁

本論文以呂赫若爲例，從其作品詮釋來探討臺灣左翼知識分子文學批判所呈現的休閒意涵，並論析歷史脈絡中臺灣知識分子的特質與類型。全文共 5 章：1.緒論；2.知識分子與休閒批判的關係；3.日治後期到國民政府治臺前期的臺灣知識分子；4.呂赫若文學批判的休閒意涵；5.結論。

17. 蔡伶琴　呂赫若文学の研究——家族関係を中心として　東吳大學日本語文學系　碩士論文　林文賢教授指導　**2007年1月　216頁**

本論文旨在對呂赫若作品中的家人關係，做總體性之分析，並且進一步探討呂赫若作品中所表現的人道精神以及當時女性所遭遇的困境。全文共 5 章：1.序論；2.婚前の交際；3.婚姻関係；4.家族関係；5.結論。正文後附錄〈呂赫若の作品年表〉。

18. 蔡佳真　呂赫若研究：《清秋》にみる呂赫若の文学的営爲を中心に　熊本大学大学院社会文化科学研究科　博士論文　**2008年3月　198頁**

本稿には呂赫若に関する研究の現状とこれまでの成果を考察し、また、《清秋》を通して呂の作家像を構築すること。全書分2部，第1部「呂赫若研究の現状と今後の課題」，共 4 章：1.テキストにかかわる諸問題；2.年譜にかかわる諸問題；3.研究文献にかかわる諸問題；4.今後の研究課題；第 2 部「呂赫若戦時中の文学活動——《清秋》にみる呂赫若の文学的營爲を中心に」，共 5 章：1.〈財子壽〉論——「福壽堂」の空間設定について；2.《日記》にみる呂赫若の東京滯在中の読書生活について；3.帰台後の創作上の進展Ⅰ；4.帰台後の創作上の進展Ⅱ；5.帰台後の創作上の進展Ⅲ。正文後有〈終章——小說集《清秋》について〉，並附錄〈呂赫若創作年譜〉、〈昭和 17—19 年呂赫若創作日記關聯表〉、〈呂赫若研究文獻目錄〉。

19. 施伽妏　韓國與臺灣農民小說之比較研究——李無影與呂赫若爲中心　中國文化大學韓國語文研究所　碩士論文　趙鎭基教授指導　**2008年6月　91頁**

本論文析論李無影與呂赫若日治時期農民小說中的農民描述和形象塑造，探討在當時政權底下，農民們所面臨到的種種問題。全文共 4 章：1.서론；2.일제하한국과타이완의현실과농민소설　；　3.이무영과뤼허루워의농민소설　；4.결론。

20. 馮雅蓮　呂赫若研究：ある台湾作家の戦前および戦後の軌跡　北九州私立

大学大学院社会システム研究科　博士論文　木下善真教授指導 2009年3月　126頁

本論では戦前から光復以降にかけて呂赫若が台湾政治の転換に如何なる反応と作中に描いた女性を中心に研究する。また、作家の使用言語の転換の検討する。全文共 5 章：1.作家の再生される遠い記憶；2.歴史の軌跡からみる台湾の女性たち；3.日文小説からみる女性の有り様；4.光復後の言語転換；5.戦後の中文小説におけるエクリチュール，正文前後各有〈序章〉及〈終章〉。

21. 凌正峯　呂赫若農民小說的左翼立場　東海大學中國文學系　碩士論文　周芬伶教授指導　2009年6月　239頁

本論文運用呂赫若作品文本、日記、成績單、戶籍資料、家人訪談紀錄，旨在分析呂赫若的左翼立場。全文共 6 章：1.緒論；2.呂赫若生平研究；3.呂赫若與左翼運動；4.呂赫若及友人與左翼雜誌之關係；5.分析文本中農民小說的左翼立場；6.結論。正文後附錄〈呂赫若生平及創作年表〉、〈臺灣及世界重要社會事件年表〉、〈訪問呂赫若老婆林雪絨女士〉、〈訪問呂赫若長子呂芳卿先生〉、〈訪問呂赫若次子呂芳雄先生〉。

作家生平資料篇目

他述

22. 張文環　雜誌《臺灣文學》の誕生〔呂赫若部分〕　臺灣近現代史研究　第2號　1979年8月　頁180—188
23. 中村哲著；張良澤譯　憶臺灣人作家〔呂赫若部分〕　臺灣文藝　第83期　1983年7月　頁147
24. 王晉民，鄺白曼　呂赫若　臺灣與海外華人作家小傳　福州　福建人民出版社　1983年9月　頁28—29
25. 中島利郎編　呂赫若記事　臺灣文學研究會會報　第5、6期合刊　1984年4月　頁51—54
26. 林雙不　二二八亡魂——呂赫若　大聲講出愛臺灣　臺北　前衛出版社　1989年2月　頁111—112
27. 藍博洲　永遠的王添燈〔呂赫若部分〕　人間　第41期　1989年3月　頁

144

28. 陳萬益等[1]　臺灣第一才子——呂赫若生平再評價（1—4）[2]　民眾日報　1990 年 12 月 3—4，6—7 日　18，20 版

29. 張秀君　呂赫若的創作生平　史學　第 16、17 期合刊　1991 年 6 月　頁 166—170

30. 巫永福　呂赫若的點點滴滴　文學臺灣　第 1 期　1991 年 12 月　頁 13—15

31. 巫永福　呂赫若的點點滴滴　巫永福全集　臺北　傳神福音文化公司　1995 年 5 月　頁 115—119

32. 〔施淑編〕　呂赫若　日據時代臺灣小說選　臺北　前衛出版社　1992 年 12 月　頁 148—149

33. 〔施淑編〕　呂赫若　日據時代臺灣小說選　臺北　麥田出版公司　2007 年 9 月　頁 150—151

34. 林曙光　一逢永訣呂赫若　文學臺灣　第 6 期　1993 年 4 月　頁 17—21

35. 鍾美芳　呂赫若小傳　臺中縣文學發展史：田野調查報告書　臺中　臺中縣立文化中心　1993 年 6 月　頁 218

36. 鍾美芳　訪林永南／呂芳卿／林雪絨　臺中縣文學發展史：田野調查報告書　臺中　臺中縣立文化中心　1993 年 6 月　頁 219—225

37. 黃靖雅　悲愴的傳奇——林至潔印象中的呂赫若　聯合文學　第 120 期　1994 年 10 月　頁 91—95

38. 楊翠，施懿琳　戰後初期——世代交替中的縣籍作家——二二八事件對本土文學的衝擊與縣籍作家的處境〔呂赫若部分〕　臺中縣文學發展史　臺中　臺中縣立文化中心　1995 年 6 月　頁 206—207

39. 包黛瑩　呂赫若，歷史沒有遺忘他的丰采　中國時報　1995 年 12 月 8 日　38 版

40. 黃土地　呂赫若：臺灣第一才子　聯合報　1996 年 5 月 19 日　17 版

---

[1]主持人：陳萬益；報告人：藍博洲、張恆豪；參與人士：王昶雄、施淑；整理、攝影：林美秀。

[2]本文為臺灣文學研究室於 1990 年 10 月 28 日所舉辦的座談會之內容，旨在對呂赫若的生平經歷和作品做全面性的探究。

41. 葉石濤　四十年代的臺灣文學〔呂赫若部分〕　中央日報　1996 年 7 月 28 日　19 版
42. 藍博洲　一個老紅帽的白色歲月（1—2）〔呂赫若部分〕　臺灣日報　1996 年 10 月 23—24 日　23 版
43. 藍博洲　呂赫若的黨人生涯[3]　呂赫若文學研討會　臺北　行政院文建會主辦，聯合文學、聯合報副刊、聯合晚報承辦　1996 年 11 月 30 日—12 月 1 日
44. 藍博洲　呂赫若的黨人生涯　呂赫若作品研究：臺灣第一才子　臺北　行政院文建會，聯合文學出版社　1997 年 11 月　頁 98—126
45. 藍博洲　揭開臺灣第一才子呂赫若的生死之謎　消失在歷史迷霧中的作家身影　臺北　聯合文學出版社　2001 年 8 月　頁 115—152
46. 張夢瑞　故友談呂赫若思情幽幽　民生報　1996 年 12 月 2 日　19 版
47. 林澄枝　哲人日已遠，典型在夙昔——寫在《呂赫若文學研討會論文集》出版前夕　聯合報　1997 年 10 月 5 日　41 版
48. 林澄枝　哲人日已遠，典型在夙昔——寫在《呂赫若作品研究》出版前夕　呂赫若作品研究：臺灣第一才子　臺北　行政院文建會，聯合文學出版社　1997 年 11 月　頁 5—6
49. 垂水千惠著；許佩賢譯　被叫作 RO（呂）的人——臺中師範時代的呂赫若　文學臺灣　第 24 期　1997 年 10 月　頁 137—153
50. 彭瑞金　生死如謎的呂赫若　臺灣時報　1998 年 4 月 24 日　30 版
51. 彭瑞金　生死如謎的呂赫若　文訊雜誌　第 152 期　1998 年 6 月　頁 67
52. 徐曉燕　認識呂赫若　今日中國　1998 年第 5 期　1998 年 5 月　頁 45—47
53. 楊匡漢　呂赫若——掩埋在荒塚中的文學生命　文匯報　1998 年 6 月 19 日　8 版

[3]本文旨在論析探究呂赫若於戰後參與社會活動的歷程。全文共 11 小節：1.關於三青團；2.與蘇新的關係；3.自覺地鍛鍊中文寫作能力；4.事變後的音樂活動；5.與陳文彬的關係；6.大安印刷廠；7.「T・L 支部」？；8.失蹤；9.鹿窟；10 最後的蹤跡；11.臺北歌手。後改篇名爲〈揭開臺灣第一才子的生死之謎〉。

54. 黃恆秋　　呂赫若　臺灣客家文學史概論　臺北　客家臺灣文史工作室　1998年6月　頁101—104

55. 彭瑞金　　呂赫若——乍現的文學星光　臺灣文學步道　高雄　高雄縣立文化中心　1998年7月　頁146—149

56. 彭瑞金　　呂赫若——乍現的文學星光　臺灣文學50家　臺北　玉山社出版公司　2005年7月　頁227—231

57. 石婉舜　　懷念林博秋〔呂赫若部分〕　文學臺灣　第27期　1998年7月　頁148

58. 許俊雅　　作者簡介　日據時期臺灣小說選讀　臺北　萬卷樓圖書公司　1998年11月　頁134—138

59. 傅光明　　呂赫若　中國文學通典・小說通典　北京　解放軍文藝出版社　1999年1月　頁863—864

60. 許惠玟　　巫永福的生平與文學歷程——文友交往〔呂赫若部分〕　巫永福生平及其新詩研究　中正大學中國文學系　碩士論文　施懿琳教授指導　1999年6月　頁42—47

61. 張德本　　作家的風骨　臺灣時報　2000年7月15日　16版

62. 張恆豪　　赤燄的文藝彗星——呂赫若　臺北畫刊　第394期　2000年11月　頁49

63. 張恆豪　　赤焰的文藝彗星——呂赫若　臺北人物誌（二）　臺北　臺北市新聞處　2000年11月　頁162—167

64. 〔路寒袖編〕　　作家簡介——呂赫若　臺中縣作家與作品論文集　臺中　臺中縣立文化中心　2000年12月　頁525—526

65. 李懷，桂華　　堅持理想的文學才子——呂赫若　文學臺灣人　臺北　遠流出版公司　2001年10月　頁115—116

66. 林政華　　臺灣本土小說名家與名作〔呂赫若部分〕　臺灣文學汲探　臺北　文史哲出版社　2002年3月　頁142—143

67. 林政華　　天才洋溢卻如星光乍現的小說家——呂赫若　臺灣新聞報　2002年

10月28日　11版

68. 林政華　天才洋溢卻如星光乍現的小說家呂赫若　臺灣古今文學名家　臺北　開南管理學院通識教育中心　2003年3月　頁45

69. 何標〔張光正〕　呂赫若與陳文彬　番薯藤繫兩岸情　北京　臺海出版社　2003年1月　頁343—347

70. 張光正　呂赫若與陳文彬　番薯藤繫兩岸情　臺北　海峽學術出版社　2003年9月　頁329—333

71. 王景山　呂赫若　臺港澳暨海外華文作家辭典　北京　人民文學出版社　2003年7月　頁391—392

72. 簡瑞龍　消失在鹿窟的身影——臺灣第一才子呂赫若　少年臺灣　第15期　2003年8月　頁76—79

73. 下村作次郎，中島利郎，黃英哲　日文作家的崛起〔呂赫若部分〕　臺灣文學百年顯影　臺北　玉山社出版公司　2003年10月　頁106—107

74. 羅吉甫　呂赫若失蹤　中國時報　2003年11月18日　E7版

75. 張惟智　戰後初期其他臺灣文學作家及其相關活動〔呂赫若部分〕　戰後初期（1945—1949）臺灣文學活動研究——以楊逵爲論述主軸　靜宜大學中國文學系　碩士論文　趙天儀教授指導　2003年　頁50—51

76. 〔彭瑞金選編〕　作者簡介　國民文選‧小說卷1　臺北　玉山社出版公司　2004年7月　頁292—293

77. 〔許俊雅，應鳳凰，鍾宗憲編〕　作者簡介　現代小說讀本　臺北　揚智文化公司　2004年8月　頁134—135

78. 呂芳雄　父親呂赫若與我的家族[4]　印刻文學生活誌　第16期　2004年12月　頁60—77

79. 呂芳雄　追記我的父親呂赫若　呂赫若小說全集（下）　臺北　印刻出版公司　2006年3月　頁696—729

---

[4]本文後改篇名爲〈追記我的父親呂赫若〉。

80. 季　季　閱讀呂赫若長篇　中國時報　2005年3月2日　E7版
81. 呂芳雄　力抗「皇民化」的呂赫若　海峽評論　第180期　2005年12月　頁58—59
82. 周芬伶　呂赫若在潭子　中華日報　2006年3月10日　23版
83. 周芬伶　呂赫若在潭子　青春一條街　2009年2月　頁109—114
84. 〔編輯部〕　呂赫若　文學家　臺北　東和鋼鐵公司，大觀視覺顧問公司　2007年12月　頁33—40
85. 〔封德屏主編〕　呂赫若　2007臺灣作家作品目錄　臺南　國立臺灣文學館　2008年7月　頁269
86. 〔范銘如編著〕　作者介紹／呂赫若　青少年臺灣文庫2——小說讀本1：穿過荒野的女人　臺北　國立編譯館　2008年12月　頁57
87. 孫康宜撰；傅　爽譯　二二八事件之後的呂赫若　明報月刊　第518期　2009年2月　頁101—105
88. 凌正峯　訪問呂赫若老婆林雪絨女士　呂赫若農民小說的左翼立場　東海大學中國文學系　碩士論文　周芬伶教授指導　2009年6月　頁202—215
89. 凌正峯　訪問呂赫若長子呂芳卿先生　呂赫若農民小說的左翼立場　東海大學中國文學系　碩士論文　周芬伶教授指導　2009年6月　頁216—230
90. 凌正峯　訪問呂赫若次子呂芳雄先生　呂赫若農民小說的左翼立場　東海大學中國文學系　碩士論文　周芬伶教授指導　2009年6月　頁231—239

年表

91. 井川直子　呂赫若の作品について——附〈呂赫若作品年譜〉及び〈參考文獻〉　臺灣文學研究會會報　第5、6期合刊　1984年4月　頁47—50
92. 張恆豪　呂赫若創作年表　民眾日報　1990年12月4日　20版

93. 張恆豪 呂赫若生平寫作年表 呂赫若全集（臺灣作家全集） 臺北 前衛出版社 1991年2月 頁315—320

94. 張秀君 呂赫若創作年表 史學 第16、17期合刊 1991年6月 頁184—188

95. 林至潔 呂赫若創作年表 聯合文學 第120期 1994年10月 頁96—101

96. 林至潔 呂赫若創作年表 呂赫若小說全集 臺北 聯合文學出版社 1995年7月 頁599—606

97. 林至潔 呂赫若創作年表 呂赫若小說全集（下） 臺北 印刻出版公司 2006年3月 頁730—738

98. 許俊雅 呂赫若小說作品一覽表 臺中縣文學發展史 臺中 臺中縣立文化中心 1995年6月 頁188

99. 朱家慧 龍瑛宗與呂赫若年表（1911—1951） 兩個太陽下的臺灣作家——龍瑛宗與呂赫若研究 成功大學歷史學系 碩士論文 林瑞明教授指導 1996年 頁125—139

100. 朱家慧 龍瑛宗與呂赫若年表（1911—1950） 兩個太陽下的臺灣作家——龍瑛宗與呂赫若研究 臺南 臺南市立藝術中心 2000年11月 頁321—368

101. 黃英哲 呂赫若略歷 日本統治期台湾文学：台湾人作家作品集（第二卷） 東京 緑蔭書房 1999年7月 頁405—414

102. 莊永明 呂赫若年表（1914—？） 文學臺灣人 臺北 遠流出版社 2001年10月 頁119

103. 張譯文 呂赫若生平創作年表 呂赫若小說之社會思想與女性意識探討 高雄師範大學國文學系國文教學碩士班 碩士論文 顏美娟教授指導 2002年 頁173

104. 王建國 呂赫若生平暨寫作年表 呂赫若小說研究與詮釋 臺南 臺南市立圖書館 2002年12月 頁269—303

105. 陳姿妃　呂赫若生平記事及寫作年表　呂赫若小說中女性宿命觀研究　屏東師範學院語文教育學系　碩士論文　余崇生教授指導　2003 年　頁 200—211

106. 蔡佩均　呂赫若年表　臺灣文學館通訊　第 4 期　2004 年 6 月　頁 27—32

107. 黃世欽　楊逵、龍瑛宗、呂赫若の略歷　日據時期臺灣人作家作品中所見漢民族意識之考察　中國文化大學日本研究所　碩士論文　蔡華山教授指導　2004 年　頁 114—141

108. 〔胡建國主編〕　呂赫若先生生平寫作年表　國史館現藏民國人物傳記史料彙編（第二十八輯）　臺北　國史館　2005 年 8 月　頁 105—112

109. 許俊雅　呂赫若創作大事記　月光光：光復以前　臺北　遠流出版社　2006 年 2 月　頁 48—49

110. 蔡佳真　呂赫若創作年譜　呂赫若研究：「清秋」にみる呂赫若の文学的営為を中心に　熊本大学大学院社会文化科学研究科　博士論文　2008 年 3 月　頁 173—175

111. 凌正峯　呂赫若生平及創作年表　呂赫若農民小說的左翼立場　東海大學中國文學系　碩士論文　周芬伶教授指導　2009 年 6 月　頁 170—178

其他

112. 沈　怡　研究呂赫若文學，學者大會合　聯合報　1996 年 12 月 1 日　15 版

作品評論篇目

綜論

113. 鹿子木龍　作品と文章——正しじ散文への高揚にっじて[5]〔呂赫若部分〕　臺灣文學　第 2 卷第 4 號　1942 年 10 月　頁 102—107

---

[5]本文後由陳明台譯為〈作品和文章——關於散文水準的提昇〉。

114. 鹿子木龍著；陳明台譯　作品和文章——關於散文水準的提昇〔呂赫若部分〕　張文環全集・文獻集　臺中　臺中縣立文化中心　2002年3月　頁43
115. 瀧田貞治　呂赫若君のこと　清秋　臺北　清水書店　1944年3月　頁1—4
116. 張良澤等[6]　從鄉土文學到三民主義文學——訪葉石濤先生談臺灣文學的歷史〔呂赫若部分〕　臺灣文藝　第62期　1979年3月　頁10—11
117. 張良澤等　從鄉土文學到三民主義文學——訪葉石濤先生談臺灣文學的歷史〔呂赫若部分〕　葉石濤全集・評論卷六　臺南，高雄　國立臺灣文學館，高雄市文化局　2008年3月　頁276—277
118. 羊子喬　談呂赫若及其作品　自立晚報　1979年5月3日　10版
119. 〔鍾肇政，葉石濤主編〕　呂赫若　牛車（光復前臺灣文學全集）　臺北　遠景出版公司　1979年7月　頁1—3
120. 龍瑛宗　《文藝臺灣》と《臺灣文藝》〔呂赫若部分〕　臺灣近現代史研究　第3號　1981年1月　頁86—89
121. 葉石濤　我看臺灣小說界〔呂赫若部分〕　自立晚報　1983年8月22日　10版
122. 葉石濤　我看臺灣小說界〔呂赫若部分〕　葉石濤全集・隨筆卷一　臺南，高雄　國立臺灣文學館，高雄市文化局　2008年3月　頁377－378
123. 施　淑　最後的牛車——論呂赫若的小說　臺灣文藝　第85期　1983年11月　頁7—13
124. 施　淑　最後的牛車——論呂赫若的小說　呂赫若全集（臺灣作家全集）　臺北　前衛出版社　1991年2月　頁301—310
125. 施　淑　最後的牛車——論呂赫若的小說　兩岸文學論集　臺北　新地文

[6]與會者：葉石濤、張良澤、洪毅；紀錄：彭瑞金。

學出版社　1997 年 6 月　頁 131—138

126. 胡　風　介紹兩位臺灣作家——楊逵和呂赫若　大陸人民政協報　1984 年 1 月 18 日　4 版

127. 胡　風　介紹兩位臺灣作家——楊逵和呂赫若　學習楊逵精神　臺北　人間出版社　2007 年 6 月　頁 44—47

128. 施　淑　呂赫若　中國現代短篇小說選析 2　臺北　長安出版社　1984 年 2 月　頁 1061—1062

129. 朱　南　試論三十年代臺灣小說〔呂赫若部分〕　臺灣研究集刊　1984 年第 2 期　1984 年 5 月　頁 29

130. 葉芸芸　試論戰後初期的臺灣智識份子及其文學活動〔呂赫若部分〕　文季　第 11 期　1985 年 6 月　頁 12—13

131. 葉芸芸　試論戰後初期的臺灣知識分子及其文學活動〔呂赫若部分〕　餘生猶懷一寸心　臺北　印刻出版公司　2006 年 7 月　頁 55—56

132. 葉六仁〔葉石濤〕　四〇年代的臺灣文學〔呂赫若部分〕　文學界　第 20 期　1986 年 11 月　頁 85—86

133. 葉石濤　四〇年代的臺灣文學〔呂赫若部分〕　臺灣文學的悲情　1990 年 1 月　頁 50—52

134. 葉石濤　四〇年代的臺灣文學〔呂赫若部分〕　葉石濤全集・評論卷五　臺南，高雄　國立臺灣文學館，高雄市文化局　2008 年 3 月　頁 348—349

135. 葉石濤　戰爭期的臺灣新文學[7]〔呂赫若部分〕　抗戰文學概說　臺北　文訊雜誌社　1987 年 7 月　頁 167—168

136. 葉石濤　臺灣新文學運動的展開——臺灣新文學的三個階段——戰爭期〔呂赫若部分〕　臺灣文學史綱　高雄　文學界雜誌社　1991 年 9 月　頁 63—64

137. 葉石濤　臺灣新文學運動的展開——臺灣新文學的三個階段——戰爭期

[7]本文後改篇名爲〈臺灣新文學運動的展開——臺灣新文學的三個階段——戰爭期〉。

葉石濤全集・評論卷五　臺南，高雄　國立臺灣文學館，高雄市文化局　2008 年 3 月　頁 69—70

138. 李獻文　呂赫若的創作　現代臺灣文學史　瀋陽　遼寧大學出版社　1987 年 12 月　頁 236—243

139. 包恆新　呂赫若及其文學創作　臺灣現代文學簡述　上海　上海社會科學院出版社　1988 年 3 月　頁 131—133

140. 古繼堂　呂赫若　臺灣小說發展史　臺北　文史哲出版社　1989 年 7 月　頁 96—101

141. 佚　名　呂赫若の戰後の小說　咿啞　第 24、25 期合刊　1989 年 7 月　頁 98—104

142. 葉石濤　呂赫若的一生　走向臺灣文學　臺北　自立晚報社文化出版部　1990 年 3 月　頁 136—140

143. 葉石濤　呂赫若的一生　呂赫若全集（臺灣作家全集）　臺北　前衛出版社　1991 年 2 月　頁 297—300

144. 葉石濤　呂赫若的一生　葉石濤全集・隨筆卷二　臺南，高雄　國立臺灣文學館，高雄市文化局　2008 年 3 月　頁 353—356

145. 藍博洲　呂赫若的中文小說(1—5）——呂赫若專輯・戰後初期　民眾日報　1990 年 11 月 10—14 日　20 版

146. 張恆豪　冷酷又熾熱的慧眼——《呂赫若集》序　呂赫若集（臺灣作家全集）　臺北　前衛出版社　1991 年 2 月　頁 9—11

147. 張恆豪　冷酷又熾熱的慧眼——《呂赫若集》　短篇小說卷別冊（臺灣作家全集）　臺北　前衛出版社　1994 年 3 月　頁 51—53

148. 黃重添，莊明萱，闕豐齡　日據時代的小說——鄉土小說的興起、發展與重挫〔呂赫若部分〕　臺灣新文學概觀（上）　福建　鷺江出版社　1991 年 6 月　頁 25

149. 張秀君　呂赫若及其筆下的臺灣女性初探[8]　史學　第 16、17 期合刊

[8]本文旨在析論呂赫若作品中的女性角色意涵，並探究日據時代下臺灣婦女的命運特質。全文共 4

1991年6月　頁165—190

150. 何笑梅　社會風情畫與呂赫若的創作　臺灣文學史（上）　福州　海峽文藝出版社　1991年6月　頁556—565

151. 陳明台　留下文學史上的經典作品〔呂赫若部分〕　臺中縣日據時期作家文集　臺中　臺中縣立文化中心　1991年12月　頁9

152. 陳千武　呂赫若簡介　臺中縣日據時期作家文集　臺中　臺中縣立文化中心　1991年12月　頁114—116

153. 陳萬益等[9]　臺灣第一才子的小說藝術——呂赫若的文學評價（1—4）[10]　民眾日報　1992年3月5—7，9日　17，11，15版

154. 游　喚　罵人的話——談呂赫若小說的語典　明道文藝　第199期　1992年10月　頁56—62

155. 林長昇　呂赫若短篇小說之研究　全國各大學中文系學生學術研討會　臺北　政治大學中國文學研究所　1993年4月22—23日

156. 楊　義　臺灣鄉土小說（下）——與吳濁流並起的作家〔呂赫若部分〕　中國現代小說史（第三卷）　北京　人民文學出版社　1993年7月　頁682—685

157. 許俊雅　冷筆寫熱腸——論呂赫若的小說[11]　第二屆臺灣經驗學術研討會　嘉義　中正大學歷史系所暨歷史與文化中心主辦　1993年11月5—6日

158. 許俊雅　冷筆寫熱腸——論呂赫若的小說　臺灣文學散論　臺北　文史哲出版社　1994年11月　頁273—320

159. 許俊雅　冷筆寫熱腸——論呂赫若的小說　臺灣的社會與文學　臺北　東

小節：1.呂赫若的創作生平；2.簡介呂赫若幾篇以女性爲主的小說作品；3.探討呂赫若小說作品中女性角色的涵義；4.結論。正文後附錄〈呂赫若創作年表〉。

[9]主持人：陳萬益；座談人士：林至潔、施淑、張恆豪；整理：陳淑真。

[10]本文爲臺灣文學研究室所舉辦的座談會之內容整理，旨在探究評論呂赫若小說中的文學理念及中心思想。

[11]本文旨在析論呂赫若小說創作背景與其文學觀念和小說之間的關係，並探討小說中對農民、女性、社會時局的關懷，再進一步論其作品藝術成就。全文共 6 小節：1.前言；2.呂赫若小說創作的背景；3.呂赫若小說中的現實關懷；4.皇民文學的釐清；5.呂赫若的小說藝術；6.結論。

大圖書公司　1995年11月　頁27—68

160. 林衡哲，張恆豪　　日據時代臺灣第一才子——呂赫若　復活的群像　臺北　前衛出版社　1994年6月　頁21—27

161. 林至潔　期待復活——再現呂赫若的文學生命[12]　聯合文學　第120期　1994年10月　頁48—55

162. 林至潔　期待復活——再現呂赫若的文學生命　呂赫若小說全集　臺北　聯合文學出版社　1995年7月　頁11—25

163. 鍾美芳　呂赫若創作歷程初探——從〈石榴〉到〈清秋〉　賴和及其同時代的作家：日據時期臺灣文學國際學術研討會　新竹　清華大學中文系主辦　1994年11月25—27日

164. 許俊雅　日據時期臺灣小說之作者及其背景分析——小說作者之相關資料及生平傳略——呂赫若（一九一四——一九五一）　日據時期臺灣小說研究　臺北　文史哲出版社　1995年2月　頁276—279

165. 許俊雅　日據時期臺灣小說蘊含的思想內容〔呂赫若部分〕　日據時期臺灣小說研究　臺北　文史哲出版社　1995年2月　頁389—481

166. 許俊雅　日據時期臺灣小說中的人物形象〔呂赫若部分〕　日據時期臺灣小說研究　臺北　文史哲出版社　1995年2月　頁601—652

167. 許俊雅　日治時期臺中縣的作家及其作品——呂赫若　臺中縣文學發展史　臺中　臺中縣立文化中心　1995年6月　頁175—187

168. 呂正惠　「殉道者」——呂赫若小說的「歷史哲學」及其歷史道路　呂赫若小說全集　臺北　聯合文學出版社　1995年7月　頁569—598

169. 呂正惠　殉道者——呂赫若小說的「歷史哲學」及其歷史道路　殖民地的傷痕：臺灣文學問題　臺北　人間出版社　2002年6月　頁41—65

170. 呂正惠　殉道者——呂赫若小說的「歷史哲學」及其歷史道路　呂赫若小

[12]本文藉由呂赫若的生命經驗探究其心性品格，並析論其作品中的寫作手法及內在意涵，歸結他的文學觀和文學傾向。本文共4小節：1.前言；2.呂赫若的出身及時代背景；3.呂赫若的文學藝術；4.結語。

說全集（下）　臺北　印刻出版公司　2006年3月　頁660—692

171. 吳興文　張繼高、呂赫若與《臺灣連翹》　文訊雜誌　第119期　1995年9月　頁42—43

172. 溫文龍　受難女性的代言人——論呂赫若小說中的女性角色[13]　臺灣文藝　第154期　1996年4月　頁85—95

173. 楊千鶴　呂赫若及其日文小說之剖析[14]　第二屆臺灣本土文化國際學術研討會論文集——臺灣文學與社會　臺北　臺灣師範大學國文學系，人文教育研究中心　1996年4月　頁167—181

174. 楊千鶴　呂赫若及其日文小說之剖析　花開時節　臺北　南天書局　2001年1月　頁259—290

175. 林載爵　不同的心靈，不同的想像：一九三四—一九三五年間臺灣文藝界的複雜心靈——呂赫若：多重的社會矛盾　臺灣文學的兩種精神　臺南　臺南市立文化中心　1996年5月　頁346—347

176. 徐士賢　大學國文教學的新嘗試——以呂赫若小說專題爲例[15]　世界新聞傳播學院人文學報　第5期　1996年7月　頁67—99

177. 林明德　呂赫若的短篇小說藝術[16]　呂赫若文學研討會　臺北　行政院文建會主辦，聯合文學、聯合報副刊、聯合晚報承辦　1996年11月30日—12月1日

178. 林明德　呂赫若的短篇小說藝術　呂赫若作品研究：臺灣第一才子　臺北　行政院文建會，聯合文學出版社　1997年11月　頁23—37

179. 呂正惠　「皇民化」與「決戰」下的追索——呂赫若決戰時期的小說[17]　呂

---

[13]本文探討呂赫若小說中女性人物的特質及其中所表現的文學觀點。全文共3小節：1.序論；2.呂赫若小說筆下的女性角色；3.結論。

[14]本文先探討呂赫若本人之生平與時代背景，並分析其日文小說之特質，進而研究其特質與所處時代之關連。全文共4小節：1.前言；2.呂赫若的一些個人經驗與小說創作；3.呂赫若日文小說的特質；4.結語。

[15]本文爲以呂赫若爲主題的教學設計報告，析論呂赫若以第一人稱敘事觀點寫成的小說，並指出其間藝術成就的高下。全文共4小節：1.前言；2.授課者展現的部分；3.課後教學設計；4.結語。

[16]本文藉由探討呂赫若的短篇小說藝術，以窺探其作品內涵和文學史定位。全文共4小節：1.前言；2.呂赫若及其文學觀念；3.呂赫若的短篇小說藝術；4.結論。

[17]本文爲呂正惠〈「殉道者」——呂赫若小說的「歷史哲學」及其歷史道路〉的延伸作品，爲呂赫

赫若文學研討會　臺北　行政院文建會主辦，聯合文學、聯合報副刊、聯合晚報承辦　1996年11月30日—12月1日

180. 呂正惠　「皇民化」與「決戰」下的追索——呂赫若決戰時期的小說　呂赫若作品研究：臺灣第一才子　臺北　行政院文建會，聯合文學出版社　1997年11月　頁38—56

181. 呂正惠　「皇民化」與「決戰」下的追索——呂赫若戰爭時期小說的「抵抗」模式　殖民地的傷痕：臺灣文學問題　臺北　人間出版社　2002年6月　頁67—87

182. 陳映真　呂赫若與楊逵殖民抵抗文學曲折　呂赫若文學研討會　臺北　行政院文建會主辦，聯合文學、聯合報副刊、聯合晚報承辦　1996年11月30日—12月1日

183. 楊　照　試論呂赫若的文化認同危機　呂赫若文學研討會　臺北　行政院文建會主辦，聯合文學、聯合報副刊、聯合晚報承辦　1996年11月30日—12月1日

184. 林瑞明　呂赫若的「臺灣家族史」與寫實風格[18]　呂赫若文學研討會　臺北　行政院文建會主辦，聯合文學、聯合報副刊、聯合晚報承辦　1996年11月30日—12月1日

185. 林瑞明　呂赫若的「臺灣家族史」與寫實風格　呂赫若作品研究：臺灣第一才子　臺北　行政院文建會，聯合文學出版社　1997年11月　頁57—78

186. 林瑞明　呂赫若的「臺灣家族史」與寫實風格　臺灣新文學　第9期　1997年12月　頁302—314

187. 林載爵　呂赫若小說的社會構圖[19]　呂赫若文學研討會　臺北　行政院文建

若一生的創作歷程及其風格、主題的多次變遷，呈現更深入的論辯過程，全文共3部分。後改篇名爲〈「皇民化」與「決戰」下的追索——呂赫若戰爭時期小說的「抵抗」模式〉。

[18]本文從呂赫若的小說主題特色——家，談及作品中的左翼思想。全文共4小節：1.前言；2.從家到家族的崩解與重建；3.呂赫若小說的內涵與特色；4.結論。

[19]本文藉歸納呂赫若筆下的小說人物身份，分析其之所以爲社會主義文人的原因。全文共6小節：

會主辦，聯合文學、聯合報副刊、聯合晚報承辦 1996 年 11 月 30 日—12 月 1 日

188. 林載爵 呂赫若小說的社會構圖 呂赫若作品研究：臺灣第一才子 臺北 行政院文建會，聯合文學出版社 1997 年 11 月 頁 170—188

189. 垂水千惠 初期呂赫若的足跡[20] 呂赫若文學研討會 臺北 行政院文建會主辦，聯合文學、聯合報副刊、聯合晚報承辦 1996 年 11 月 30 日—12 月 1 日

190. 垂水千惠著；許佩賢譯 初期呂赫若的足跡——以一九三〇年代日本文學爲背景 呂赫若作品研究：臺灣第一才子 臺北 行政院文建會，聯合文學出版社 1997 年 11 月 頁 224—247

191. 陳芳明 殖民地與女性——以日據時期呂赫若小說爲中心[21] 呂赫若文學研討會 臺北 行政院文建會主辦，聯合文學、聯合報副刊、聯合晚報承辦 1996 年 11 月 30 日—12 月 1 日

192. 陳芳明 殖民地與女性——以日據時期呂赫若小說爲中心 呂赫若作品研究：臺灣第一才子 臺北 行政院文建會，聯合文學出版社 1997 年 11 月 頁 248—264

193. 陳芳明 殖民地與女性——以日據時期呂赫若小說爲中心 左翼臺灣：殖民地文學運動史論 臺北 麥田出版社 1998 年 10 月 頁 199—213

194. 陳芳明 殖民地與女性——以日據時期呂赫若小說爲中心 左翼臺灣：殖民地文學運動史論 臺北 麥田出版社 2007 年 6 月 頁 199—218

1.鄉村情景；2.農民與百性；3.地主；4.女人；5.男人；6.反帝與反封建。

[20]本文藉由 1930 年代日本文學的變動爲背景，檢證呂赫若初期爲確立作品風格而摸索前進的足跡。除前言與結論外，全文共 3 小節：1.農民文學的系譜與呂赫若作品的關係；2.1934 年前後日本文學的狀況與呂赫若的關係；3.與張赫宙的關係。後由許佩賢譯爲〈初期呂赫若的足跡——以 1930 年代日本文學爲背景〉。

[21]本文就呂赫若日據時期小說中的兩種女性形象，探討臺灣女性遭受壓迫的時空背景。全文共 4 小節：1.引言；2.封建社會的父權；3.追求自主的女性；4.自我放逐的精神。

195. 藤井省三　呂赫若與東寶國民劇[22]　呂赫若文學研討會　臺北　行政院文建會主辦，聯合文學、聯合報副刊、聯合晚報承辦　1996 年 11 月 30 日—12 月 1 日

196. 藤井省三著；張季琳譯　呂赫若與東寶國民劇——自入學東京聲專音樂學校到演出「大東亞歌舞劇」　呂赫若作品研究：臺灣第一才子　臺北　行政院文建會，聯合文學出版社　1997 年 11 月　頁 265—295

197. 藤井省三　臺灣人作家と日劇〈大東亞レヴュー〉——呂赫若の東寶國民劇　臺灣文學この百年　東京　東方書店　1998 年 5 月　頁 127—158

198. 藤井省三著；張季琳譯　作家與日劇「大東亞歌舞劇」——呂赫若的東寶國民劇　臺灣文學這一百年　臺北　麥田出版公司　2004 年 8 月　頁 147—176

199. 邱　婷　更深刻、更具體，發現呂赫若——追「死」因，掀開「皇民文學」外衣　民生報　1996 年 12 月 1 日　19 版

200. 陳銘芳　呂赫若的女人故事　臺灣新生報　1997 年 7 月 22 日　13 版

201. 張金墻　臺灣文學中的女性生活空間——以呂赫若、李喬、李昂的小說爲主[23]　臺灣新文學　第 8 期　1997 年 8 月　頁 305—323

202. 汪毅夫　呂赫若小說的民俗學解讀　現代臺灣研究　第 19 期　1997 年 8 月　頁 76—80

203. 許俊雅　日據時期臺灣小說中的婦女問題　臺灣文學論——從現代到當代

---

[22]本文根據呂赫若曾寫過的履歷書，查證他 3 年的東京經驗，並考察其演出「大東亞歌舞劇」的經過和留學體驗，對其返臺後的影響。全文共 8 小節：1.青春的東京時代；2.五年的教員義務年限；3.下八川圭祐聲樂研究所或東京聲專音樂學校；4.東京音樂學校教受長坂好子；5.歐文社或旺文社編輯部；6.東京寶塚劇場的聲樂隊；7.總力戰體制與國民演劇運動；8.「大東亞歌舞劇」與其後的呂赫若。後由張季琳譯爲〈呂赫若與東寶國民劇——自入學東京聲專音樂學校到演出「大東亞歌舞劇」〉、〈作家與日劇「大東亞歌舞劇」——呂赫若的東寶國民劇〉，後改篇名爲〈臺灣人作家と日劇〈大東亞レヴュー〉——呂赫若の東寶國民劇〉。

[23]本文旨在探究空間與女性之間的關係，並論析呂赫若、李喬及李昂作品裡所呈現出來的女性空間，及其中所凸顯的象徵意義。全文共 4 小節：1.前言；2.臺灣文學中的女性空間——女人的身體；3.臺灣文學中的女性空間——公、私領域；4.結論。

臺北　南夫書局　1997年10月　頁29—60

204. 林美琴　臺灣第一才子——呂赫若意識形態探究與生平再評價　臺灣文藝　第158期　1997年10月　頁122—129

205. 林至潔等[24]　呂赫若文學座談會　呂赫若作品研究：臺灣第一才子　臺北　行政院文建會，聯合文學出版社　1997年11月　頁314—344

206. 陳公仲　真實——呂赫若的抗爭藝術　呂赫若作品學術研討會　北京　北京社科院　1998年1月

207. 黎湘萍　殖民地的精神創傷——從呂赫若作品透視日據時期臺灣文學[25]　呂赫若作品學術研討會　北京　北京社科院　1998年1月

208. 黎湘萍　以呂赫若小說透視日據時期的臺灣文學　中國現代文學研究叢刊　1999年第2期　1999年4月　頁133—150

209. 朱雙一　呂赫若小說創作的中國性　臺灣研究集刊　1998年第1期　1998年2月　頁77—82

210. 朱雙一　呂赫若小說創作的中國性　臺灣文學思潮與淵源　臺北　海峽學術出版社　2005年2月　頁61—72

211. 馬相武　呂赫若小說的命運模式　臺灣研究集刊　1998年第1期　1998年2月　頁83—86

212. 黃儀冠　日據時代呂赫若小說中之性別權力結構[26]　中華學苑　第51期　1998年2月　頁167—186

213. 江仁傑　龍瑛宗、呂赫若小說中的臺灣知識份子與階級　臺灣歷史學會通訊　第6期　1998年3月　頁23—30

214. 周　青　呂赫若晚年的中文作品　世界華文文學論壇　1998年第1期

---

[24]主持人：林至潔；與會者：巫永福、蘇有鵬、李昂、陳旬煙；整理：沈曼雯。

[25]本文舉呂赫若小說爲例，析論 1930—1940 年代臺灣知識分子用殖民者語言來描寫本民族生活的文學特性。全文共3小節：1.殖民地文學的語境；2.殖民地文學之敘事策略；3.跨越殖民地的苦難歷程。後改篇名爲〈以呂赫若小說透視日據時期的臺灣文學〉。

[26]本文以殖民論述與性別權力的觀點，作爲切入呂赫若小說的著力點，旨在探討殖民論述裡性別與權力錯綜複雜的關係。全文共 5 章：1.前言；2.父權結構與婚姻制度；3.性別概念與殖民論述；4.陰性的家庭權力結構；5.結論。

1998 年 3 月　頁 32—35

215. 周　青　　呂赫若晚年的中文作品評析　臺灣研究　1998 年第 3 期　1998 年 9 月　頁 86—91

216. 周　青　　呂赫若晚年的中文作品評析　文史論集　臺北　海峽學術出版社　2004 年 12 月　頁 319—332

217. 陳建忠　　被詛咒的文學？——戰後初期（1945—1949）臺灣小說的歷史考察〔呂赫若部分〕　臺灣現代小說史綜論　臺北　行政院文建會，聯經出版公司　1998 年 12 月　頁 40—48

218. 陳建忠　　被詛咒的文學？：戰後初期臺灣小說的歷史考察——「二二八事件」前臺灣小說的歷史考察〔呂赫若部分〕　被詛咒的文學：戰後初期（1945—1949）臺灣文學論集　臺北　五南圖書出版公司　2007 年 1 月　頁 20—28

219. 曾健民　　臺灣現實主義文學精神的繼承和豐富——讀呂赫若的早期作品　臺灣研究集刊　1999 年第 1 期　1999 年 2 月　頁 80—85，92

220. 吳純嘉　　人民導報的創辦與經營——報社主要成員介紹〔呂赫若部分〕　人民導報研究（1946—1947）——兼論其反映出的戰後初期臺灣政治、經濟與社會文化變遷　中央大學歷史研究所　碩士論文　張炎憲教授指導　1999 年 7 月　頁 106—107

221. 陳萬益　　呂赫若的生平及其文學　臺灣文學研習專輯　臺中　臺中圖書館　1999 年 8 月　頁 305—321

222. 陳　均　　呂赫若——他把臺灣文學帶進了當代　臺灣鄉土文學八大家　北京　臺海出版社　1999 年 11 月　頁 121—138

223. 垂水千惠著；邱若山譯　　二次大戰期間的日臺文化狀況與呂赫若——以其音樂活動爲中心[27]　第一屆臺杏臺灣文學學術研討會論文集：殖民

[27]本文主要探討戰爭時期日臺文化狀況與呂赫若的關係，並將呂赫若的文化背景與日臺文化政策之關聯做一考察。全文共 4 小節：1.臺中師範學校教師磯江清身旁的人脈；2.呂泉生書簡所描述的東寶入社的經緯；3.當時的文化狀況下的東寶與山田耕筰的位置；4.呂赫若在臺灣的音樂活動及其背景。

地經驗與臺灣文學　臺北　遠流出版公司　2000 年 2 月　頁 159—181

224. 梁明雄　臺灣新文學運動的進程——「皇民文學」概述〔呂赫若部分〕　日據時期臺灣新文學運動研究　臺北　文史哲出版社　2000 年 5 月　頁 278—279

225. 張明雄　農村社會的冷峻批判——呂赫若的小說　臺灣現代小說的誕生　臺北　前衛出版社　2000 年 9 月　頁 119—125

226. 王澄霞　呂赫若——日據時代鄉土文學的翹楚　臺港澳文學教程　上海　漢語大辭典出版社　2000 年 10 月　頁 34—35

227. 鍾肇政　臺灣文學開花期——呂赫若　臺灣文學十講　臺北　前衛出版社　2000 年 11 月　頁 120—125

228. 鍾肇政　臺灣文學開花期——呂赫若　鍾肇政全集‧演講集　桃園　桃園縣文化局　2002 年 11 月　頁 103—107

229. 神谷忠孝　殖民統治下的韓、臺日語文學——以李光洙與呂赫若爲中心　近代日本與臺灣研討會　臺北　輔仁大學外語學院，日本文學系，臺灣文學協會　2000 年 12 月 22—23 日

230. 許俊雅　日治時期臺灣小說家筆下的民俗風情〔呂赫若部分〕　島嶼容顏：臺灣文學評論集　臺北　臺北縣政府文化局　2000 年 12 月　頁 5—29

231. 許俊雅　日治時期臺灣小說中的民俗風情〔呂赫若部分〕　見樹又見林——文學看臺灣　臺北　渤海堂文化公司　2005 年 2 月　頁 124—142

232. 江昆峰　無盡的冬夜——論呂赫若小說中的社會問題（1—7）　民眾日報　2001 年 4 月 24—30 日　15 版

233. 莊永明　堅持理想的文學才子——呂赫若　文學臺灣人　臺北　遠流出版社　2001 年 10 月　頁 114—119

234. 范博淳　論呂赫若的女性小說[28]　臺南師院學生學刊　第 23 期　2002 年 3 月　頁 43—60

235. 劉　俊　掙扎在認同與背離之間——呂赫若論　江蘇社會科學　2002 年第 4 期　2002 年 7 月　頁 130—136

236. 劉　俊　掙扎在認同與背離之間——呂赫若論　從臺港到海外：跨區域華文文學的多元審視　廣州　花城出版社　2004 年 2 月　頁 49—63

237. 劉慧真　臺灣第一才子——呂赫若（1914—1951）　臺北客家人文腳蹤　臺北　臺北市政府客家事務委員會　2002 年 10 月　頁 51—53

238. 劉慧真　臺灣第一才子呂赫若（1914—1951）　客家文學精選集：小說卷　臺北　天下遠見出版公司　2004 年 4 月　頁 83—86

239. 黎湘萍　另類「現代性」：日據時代小說透視〔呂赫若部分〕　文學臺灣——臺灣知識者的文學敘事與理論想像　北京　人民文學出版社　2003 年 3 月　頁 95—114

240. 沈慶利　殖民時代的叛逆精靈——呂赫若的早期經歷與其小說創作　臺灣新聞報　2003 年 4 月 7 日　16 版

241. 邱麗敏　「二二八」書寫之創作者——呂赫若生平及其「二二八」作品　二二八文學研究——戰前出生之臺籍作家對「二二八」的書寫初探　新竹教育大學臺灣語言與語文教育研究所　碩士論文　范文芳教授指導　2003 年 6 月　頁 106—121

242. 林姵吟　National Longing and Individual in the Works of Lü Heruo and Long Yingzong（呂赫若與龍瑛宗作品中的國族想像與自我追尋）　第一屆國際青年學者漢學會議：現代文學的歷史迷魅國際研討會　南投　暨南國際大學中國語文學系，暨南國際大學歷史學系，美國哥倫比亞大學東亞系主辦　2003 年 11 月 13—15 日

[28] 本文就呂赫若小說筆下的女性形象，探討日據時代婦女的遭遇和困境，並論析呂赫若女性小說的特色，與其總以女性作爲書寫重心的原因。全文共 5 章：1.前言；2.呂赫若女性小說中女性角色的形象與詮釋；3.呂赫若女性小說之特色；4.寄蘊與期待；5.結論。

243. 陳貞吟　呂赫若筆下的婦女樣貌及其對婚姻的積極思維[29]　高雄師大學報　第15期　2003年12月　頁353—367

244. 呂淳鈺　都會？田園！——呂赫若的東京經驗與日語小說中對現代性的態度之考察[30]　臺灣文學評論　第4卷第1期　2004年1月　頁130—153

245. 林彩美　站在人民的立場寫作——從呂赫若的《清秋》談起　臺灣文學館通訊　第3期　2004年3月　頁62—64

246. 陳建忠　戰後臺灣文學（1945—迄今）——戰後初期臺灣文學〔呂赫若部分〕　臺灣的文學　臺北　群策會李登輝學校　2004年5月　頁70

247. 陳建忠　在臺灣歷史的冬夜裡召喚光明——呂赫若傳奇　臺灣文學館通訊　第4期　2004年6月　頁18—24

248. 沈慶利　殖民地時代的叛逆精靈——臺灣第一才子呂赫若的早期經歷及藝術性格　臺灣研究集刊　2004年第2期　2004年6月　頁105—109

249. 沈慶利　呂赫若小說的詩性追求　世界華文文學論壇　2004年第3期　2004年9月　頁9—13

250. 陳姿妃　呂赫若小說中女性受害因素析論[31]　臺灣文學評論　第4卷第4期　2004年10月　頁47—83

251. 黃世欽　龍瑛宗・楊逵・呂赫若の作品について——呂赫若の〈牛車〉について　日據時期臺灣人作家作品中所見漢民族意識之考察　中

---

[29]本文自呂赫若小說中的婦女面貌探究台灣女性特質，並從中析論呂赫若的人道關懷思想。全文共6小節：1.前言：呂赫若的創作思想；2.新舊時代中的三種臺灣女性；3.擺脫不開命運牢籠的傳統婦女；4.具有新思維的女性；5.〈鄰居〉及其他善良婦女；6.結語：對婚姻幸福的積極思維。

[30]本文研究呂赫若的東京經驗，及其與呂赫若小說中的「現代性」之影響。全文共5小節：1.前言；2.文學與音樂的結合：呂赫若的「東京時期」及其他；3.現代或傳統？以「東京時期」爲界的小說中現代性之考察；4.都會？田園！——呂赫若的「東京經驗」與小說中對現代性的態度之關係；5.結語。正文後附錄〈呂赫若小說創作年表〉。

[31]本文就呂赫若作品中以女性爲主題的小說作剖析，探討其對女性角色的描寫，進而體察其中的思想理論。全文共3小節：1.緒論；2.本論；3結論。

國文化大學日本研究所　碩士論文　蔡華山教授指導　2004 年　頁 92—104

252. 蔣朗朗　臺灣日據時期小說文本精神內涵的解讀——以受難感爲例〔呂赫若部分〕　海南師範學院學報　2005 年第 1 期　2005 年 3 月　頁 72—81

253. 李詮林　呂赫若小說文本的文化隱喻功能　福建師範大學學報　2005 年第 3 期　2005 年 5 月　頁 85—90，111

254. 蔡佩均　呂赫若——通俗敘事的借鑑與改良　想像大眾讀者：《風月報》、《南方》中的白話小說與大眾文化建構　靜宜大學中國文學系碩士論文　柳書琴教授指導　2005 年 7 月　頁 130—132

255. 王德威　左翼臺灣〔呂赫若部分〕　臺灣：從文學看歷史　臺北　麥田出版公司　2005 年 9 月　頁 162

256. 劉紅林　論呂赫若小說中的審父意識　河海大學學報　第 7 卷第 4 期　2005 年 12 月　頁 57—60

257. 黃萬華　日佔區文學——楊逵、吳濁流和日據時期臺灣文學〔呂赫若部分〕　中國現當代文學・第 1 卷（五四—1960 年代）　濟南　山東文藝出版社　2006 年 3 月　頁 364

258. 陳芳明　廢墟之花——呂赫若小說的藝術光澤　呂赫若小說全集（上）　臺北　印刻出版公司　2006 年 3 月　頁 21—32

259. 陳素蕙　呂赫若文學批判的休閒意涵　知識份子文學批判的休閒意涵——以日治後期的呂赫若爲例　大葉大學休閒事業管理學系碩士在職專班　碩士論文　黃世明教授指導　2006 年　頁 61—87

260. 林淑慧　身體與國體——呂赫若皇民化文學中對國策／新生之路的思索與追尋[32]　2006 青年文學會議論文集——臺灣作家的地理書寫與文

[32]本文以呂赫若決戰時期的小說爲重心，從「空間」與「身體」經驗的探索入手，結合後殖民與文化研究，觀察日本帝國主義如何操作殖民地的文化生產策略。全文共 5 章：1.前言；2.內臺親善的烏托邦：〈鄰居〉與〈玉蘭花〉；3.延遲南進：〈清秋〉的青年之路；4.擁抱大地：〈山川草木〉與〈風頭水尾〉；5.結語。

學體驗　臺北　國家臺灣文學館　2007年3月　頁523—552

261. 葉淑美　試析呂赫若小說創作的文藝觀[33]　松商學報　第9期　2007年5月　頁111—121

262. 林承治　呂赫若小說的社會關懷[34]　高應科大人文社會科學學報　第4期　2007年7月　頁49—66

263. 石美玲　文選臺灣・呂赫若・全球化——一個革命性的描述　「『全球化』與華語敘述」國際研討會　臺中　亞洲大學外國語文學系主辦　2007年12月7—9日

264. 葉石濤　臺灣的鄉土文學〔呂赫若部分〕　葉石濤全集・評論卷一　臺南，高雄　國立臺灣文學館，高雄市文化局　2008年3月　頁76—77

265. 葉石濤　接續祖國臍帶之後——從四〇年代臺灣文學來看「中國意識」和「臺灣意識」的消長〔呂赫若部分〕　葉石濤全集・評論卷四　臺南，高雄　國立臺灣文學館，高雄市文化局　2008年3月　頁55—56

266. 黃文鉅　異質文化下的語境書寫——以呂赫若的旅日小說爲考察案例[35]　臺灣文學評論　第8卷第2期　2008年4月　頁42—60

267. 游勝冠　向左看？向右看？論呂赫若及其小說的政治位置及思想性格[36]　臺灣文學現代性學術研討會　廈門　廈門大學臺灣研究中心，廈門大學臺灣研究院　2008年7月4—8日

---

[33]本文以呂赫若創作生涯中的4個時期爲脈絡，對呂赫若於不同階段小說所採取的文藝觀進行探索。全文共6小節：1.前言；2.初登文壇：社會主義文學觀的服膺者；3.前進東京：傳統世俗價值的批判者；4.決戰時期：迂迴、僞裝的皇民文學書寫；5.回歸祖國：跨越語言，堅持寫實、批判精神；6.結語。

[34]本文旨在析論呂赫若作品中的批判精神及情感認同，進一步探究其關懷臺灣社會的本土思維。全文共4小節：1.前言；2.從生活出發的社會關懷；3.建立臺灣主體思維的關懷；4.結語。

[35]本文透過呂赫若在異質文化下寄託於書寫之中的矛盾心理，以探討其中之思想主軸。全文共4小節：1.前言；2.假面的告白：偷天換日的矛盾語境；3.異質文化下的語境書寫：旅日小說中的「現代性」與「女性」；4.結語。

[36]本文探討呂赫若及其小說的政治位置及思想性格，分析戰後日治時期臺灣作家的文化身分認同問題。全文共4小節：1.左翼反抗史觀的問題；2.徘徊在本來是社會矛盾產物的人性矛盾的探索之上；3.啓蒙男性主體對女性他者的再現；4.思想逐漸左傾的黨人呂赫若。

268. 沈慶利　　殖民高壓下的文化堅守與反思——呂赫若小說中的鄉野民俗[37]　臺灣文學現代性學術研討會　廈門　廈門大學臺灣研究中心，廈門大學臺灣研究院　2008 年 7 月 4—8 日

269. 朱雙一　　從蠻荒到文治：生民活力與僵固教化的辨證——家族文化在臺灣文學中的體現〔呂赫若部分〕　臺灣文學與中華地域文化　廈門　鷺江出版社　2008 年 9 月　頁 168—170

270. 石美玲　　社會地翻譯「呂赫若」——複系統・認知・比喻…其它　第二屆「『全球化』與華語敘述」國際研討會　臺中　亞洲大學人文社會學院主辦　2008 年 12 月 15—18 日

271. 張文薰　　帝國大學之文化介入：1940 年代臺灣文壇形成史〔呂赫若部分〕「交界與游移」——近現代東亞的文化傳譯與知識生產國際學術研討會　臺北　臺灣大學臺灣文學研究所主辦　2009 年 9 月 10—11 日　頁 210—215

272. 陳英仕　　張文環與呂赫若——好漢剖腹來相見[38]　博雅教育學報　第 5 期　2009 年 12 月　頁 87—114

273. 計璧瑞　　論殖民地臺灣新文學的文化想象——在日文寫作中　臺灣研究集刊　2010 年第 1 期　2010 年 3 月　頁 18—26

274. 游勝冠　　啓蒙、人道主義與前現代我族的凝視——呂赫若作爲左翼作家歷史定位的再商榷[39]　臺灣文學學報　第 16 期　2010 年 6 月　頁 1—32

---

[37]本文探討呂赫若小說中的人物與內容，分析其傳統文化進行現代性反思的特殊型態。全文共 7 節：1.美帝廟前的沉吟——從一個獨特意象說開去；2.葬儀與風水——民間文化的第一塊基石；3.「招魂」及其它：民風民俗的生動呈現；4.民居「老宅」中的風俗基因；5.「親親」與孝情中的文化依歸；6.在反思和歸依之間：殖民高壓下面對傳統的複雜心態；7.餘論：呂赫若與日據時期臺灣文學之獨特現代性。

[38]本文論述張文環、呂赫若二人相遇、相知、相惜、相挺的經過，見證這段異族殖民下的友情歲月。

[39]本文旨在透過對前行研究文本閱讀的批判與再詮釋，提供呂赫若文學及其觀點的另一思考面向。全文共 6 小節：1.序論；2.「歷史決定論」，還是「淺薄的人道主義」？；3.文明進化才是命定無法逃避的「歷史哲學」；4.啓蒙男性主體對女性客體的再現；5.社會性根源缺席的家族問題小說；6.結論。

分論

◆單部作品

小說

《清秋》

275. 河野慶彥　呂赫若論——作品集《清秋》について[40]　臺灣時報　第 293 期　1944 年 6 月 10 日　頁 90—93

276. 河野慶彥　呂赫若論——作品集《清秋》について　日本統治期臺灣文學文藝評論目錄・第 5 卷　東京　緑蔭書房　2001 年 4 月　頁 267—270

277. 河野慶彥著；邱香凝譯；涂翠花校譯　呂赫若論——關於作品集《清秋》　日治時期臺灣文藝評論集・雜誌篇 4　臺南　國家臺灣文學館籌備處　2006 年 10 月　頁 472—475

278. 葉石濤　臺灣新文藝誕生之背景〔《清秋》部分〕　中國現代文學的回顧　臺北　文鏡文化公司　1986 年 11 月　頁 96—97

279. 葉石濤　臺灣新文藝誕生之背景〔《清秋》部分〕　葉石濤全集・翻譯／資料卷　臺南，高雄　國立臺灣文學館，高雄市文化局　2009 年 11 月　頁 142

《呂赫若小說全集》

280. 林燿德　淚的寫實與血的浪漫——評《呂赫若小說全集》　聯合報　1995 年 9 月 21 日　42 版

281. 林燿德　淚的寫實與血的浪漫——評《呂赫若小說全集》　將軍的版圖　臺北　華文網有限公司　2001 年 12 月　頁 82—84

282. 林燿德　淚的寫實與血的浪漫　呂赫若小說全集（下）　臺北　印刻出版公司　2006 年 3 月　頁 657—659

283. 鍾肇政　完整出土的才子書　中國時報　1995 年 9 月 21 日　42 版

284. 鍾肇政　完整出土的才子書　鍾肇政全集・隨筆集 2　桃園　桃園縣文化局

[40]本文後由邱香凝譯爲〈呂赫若論——關於作品集《清秋》〉。

2000 年 12 月　頁 607—608

285. 林瑞明　還魂——閱讀《呂赫若小說全集》　中國時報　1995 年 9 月 23 日　39 版

286. 陳芳明　復活的殖民地抵抗文學——讀林至潔譯《呂赫若小說全集》　中時晚報　1995 年 10 月 1 日　19 版

287. 陳芳明　復活的殖民地抵抗文學——讀林至潔譯《呂赫若小說全集》　危樓夜讀　臺北　聯合文學出版社　1996 年 9 月　頁 234—241

288. 鍾肇政　評《呂赫若小說全集》　中國時報　1995 年 12 月 28 日　38 版

289. 林燿德　《呂赫若小說全集》　聯合報　1996 年 1 月 1 日　41 版

290. 王浩威　招魂——林至潔譯《呂赫若小說全集》　自立晚報　1996 年 2 月 3 日　17 版

291. 黃一城　沒有土地，哪有文學——讀《呂赫若小說全集》之初感　全國新書資訊月刊　第 91 期　2006 年 7 月　頁 28—30

日記

《呂赫若日記》

292. 鄭清文　《呂赫若日記》　民眾日報　1998 年 11 月 11 日　19 版

293. 鄭清文　《呂赫若日記》　小國家大文學　臺北　玉山社出版公司　2000 年 10 月　頁 110—111

294. 林瑞明　人生有限，精神長存　呂赫若日記　臺南　國家臺灣文學館　2004 年 12 月　頁 21—23

295. 陳萬益　文學是苦難的道路，是和夢想戰鬥的道路——讀《呂赫若日記》[41]　印刻文學生活誌　第 16 期　2004 年 12 月　頁 78—80

296. 陳萬益　文學是苦難的道路，是和夢想戰鬥的道路——讀《呂赫若日記》　呂赫若日記　臺南　國家臺灣文學館　2004 年 12 月　頁 25—34

297. 陳萬益　文學是苦難的道路，是和夢想戰鬥的道路——讀《呂赫若日記》

---

[41]本文後擴寫內容發表於國家臺灣文學館出版的《呂赫若日記》以及九歌出版社出版的《評論 30 家：臺灣文學三十年菁英選・1978—2008（上）》。

評論 30 家：臺灣文學三十年菁英選・1978—2008（上） 臺北 九歌出版社 2008 年 6 月 頁 98—105

298. 胡錦媛 集體建構《呂赫若日記》 印刻文學生活誌 第 16 期 2004 年 12 月 頁 81—83

299. 應鳳凰 激越的青春爲誰燃燒 聯合報 2005 年 1 月 16 日 C4 版

300. 洪士惠 《呂赫若日記》出版 文訊雜誌 第 232 期 2005 年 2 月 頁 106

301. 季 季 《呂赫若日記》的留白 中國時報 2005 年 3 月 9 日 E7 版

302. 連憲升 從《呂赫若日記》管窺日治末期臺北文化人的音樂生活[42] 日記與臺灣史研究：林獻堂先生逝世 50 週年紀念論文集 臺北 中央研究院臺灣史研究所主辦 2006 年 12 月 22—23 日

303. 連憲升 從《呂赫若日記》管窺日治末期臺北文化人的音樂生活 日記與臺灣史研究：林獻堂先生逝世 50 週年紀念論文集 臺北 中央研究院臺灣史研究 2008 年 6 月 頁 903—948

文集

《呂赫若集》

304. 〔導讀撰寫小組〕 《呂赫若集》導讀 2008 閱讀臺灣・人文 100 特展成果專輯 臺南 國立臺灣文學館 2009 年 5 月 頁 61

◆單篇作品

305. 莊培初 讀んだ小說から——《臺新》創刊號より八月號まで——〈行末の記〉[43] 臺湾新文學 第 1 卷第 8 號 1936 年 9 月 19 日 頁 46—47

306. 莊培初 讀んだ小說から——《臺新》創刊號より八月號まで——〈行末の記〉 日本統治期台湾文学文芸評論集・第 3 卷 東京 緑蔭

[42]本文以《呂赫若日記》爲依據，考察日本末期臺北文化人的音樂生活，旨在就其書之音樂活動記載，呈現歷史人物的「日記」書寫中之豐富史料價值。全文共 4 章：1.前言；2.《呂赫若日記》的個人音樂活動與臺北文化人之音樂生活的記載；3.《日記》、音樂評論與「新臺灣音樂運動」；4.結語。

[43]本文後由涂翠花譯爲〈從讀過的小說談起——《臺新》創刊號到八月號——〈行末之記〉〉。

書房　2001年4月　頁76—77

307. 莊培初著；涂翠花譯　　從讀過的小說談起——《臺新》創刊號到八月號——〈行末之記〉　日治時期臺灣文藝評論集・雜誌篇2　臺南　國家臺灣文學館籌備處　2006年10月　頁160

308. 高見順　　小說總評——昭和十八年上半期の臺灣文學[44]〔〈合家平安〉部分〕　臺灣公論　第8卷第8期　1943年8月1日　頁86—92

309. 高見順　　小說總評——昭和十八年上半期の臺灣文學〔〈合家平安〉部分〕　日本統治期台湾文学文艺評論集・第5卷　東京　緑蔭書房　2001年4月　頁106—112

310. 高見順著；吳豪人譯　　小說總評——昭和十八年上半年的臺灣文學〔〈合家平安〉部分〕　日治時期臺灣文藝評論集・雜誌篇4　臺南　國家臺灣文學館籌備處　2006年10月　頁261—262

311. 林芳年　　以呂赫若的小說〈闔家平安〉爲中心談光復前舊友的文學作品——文學隨感　自立晚報　1979年4月11日　10版

312. 寶泉坊隆一　　文藝時評——文藝臺灣四月號を中心に[45]〔〈合家平安〉部分〕　日本統治期台湾文學文芸評論目錄・第5卷　東京　緑蔭書房　2001年4月　頁63—64

313. 寶泉坊隆一著；吳豪人譯；涂翠花校譯　　文藝時評——以《臺灣文學》夏季號爲中心〔〈合家平安〉部分〕　日治時期臺灣文藝評論集・雜誌篇4　臺南　國家臺灣文學館籌備處　2006年10月　頁212—213

314. 朱惠足　　帝國下的漢人家族再現：滿洲國與殖民地臺灣〔〈合家平安〉部分〕　中外文學　第37卷第1期　2008年3月　頁176—192

315. 窪川鶴次郎　　臺灣文學半ケ年（1）——昭和十八年下半期小說總評[46]〔〈柘榴〉部分〕　台湾公論　第9卷第2期　1944年2月　頁

[44]本文後由吳豪人譯爲〈小說總評——昭和十八年上半年的臺灣文學〉。
[45]本文後由吳豪人譯爲〈文藝時評——以《臺灣文學》夏季號爲中心〉。
[46]本文後由邱香凝譯爲〈臺灣文學之半年（一）——昭和十八年下半期小說總評〉。

104—110

316. 窪川鶴次郎　臺灣文學半ケ年（一）——昭和十八年下半期小說總評〔〈柘榴〉部分〕　日本統治期台湾文學文芸評論目錄・第 5 卷　東京　緑蔭書房　2001 年 4 月　頁 256

317. 窪川鶴次郎著；邱香凝譯；涂翠花校譯　臺灣文學之半年（一）——昭和十八年下半期小說總評〔〈石榴〉部分〕　日治時期臺灣文藝評論集・雜誌篇 4　臺南　國家臺灣文學館籌備處　2006 年 10 月　頁 458

318. 柳書琴　再剝〈石榴〉——決戰時期呂赫若小說的創作母題[47]　呂赫若文學研討會　臺北　行政院文建會主辦，聯合文學、聯合報副刊、聯合晚報承辦　1996 年 11 月 30 日—12 月 1 日

319. 柳書琴　再剝〈石榴〉——決戰時期呂赫若小說的創作母題（1942—45）　呂赫若作品研究：臺灣第一才子　臺北　行政院文建會，聯合文學出版社　1997 年 11 月　頁 127—169

320. 葉石濤　從〈送報伕〉、〈牛車〉到〈植有木瓜的小鎮〉　大學雜誌　第 90 期　1975 年 10 月　頁 62—65

321. 葉石濤　從〈送報伕〉、〈牛車〉到〈植有木瓜樹的小鎮〉　作家的條件　臺北　遠景出版公司　1981 年 6 月　頁 65—69

322. 葉石濤　從〈送報伕〉、〈牛車〉到〈植有木瓜樹的小鎮〉　中華現代文學大系（臺灣 1970—1989）評論卷（壹）　臺北　九歌出版社　1989 年 5 月　頁 311—319

323. 葉石濤　從〈送報伕〉、〈牛車〉到〈植有木瓜樹的小鎮〉　葉石濤全集・評論卷一　臺南，高雄　國立臺灣文學館，高雄市文化局　2008 年 3 月　頁 387—391

324. 施　淑　簡析〈牛車〉　中國現代短篇小說選析 2　臺北　長安出版社

[47]本文藉由呂赫若已出土之日記片段、與他有牽涉之「浪漫主義與寫實主義論戰」，及若干重要作品等方面的探討，論析其生前的思維觀點和社會活動。全文共 6 小節：1.前言；2.苦惱之苗；3.樹大招風；4.成熟的〈石榴〉；5.柳暗花明；6.結論。

1984年2月　頁1097—1098

325. 山田敬三著；葉石濤譯　臺灣文學之旅〔〈牛車〉部分〕　臺灣時報　1984年6月23日　8版

326. 山田敬三著；葉石濤譯　臺灣文學之旅〔〈牛車〉部分〕　葉石濤全集・翻譯卷一　臺南，高雄　國立臺灣文學館，高雄市文化局　2009年11月　頁191—192

327. 尾崎秀樹著；葉石濤譯　臺灣人作家的三篇作品〔呂赫若〈牛車〉、楊逵〈送報伕〉、龍瑛宗〈植有木瓜樹的小鎮〉〕　自立晚報　1985年2月2日　10版

328. 尾崎秀樹著；葉石濤譯　臺灣人作家的三篇作品〔呂赫若〈牛車〉、楊逵〈送報伕〉、龍瑛宗〈植有木瓜樹的小鎮〉〕　葉石濤全集・翻譯卷一　臺南，高雄　國立臺灣文學館，高雄市文化局　2009年11月　頁267—278

329. 葉石濤　日據時代的抗議文學[48]〔〈牛車〉部分〕　聯合文學　第56期　1989年6月　頁167—168

330. 葉石濤　日據時代的抗議文學——細說四篇抗議文學的代表作〔〈牛車〉部分〕　臺灣新聞報　1989年12月26日　10版

331. 葉石濤　日據時代的抗議文學〔〈牛車〉部分〕　走向臺灣文學　臺北　自立晚報社文化出版部　1990年3月　頁57—60

332. 葉石濤　日據時代的新文學運動——細說四篇抗議文學的代表作〔〈牛車〉部分〕　臺灣文學的困境　高雄　派色文化出版社　1992年7月　頁73—74

333. 葉石濤　日據時代的抗議文學——細說四篇抗議文學的代表作〔〈牛車〉部分〕　葉石濤全集・隨筆卷三　臺南，高雄　國立臺灣文學館，高雄市文化局　2008年3月　頁223

[48]本文後改篇名爲〈日據時代的新文學運動——細說四篇抗議文學的代表作〉、〈日據時代的抗議文學——細說四篇抗議文學的代表作〉。

334. 葉石濤　日據時代的抗議文學——細說四篇抗議文學的代表作〔〈牛車〉部分〕　葉石濤全集・評論卷四　臺南，高雄　國立臺灣文學館，高雄市文化局　2008年3月　頁188—190

335. 王德勝　舊夢破碎後的失落與沉淪——評臺灣作家呂赫若的短篇小說〈牛車〉　語文月刊　1990年第7期　1990年3月　頁7—8

336. 陳文洲　試探呂赫若小說〈牛車〉　臺灣文藝　第129期　1992年2月　頁74—80

337. 河原功著；葉石濤譯　臺灣新文學運動的展開——日本統治下在臺灣的文學運動（下）〔〈牛車〉部分〕　文學臺灣　第3期　1992年6月　頁260

338. 河原功著；葉石濤譯　臺灣新文學運動的展開——日本統治下在臺灣的文學運動〔〈牛車〉部分〕　葉石濤全集・翻譯卷一　臺南，高雄　國立臺灣文學館，高雄市文化局　2009年11月　頁494

339. 李漢偉　政治現實與理想堅持——讀呂赫若〈牛車〉有感　情何以堪——現代文學評論集　高雄　復文圖書出版社　1992年7月　頁27—32

340. 林明德　日據時代的臺灣小說現象——以〈送報伕〉、〈牛車〉、〈植有木瓜的小鎮〉三篇爲例[49]　賴和及其同時代的作家：日據時代臺灣文學國際學術會議　新竹　清華大學中文系主辦　1994年11月25—27日

341. 林明德　日據時代臺灣人在日本文壇——以楊逵〈送報伕〉、呂赫若〈牛車〉、龍瑛宗〈植有木瓜樹的小鎭〉爲例　聯合文學　第127期　1995年5月　頁142－151

342. 林明德　日據時代臺灣人在日本文壇——以楊逵〈送報伕〉、呂赫若〈牛車〉、龍瑛宗〈植有木瓜樹的小鎭〉爲例　文學典範的反思　臺北

[49]本文以現代小說的觀點，透過文本分析，探究楊逵、呂赫若、龍瑛宗3位作家作品的藝術造詣。全文共3小節：1.前言；2.細讀3篇小說；3.結論。後改篇名爲〈日據時代臺灣人在日本文壇——以楊逵〈送報伕〉、呂赫若〈牛車〉、龍瑛宗〈植有木瓜樹的小鎭〉爲例〉。

大安出版社　1996 年 9 月　頁 303—320

343. 趙　園　五四新文學與兩岸文學之緣〔〈牛車〉部分〕　揚子江與阿里山的對話：海峽兩岸文學比較　上海　上海文藝出版社　1995 年 12 月　頁 37—38

344. 張恆豪　呂赫若〈牛車〉及王禎和《嫁妝一牛車》黃春明《鑼》作品比較　呂赫若文學研討會　臺北　行政院文建會主辦，聯合文學、聯合報副刊、聯合晚報承辦　1996 年 11 月 30 日—12 月 1 日

345. 徐士賢　從賴和到呂赫若——〈一桿「秤仔」〉與〈牛車〉之比較[50]　臺灣的文學與歷史學術會議　臺北　世新大學　1997 年 5 月 10 日

346. 徐士賢　從賴和到呂赫若：〈一桿「稱仔」〉與〈牛車〉之比較　世新大學學報　第 8 期　1998 年 10 月　頁 295—311

347. 林純芬　貧賤夫妻百事哀——呂赫若〈牛車〉所反應的社會現實與人物風貌　臺灣時報　1998 年 6 月 9 日　30 版

348. 許俊雅　〈牛車〉集評　日據時期臺灣小說選讀　臺北　萬卷樓圖書公司　1998 年 11 月　頁 175—177

349. 新妻佳珠子著；陳靜慧譯　關於呂赫若的〈牛車〉　國際漢學論叢・第一輯　臺北　樂學書局　1999 年 7 月　頁 227—241

350. 黃瓊華　牛車，臺灣農民血淚的悲歌——試析呂赫若及其〈牛車〉　甲工學報　第 17 期　2000 年 6 月　頁 17—26

351. 洪錦淳　悲歌兩唱——論呂赫若〈牛車〉與王禎和《嫁妝一牛車》[51]　臺灣文學評論　第 2 卷第 1 期　2002 年 1 月　頁 84—95

352. 李郁蕙　戰前的日本語文學與「重層性」——〈牛車〉與〈送報伕〉中的殖民地　日本語文學與臺灣　臺北　前衛出版社　2002 年 7 月　頁 49—54

---

[50]本文藉由比較賴和及呂赫若的作品，探究呂赫若的文學創作是否受到賴和影響，並論析其中的傳承關係對建立臺灣文學作家系譜的意義。全文共 5 小節：1.前言；2.細讀賴和〈一桿「稱仔」〉；3.細讀呂赫若〈牛車〉；4.比較〈一桿「稱仔」〉與〈牛車〉；5.結論。

[51]本文透過比較呂赫若與王禎和作品中的敘事技巧及風格，研究兩位作者在所處的時代下所展現的藝術特色。正文前後有前言及結語，正文共 2 小節：1.敘事技巧；2.悲劇的特質。

353. 彭瑞金　〈牛車〉賞析　國民文選・小說卷 1　臺北　玉山社出版公司　2004 年 7 月　頁 330—331

354. 〔許俊雅，應鳳凰，鍾宗憲主編〕　〈牛車〉評析　現代小說讀本　臺北　揚智文化公司　2004 年 8 月　頁 167—169

355. 黃惠禎　導讀〈牛車〉　二十世紀臺灣文學金典：小說卷（日治時期）　臺北　聯合文學出版社　2006 年 1 月　頁 305—306

356. 石美玲　敘事與語言：描述話語作爲殖民情境的標記——呂赫若敘事文本〈牛車〉之分析[52]　興大中文學報　第 20 期　2006 年 12 月　頁 77—100

357. 沈慶利　殖民剝削與「現代化」陷阱——呂赫若〈牛車〉與茅盾〈春蠶〉的比較　臺灣研究集刊　2007 年第 1 期　2007 年 3 月　頁 15—20

358. 陳建忠　差異的文學現代性經驗——現代臺灣小說——普羅小說與批判現代性〔〈牛車〉部分〕　文學　臺灣：11 位新銳臺灣文學研究者帶你認識臺灣文學　臺南　國立臺灣文學館　2008 年 9 月　頁 83—84

359. 朱惠足　殖民地的規訓與教化——日治時期臺灣小說中的警民關係——多語言混用與翻譯下的「文明」論述：陳虛谷〈放炮〉與呂赫若的〈牛車〉　臺灣文學研究學報　第 10 期　2010 年 4 月　頁 130—138

360. 中島利郎　呂赫若の〈風水〉について　咿啞　第 13 號　1980 年 4 月 30 日　頁 52—53

361. 曾月卿　比較〈風水〉與〈拾骨〉兩篇小說　第七屆府城文學獎得獎作品專集　臺南　臺南市立圖書館　2001 年 12 月　頁 492—521

362. 蘇敏逸　呂赫若〈風水〉賞析　臺灣文學讀本　臺北　五南圖書公司　2005 年 2 月　頁 284—287

[52]本文透過〈牛車〉分析話語可顯現社會風貌之功能，論證殖民文化中的特殊敘事性。全文共 4 小節：1.前言；2.語言系統與話語層次；3.切分敘事語言，展示指意層次；4.結論。

363. 彭瑞金　臺灣新文學的民間信仰態度及其影響〔〈風水〉部分〕　臺灣文學史論集　高雄　春暉出版社　2006年8月　頁33

364. 朱雙一　從遷移到扎根：海與山的交會——福佬人：遵奉「愛拼才會贏」的準則〔〈風水〉部分〕　臺灣文學與中華地域文化　廈門　鷺江出版社　2008年9月　頁138

365. 横路啓子　呂赫若〈風水〉論——二人の老人と二つの死体が示すもの[53]　日本語日本文學　第34期　2009年7月　頁249—265

366. 葉石濤　〈清秋〉——僞裝的皇民化謳歌　臺灣時報　1982年7月16日　12版

367. 葉石濤　〈清秋〉——僞裝的皇民化謳歌　臺灣文藝　第77期　1982年10月　頁21—26

368. 葉石濤　〈清秋〉——僞裝的皇民化謳歌　小說筆記　臺北　前衛出版社　1983年9月　頁84—90

369. 葉石濤　〈清秋〉——僞裝的皇民化謳歌　葉石濤全集・評論卷二　臺南，高雄　國立臺灣文學館，高雄市文化局　2008年3月　頁253—259

370. 林宏安　鄉村醫師的苦悶——論呂赫若的短篇小說〈清秋〉(1—7)　民眾日報　1991年6月6—12日　9，11版

371. 垂水千惠　論〈清秋〉之遲延結構——呂赫若論　賴和及其同時代的作家：日據時期臺灣文學國際學術研討會　新竹　清華大學中文系主辦　1994年11月25—27日

372. 垂水千惠　〈清秋〉その遅延の構造——呂赫若論　よみがえる台湾文学——日本統治期の作家と作品　東京　東方書店　1995年10月　頁371—388

[53]本文以〈風水〉中兩個老人對立的情節，就此探析呂赫若對「臺灣傳統文化」及「日本近代化」所呈現的不同觀點。全文共4小節：1.はじめに；2.二人の老人の対照性と語り手；3.二つの「風水」；4.老いゆく文化。

373. 垂水千惠　日本化と近代化のはざまで——呂赫若の〈清秋〉[54]　臺湾の日本語文學　東京　五柳書院　1995年1月　頁149—172

374. 垂水千惠著；涂翠花譯　日本化與近代化的夾縫——談呂赫若的〈清秋〉　臺灣的日本語文學　臺北　前衛出版社　1998年2月　頁135—156

375. 呂正惠　呂赫若與戰爭末期臺灣的「歷史現實」——〈清秋〉析論　文藝理論與批評　1998年第3期　1998年5月　頁66—70

376. 呂正惠　呂赫若與戰爭末期臺灣的「歷史現實」——〈清秋〉析論　中國淪陷區文學研究　哈爾濱　黑龍江人民出版社　2007年1月　頁1078—1083

377. 王建國　呂赫若〈清秋〉的再詮釋[55]　第五屆府城文學獎得獎作品專輯　臺南　臺南市立文化中心　1999年6月　頁231—273

378. 王建國　呂赫若〈清秋〉的再詮釋（上、下）　文學臺灣　第39—40期　2001年7月，10月　頁146—171，242—260

379. 邱雅芳　「自願」到南方去——論呂赫若的小說〈清秋〉　聯合文學　第182期　1999年12月　頁92—96

380. 黎湘萍　戰後臺灣文學的文化想像〔〈清秋〉部分〕　文學臺灣——臺灣知識者的文化敘事與理論想像　北京　人民文學出版社　2003年3月　頁143—146

381. 横路啓子　呂赫若〈清秋〉論[56]　東吳日語教育學報　第33期　2009年7月　頁83—103

382. 尾崎秀樹著；葉石濤譯　決戰下的臺灣文學（23）〔〈財子壽〉部分〕　臺灣新聞報　1992年2月27日　13版

383. 尾崎秀樹著；葉石濤譯　決戰下的臺灣文學〔〈財子壽〉部分〕　葉石濤

---

[54]本文後由涂翠花譯爲〈日本化與近代化的夾縫——談呂赫若的〈清秋〉〉。

[55]本文從呂赫若創作〈清秋〉的時代背景、人物形象及暗含讀者三方面，重新審視在臺灣文學史上頗受爭議的文學作品。全文共5部分。

[56]本文分析探討呂赫若小說〈清秋〉裡的三個空間「故鄉／都市／南方」分別在文本中的作用。全文共4小節：1.はじめに；2.「父—子」から「祖父—孫」へ；3.南方／田舍／都市；4.おわりに。

全集・資料卷　臺南，高雄　國立臺灣文學館，高雄市文化局　2008年3月　頁514—517

384. 黃得時著；葉石濤譯　　晚近臺灣文學運動史（下）〔〈財子壽〉部分〕　臺灣新聞報　1996年2月7日　19版

385. 黃得時著；葉石濤譯　　晚近臺灣文學運動史〔〈財子壽〉部分〕　葉石濤全集・翻譯卷二　臺南，高雄　國立臺灣文學館，高雄市文化局　2009年11月　頁250

386. 張默芸　　金錢毀滅愛情：評呂赫若的〈女人心〉　海峽　1992年第5期　1992年10月　頁173—174

387. 陳映真　　論呂赫若的〈冬夜〉——〈冬夜〉的時代背景、審美上的成就和呂赫若的思想與實踐　文藝理論與批評　1994年第4期　1994年7月　頁103—111

388. 林至潔　　呂赫若最後作品——〈冬夜〉之剖析　賴和及其同時代的作家：日據時期臺灣文學國際學術研討會　新竹　清華大學中文系主辦　1994年11月25—27日

389. 何標〔張光正〕　　暴風雨到來之前——讀呂赫若的小說〈冬夜〉　世界華文文學論壇　1998年第1期　1998年3月　頁36—39

390. 何標〔張光正〕　　暴風雨到來之前——讀呂赫若的小說〈冬夜〉　番薯藤繫兩岸情　北京　臺海出版社　2003年1月　頁283—290

391. 張光正　　暴風雨到來之前——讀呂赫若的小說〈冬夜〉　番薯藤繫兩岸情　臺北　海峽學術出版社　2003年9月　頁268—275

392. 簡素琤　　二二八小說中的女性、省籍與歷史——臺灣即女人：做爲臺灣與臺灣人象徵的女性〔〈冬夜〉部分〕　中外文學　第27卷第10期　1999年3月　頁31—32

393. 劉至瑜　　臺灣作家筆下的妓女形象——以呂赫若〈冬夜〉、黃春明〈莎喲娜啦・再見〉、王禎和〈玫瑰玫瑰我愛你〉和李喬〈藍彩霞的春天〉

爲例[57] 臺灣人文（臺灣師範大學） 第 4 期 2000 年 6 月 頁 1—20

394. 許俊雅 編選序——小說中的「二二八」〔〈冬夜〉部分〕 無語的春天：二二八小說選 臺北 玉山社出版公司 2003 年 9 月 頁 6—7

395. 許俊雅 小說中的「二二八」〔〈冬夜〉部分〕 見樹又見林——文學看臺灣 臺北 渤海堂文化公司 2005 年 2 月 頁 199—201

396. 藍博洲 關於呂赫若與〈冬夜〉 文學二二八 臺北 臺灣社會科學出版社 2004 年 2 月 頁 59—60

397. 莫 渝 〈冬夜〉作品賞析 閱讀文學地景・小說卷（上） 臺北 行政院文建會 2008 年 4 月 頁 150—151

398. 盛 鎧 戰後初期臺灣文學與美術中的公共空間意象：以呂赫若與李石樵作品爲例[58] 文化自主性與臺灣文史藝術再現跨學科國際研討會 苗栗 聯合大學臺灣語文與傳播學系主辦 2009 年 9 月 25—26 日

399. 鄭清文 渡船頭的孤燈——臺灣文學的堅守精神〔〈山川草木〉部分〕 四十年來中國文學 臺北 聯合文學出版社 1995 年 6 月 頁 521—522

400. 鄭清文 渡船頭的孤燈——臺灣文學的堅守精神〔〈山川草木〉部分〕 鄭清文和他的文學 臺北 麥田出版公司 1998 年 6 月 頁 241—242

401. 梅家玲 身體政治與青春想像：日據時期的臺灣小說〔〈山川草木〉部分〕 正典的生成：臺灣文學國際研討會 臺北 中央研究院中

[57]本文以作家筆下的妓女形象，分析其所象徵臺灣人的苦難與諷刺殖民者迫害的創作方法。文分 4 小節：1.前言；2.簡介〈冬夜〉、〈莎喲娜啦・再見〉、《玫瑰玫瑰我愛你》和《藍彩霞的春天》；3.〈冬夜〉、〈莎喲娜啦・再見〉、《玫瑰玫瑰我愛你》和《藍彩霞的春天》時代背景；4.臺灣作家筆下的妓女形象；5.結論。

[58]本文以呂赫若〈冬夜〉和李石樵〈市場口〉爲分析文本，探討兩者作品反映戰後初期臺灣的空間意象與社會文化意涵。全文共 5 小節：1.小引：碎裂的新世界；2.〈冬夜〉中的夜路；3.市場；4.期盼重建公共性；5.結語。

國文哲研究所，哥倫比亞蔣經國基金會中國文化及制度史研究中心主辦　2004年7月15—17日　頁50—51

402. 彭瑞金　　呂赫若與〈風頭水尾〉　臺灣文藝　第151期　1995年10月　頁46—49

403. 張恆豪　　比較楊逵與呂赫若的「決戰小說」——〈增產的背後〉與〈風頭水尾〉[59]　臺灣文學研討會　臺北　淡水工商管理學院主辦　1995年11月4—5日

404. 垂水千惠　　呂赫若における〈風頭水尾〉の位置[60]　日本臺灣學會第一回學術大會　東京　日本臺灣學會主辦　1999年6月19日

405. 垂水千惠著；張文薰譯　　呂赫若文學中〈風頭水尾〉的位置　臺灣文學學報　第3期　2002年12月　頁23—37

406. 熊宗慧　　〈風頭水尾〉作品賞析　閱讀文學地景・小說卷（上）　臺北　行政院文建會　2008年4月　頁402

407. 林雪嬌〔林至潔〕　　呂赫若與志賀直哉文學作品比較——〈逃跑的男人〉、〈到網走〉的剖析[61]　臺灣文學研討會　臺北　淡水工商管理學院主辦　1995年11月4—5日

408. 張恆豪　　日據末期的三對童眼——以〈感情〉、〈論語與雞〉、〈玉蘭花〉為論析重點[62]　呂赫若文學研討會　臺北　行政院文建會主辦，聯合文學、聯合報副刊、聯合晚報承辦　1996年11月30日—12月1

---

[59]本文旨在釐清尾崎秀樹對臺灣人作家思想意識的論點，舉楊逵及呂赫若小說為例，析論其中的潛藏意涵，並探討兩位作家究竟以何種心態、何種策略來因應當局索求。全文共 7 小節：1.尾崎的觀點合乎歷史真相？2.決戰小說是「對產業戰士鼓舞激勵之糧」；3.楊逵式的「陽奉陰回」；4.〈增產之背後〉訊息；5.呂赫若與自我心靈在「對話」；6.〈風頭水尾〉的寄託；7.臺灣文學之路就是血淚交織的歷史。

[60]本文將呂赫若與日本轉向作家進行比較，進而分析其文學風格的轉變。全文共5小節：1.前言；2.「風頭水尾」的所在；3.洪天福的寫法；4.〈風頭水尾〉與《大日向村》的比較；5.呂赫若文學中〈風頭水尾〉的位置。後由張文薰譯為〈呂赫若文學中〈風頭水尾〉的位置〉。

[61]本文比較論析呂赫若與志賀直哉的小說創作背景，並透過文本分析展現 2 位作家的文學觀點及藝術特質。全文共 4 小節：1.前言——閃耀的彗星；2.呂赫若的〈逃跑的男人〉的作品與背景；3.志賀直哉的「到網走」的作品與背景；4.結論。

[62]本文主要討論黃寶桃〈感情〉、張文環〈論語與雞〉、呂赫若〈玉蘭花〉，三篇日據時代下以「孩子眼睛」為描述手法的小說。全文共 6 小節：1.前言；2.日據下臺灣小說中的童眼；3.〈感情〉裡的童眼；4.〈論語與雞〉裡的童眼；5.〈玉蘭花〉裡的童眼；6.結語。

日

409. 張恆豪　日據末期的三對童眼——以〈感情〉、〈論語與雞〉、〈玉蘭花〉為論析重點　呂赫若作品研究：臺灣第一才子　臺北　行政院文建會，聯合文學出版社　1997年11月　頁79—97

410. 許維育　理想的建構——談龍瑛宗〈蓮霧的庭院〉與呂赫若〈玉蘭花〉　水筆仔　第1期　1996年12月　頁2—13

411. 許素蘭　作品導讀：〈玉蘭花〉　客家文學精選集：小說卷　臺北　天下遠見出版公司　2004年4月　頁108—110

412. 賴香吟　氣息芬芳〔〈玉蘭花〉〕　中國時報　2007年4月14日　E7版

413. 野間信幸　關於呂赫若作品〈一根球拍〉[63]　呂赫若文學研討會　臺北　行政院文建會主辦，聯合文學、聯合報副刊、聯合晚報承辦　1996年11月30日—12月1日

414. 野間信幸著；邱振瑞譯　關於呂赫若作品〈一根球拍〉　呂赫若作品研究：臺灣第一才子　臺北　行政院文建會，聯合文學出版社　1997年11月　頁189—204

415. 朱家慧　藝術追求或社會責任？——從〈順德醫院〉及其樂評看呂赫若的藝術觀[64]　文學臺灣　第35期　2000年7月　頁207—234

416. 朱家慧　藝術追求或社會責任？——從〈順德醫院〉及其樂評看呂赫若的藝術觀　臺灣文學研討會：臺中縣作家與作品論文集　臺中　臺中縣立文化中心　2000年12月　頁17—47

417. 垂水千恵　呂赫若〈月夜〉論　横浜国立大学留学生センター紀要　第8期　2001年　頁113－124

---

[63]本文旨在藉著探討〈一根球拍〉的作品內容，逐步了解呂赫若於日本留學時期的足跡。全文共8小節：1.序言；2.〈一根球拍〉的作品內容；3.關於堂兄的形象；4.呂赫若的內地留學；5.呂赫若的舞臺生活；6.內地留學時期的作品；7.「球拍」的象徵意義；8.「一根球拍」的定位。

[64]本文從小說〈順德醫院〉及其發表在戰時的音樂評論來論析呂赫若對臺灣文化的思考與熱情，並探討藝術推動與臺灣文化的關係。全文共5小節：1.前言；2.關於前人的研究；3.藝術——人性——救精神；4.理性——精緻——音樂臺灣；5.結論。正文後附錄〈戰時呂赫若的音樂活動一覽表〉。

418. 唐毓麗　以契約的毀壞與建立看呂赫若〈暴風雨的故事〉[65]　弘光學報　第41期　2003年5月　頁111—128　本

419. 沈慶利　政治高壓下的智性求索——以呂赫若〈鄰居〉看日據時期臺灣作家抗拒「皇民化」的策略　華文文學　2003年第6期　2003年12月　頁28—33

420. 吳　笛　日據時期臺灣女性作家自覺意識管窺〔〈前途手記〉部分〕　世界華文文學論壇　2004年第3期　2004年9月　頁16

421. 許俊雅　皇民的批判〔〈月光光——光復以前〉〕　月光光：光復以前（臺灣小說・青春讀本）　臺北　遠流出版社　2006年2月　頁50—53

422. 葉石濤　光復初期的臺灣文學〔〈月光光——光復以前〉部分〕　葉石濤全集・評論卷三　臺南，高雄　國立臺灣文學館，高雄市文化局　2008年3月　頁221

423. 曾健民　略談新出土呂赫若小說〈一年級生〉　呂赫若小說全集（下）　臺北　印刻出版公司　2006年3月　頁693—695

424. 范銘如　作品導讀／〈廟庭〉　青少年臺灣文庫2——小說讀本1：穿過荒野的女人　臺北　國立編譯館　2008年12月　頁77—78

425. 陳淑容　「皇民化」的隱喻——呂赫若與〈季節圖鑑〉[66]　戰爭前期臺灣文學場域的形成與發展——以報紙文藝欄爲中心（1937—1940年）　成功大學臺灣文學研究所　博士論文　林瑞明教授指導　2009年7月　頁147—157

◆多篇作品

426. 塚本照和著；張良澤譯　日本統治期臺灣文學管見（下）〔〈牛車〉、〈財子壽〉部分〕　臺灣文藝　第70期　1980年12月　頁234—235

---

[65]本文運用結構主義理論，並藉由格雷馬斯的契約單位，分析〈暴風雨的故事〉之結構和語法。全文共5章：1.前言；2.〈暴風雨的故事〉的結構分析；3.〈暴〉之結構秩序與語意對立；4.結論；5.參考書目。

[66]本文以報紙文藝欄爲中心，探討報紙漢文欄廢止後的戰爭前期（1937—40），台日文學者如何利用這個文學傳媒的公共空間，進行言說、對話與互動，並以呂赫若〈季節圖鑑〉作爲其中一例。

427. 粟多桂　薄命的抵抗文學戰士——呂赫若、楊華〔〈牛車〉、〈廟庭〉、〈月夜〉、〈財子壽〉、〈風水〉〕　臺灣抗日作家作品論　重慶　西南師範大學出版社　1991年6月　頁143—152

428. 許俊雅　日據時期臺灣小說創作形式之探討〔〈牛車〉、〈財子壽〉、〈柘榴〉部分〕　日據時期臺灣小說研究　臺北　文史哲出版社　1995年2月　頁585—600

429. 施　淑　書齋、城市與鄉村——日據時代的左翼文學運動及小說中的左翼知識份子〔〈山川草木〉、〈風頭水尾〉部分〕　文學臺灣　第15期　1995年7月　頁97

430. 垂水千惠　戦前の台湾文学——日本と葛藤のなかから[67]〔呂赫若部分〕　アジア読本——台湾　東京　河出書房新社　1995年8月　頁167—168

431. 垂水千惠著；葉石濤譯　戰前的臺灣文學與日本的糾葛中透視〔呂赫若部分〕　自由時報　1995年10月20日　34版

432. 垂水千惠著；葉石濤譯　戰前的臺灣文學與日本的糾葛中透視〔呂赫若部分〕　葉石濤全集・翻譯／資料卷　臺南，高雄　國立臺灣文學館，高雄市文化局　2009年11月　頁123—124

433. 沈乃慧　日據時代臺灣小說的女性議題探析（下）——女性角色的反思與社會批判〔〈萍踪小記〉、〈暴風雨的故事〉部分〕　文學臺灣　第16期　1995年10月　頁170—176

434. 鍾美芳　呂赫若的創作歷程再探——以〈廟庭〉、〈月夜〉爲例[68]　臺灣文學研討會論文集　臺北　淡水工商管理學院主辦　1995年11月4—5日

---

[67]本文後由葉石濤譯爲〈戰前的臺灣文學與日本的糾葛中透視〉。

[68]本文旨在探討東京時期之於呂赫若創作歷程的意義，並透過呂赫若構思於東京時期，完成於返臺後的作品析論其文學理念如何落實於創作之上。全文共 3 小節：1.寫在前面的話；2.東京時期的呂赫若剪影；3.探索呂赫若的文學理念。

435. 陳芳明　紅色青年呂赫若——以戰後四篇中文小說爲中心[69]　第二屆臺灣本土文化國際學術研討會論文集——臺灣文學與社會　臺北　臺灣師範大學國文學系，人文教育研究中心　1996 年 4 月　頁 183—195

436. 陳芳明　紅色青年呂赫若——以戰後四篇中文小說爲中心　左翼臺灣：殖民地文學運動史論　臺北　麥田出版公司　1998 年 10 月　頁 219—242

437. 陳芳明　紅色青年呂赫若——以戰後四篇中文小說爲中心　左翼臺灣：殖民地文學運動史論　臺北　麥田出版公司　2007 年 6 月　頁 219—242

438. 陳萬益　蕭條異代不同時——從〈清秋〉到〈冬夜〉[70]　呂赫若文學研討會　臺北　行政院文建會主辦，聯合文學、聯合報副刊、聯合晚報承辦　1996 年 11 月 30 日—12 月 1 日

439. 陳萬益　蕭條異代不同時——從〈清秋〉到〈冬夜〉　呂赫若作品研究：臺灣第一才子　臺北　行政院文建會，聯合文學出版社　1997 年 11 月　頁 7—22

440. 施　淑　日據時代臺灣小說中頹廢意識的起源[71]〔〈牛車〉、〈婚約奇談〉部分〕　呂赫若文學研討會　臺北　行政院文建會主辦，聯合文學、聯合報副刊、聯合晚報承辦　1996 年 11 月 30 日—12 月 1 日

441. 施　淑　日據時代臺灣小說中頹廢意識的起源〔〈牛車〉、〈婚約奇譚〉部分〕　兩岸文學論文集　臺北　新地文學出版社　1997 年 6 月　頁 109—116

[69]本文藉討論呂赫若在戰後所發表的 4 篇小說：〈故鄉的戰事（一）——改姓名〉、〈故鄉的戰事（二）——一個獎〉、〈月光光——光復以前〉、〈冬夜〉，進而論析在社會轉型期臺灣知識分子的心理變化。全文共 4 小節：1.呂赫若文學的左翼色彩；2.皇民化運動與反皇民化精神；3.反殖民精神的延續；4.結語。

[70]本文探討呂赫若從〈清秋〉到〈冬夜〉的創作歷程，以呈現其人及小說作品的特色。全文共 4 部分。

[71]本文後改篇名爲〈首與體——日據時代臺灣小說中頹廢意識的起源〉。論析呂赫若、巫永福、郭水潭、翁鬧等人的小說作品。

442. 施　淑　首與體——日據時代臺灣小說中頹廢意識的起源〔〈牛車〉、〈婚約奇談〉部分〕　呂赫若作品研究：臺灣第一才子　臺北　行政院文建會，聯合文學出版社　1997年11月　頁210—217

443. 陳映真　激越的青春——論呂赫若的小說〈牛車〉和〈暴風雨的故事〉[72]　呂赫若文學研討會　臺北　行政院文建會主辦，聯合文學、聯合報副刊、聯合晚報承辦　1996年11月30日—12月1日

444. 陳映真　激越的青春——論呂赫若的小說〈牛車〉和〈暴風雨的故事〉　呂赫若作品研究：臺灣第一才子　臺北　行政院文建會，聯合文學出版社　1997年11月　頁296—313

445. 黃蘊綠　試析呂赫若的「皇民文學」[73]　臺灣新文學　第7期　1997年4月　頁308—319

446. 黃蘊綠　呂赫若的「皇民文學」探析　內湖高工學報　第9期　1998年4月　頁29—40

447. 朱宜琪　論呂赫若作品中傳統婚姻中女性的悲劇命運——以〈前途手記〉、〈財子壽〉、〈廟庭〉、〈月夜〉、〈婚姻奇譚〉諸篇爲分析對象[74]　第二十六屆鳳凰樹文學獎得獎作品集　臺南　成功大學中國文學系　1998年6月　頁428—441

448. 廖咸浩　臺灣小說與後殖民論述——「秘密剋」與「明你祖」之間〔〈鄰居〉、〈玉蘭花〉部分〕　臺灣現代小說史綜論　臺北　行政院文建會，聯經出版公司　1998年12月　頁486—490

449. 張達雅　呂赫若小說中的家庭及主要角色的心理糾葛[75]　樹德學報　第23

---

[72]本文析論呂赫若於2篇小說中所展現的社會認識力，並從中探究青年呂赫若成長過程中殖民地臺灣的時代背景與社會概況。

[73]本文針對呂赫若的〈鄰居〉、〈玉蘭花〉、〈山川草木〉、〈清秋〉、〈風頭水尾〉進行文本內部分析，揭示其中的思想意涵。正文前後有前言及結語，正文共4小節：1.剷除身份地位下的內臺親善；2.增產鬥士抑或人與自然的互動；3.對資本主義的批判與對人性的期許；4.文學觀念與藝術技巧。文後改篇名爲〈呂赫若的「皇民文學」探析〉。

[74]本文析論呂赫若小說中和傳統婚姻及女性悲劇相關的作品，從婚姻中探討傳統對女性的壓制，以及種種不平等的現象。全文共3小節：1.前言；2.正文；3.結論。

[75]本文選擇呂赫若〈牛車〉、〈財子壽〉、〈合家平安〉、〈廟庭〉、〈月夜〉、〈石榴〉等6篇作品，對其中角色進行心理探討，並論析影響角色命運的內部因素。全文共5小節：1.研究的動

期　1999 年 5 月　頁 177—201

450. 張達雅　呂赫若小說中的家庭及主要角色的心理糾葛　臺灣鄉土文化學術研討會　臺中　樹德工商專校　1999 年 12 月 19 日

451. 黃英哲　呂赫若作品解說〔〈牛車〉、〈嵐の物語〉、〈行末の記〉、〈女の場合〉、〈逃げ去る男〉、〈青い服の少女〉、〈財子寿〉、〈廟庭〉、〈風水〉、〈隣居〉、〈合家平安〉、〈柘榴〉、〈玉蘭花〉、〈清秋〉、〈風頭水尾〉〕　日本統治期台湾文学：台湾人作家作品集（第二卷）　東京　緑蔭書房　1999 年 7 月　頁 389—395

452. 〔向陽等主編〕[76]　小說卷——呂赫若作品導讀〔〈牛車〉、〈廟庭〉、〈月夜〉〕　臺中縣國民中小學臺灣文學讀本・導讀卷　臺中　臺中縣文化局　2001 年 6 月　頁 102—110

453. 李郁蕙　戰時日本語文學與「邊緣性」〔〈清秋〉、〈闔家平安〉部分〕　日本語文學與臺灣　臺北　前衛出版社　2002 年 7 月　頁 72—89

454. 洪珊慧　女人與婚姻的糾葛噩夢——論呂赫若的女性主題小說[77]　南亞學報　第 22 期　2002 年 8 月　頁 161—177

455. 邱雅芳　以母親之名——皇民化時期臺灣男性作家作品的女性呈現（1937—1945）〔〈鄰居〉、〈山川草木〉部分〕　臺灣文學學報　第 3 期　2002 年 12 月　頁 248—267

456. 王鈺婷　單弦孤詣的精神探索——試析呂赫若小說〈廟庭〉、〈月夜〉、〈清秋〉中新知識份子形象　第二十八屆鳳凰樹文學獎　臺南　成功大學中文系　〔未註錄出版年月〕　頁 546—556

457. 許俊雅　記憶與認同——臺灣小說的二戰經驗書寫——文學作品中的二戰（太平洋戰事）記憶——太平洋戰爭——空襲經驗及其他〔〈故

機與目的；2.作者生平及創作上的追求；3.幾個家庭的速寫；4.葛藤糾葛的所在；5.結語。

[76]合編者：向陽、路寒袖、楊翠、陳益源、康原。

[77]本文析論呂赫若 7 篇女性主題小說：〈婚約奇譚〉、〈前途手記〉、〈女人的命運〉、〈春的呢喃〉、〈田園與女人〉、〈廟庭〉、〈月夜〉，按時間先後分爲早、中、晚期，探討作者凸顯女性問題的切入手法，以及對女性形象的描述特色。全文共 5 章：1.前言；2.早期女性主題小說的探討；3.中期女性主題小說的探討；4.晚期女性主題小說的探討；5.結論。

鄉的戰事——一個獎〉、〈月光光——光復以前〉部分〕 臺灣文學研究學報 第2期 2006年4月 頁63—64

458. 許俊雅 記憶與認同——臺灣小說的二戰經驗書寫——文學作品中的二戰（太平洋戰事）記憶——太平洋戰爭——空襲經驗及其他〔〈故鄉的戰事——一個獎〉、〈月光光——光復以前〉部分〕 評論30家：臺灣文學三十年菁英選·1978—2008（下） 臺北 九歌出版社 2008年6月 頁486—487

459. 許達然 「介入文學」：日治時期臺灣短篇小說量化探討〔〈風水〉、〈暴風雨的故事〉部分〕 臺灣文學史書寫國際學術研討會論文集·第二集 高雄 春暉出版社 2008年6月 頁218—221

460. 朱雙一 「寡婦」書寫與臺灣家族文學〔〈闔家平安〉、〈財子壽〉部分〕 百年臺灣文學散點透視 臺北 海峽學術出版社 2009年3月 頁341—342

461. 李純芬 皇民化時期臺灣人作家的喪葬文化書寫〔〈風水〉、〈財子壽〉〕 帝國視線下的在地民俗實踐：殖民地臺灣文學中的婚喪書寫〈1937—1945〉 中興大學臺灣文學研究所 碩士論文 朱惠足教授指導 2010年1月 頁60—68

作品評論目錄、索引

462. 施 淑 重要評論 中國現代短篇小說選析2 臺北 長安出版社 1984年2月 頁1098

463. 張恆豪 呂赫若小說評論引得 呂赫若集（臺灣作家全集） 臺北 前衛出版社 1991年2月 頁311—313

464. 朱家慧，垂水千惠，黃英哲 呂赫若研究文獻目錄 日本統治期台湾文学·台湾人作家作品集（第二卷） 東京 緑蔭書房 1999年7月 頁415—422

465. 朱家慧，垂水千惠，黃英哲 呂赫若研究文獻目錄 日本統治期台湾文学研究文献目錄 東京 緑蔭書房 2000年3月 頁83—89

466. 林至潔　相關評論及訪談索引　呂赫若小說全集（下）　臺北　印刻出版公司　2006年3月　頁730—738

467. 蔡佳真　呂赫若研究文献目錄　呂赫若研究：《清秋》にみる呂赫若の文学的営爲を中心に　熊本大学大学院社会文化科学研究科　博士論文　2008年3月　頁182—198

國家圖書館出版品預行編目資料

臺灣現當代作家研究資料彙編. 10, 呂赫若 / 許俊雅編選. -- 初版. -- 臺南市：臺灣文學館， 2011.03
面； 公分.

ISBN 978-986-02-7260-4（平裝）

1.呂赫若 2.傳記 3.文學評論

863.4 100003465

【臺灣現當代作家研究資料彙編】10

呂赫若

發 行 人／ 李瑞騰
指導單位／ 行政院文化建設委員會
出版單位／ 國立台灣文學館
地址／70041 台南市中西區中正路 1 號
電話／06-2217201 傳真／06-2218952
網址／www.nmtl.gov.tw 電子信箱／pba@nmtl.gov.tw

總 策 畫／ 封德屏
顧 問／ 林淇瀁 張恆豪 許俊雅 陳信元 陳建忠 陳義芝 須文蔚 應鳳凰
工作小組／ 王雅嫺 杜秀卿 林端貝 周宣吟 張桓瑋
黃子倫 黃寁婷 詹宇霈 羅巧琳
編 選／ 許俊雅
責任編輯／ 林端貝
校 對／ 林肇豊 周宣吟 詹宇霈 趙慶華 蘇峰楠
計畫團隊／ 財團法人台灣文學發展基金會
美術設計／ 翁國鈞・不倒翁視覺創意
印 刷／ 松霖彩色印刷事業有限公司

經銷展售／ 國家書店松江門市（02-25180207）
國立台灣文學館—雪芙瑞文學咖啡坊（06-2214632）
五南文化廣場（04-22260330）
文建會員工消費合作社（02-23434168）
南天書局（02-23620190） 唐山出版社（02-23633072）
府城舊冊店（06-2763093） 台灣的店（02-23625799）
啓發文化（02-29586713） 三民書局（02-23617511）

初版一刷／2011 年 3 月
定 價／新臺幣 360 元整 全套新臺幣 5500 元整
GPN／ 1010000401（單本）
1010000407（套）
ISBN／978-986-02-7260-4（單本）
978-986-02-7266-6（套）